KB140680

섬마을 징검다리

정용순의 기행수필 2집

섬마을 징검다리

정용순

수필과비평사

이 기행수필 독자에게

우리 한민족이 살아가는 한반도 주위에는 유인도와 무인도를 합하여 삼천여 개의 섬들이 있습니다. 역사적으로 우리 국민들에게 알려진 많은 섬들에는 우리들의 선배들이 남겨놓은 유물과 흔적, 그리고 설화가 살아있습니다.

2016년 2월 1일에는 '섬마을 설화'(수필과비평사, 2016)라는 이름으로 저의 첫 번째 기행수필집을 출간하였습니다. 그 수필집 출간 후에도 여러 섬마을들을 찾아갔고, 그 과정에서 진귀한 보물과 같은 선배들의 흔적과 설화들을 발견하였습니다. 그래서 그 찾아간 이야기와 발견한 선배들의 흔적들, 그리고 설화들을 엮어 이번에는 '섬마을 징검다리'라는 기행수필집을 발간하는 것입니다.

징검다리는 시골의 개울에 한 발작 넓이로 넓적한 바위를 놓아 마을사람들이 일터로 나갈 때 개울물에 빠지지 않고 하나씩 밟고 건너는 바위돌들 입니다.

섬마을에는 아름답게 자란 나무들과 아름답고 웅장한 바위가 있는 산들이 시원한 바다와 어우러진 풍경도 있으나, 국가와 민족을 위해 산화한 이순신, 소록도의 용감한 의인 이춘상, 손죽도의 젊은 장군 이대원, 그리고 6·25전쟁 후 국민들이 생활고에 허덕일 때 국민들에게 기(氣)를 넣어준 김일(金一)의 이야기 등이 숨쉬고 있습니다. 이러한 섬마을의 선인들에 대한 설화가 도시 사람들이 섬마을을 찾아오는 징검다리가 될 것이라 생각했습니다.

기행수필집을 여섯 장으로 편성하였습니다. 동해 섬마을의 징검다리가 제1장, 서해의 섬마을 징검다리가 제2장과 제3장, 남해의 섬마을 징검다리가 제4장과 제5장, 그리고 제주특별자치도의 섬마을 징검다리를 제6장으로 편성한 것입니다. 일본의 섬마을 기행수필 3편을 동해의 섬마을 징검다리에 포함시켰습니다. 동해에는 섬이 적어 섬마을 징검다리가 적었고, 일본은 역시 동해의 섬이기 때문입니다. 각 장의 기행수필 수록순서는 가급적이면 각 기행수필 주제의 연대별로 나열하려고 하였습니다.

　찾아간 각각의 섬마을에서 디지털 카메라로 촬영한 사진 한·두 장씩을 각 수필에 넣어 독자들의 감상에 도움이 되었으면 했다.

　소생의 기행수필 1집 '섬마을 설화'와 2집 '섬마을 징검다리'를 정성껏 편집·발간하여 주신 '수필과비평사' 서정환 사장님과 편집부 진수향 선생을 비롯한 여러분에게 깊은 감사를 드립니다.

2018년 6월 15일　정용순(鄭龍淳)

○ [참고 1] 수필 내용의 '인용문'과 '참고문'에서 줄 바꿈을 '/'로 표시하였습니다. 각 단어 옆에 단위가 올 경우 단위를 그 단어에 되도록 붙여 썼습니다. 또한 섬의 이름이 글 중에 나올 경우 섬이름 옆 괄호() 내에 한자 이름과 그 섬의 면적을 ㎢로 넣었습니다. 섬의 크기가 참조될 것이라 생각하였습니다. 이 책은 작은 역사서 입니다.

○ [참고 2] 글 중에 옛 선조들의 명칭에서 존칭을 생략하였습니다. 양찰 바랍니다.

제1장
동해의 섬마을

제2장
서해의 섬마을 (1)

제3장
서해의 섬마을 (2)

제4장
남해의 섬마을 (1)

제5장

남해의 섬마을 (2)

제6장
제주특별자치도의 섬마을

제1장
동해의 섬마을

우리나라의 동해에는 서해나 남해에 비교하여 섬이 매우 적다. 이 장(章)에서는 부산의 동쪽에 있는 섬을 동해의 섬으로 하였다. 동해에서 동해의 섬마을에서 일어난 설화들에 대해 정성을 다하여 썼다. 섬이 적으므로 일본의 도쿄와 아타미(熱海) 여행이야기를 이 장에 포함하였다.

독도는 한국의 영토이다

일본 우파놈들은 독도가 무주지(無主地)이므로 1905년 2월 22일 시마네켄 고시 제40호로 시마네켄에 편입하였다고 한다. 심지어 2월 22일을 '다케시마의 날'로 정하고 일본의 시마네켄(島根縣)에서 매년 대단히 큰 기념행사를 한다. 그런데 독도를 편입한다는 문서는 시마네켄 회람문서였고, 그들이 이야기 하는 '독도가 무주지'라는 말은 틀린 말이다. 왜냐하면 영토를 한 지방의 회람문서로 편입하는 것은 국제법에 어긋나는 일이고, 독도는 무주지가 아니고 512년부터 우리나라의 영토였기 때문이다.

우리나라는 1900년 10월 25일 고종황제의 칙령 제41호로 독도가 울도군에 속함을 발표한 것이다. 칙령 제41호에는 "울릉도 도감을 울도군수로 격상한다. 울도군은 울릉도(鬱陵島), 죽도(竹島), 독도(獨島)를 관장하는 행정기관이다"라는 문구가 기록된 칙령인 것이다. 울도군의 초대군수로 배계주(裵季周, 1850.2.24~1918.2.15.)가 임명되었다. 그런데 울릉도가 무주지인가?

1454년 발간된 세종실록 지리지에는 「죽변 동쪽 바다에 두 섬 무릉도(武陵島)와 우산도(于山島)가 있는데 두 섬은 멀지 않아 맑은 날 서로 볼 수 있다. 두 섬은 512년 신라 장군 이사부가 우산국을 점령하면서부터 우리나라의 영토였다. 우산도는 왜(倭)인들이 말하는 마쓰시마(松島)이다.(于山島則倭所謂松島也)」라고 기록되어 있다. 1694년 삼척영장(三陟營將) 장한상(張漢相, 1656~1724)이 울릉도 수토사(搜討使)로 임명되어 울릉도를 1694년 9월 19일(음)부터 13일간 수토한 후 그 결과를 1694년 10월 6일(음) 작성하여 숙종에게 보고한 「울릉도 수토기」에는 다음과 같은 기록이 있다. 즉, "비 개이고 구름 걷힌 날, 울릉도 중봉에 올라보니 서쪽으로는 구불구불한 대관령(大關嶺)의 모습이 보이고, 동쪽으로는 동남쪽에 섬 하나가 희미하게 보이는데 크기는 울릉도의 3분의 1이 안 되고, 거리는 300여 리에 지나지 않았습니다.—〈이하 생략〉—" 울릉도에서 우산도(독도)를 바라보았다는 구체적 기록이 장한상 이전에는 나오지 않는다. 장한상은 「세종실록 지리지」울릉도에서 독도(우산도)가 날씨가 맑으면 바라볼 수 있다는 것을 입증한 최초의 관리였다. '바라볼 수 있다'는 것은 하나의 생활 권역임을 말해 주는 것이다.

1877년 일본 최고의 통치기관의 명령인 태정관령(太政官領)에도 독도가 조선의 영토라고 기록되어 있음이 발견되었다. 이것은 1987년 일본 교오토(京都)대학 호리가즈오(堀和生) 교수의 논문에서 밝혀졌는데 「다케시마(鬱陵島) 외 한 섬(마쓰시마, 松島)은 일본의 영토가 아니고 조선의 영토이므로 일본인은 그 두 섬에 도해를 금지한다.」라고 되어 있다. 이 태정관령의 부속 지도 기죽도약도(磯竹島略圖)는 2006년에야 일본 가나자와 교회의 목사인 우루시자키히데유기(漆崎英之)가 발견하였다.

일본에서 발견한 고지도와 고문서에도 독도는 조선의 영토라고 표시된 자료들이 많다. 이것은 '섬마을 설화(수필과비평사, 2016)'의 첫 글을 참고 바란다.

한 때 일본의 우파놈들이 싼프란시스코 대일강화조약문(San Francisco(SF)-對日講和條約文)에 독도가 일본이 한국에 반환되는 영토의 섬 이름에서 빠졌다고 하는 이유로 독도가 일본의 영토라고 하는 주장을 했었다. 한국이 6 · 25전쟁 중인 1951년 7월부터 연합국 회의를 하였고, 1951년 9월 8일 발표된 조약문이다. 미국, 일본, 연합국 48개국 대표들이 참석하고 18회의 회의가 이 독도가 반환되는 한국의 영토의 예(例)에 넣어야 된다 안된다 또는 "독도는 일본의 영토이다"를 반복하다가 넣지 않았다 한다. 넣지 않았다고 큰 문제가 되지 않으니 이것은 이 정도만 기록하기로 한다.

나는 여기서 1943년 12월 1일 발표된 카이로선언(Cairo宣言)과 1945년 7월 26일 발표된 포스탐선언(Potsdam宣言), SCAPIN 677호, 1,033호에 대하여 설명하고 이 글을 마치려 한다.

에짚트(Egypt)의 카이로(Cairo)에서 1943년 11월 말 연합국(미, 영, 불, 쏘) 지도자들이 모여 회합을 열고, 12월 1일 독일, 이탈리아, 일본에게 보낸 경고장이 카이로 선언이다. 제2차 세계대전의 전황이 국제연합의 승리로 되어 갈 때였다. 「독일, 이탈리아, 일본은 무조건 항복하고 폭력과 탐욕에 의해 점령한 모든 지역에서 퇴각하라!」는 내용이었다. 이 선언서가 세 나라에 보내지자 독일과 이탈리아는 곧 바로 무조건 항복하였는데 일본은 항복하지 않았다. 그래서 1945년 7월 26일 연합국 대표들이 독일의 포츠담(Potsdam)에 다시 모여 일본정부에 「일본은 항복하고, 한국의 독립을 승인하며, 강탈한 영토를 반환하고 물러가라!」라는 포츠담 선언문을 보낸 것이다. 그래도 일본은 항복하지 않았다. 그래서 1945년 8월 6일 8시 15분과 8월 9일 11시 2분에 일본의 히로시마(廣島)와 나가사끼(長崎)에 미국의 B29 비행기에 의해 원자탄이 투하된 것이다. 그 다음에도 6일이나 지나서야 일본이 무조건 항복을 하고 물러 간 것이다.

연합군 사령관 맥아더(MacArther)는 연합군 최고 사령부 훈령(Supreme Commander for the Allied Powers Instruction Note(SCAPIN)) 677호와 1,033호를 카이로와 포츠담 선언에 따라 발령하였다. SCAPIN 677호는 1946년 1월 29일 발표된 것으로 한국의 영토를 맥아더선(MacArther Line)으로 표시한 것인데 동해에 국경선 바로 안에 독도가 위치하도록 그어졌다. 그래서 1946년 7월 26일 SCAPIN 1,033호를 발령하였다. 다른 국경선을 그대로 놓아두고, 독도 주위의 선을 독도 주위 12해리 되게끔 둥글게 그은 것이었다. 이것이 1952년도에는 이승만선(李承晚 Line)으로 된 것이다. 이 선 안에 일본의 선박들은 들어오지 못하게 한 것이다.

독도는 한국의 영토이다. 일본은 "독도는 일본의 고유의 영토이다."

독도의 서도(김성도 부부의 가옥이 산기슭에 안겨있다.)

라는 말을 일본정부가 일본의 초·중·고 사회교과서에 기록하여 넣기를 반복하는데 그것은 부끄러움을 모르는 일본 우파놈들의 작란이다. 일본의 자라나는 어린 싹들에게 이웃나라와의 전쟁을 강요하는 흉악한 짓임을 모르고 하는 짓이다. 일본 내 양심적 인사와 세계의 양심적인 지성인들에게도 얼마나 부끄러운 일을 하는 것이냐?

〈2018년 1월 13일〉

[참고 1] 독도에 관한 수필: 내가 2016년 기행수필집으로 저술한 「섬마을 설화」(수필과비평사, 2016)의 제1장 첫 수필(14~25쪽)은 「독도가 일본의 영토가 아닌 이유」라는 제목의 글이었다./ 비교적 길게 기록하였는데 이번 글, 「독도는 한국의 영토이다」에서는 좀 간단히 요점

만 기록하였다.

　[참고 2] 울릉도로부터 독도를 바라볼 수 있는 날짜와 시간: 인간의 해상에서의 시력 한계는 해무가 없는 날 150km라 한다./ 울릉도 군청 뒷산에서 독도까지의 거리는 87km 이니 충분히 육안으로 볼 수 있다./ 독도는 매년 10월 15일부터 이듬해 3월 중순까지 동틀 때부터 10시 사이 해무가 없을 때만 울릉도 도동 뒷산에서 바라볼 수 있다./ 위 글에서 장한상은 일본과의 울릉도 쟁개(안용복 사건)가 있었던 1694 년 음력 9월 19일(양력 10월 19일(?))부터 13일 간 울릉도를 수토(搜討) 했으므로 독도를 육안으로 볼 수 있었다.

태종대의 남편 기다리는 아낙네

나는 1993년 12월 초 일본 기후켄(岐阜縣) 아사히다이쿄쿠(朝日大學)에 연구교수로 갔었다. 그때 우연히 시모노세키(下關)가 고향이라는 왼쪽 눈이 보이지 않는 일본인 젊은이를 만나 영어 반, 일본어 반 섞어 재미있게 이야기를 나눈 일이 있었다. 이야기를 나누던 중 이 일본인 젊은이가 휴가 때 같은 직장의 한국인 젊은이와 부산에 와서 태종대를 관광하였다는 이야기를 자랑스럽게 하였다.

"나는 한국인 친구들과 부산에 가서 태종대 관광도 했답니다."

나는 그 일본인 젊은이와 만날 때까지 그 일본인 청년보다 30년도 더 살았으면서 한국인이면서 태종대가 관광지인 것을 몰랐는데 이 20대 일본인은 태종대를 관광한 것이다. 조금은 부끄럽다고 생각하였다.

지금은 일본 아사히다이쿄쿠(朝日大學) 연구교수 시절로부터 또 세월이 23년을 흘러갔는데 2016년 5월 30일 태종대(太宗臺)를 찾아갔다.

신선대의 망부석(남편 기다리는 아낙네)

세월은 물살 같다는 말이 실감되는 것이다.

나는 영도(影島) 봉래산(蓬萊山, 395m) 북쪽 기슭에 위치한 산제당 · 아
씨당(山祭堂 · 阿氏堂)의 설화를 읽어본 다음 급경사로 300m를 내려와
마을버스에 승차하고 영도 일주도로의 동쪽 해안도로로 나와 하차하
였다. 그리고 태종대 시내버스 종점까지 시내버스에 승차하여 왔다.
시내버스에서 하차하면서 옆을 바라보니 관광회사 직원들인 젊은 사
원들이 태종대 주변지도를 궤도걸이에 걸어놓고 태종대 관광코스를
설명하고 있었다.

"저희들이 15인승 승합차로 영도 남항여객선선착장까지 모셔다 드

린 다음 남항여객선선착장에서 여객선에 승선하시고 태종대 관망대와 등대 남쪽으로 가시면서 바위 절벽, 주전자바위, 그리고 망부석을 보실 수 있습니다. 여객선은 한국해양대학교가 위치한 아치섬(조도) 뒤를 지나고 부산항 앞을 지나 오륙도(五六島)를 돌아옵니다. 그리고 신선대 등대 선착장에 내리셔서 등대 박물관, 망부석, 그리고 관망대를 관광하실 손님은 하선하신 후 관광하시고, 선착장에 내려오시면 다음 여객선에 승선하셔서 남항여객선선착장으로 돌아오시게 됩니다. 그러면 그곳에서 저희들이 승합차로 이곳에 다시 모셔옵니다. 료금은 일만원입니다."

나는 료금을 지불하고 승합차에 승차하여 관광회사원이 설명한 대로 관광은 진행되었다. 그런데 남항여객선선착장을 출발한 여객선이 등대 남쪽을 지나고 한국해양대학교가 위치한 조도(朝島)를 지나간 후 부산항 앞에서 오륙도 쪽으로 가지 않고 바로 돌려 태종대등대 아래 여객선선착장에 도착했다. 나는 태종대등대선착장에서 하선하여 등대 쪽으로 일백여 개의 계단을 밟고 올라갔다. 여객선이 부산항 앞을 지나서 오륙도(五六島) 쪽으로 가지 않은 것은 부산항으로 드나드는 수많은 선박들과의 충돌을 우려하여 항만청에서 금지시켰기 때문이라고 선내방송으로 설명하였다.

등대 밑에서 좁은 도로를 걸어서 태종암으로 건너갔다.

이 태종대(太宗臺)가 태종대로 불리게 된 명칭유래는 다음과 같다고 한다. 첫 번째 전설이 만들어진 이유로 신라 제29대 태종무열왕(太宗武烈王, 603(진평왕 25)~661(문무왕 1), 재위: 654~661) 김춘추(金春秋)가 이곳에서 활을 쏘고 말을 달리는 군사훈련을 하여 삼국통일(三國統一)의 기틀을 만들었다는 것이다. 두 번째 태종대가 태종무열왕과 관련된 전설이 만들어진 이유로 태종무열왕이 삼국통일의 대업을 이룩한 다음 대신들, 장군들과 이곳에서 풍광을 즐기며 잔치를 하였다는 것이다. 그리고 세 번째 전설로 태종무열왕이 삼국통일을 위한 군사를 일본 정부에 요청하기 위해 세자시절 일본의 정부에 사신으로 다녀오는 길에 그 결과가 좋건 좋지 않았건 대신들과 장군들이 이곳까지 마중 나와 이곳에서 환영회를 벌렸다는 것이다.

나는 이 세 가지 전설 중에서 세 번째 것이 가장 합리적인 설화라고 생각되었다. 당나라까지 가서 군사동맹을 요청한 김춘추가 일본에는 가지 않았겠느냐는 것이다. 첫 번째와 두 번째 설화는 가능성이 적다고 생각하였다. 첫 번째 설화에서 서라벌(徐羅伐)에서 영도는 거리가 너무 멀기 때문에 오는 것이 문제가 있고, 훈련할 장소가 서러벌 가까이에도 많은데 먼 곳인 부산까지 와서 좁은 해협을 건너야 했으므로 무리일 것이기 때문이다. 또한 두 번째 설화인 태종무열왕이 삼국통일을 성취한 후 이곳에서 대신들과 축하연을 베풀었다고 하는 것은 더욱 거짓말이 심한 설화일 것이다. 왜냐하면 태종무열왕은 당나라 13만 대군과 신라 5만 군이 합세하여 661년 7월 10일(음) 백제를 멸망시킨 다음 백제의 수도 사비성(泗沘城)에서 백제의 유민들을 위무하다가 어디에서 날라 왔는지 모를 화살에 맞아 사망했으며, 그것은 고구려를 멸망시키기 전 즉 삼국이 통일되기 전이었기 때문이다.

아무튼 우리나라 역사상 훌륭한 왕인 신라의 태종무열왕이 왔다간

태종대 등대(1906년 건설됨)

것만으로 그 왕의 이름에서 태종대라는 이름을 지었다 하니 역사적인
장소인 것은 틀림없다.

　태종암의 넓은 바위 위에서 관광객들은 앞에 보이는 주전자바위, 좁
은 바위골짜기 건너 망부석(望夫石), 그리고 북쪽으로 웅장하게 건설된
등대와 등대상징물을 배경으로 사진을 촬영하고 있었다. 바위위에는
지질학자들이 기록하여 놓은 바위의 형태에 대한 설명표지문판이 너
른 바위 이곳저곳에 세워져 있었다. 너른 바위 중심부에 좁은 골짜기
건너로 건너다 보이는 신선바위(神仙巖)와 망부석(望夫石)에 대한 전설
이 안내 설명표지문판에 기록되어 있었다.

「신선바위의 전설(神仙巖의 傳說)/ 옛날 선녀(仙女)들이 평평한 이곳 바위에 내려와 놀았다는 전설로부터 신선대(神仙臺)라는 이름이 유래되었다./ 옛날에는 태종대(太宗臺)를 신선대라고 불렀다 한다./ 신선들이 찾아오도록 아름다운 경치를 가졌기 때문이다./ 현재는 오른쪽 바위를 신선대(암)라 부르고, 왼쪽 바위를 태종대(암)라 부른다./ 옛날 신선들이 이 바위에서 도끼자루 썩는 줄도 모르도록 느긋하게 앉아 놀았다는 이야기가 전해오고 있다./ 또한 이곳 신선바위에는 선녀들이 내려와 놀고 아기를 낳았다는 전설이 전해진다./ 바위에는 아기의 탯줄을 끊은 가위와 실패의 흔적이 있는데 출산한 선녀의 오른쪽, 왼쪽 무릎이 닿은 흔적이 남아 있다고 한다./ 힘을 오른쪽 무릎에 더 주었기 때문에 오른쪽 흔적이 더 선명하다고 한다.」

옆에 망부석의 안내 설명표지문판도 세워져 있었다.

「망부석(望夫石)/ 신선바위 안 평평한 바위 위에 외로이 서서 왜구에게 끌려간 남편을 애타게 기다리던 여인이 있었다./ 그 여인은 비가 오나 눈이 오나 바람이 부나 가리지 않고, 일본 땅이 멀리 바라보이는 이곳에 서 있었다./ 바위처럼 서서 몇 달, 몇 년을 한 없이 기다리다가 굳어버려 바위가 되어버렸다./ 그래서 사람들은 그러한 전설을 따라 이 바위를 망부석(望夫石)이라 부르게 되었다.」

신선대의 전설 설명문에 의하면 우리가 바위절벽 밑 좁은 길로 건너

간 넓은 바위를 태종대(암)라 하고, 그곳 서쪽 바위절벽계곡 건너 망부석이 외로이 서 있는 넓은 바위를 신선대(암)라 한다는 것이다. 신선대(암)에는 신선들과 선녀들이 하늘에서 내려와 질펀하게 놀았고, 선녀 중에는 이곳에 내려와 아기도 낳았다고 한다. 선녀가 아기 낳은 흔적으로 가위, 실패, 그리고 무릎 닿았던 자리가 패인 흔적이 있다고 누군가 전설을 만들었으니 어쩌랴!

　절벽골짜기 때문에 관광객은 태종대(암)까지만 갈 수 있고, 신선대(암)에는 건너갈 수 없으므로 망부석을 만져볼 수 없고, 태종대(암)에서 바라볼 뿐이다. 신선대(암)에는 외로이 서 있는 여인의 모습이라는 망부석이 넓은 바위 위 중앙에 서 있고, 그 옆 바위절벽 앞에 대운암이라는 작은 산 모양의 암석이 절벽을 장식하고 있다. 앞의 망부석 설명문에서 망부석은 고려시대 왜구에게 끌려간 남편을 이곳 일본의 쓰시마섬(對馬島)이 바라보이는 신선대에 와서 비가 오나 눈이오나 바람이 부나 기다리면서 세월을 보내다가 선채로 굳어버려 바위가 되었다는 전설이 이곳저곳 기록으로 전하여지고 있으니 참으로 흥미롭다.

　섬나라 일본에 사는 인간들 중에는 신라시대 그 이전부터 해적활동을 주업으로 삶을 꾸려가는 놈들이 많아서 이웃나라인 우리나라와 중국의 바닷가 주민들을 괴롭혀 왔다. 해안지방 뿐만 아니라 내륙 깊숙한 지방까지 들어와서 백성들을 괴롭혔다. 고려 말인 1376(우왕 3)년 최영(崔瑩, 1316~1388)의 부여 홍산에서의 왜구 격퇴와 1380(우왕 7)년 이성계(李成桂, 1335~1408)가 격전을 벌려 물리친 전라북도 운봉에서의 왜구와의 전투가 그 예이다. 운봉 전투에서 왜구 대부대를 지휘한 왜구수장은 아기바투(阿其拔都)라 했다.

이러한 왜구들은 우리나라에서 많은 문화재들과 식량을 앗아갔을 뿐만 아니라 우리나라 젊은이들을 노예로 끌어간 것이다. 신선대(암)에서 고려 시대 왜구 놈들에게 잡혀간 남편을 기다리며 일본의 쓰시마섬(대마도)을 향하여 외로이 서서 세월을 보내다가 망부석이 되어버린 애처로운 여인은 몸이 굳어 바위로 되면서 다음과 같은 시(詩)를 읊조렸을 것이다.

망부석

인생은 풀잎에 맺힌 이슬이요
파도 위에 스러지는 거품
이슬과 거품 속에도 만남과 이별이 있는지요.
바람아 동풍만 불어다오. 태풍은 오지마라.
착하게만 살아 온 것이 죄인가요?
사랑하는 사람이 이곳에 많은데
그런 사람 끌고 간 왜구놈들
겨우 살아가는 백성들의 식량을 앗아가는 악마들아
너희들은 애비와 에미도 없느냐?
형제자매 아내도 아기도 없느냐
나는 여기 파도 밀려오는 신선대에서 백년 천년이 가더라도
한 발자국도 움직이지 않고 기다릴테니

내가 죽어 나의 넋은

너의 악마들 소굴로 나라가서

너희들 간을 꺼내 씹으리라

〈2016년 6월 4일〉

[참고 1] 영도[影島]: 부산광역시 영도구에 있는 섬./ 동경 129°06′, 북위 35°05′에 위치하며, 부산만 남서쪽에 있다./ 면적은 14.12㎢이고, 해안선 길이는 30.82㎞이다./ 조선시대까지 절영도(絕影島)라 불렸는데 이것은 이 섬에서 길렀던 군마들의 달리는 속도가 빨라서 그림자를 볼 수 없다는 의미라 한다./ 섬 전체가 부산광역시 영도구에 해당된다./ 1934년 11월과 1981년 1월에 각각 개통된 영도대교(影島大橋)와 부산대교(釜山大橋, 215m)가 부산의 도심지를 연결한다./ 또 영선동과 서구 암남동을 연결하는 남항대교(1,941m)가 2008년 7월에, 도개식으로 재건설된 영도대교(214.8m)가 2013년 11월에, 영도구 청학동과 남구 감만동을 연결하는 부산항대교(3,368m)가 2014년 5월에 각각 개통되었다.

울산 대왕암의 자의왕후

　KTX 울산역에 하차한 시간은 2016년 9월 8일 아침 10시였다. 나는 KTX 울산역 앞에서 울산시내 각지로 운행하는 붉은색 리무진버스 중 일산해수욕장으로 운행하는 버스에 승차하고 차창으로 내다보이는 울산 외곽으로부터 시내 공업지구의 건물들을 90분 정도 관광하면서 일산해수욕장 버스정류소에 하차하였다.

　울산에 내가 내려온 목적은 울산 동쪽 대왕암공원지구 밖 50m 바닷물 건너 기암괴석으로 이루어진 바위섬 대왕암(大王巖)을 만나기 위한 것이었다. 681년 문무왕(文武王, 626(진평왕 43)~681, 재위: 661~681)의 왕비 자의왕후(慈儀王后, ?~681)가 사망한 다음 호국룡(護國龍)이 되어 이 바위섬 밑에 살아간다는 전설이 있어 찾아온 것이다.

　일산해수욕장 입구 버스정류소에서 일산해수욕장 입구로 들어가서 해수욕장 동쪽의 낮은 산인 대왕암공원 쪽으로 조성된 목재테크 산책로를 따라 걸었다. 대왕암공원은 이 목제테크 산책로가 끝나는 곳에서 200개 정도의 계단을 밟고 올라간 곳이다. 추석절이 얼마 남지 않은 9월 초여서 해수욕장은 사람이 없었다. 목재테크 산책로 양 옆에 심어놓은 야자수들이 시원한 바닷바람에 잎을 흔들었다. 목재테크 산책로는 길이가 300m는 되었다.

나는 목재테크 산책로가 끝나면서 시작되는 대왕암공원 층계길의 층계를 밟고 올라갔다. 층계를 올라간 곳은 송림이 우거진 언덕인데 이곳이 대왕암공원인 것이다. 우리나라 동남단에서 동해 쪽으로 뾰족하게 나온 부분의 끝자락에 위치한 공원으로, 1984년에 공원으로 지정되었다고 한다. 옛 선비들이 해금강이라 일컬을 정도로 경치가 아름다운 곳이며, 조선시대에는 목장으로 쓰였다고 한다. 넓이는 약 93만㎡라 한다. 1906년에 설치된 울기등대가 있어 1962년 5월 14일부터 울기공원이라고 불리다가 2004년 2월 24일 대왕암공원(大王巖公園)으로 명칭이 변경되었다.

대왕암공원은 울기등대와 대왕암, 용굴, 탕건암 등의 기암괴석, 수령 100년이 넘는 1,500그루의 아름드리 해송이 어우러져 울산을 상징하는 쉼터 구실을 하고 있는 공원이다. 특히 '용추암' 또는 '댕바위'라고 불리는 '대왕암'은 하나의 바위섬이다. 신라 제30대 임금 문무왕의 왕비 자의왕후가 죽어서 호국룡이 되어 나라를 지키겠다 하여 바위섬 아래에 묻혔다는 전설이 있고, 최근에는 대왕암 공원의 동쪽끝과 바위섬 대왕암이 1995년 대왕암교(大王巖橋)로 연결되었다.

대앙암공원 입구에서 울기등대로 이어지는 길을 공원중앙로라 하는데, 입구에 우람하고 험상궂은 목장승 세 기가 지키고, 그 옆에 현직

박근혜 전직 대통령이 2016년 7월 28일 대왕암교를 건너고 있다.

여성 대통령 박근혜(朴槿惠)가 2016년 여름 이곳을 방문하여 산책했다
는 표지판이 세워져 있다.

「대한민국 제18대 대통령 박근혜 대왕암공원 방문/ 박근혜 대통령
께서 2016년 7월 28일 여름휴가를 맞아 여기 대왕암공원을 방문하셨
다./ 대통령께서는 "산업도시인 울산에 자연이 잘 보존되어 있어 다
행스럽고 잘된 일입니다./ 울산 경제를 살리는 데 좋은 자원이 됐으
면 합니다."라고 말씀하셨다.」

대왕암공원 중앙로 중심부에 세워진 안내 설명표지문판이다. 박근혜 현직 대통령이 대왕암공원 주차장으로부터 울기등대를 거쳐 2016는 3월 16일 재개통한 대왕암교(大王巖橋)를 7월 28일 이곳에 왔을 때 건너 대왕암 정상 전망대까지 왕복했다고 안내 설명표지문판의 설명문 밑 지도에 그려 넣은 것도 볼 수 있었다. 울산은 박근혜 대통령의 부친 박정희(朴正熙) 전직 대통령이 1966년 공업도시로 만들려고 시작한 지역이므로 부친 생각 겸 여름휴가를 울산으로 내려왔던 모양이다. 울산 12경의 첫 경승지인 이곳의 자연경관이 살아있어 만족하여 "자연이 잘 보존되어 있어 다행스럽고 잘 된 일입니다." 라고 말한 듯하다.

　　울산 대왕암공원은 우리나라에서는 독도 다음으로 해가 먼저 뜨는 곳으로 알려져 있고, 넓이가 약 93만㎡(282,000평)의 비교적 넓은 공원이다. 무엇보다 이 대왕암공원에는 삼국을 통일한 신라 제30대 문무왕의 왕비 자의왕후(慈儀王后)가 타계한 다음 호국룡(護國龍)이 되어 이 공원의 바닷가 대왕암 밑에 살고 있다는 전설이 있는 곳이며, 호국룡이 밑에 사는 바위라서 그런지 바위의 색깔이 황갈색이고 모양이 기괴하고 아름다우며 바위 밑에 해초가 자라지 않는다는 것이다.

　　나는 이 공원 중앙로 600m를 걸어서 신·구 두 기의 등대가 세워져 있는 울기등대(蔚埼燈臺) 앞을 지나 약 50개의 계단으로 되어있는 층계를 밟고 내려갔다. 그곳이 해맞이광장인데 이 광장의 동해쪽 바위 앞의 안내 설명표지문판에는 대왕암 전설이 기록되어 있었다.

「울산 대왕암 전설(蔚山 大王巖 傳說)/ 대왕암 하면 경주시 양북면 봉길해수욕장 앞바다 가운데 신라 제30대 문무왕의 수중릉을 떠올리게 된다./ 그러나 이 봉길리로부터 남쪽으로 100km쯤 내려온 울산시 동구 방어진 앞바다에는 문무왕의 왕비가 죽어서 왜구로부터의 침입을 막겠다고 하는 호국룡의 전설이 깃든 또 하나의 대왕암이 있어 소개한다./ 대앙암공원은 우리나라에서 울주군 간절곶과 더불어 해가 가장 일찍 뜨는 장소이고, 그 가장 동쪽에 대왕암이라는 바위섬이 있다./-〈중략〉-/ 송림길 공원 중앙로 600m를 벗어나면 탁 트인 해안 절벽으로 마치 선사시대 공룡화석들이 푸른 바닷물에 엎드려 있는 듯한 착각을 일으킬 듯한 거대한 암석들을 만날 수 있다./ 거대한 기암괴석의 불그스레한 색깔이 짙푸른 바닷물색과 대비되어 아주 선명하다/ -〈중략〉-/ 댕바위 또는 용이 승천하다 떨어졌다 하여 용추암이라 하는 이 바위섬은 신라 문무왕의 호국룡 전설에 이어지는 이야기가 있다./ 681년 문무왕의 뒤를 이어 세상을 떠난 문무왕의 왕비 자의왕후가 이 바위 밑 바다 속에 잠겨 남편처럼 동해의 호국룡이 되었다는 것이다.」

문무왕은 661년 아버지 태종무열왕(太宗武烈王, 본명: 김춘추(金春秋), 603~661, 재위: 654~661)의 뒤를 이어 제30대 왕으로 즉위하여 재위 중 수시로 왕사인 지의법사(智義法師, ?~?)에게 "나는 죽은 다음 호국룡이 되어 불법을 숭상하고 나라를 수호하겠습니다."라 했고, "그러니 내가 죽으면 봉길리 대왕암에 장사하게 하여 주세요!"라 부탁했다.

울산 동구 대왕암공원의 해맞이광장에서 바라본 대왕암 바위섬

681년 문무왕이 승하하자 그의 유언에 따라 양북면 봉길리 대왕암에 장사하였다. 신라 사람들은 왕은 틀림없이 호국룡이 되어 수시로 침범하는 왜구를 막아줄 것이라 믿었다. 문무왕비 자의왕후는 파진찬 김선품(제23대 진흥왕의 셋째 구륜의 장자)의 딸로서 용모가 아름다웠으나 말을 좀 더듬어 자눌왕후(慈訥王后)라고도 불렀다 하는데 그녀도 남편 못지않게 호국의 신념이 대단하여 살아있는 동안 수시로 자신은 세상을 떠난 다음 호국룡으로 되어 울산의 바위섬 밑에 살면서 신라를 수시로 침범하는 왜구들을 막을 것이라 했다. 울산의 신라 백성들은 이 바위섬을 울산대왕암(蔚山大王巖)이라 불렀다.

나는 대왕암으로 건너가기 위해 대왕암 동쪽 털머위의 푸른잎이 무성한 바위언덕과 대왕암을 연결하는 연륙교(連陸橋)인 대왕암교(大王巖

橋) 입구로 걸어 내려갔다. 대왕암교는 1995년 현대중공업 울산본사에서 아취교로 만들어 울산시에 기증하였으나 20년이 흐르면서 철골재로 만든 교량이 녹슬어 흉물스러워졌고 안전에도 문제가 있으므로 2014년 12월 이 교량을 철거하고 새로운 목재교량으로 예쁘게 만들었다. 이 교량의 길이는 50m 폭은 2.5m이고, 2016년 3월 16일 재개통되었다. 건설비용이 15억 원 소요되었다.

나는 기분좋게 이 교량을 건너 대왕암섬 가장 높은 곳인 전망대에 올라갔다. 대왕암전망대에서 건너다보이는 대왕암공원의 울기등대 부근의 경치가 아름다웠다. 파란 바닷물과 파란 송림으로 둘러싸인 황갈색 기암괴석은 장관이었다. 그 황갈색 기암괴석과 대왕암을 연결하는 아름다운 대왕암교가 푸른색 물결 위에 걸려 있으니 그 아름다움이 배로 되었다. 이 교량 밑에 호국룡이 살아서 김과 미역 등 해초가 자라지 못한다는 기록이 있어 다리 위에서 푸르지만 맑은 바다 속을 내려다보았더니 정말 해초는 없었다. 그러면 그 호국룡의 전설은 정말 있는 것인가? 현직 여성 대통령이 2016년 7월 28일 내가 올라갔던 대왕암 정상에 올라갔을 때 바위 밑에는 681년 문무왕의 왕후 자의왕후가 화신한 호국룡이, 바위 위에는 이 나라의 현직 여성 대통령(옛날로 여왕)이 있었던 것이니 신기한 일이었다.

전설이란 얼마나 인간의 마음을 살찌게 만드는 것인가? 관광명소에만 전설이 숨겨져 있으니 더욱 그럴듯한 것이다. 용(龍)이란 존재는 내가 세상을 80년 살아오면서 한 번도 본 일이 없는 상상의 동물이다. 물론 그림으로 구름 속에서 여의주를 희롱하는 용은 보았다. 그래서 용이 나오는 전설은 작가나 이야기를 좋아하는 나이 지긋한 사람들의 작품이라 생각한다.

　경주시 양북면 대왕암에 장사지낸 문무왕은 그곳에서 호국룡으로 되고, 그의 왕비 자의왕후는 어디에 장사했는지 모르나 장사지낸 다음 호국룡으로 화신하여 울산시 동구 일산동의 대왕암 밑으로 와서 살면서 수시로 침범하여 오는 왜구를 방어했다는 전설을 믿는 사람은 없을 것이다. '용' 자체가 상상의 동물인데 사람이 죽은 다음 '용'으로 되었다고 하는 것은 있을 수 없는 것이다. 단지 이러한 전설이 인간의 마음을 살찌게 함은 사람의 마음이 약한 것을 나타내는 것이다. 더구나 681년 사람이 죽어 화신한 호국룡이 지금까지 살아있다고 전설은 말하는 것이다.

〈2016년 9월 14일〉

영도 아치섬의 이시형

나는 언제인가부터 오랜 동안 영도(影島, 14.12㎢)의 동쪽에 위치한 작은 섬 아치섬(조도(朝島), 0.526㎢(16만 평))에 가보았으면 했다. 그러나 찾아간다고 크게 얻을 수 있는 것이 없을 것이라 생각되어서 그랬을 것이나 찾아가지 못했다.

하나의 섬이 하나의 대학 캠퍼스로 조성된 것은 세계에서 단 하나뿐이라고 한다. 그곳이 국내 유일의 해양 특성화 대학교인 한국해양대학교이다.

태종대(太宗臺), 신선대(神仙臺)의 망부석(望夫石)을 만나본 다음 여객선에 승선하여 영도 남쪽 바다를 지나 영도 남항여객선선착장으로 귀환하고 관광회사 승합차에 승차하여 태종대시내버스종점으로 왔다. 승합차에서 하차한 다음 영도의 동쪽 해안도로를 따라 영도다리 쪽으로 1km 정도 걸어가니 아치섬의 한국해양대학교 건물들과 그들 건물 뒤 갈매기산(141m)이 오른쪽으로 보였다. 2016년 5월 30일이었다.

아치섬(조도)은 절영도(絕影島, 지금은 영도(影島))의 동쪽에 위치한 약 16만 평(0.526㎢)의 작은 섬이다. 아치섬이라는 이름은 영도라는 큰 섬에 대한 작은 어여쁜 섬이라는 의미에서 유래된 이름이라 한다. 인간은 작고 귀엽고 예쁜 사물을 아지라 하는데 이 섬은 영도에 대하여 작고 귀엽고 예쁘기 때문에 아지섬이라 부르다가 아치섬으로 되었다고 말한다. 또 하나의 아치섬 명칭 유래로는 제2차세계대전 때 이 섬에 주둔했던 왜군의 깃발을 끌어내려 눕혔다하여 눕힐와(臥)에 표기치(幟)라 하여 와치섬으로 부르다가 와치섬이 아치섬으로 변음되었다는 것이다.

한편 이 섬은 조도(朝島) 또는 '아침섬'이라고도 부르는데, 이것은 이 섬이 영도의 동쪽에 위치하여 영도주민들에게는 아침에 이 섬 주변에서 해가 떠오르고 이 섬 갈매기산 옆으로 해가 떠오를 때 그 경치가 너무 아름답다고 하여 그렇게 부르게 되었다고 한다.

아뭏든 이 섬은 해발 141m의 바위가 많은 갈매기산이 섬의 동북쪽에 위치하고, 1967년 이 섬의 서쪽 바닷가와 영도의 동쪽 동삼동의 바닷가가 방파제(防波堤)로 연결되고 그 위로 4차선 도로가 조성되는 공사가 1974년 완공된 것이다. 이제는 더 이상 섬이 아니고 반도(半島)라고 불러야 될 듯하다.

약 500m의 방파제 양편으로 약 5m 넓이의 인도도 조성되고 영도 동삼동에서 방파제 남쪽 인도로 걸어 들어가다가 보면 오른쪽으로 150cm 높이의 시멘트벽에 온갖 한국해양대학교의 역사물과 학생들의 클럽활동 선전 벽보가 사진과 그림으로 그려지고, 글로 기록되

한국해양대학교 앞 방파제 입구에서 바라본 아치섬(조도) 캠퍼스

어 있다.

아치섬에 한국해양대학교가 신축되어 이전하기 전 이 섬에도 인간
이 살았었다는 기록이 있다. 1876년 부산항(釜山港)이 개항될 당시에
는 6~7가구의 어민들의 집이 있었다고 하며, 1910년 한일병합시대
에 들어와서는 이 섬이 일본 해군의 요새사령부 관할로서 이 섬 주변
에는 일반인 접근이 금지되면서 1945년 8월 15일까지 관리되었다.
그리고 1945년 8월 15일 우리나라가 일제로부터 광복(光復)이 된 후
어민들이 해산물 채취를 위해 거주하기 시작하였다. 그래서 1967년
방파제의 조성과 방파제 위에 도로가 건설되기 시작하여 완공되고,
1974년 한국해양대학의 부지로 아치섬이 선정될 때는 103가구의 어
촌이 형성되어 있었으나 해양대학이 위치하면서 이 어촌 부락은 집단

이주시켰다고 한다. 이주시킬 때 몇 명의 주민들이 자살하는 좋지 않은 일도 일어났다.

한국해양대학교의 모체는 1919년 설립된 진해고등해원양성소라고 한다. 1945년 8월 15일 우리나라가 일제로부터 광복된 다음 해양입국의 기치아래 모인 초대 교장 이시형(李時亨, 1910~1985) 외에 40명 해양 관련 인사들이 해원동맹(海員同盟)을 결성하고 당시 미군정청 교통부 수로국 해밀턴(Hamilton) 중령의 인가를 받아 4년제 고등해원양성의 관비학교인 진해고등상선학교가 설립되었다고 한다.

이 고등상선학교는 교통부 관할이었다. 한국해양대학은 교통부에서 국방부와 상공부 관할을 거쳐 1956년 7월 14일 문교부(현 교육부) 관할로 되어 정규 4년제 단과대학으로 탄생되었다. 한국해양대학교의 연역을 살펴보면 해당 이시형(海堂 李時亨, 1910~1985)은 1대, 3대, 5대, 그리고 7대 학장으로 한국해양대학 발전에 대단히 큰 역할을 하였다. 한국해양대학이 4년제 단과대학에서 4년제 종합대학교로 확장된 것은 1992년이었다.

아치섬으로 대학 캠퍼스를 이전한 것은 1974년 6월 1일이었다. 현재 한국해양대학교는 4개 단과대학(해사대학, 해양과학기술대학, 공과대학, 국제대학)으로 편성되어 있다.

나는 한국해양대학교 캠퍼스를 돌아보기 위해 방파제 위로 조성된 4차로 남쪽의 5m 넓이의 해양대 본관 쪽으로 인도를 걸어서 들어갔다.

인도 오른쪽에는 150cm 높이의 시멘트벽이 건설되어 난간 역할도

하고 파도가 칠때 바닷물이 넘쳐 인도로 걸어가는 보행자에게 피해가 없도록 설치한 것이다. 그리고 이 벽에 대학교에 기념될만한 사진들과 그림들이 페인트로 그려져 있고, 이와 관련된 설명문들이 역시 페인트로 기록되어 있었으며, 일부는 동판으로 만들어 벽에 부착하여 놓은 것이다. 이 시멘트벽의 기록물 중 첫 번째 만난 귀한 것은 이 방파제의 이름이 한림제(翰林堤)라 명명되었다는 설명문이 기록된 동판이었다.

> 「1970년부터 1975년에 걸쳐 우리 대학교가 조도로 이전함에 있어서 시종일관 산적한 문제해결에 진력하여 주셨을 뿐만 아니라 외딴섬 캠퍼스에서 육지와의 왕래에 필요불가결한 방파제를 축조하여 주신 당시 이한림(李翰林) 건설부 장관님의 은덕을 영원히 기리기 위해 이 방파제를 한림제(翰林堤)라 명명합니다. / 2011년 7월 11일 한국해양대학교 총장 박한일/ 우리 34기 졸업생들은 졸업 30주년 홈커밍데이 기념행사로 이 동판을 새겨 넣습니다.」

이 방파제를 축조함에 1970년 당시 건설부장관이던 이한림(李翰林, 1921~2012)의 도움이 지대하였다는 것이다. 한국해양대학교 제34기 졸업생들이 2012년 졸업 30주년 기념행사로 이 동판을 제작하여 방파제가 시작되는 곳의 시멘트벽에 부착한 것이다.

한국해양대학교는 1945년 진해고등상선학교에 입학한 학생이 1기이다. 그러므로 2012년에 졸업30주년 홈커밍데이(Home Coming Day)

라고 참석한 사람들은 1978년 입학한 34기 입학생들인 것이다. 이 동판 옆에 초대 학장 이시형(李時亨, 1910~1985)의 대형 반신사진이 그려져 있고, 그의 업적이 다음과 같이 큰 글씨로 기록되어 있었다.

「우리나라 해운의 선각자이신 해당 이시형 박사는 1945년 8월 15일 조국의 광복을 맞아 바다로 진출하는 것만이 국가재건의 지름길이라 믿고, 관계당국을 설득하여 그해 11월 5일 진해에 한국해양대학을 설립하는데 주도적 역할을 담당하였고, 초대 학장의 중책을 맡으셨다./ 그 이래 오로지 본교와 한국해운의 발전만을 위하여 그 자신을 희생하셨다.」

이시형은 1910년 평남 개천군에서 출생하였고, 동경고등상선학교 기관과를 졸업하였다. 1945년 11월 5일 우리나라 최초의 해양고등교육기관인 진해고등상선학교를 설립하는데 앞장섰다. 세 차례 폐교위기를 극복하면서 해기사 양성교육에 초석을 다졌다. 학장을 4회 역임하였다. 제1대: 1945년 11월 5일~1947년 6월 2일, 제3대: 1949년 3월 5일~1950년 5월 3일, 제5대: 1951년 8월 3일~1953년 6월 30일, 제7대: 1955년 7월 12일~1956년 11월 27일.

한국해양대학교는 그를 창시자로 모신다. 2010년 4월 10일에는 그의 서거 25주기 행사를 태종대 해기사 명예의 전당에서 거행하였다. 그 해가 그의 탄생 100주년이기도 해서 의미가 있었다는 이야기이다. 일제로부터 해방되어 광복을 맞았으나 6·25전쟁으로 온 나라가 어

방파제 벽면에 부착된 한국해양대학교 창설자 이시형 박사 반신상과 업적 소개 글

렵던 시절 4년제 항해사 양성교육기관인 교육부 관할 단과대학인 한
국해양대학을 설립한 훌륭한 분을 사진으로 만난 것이다.

　이시형 박사의 대형 반신사진이 박혀있는 벽면 옆에는 1955년 영도
중리 신축교사 개소식에 대한민국 1~3대 대통령 이승만(李承晚, 1875
~1965)이 참석하여 연설하는 사진이 크게 부착되어 있었다. 또한 이
승만 전직 초대 대통령의 연설하는 사진 옆에는 1960년 한국해양대
학 연습선 반도호(半島號) 명명식에 참석한 대한민국 제4대 대통령 윤
보선(尹潽善, 1897~1990)의 사진이 부착되어 있다.

　내가 방파제 위 인도를 걸어 들어갈 때가 16시 30분이어서 한국해

양대학교 학생들은 하교하는 학생들이 많았다. 그 중에는 카키색 고깔 모자를 쓰고 카키색 군복을 입은 학군단 학생들이 있었다. 학군단 학생이건 일반 학생이건 건강해 보이고 표정이 밝은 것이 좋았다.

이제 아치섬 안 한국해양대학교 캠퍼스 안으로 들어왔다. 걸어 들어가는 중앙로 양 옆에는 정원과 높게 올라간 건물들이 조화를 이루고 있었다. 정원에는 두 나무가 서로 줄거리를 기대어 자란 소사나무의 이름을 화합나무라고 이름 붙인 것이 재미있다고 생각되었다. 이 나무와 같이 우리 인간도 서로 반목하지 말고 화합하며 살아야 할 것이다.

정원 가운데 화합나무 옆에 앞면이 비스듬하게 깎인 돌이 있고 비스듬한 앞면에 글씨가 새겨져 있어 가까이 가서 읽어 보았다. "여기서부터 독도까지의 거리는 346km입니다. 2010년 10월 4일 백프로 총학생회"라고 새겨져 있었다. 독도까지의 거리가 부산항 앞에 있는 아치섬에서 그리 멀지 않다는 것을 나타내고 있는 것이다. 다른 말은 없으나 일본 우파놈들이 "독도는 일본 고유의 영토"라고 억지 주장을 하니 그러지 말라고 점잖게 타이르는 말 같았다.

아치섬 국립해양대학교 캠퍼스 깊숙이 들어온 곳에 190번 부산시내버스의 종점이 있었다. 이 시내버스는 5～10분에 한 대 정도로 운행되고 있었다. 종점 옆에 버스 대합실이 있었다. 여러 개의 긴 나무의자가 놓여 있고 3면은 유리문이고 한 면은 나무 벽이어서 여러 가지 선전문이나 버스운행시간표가 나무벽면에 부착되어 있었다. 그 나무벽면에 한국대학원리연구회(CARP)의 세계평화청년연합회에서 작성한 'YOUNG 원한 통일'이라는 제목의 글이 내 눈을 끌었다.

「CARP 소속 대학생들은 1994년 북한의 대학생들과 4차의 회합을 북경과 모스코바에서 통일 한국의 앞날을 위해 가졌었으나 이후 정치적 이유로 북한 학생들과의 회합이 단절되었다. 그러나 현재의 남북한 모순점 해결을 위해 다시 우리 젊은 학생들이 만나 그런 것들을 타개하여 나가야 된다고 생각한다. 어떻게 생각하는가?」

한국해양대학교 학생들은 몸과 마음이 건전하다고 생각되었다. 한국해양대학교 창설자 이시형의 가르침이 아치섬 캠퍼스에 배어있는 것이 아닐까(?) 했다.

오늘은 마침 호국영령들의 뜻을 기리는 현충일이니 한국해양대학교 창설자의 애교와 애국의 뜻도 기려야 할 것이다. 국민들은 건전한 몸과 마음을 기르고 씩씩한 한국해양대학교 학생들을 응원해야 할 것이다.

〈2016년 6월 6일〉

[참고] 한국 해양에서 두 분의 선각자 손원일과 이시형: 현재의 한국의 바다에서 선진한국을 있게 한 선각자에는 두 분이 있다. 한분은 한국해양대학교 창립자인 이시형이고, 또 한 분은 해군사관학교의 창립자인 손원일이다.// 한 분은 우수한 해기사 양성을 위해 또 한 분은 막강한 해군양성을 위해 평생을 힘쓴 것이다./ 한국해양대학교의 창립

자 이시형은 1910년 평남 개천에서 출생하고, 동경고등상선학교 기관과를 졸업한 다음 9년간의 승선과 태평양전쟁 징용 이후 미래 조국 발전에 있어서 한국해운의 중요성을 인지하고, 조선의 독립 후 미군정청을 설득하여 1945년 마침내 한국 최초의 국립대학인 한국해양대학을 창립한다./ 대한민국 해군의 아버지라 불리우는 수향 손원일(水鄕 孫元一, 1909~1980)은 1909년 평안남도 강서에서 출생하였고, 중국 상해 중앙대학교 항해과로 진학, 졸업 이후 외국상선에서 2등 항해사로 승선하였다./ 1945년 조국의 광복과 더불어 귀국한 그는 나라를 바로 세우는데 있어서 해군양성의 중요성을 인식하고 1946년 1월 17일 해군사관학교의 전신인 해군병학교를 창설하게 된다./ 오랜 식민지 끝에 광복을 맞이하지만 신생국가에 있어 군함이 전무하던 그 당시, 함정건조기금갹출위원회를 결성, 모금운동을 벌여 직접 미국으로 건너가 백두산함을 구입한 일화는 유명하다./ 손원일은 1980년 72세로, 이시형 박사는 1985년 76세로 소천하셨다.

도쿄 황궁 입구 니주바시(二重橋)의 김지섭

1932년 도쿄 요요키 연병장에서 관병식을 마치고 황궁으로 돌아가던 히로히토 천황(裕仁(昭和)天皇, 1901~1989, 재위: 1926~1989) 일행에게 사쿠라다문(櫻田門) 옆에서 수류탄을 던진 한국의 의사는 이봉창(李奉昌, 1900~1932)이었다. 이때 히로히토는 죽거나 다치지 않았고, 수행하던 대신 한 사람과 그 대신이 타고 있던 마차를 끌던 말이 상처를 입었다고 한다. 이 역사적인 사건이 내가 알고 있던 한일병합시대 한국인의 일본천황 암살사건의 전부였다.

그런데 이번 2017년 11월 6일 한국수필가협회 주간으로 참여한 문학기행의 안내서에 이봉창 의사의 의거보다 8년 전인 1924년 일본황궁 입구 니주바시(二重橋)에서 수류탄 3발을 근위병에게 던진 의거가 있었음이 여행계획서에 기록되어 있는 것을 읽고 놀랐다.

일행이 승차한 관광버스가 일본황궁 앞 정원 옆 주차장에 멈추고 일행은 하차하였다.

계절은 깊어가는 가을인데 황궁 앞 넓는 정원은 단풍나무의 노랗고 빨간 잎은 없고 파란 색 일색이었다. 분재같이 잘 가꾸어진 노송들 수천 그루가 질서정연하게 자라고 있기 때문이었다. 예쁜 소나무 분재 수천 그루를 확대시킨 모습이었다.

그 소나무 정원 중앙에는 높은 좌대 위에 투구를 쓰고 갑옷을 입은 무사의 동상이 달리는 용마 동상 위에 앉아 있어 찾아온 관광객의 눈길을 끌었다. 황궁은 내가 지킨다는 표식 같았다. 구스노키마사시케 장군(補正成 將軍)이라는 이름과 그의 생애와 행적이 기록된 동판이 동상 밑 좌대 앞에 부착되어 있었다. 일본의 가마쿠라시대로부터 남북조시대로 넘어가는 시기에 활동한 무장의 동상이라는 설명문이다. 구스노키마사시케는 가마쿠라 막부 타도에 앞장섰던 고다이고천황(후제호천황, 1288~1339, 재위: 1318~1339) 진영의 핵심 무장이었다.

이 동상을 옆으로 돌아 노송 사잇길 500m를 걸어 니주바시(二重橋) 있는 궁성문이 있는 곳으로 갔다. 많은 관광객들이 니주바시와 니주바시 밑 파아란 연못 건너편의 석벽으로 쌓은 성, 니주바시 너머로 올려다 보이는 황궁을 배경으로 디지탈카메라와 스마트폰의 샤터를 누르고 있었다. 이 연못은 황궁 주위를 둘러쳐 있을 것이고 이 연못을 건너 황궁으로 들어가는 황궁 입구 다리가 니주바시(二重橋)인 것이다.

1924년 1월 5일 대한민국 의열단원(義烈團員)의 한 사람인 김지섭(金祉燮, 1884~1928)이 수류탄 3발을 이곳에서 경비원들을 향해 던졌다는 것이다. 비록 그 수류탄들이 터지지는 않았더라도 이웃나라의 주권을 빼앗고 짓밟은 나라의 천황이 사는 곳에 수류탄을 던졌다는 것은 조

도쿄 황궁 입구 니주바시(二重橋)

선사람들의 독립의지를 강하게 나타낸 것이었다.

인터넷 자료실에는 김지섭 의사의 생애를 다음과 같이 소개하고 있다.

「김지섭은 1884년 경북 안동시 풍산읍 오미리에서 김병규(金秉奎)의 장남으로 태어났다./ 호는 추강(秋岡), 본관은 풍산이다./ 어렸을 때 마을 글방에서 한학을 학습하였고, 1905년 금산지방법원 서기 겸 통역관으로 근무하였다./ 1908년 설립된 교남교육회에 참여하여 교육구국운동에 참여하였다./ 1920년 37세의 청년으로 중국 상하이(上海)로 망명하여, 1922년에는 의열단에 가입하였고, 1923년 동지 김시현(金始顯) 등과 서울의 일제 통치기관들을 파괴할 목적으로 상하이로부터 폭탄(수류탄?) 36발을 서울 의열단 지회로 반입하였는데, 그 폭탄 반입이 사용하기도 전에 일본 경찰에 발각되어 김시현을 비롯한 13명이 체포되어 일경에게 갖은 고문을 받고 서대문형무소에 구속되었다./ 김지섭은 극적으로 체포되지 않고 탈출하여 상하이 임시정부로 돌아갔다./ 1923년 9월 1일 도쿄에서 관동대지진이 일어나고 교포 약 6,000여 명이 아무런 잘못 없이 일본인들의 화풀이 대상으로 대창과 일본도에 찔려 학살되었다./ 의열단원들은 이를 듣고 일본 도쿄에서 거사할 것을 결의하였다./ 그 결과 1924년 1월 5일 일본 제국의회에서 일본총리, 조선총독 등 일본 관료들이 참석하는 회의가 있다는 정보가 입수되어 의열단원 중 김지섭이 우선적으로 1923년 12월 말 어느 날 도쿄에 파견되었다./ 김지섭은 폭찬 3발을 외투속에 감추고 상하이에서 석탄운반선에 승선하여 도쿄에 도착하였다./ 그러나 도착하여 들은 이야기는 1월 5일 열린다는 제국의회가 무기한 연기되었다는 것이었다./ 김지섭도 계획을 변경하여 일본 황성 정문 니주바시(二重橋)로 향하였다./ 니주바시에 도착하였는데 일본경찰이 불심검문하려고 다가왔다./ 김지섭은 그에게 포탄(수류탄?)을 던졌다./ 터지지 않자 가지고 있던 나머지 두 발도 던졌는데 터지지 않고 체포되었다./ 김지섭 의사는 니주바시에서 포탄 던진 죄와 얼마 전 상하이에서 서울로 포탄 36발 밀반입한 의열단원의 한 사람이었다는 죄까지 합하여져서 일본법정에서 무기징역형을 언도 받고 도쿄 북동쪽의 치바(千葉)형무소에 수감되어 복역 중 1928년 2월 20일 뇌출혈로 사망하였다.」

김지섭 의사의 이 사건은 일본천황, 당시는 다이소천황(大正天皇, 1879~1926, 재위: 1912~1926)에게 폭탄을 던진 것도 아니고, 단지 니주바시 앞 경비실에 근무하는 경비병에게 던졌는데 터지지 않아 그들에게 상처도 주지 못했다.

　그러나 김지섭 의사가 니주바시에 가서 폭탄을 던졌다는 사건은 일본인들을 놀라게 했을 뿐만 아니라 세계 많은 나라의 신문과 방송에 발표됨으로써 한국인의 독립의지가 대단함을 세계에 알려준 거사였다.

　김지섭 의사는 고향이 안동이 아니라 한국일 뿐이었다. 그의 1924년 1월 5일 의거는 한국인이 영원히 가슴에 새겨야 될 것이다. 1945년 8월 15일 우리나라는 하느님의 보호하에 일본의 압제에서 벗어나 독립하였으나 남북이 말도 되지 않는 이념갈등(?)으로 오고 가지 못하고 있다.

　현재 대전현충원 애국지사묘역에 김지섭 의사의 유해는 모셔져 있으나 영혼은 하늘나라에서 우리나라가 자유민주국가로 통일되길 바라고 있을 것이다.

〈2017년 11월 10일〉

아타미시(熱海市) 매화공원의 박경원

하코네 아시노 호수를 유람선(해적선)으로 건너고, 우람한 케이블
카에 올라 계속 유황증기를 내품고 있는 활화산 오와구다니(大涌谷,
1044m, おおわくだに)산에 올라 구운 계란도 먹었다. 그리고 그곳까지
올라온 관광버스에 승차하여 아타미 변두리 화산폭발로 만들어진 절
벽에 건설한 뉴아카오호텔에서 하룻밤 정을 맺었다. 17층이 호텔입구
이고, 1층이 식당, 2층이 온천탕, 3층부터 16층은 객실인 특수한 구조
의 호텔이었다. 2017년 11월 7일의 여행이었다.

이튿날 아침 일행은 관광버스에 승차하여 시내 중심부에서 그리 멀
지 않은 곳에 위치한 아타미매화공원 입구에서 하차하고, 입구에서
약 500m 올라간 언덕 위에 조성하여 놓은 한국정원(熱海梅園韓國庭園)
으로 갔다.

이 한국정원 안에 한국 죄초의 여성비행사 박경원(朴敬元, 1901~1933)
의 기념비가 건립되어 있다하여 이를 보려는 것이었다. 기념비는 한

국정원 입구에 있었다. 기념비는 가로 1.5m, 세로 1.2m의 회백색 돌판인데 20도 경사진 언덕에 비스듬히 박혀 있었고 박경원 비행사의 생애와 행적 등이 일본어와 한글로 기록되어 있었다. 한글로 기록되어 있는 생애와 추모문, 그리고 비석 설치 경위는 다음과 같다.

「생각은 아득히 고향의 넓은 하늘/ 박경원은 1901년 한국 경상북도 대구에서 태어났습니다./ 1925년 일본 비행학교에 입학하여 비행기 조종을 배우고, 한국 최초의 여성 비행사로서 2등비행사 자격증을 취득하여 평소부터 희망하였던 고향에의 비행방문을 계획하여 1933년 8월 7일 그 기회를 갖게 되었습니다./ 비행기는 단발 소형기로서 청연(靑燕)이라 이름을 붙였습니다./ 여성 비행사로서는 처음인 장거리 비행이었기에 관민 다수의 성대한 환송을 받으며 하네다공항(羽田空港)을 10시 35분 이륙했지만 하코네(箱根) 상공이 기상변화가 심하고 짙은 안개로 방향을 잃어 아타미(熱海) 가까운 구로다케(玄岳)산 정상에서 불과 50m 아래 산허리에 애기 청연이 추락하여 불행하게 33세의 젊은 나이로 유명을 달리 하였습니다./ 8일 박경원 비행사의 사체는 타가(多賀) 마을 주민들에 의해 수습되어 화장되었으며, 다음 해 8월 7일에는 전 타가마을 촌장 니시지마히로시(西島弘) 씨가 사비로 추락장소에 비행가령지비(島人靈誌碑)를 건립하였고, 거의 50년 후인 1981년 봄에는 타가마을 반상회에서 박경원비행사조난위령비(朴敬元飛行士遭難慰靈碑)를 건립하였습니다./ -이하생략-」

이 비문에는 한국 최초의 여성비행사 박경원이 태어나 비행사가 되고 그 후 한국에서 일어났던 일의 기록이 너무 간단하게 기록되었거나 기록이 없다. 박경원 여성비행사가 단발비행기 청연에 승선하여 하네다공항을 이륙하여 짙은 안개 때문에 방향을 잃어 구로다케산 정상 가까이에 추락한 상황은 비교적 자세히 기록하고 있다. 나는 인터넷 자료실에서 읽을 수 있었던 그의 생애를 좀 더 자세히 기록하려고 한다.

「박경원(朴敬元) 조선 최초의 여성비행사는 대구 덕산마을(현 대구광역시 중구 덕산로 63)에서 1901년 6월 24일 태어났다./ 1912년 대구명신여학교에 입학하고 1916년 졸업하였다./ 그리고 곧바로 대구 신명여자보통학교에 입학하였으나 다음 해 중퇴하고, 일본으로 건너가서 요코하마 가사하라 기예학교에 입학하여 1920년 졸업하였다./ 귀국하여 대구자혜의원 조산부 간호학과에 입학하여 1922년 수료하였다./ 이 해(1922년) 12월 20일 서울 여의도에서 우리나라 최초의 비행사 안창남(安昌男, 1901~1930)의 시범비행이 동아일보 주최로 1922년 12월 10일 서울 여의도 상공에서 있었는데 이를 바라본 박경원은 바행사가 될 길을 찾게 되었다./ 여성이지만 유별나게 우람하고 억센 신체조건을 갖춘 그녀는 다음과 같은 생각을 했다는 것이다./ '바로 저거야. 내 꿈은 간호사가 아니고 비행사야! 여자라고 그것이 불가능한 것은 아니겠지?'/ 1924년 12월 어느 날 젊은 박경원은 일본으로 다시 건너갔다./ 그리고 그 당시 비행학교 항공과에 입학하기 위한 필수과정인 자동차운전면허를 가져야 했기 때문에 1925년 초

아타미 매화공원 한국정원의 박경원 여성비행사 기념비

도쿄가마다자동차학교에 입학하여 열심히 수련하고 12월에는 자동
차운전면허를 취득하였다. / 그리고 곧바로 자동차학교와 같은 구내
에 위치한 비행학교에 입학하였다. / 이때 제일 어려운 것은 비행사가
되는 것을 반대하였던 부모로부터의 생활비와 학비가 끊어진 것이었
으나 박경원은 고학으로 이를 극복하였다. / 드디어 1926년 12월 28
일 3등비행사 자격증을 취득하였다. / 1928년 7월에는 도쿄 요요기연
병장에서 개최된 비행경기대회에서 3등으로 입상하고 2등비행사 자
격증을 취득하였다. / 1933년 8월 7일 10시 35분 하네다공항(羽田空
港)-서울 여의도-평양-만주 비행을 위해 하네다공항에서 이륙했지

만 하코네(箱根) 상공의 기상악화와 짙은 안개로 박경원 여성비행사
의 애기 청연은 구로다케(玄岳)산 정상에서 50m 아래 기슭에 추락하
였다./ 살고 있던 타가(多賀)마을 주민들은 8월 8일 박경원 여성비행
사의 시신을 수습하고 화장하는 일을 하였다.」

1933년 8월 7일에는 이른 아침부터 여의도가 바라보이는 한강 둑
으로 많은 사람들이 몰려들었다. 한국인 최초의 여성비행사 박경원
이 비행기를 운행하여 여의도비행장에 나타난다는 것이 신문과 방송
으로 알려졌기 때문이었다. 그날 정오에는 한강둑이 온통 구경꾼들
로 인산인해를 이루었다. 일본에서 비행사로 활약하던 충남 천안 출
신 서웅성(徐雄成, 1906~1997) 비행사가 7월 말 귀국하여 박경원 비행
사의 여의도 도착 환영행사를 준비한 것이다. 그러나 13시 도착한다
고 연락이 온 비행기 청연은 14시가 되어도 나타나지 않았다. 서웅
성 비행사는 당황하였다. 하네다를 이륙했다는 연락은 받았는데 나타
나지 않고 연락도 없으니 어찌할 바를 모른 것이다. 몰려온 사람들에
게 계획이 바뀐 듯하다는 말과 심심한 사과의 말을 방송으로 전했다.
추락현장에서 발견된 멈춰진 박경원 여성비행사의 손목에 차고 있
는 시계의 시침과 분침은 11시 25분을 가리키고 있었다는 이야기도
전해지고 있다.
박경원이 비행사가 되겠다는 마음을 굳힌 시험비행을 했던 안창남
비행사는 중국에서 비행교관을 하였는데 1930년 4월 2일 연습비행
교습 중 비행기 추락으로 비행교습을 받는 젊은이와 함께 사망하였

다. 그리고 3년 4개월 후 박경원도 아타미 서쪽의 구로다케산 정상 부근에 추락사 한 것이다. 당시는 비행기의 개발단계로서 만들어진 비행기들의 성능이 현재의 비행기에 비교하여 조잡하고 불완전했으므로 아까운 젊은 비행사들이 추락사 하는 일이 많았던 것이다.

어찌 생각하면 박경원이 비행사가 되는 일은 무리한 일이었다. 안전하였으면 그녀의 부모가 학비와 생활비까지 끊어가면서 반대했겠는가? 박경원 여성비행사의 짧은 생애뿐이겠는가? 우리는 살아가면서 무리하게 일을 추진하는 일이 대단히 많은데 생각하여 볼 일이다.

〈2017년 11월 17일〉

아타미시(熱海市)의 이수일과 심순애

일본 시즈오카켄(靜岡縣) 이즈반도(伊豆半島) 아타미시(熱海市)의 매화
공원 내 좀 높은 언덕에 자리한 한국정원에 올라가서 박경원(朴敬元,
1901~1933) 우리나라 최초의 여성비행사의 추모기념비를 만나고 내
려와 관광버스에 승차하여 1970년대 이수일과 심순애로 공연된 연극
의 원작소설의 무대가 있는 바닷가 소나무공원으로 갔다. 2017년 11
월 6일의 여행이었다.

이수일과 심순애로 공연된 연극에서 변심하여 김중배(金重培)와 결혼
한 약혼자 심순애(沈順愛)를 이수일(李守一)이 찾아가 발로 걷어찬 곳이
평양의 대동강변인데, 이 이야기의 원작 소설은 일본의 소설가 오자
키고요(尾崎紅葉, 1867~1903)의 소설 곤지키야샤(金色夜叉)였으며, 남자
주인공이 변심한 약혼자를 걸어 찬 곳이 아타미의 바닷가 언덕의 소
나무공원 소나무 밑이었다.

2017년 11월 6일 아타미매화공원 입구에서 관광버스는 약 10분 달

변심한 오미야를 발로 차는 칸이찌(관광객이 흉내를 낸다.)

려 바닷가 주차장에 멈추고 우리 일행은 하차하여 낮은 언덕 위에 자
리한 소나무공원으로 연결된 비탈길을 올라갔다. 2017년도 저물어
가는 11월 6일이어서 산은 붉게 물들고 있었는데 소나무공원으로 올
라가는 길옆 언덕은 한국에서 볼 수 없어 이름도 모르는 예쁜 자주색
꽃들과 황금색 털머위꽃들이 흐드러지게 피어 있었고, 소나무공원은
두 그루 노송의 무성한 파란 잎들이 그 공원을 장식하여 가을이 깊어
감도 잊을 것 같았다.

　소나무공원은 동상과 두 그루의 노송뿐인데 동상은 소설의 남자주
인공 칸이치(貫一)가 약혼녀였던 오미야(お宮)를 변심했다고 발로 걷어

차는 장면이다. 이 동상이 멋있게 세워지기도 하였거니와 우리나라에서 1970년대 연극으로 공연되던 '이수일과 심순애'가 일본소설의 번안소설(飜案小說)임을 알았으며 그 원작 소설의 중심 무대에 내가 찾아왔다는 이유로 나는 한 순간 감흥에 젖었었다. 소나무 북쪽 작은 편의점 앞 축대에는 동판에 동상의 설명문을 일본어와 영어로 기록하여 부착하여 놓았다. 다음의 글은 영어설명문을 한글로 번역한 것이다.

「오미야(O-Miya)와 칸이치(Kan-Ichi) 이야기/ 오자키고요(尾崎紅葉)는 메이지(明治)시대(1888~1912) 저명한 일본의 소설가로 1867년 태어나서 1903년까지 살았다./ 그가 저술한 소설 중 가장 유명한 소설은 곤지키야샤(金色夜叉, Gold Demon, 황금두억시니)로서 주 무대가 아타미시(熱海市)이다./ 많은 소설들과 같이 이 소설도 처음에 신문에 연재되어 발표되었다./ 요미우리신문에 1897년부터 1902년까지 5년 반 동안 연재되었다./ 한 부호 은행가의 아들이 약혼자가 있는 오미야에게 반하고, 어느 날 나타나서는 다이야몬드 반지를 선물하면서 결혼하자고 조른다./ 오미야는 운명적으로 그 제안을 받아들였다./ 그리고 찾아온 약혼자 칸이치와의 만남은 이 소나무 밑에서 였다./ 칸이치는 미친 듯 오미야를 발로 차면서 "너는 다이야몬드 반지에 눈이 멀었다."라고 소리쳤다./ 이 말은 전국으로 퍼져 "2카라트 다이야몬드 반지"라는 말은 이 비극적 사랑에 대한 노랫말이 되어 히트송이 되었다./ 오미야와 칸이치라는 이름은 그 소설이 발표된 후 1세기가 지난 지금도 모든 사람들의 기억 속에 살아있다./ 잘 알려진 온천지역인 아타미시(熱海市)는 이 소설로 더욱 유명해졌다./ 이 동상(銅像)은 아타미 주민이고 로타리클럽 회원인 코제이타텐오에 의해 1970년 건립되었고, 1986년 1월 17일 아타미로타리클럽 창설 30주년 기념으로 아타미시에 헌납하였다./ 1989년 5월」

이 설명문에서 이 동상은 메이지(明治)시대 저명한 소설가 오자키고요의 소설 곤지키야샤의 한 장면을 나타낸 것이라 하며 소설의 여주인공 오미야가 약혼자 칸이치를 배반하고 한 부호 은행가의 아들 도미야마다다쓰구(富山唯維)와 결혼한 다음 찾아온 약혼자 칸이치와 만나는 장면인 것이다.

이 소설 곤지키야샤는 처음에 다른 소설들이 그랬듯이 신문에 연재로 발표되었다. 즉 1897년부터 1902년까지 5년 반 동안 요미우리신문(讀賣新聞)에 연재되었다. 연재되는 곤지키야샤는 당시 인기 절정의 소설이 되었고, 발표된 후 1세기가 다 되어가는 1989년에도 사람들에게 칸이치와 오미야, 그리고 도미야마다다쓰구의 이름이 회자되고 있다고 설명하고 있다.

동상 옆 노송 두 그루도 이 동상과 비슷한 모습이다. 두 소나무들 중 한 그루는 동상의 칸이치처럼 좀 키가 크고, 또 한 그루는 동상의 오미야처럼 작다. 노송들의 잎은 무성한데 줄기가 늙으니 가지들과 잎들의 무게를 줄기가 지탱하기 어려워 바닥으로 늘어져서 큰 소나무는 사다리 모양으로 만든 받침목 3개로, 작은 소나무는 1개로 줄기를 받혀 놓은 것이 조금은 측은해 보였다.

오미야 소나무

　아타미 바닷가의 이 소나무 밑에서 오미야가 도쿄로부터 찾아온 약
혼자였던 칸이치를 만나 용서를 빌었다고 하여 이 소나무를 오미야소
나무(O-Miya's Pine Tree, お宮の松)라 이름을 붙였고, 노송들 앞쪽에 소
나무 이름을 나무판에 예쁘게 'お宮の松'라 검은 페인트로 써서 세워
놓은 표지문판도 있었다.

　우리나라의 많은 사람들이 '이수일과 심순애'로 알고 있는 이 이야
기는 나도 이번 문학기행에서 원작이 19세기 말 일본의 소설가 오자
키고요의 곤지카야샤임을 알았고, 조중환(趙重桓, 1863~1944, 호: 일재(
一齋))은 이 소설을 장한몽(長恨夢)이라는 번안소설로 저작한 것임을 알
게 되었다. 소설 곤지키야샤는 '돈과 사랑'이라는 통속적 소재를 바탕
으로 전개되는 이야기로서 일본에서 요미우리신문에 연재되고, 소

설로 발간된 다음 연극으로 공연될 때 일본의 정치상황은 러일전쟁 (1904~1905)을 향해 치닫고 있었는데, 일본인들의 관심을 정치나 전쟁으로부터 사랑이라는 인간생활로 돌려놓는데 기여했다는 것이다.

우리나라에서는 조중환이 장한몽이라는 번안소설로 조선총독부 기관지 매일신보(每日新報)에 상편은 1913년 5월 13일부터 10월 1일까지 약 5개월 간, 중편과 하편은 1915년 5월 25일부터 12월 26일까지 7개월 간 연재되었다. 그리고 유일서관(唯一書館)에서 '장한몽'이란 단행본 소설로 1913년 말과 1916년 초에 상편과 중 · 하편으로 출간하였다.

1969년 장한몽이라는 영화를 재작한 영화감독은 신상옥(申相玉, 1926~2006)이었고, 주연배우는 신성일, 윤정희, 남궁원이었다. 소설 장한몽은 1970년대 말로부터 1980년대 초 극단 가교에서 '이수일과 심순애'라는 제목으로 공연하였는데 당시 공연되던 연극 중 가장 인기가 높았다고 한다. 영화 장한몽, 소설 장한몽, 그리고 연극 '이수일과 심순애'는 남녀노소를 불문하고 한국인들의 눈물샘을 자극하였다.

소설 곤지키야샤의 주인공은 몰락한 사무라이 집안의 고아로 입신출세를 꿈꾸는 명문중학교 학생 칸이치(貫一), 부호 은행가의 아들 도미야마다다쓰구(富山唯維), 칸이치를 보살펴 준 은인의 딸 오미야(お宮)인데, 장한몽에서는 이수일과 김중배, 심순애로 이름을 바꾼 것이다. 공간적 배경은 도쿄와 아타미 바닷가에서 경성과 평양 대동강변으로 바꾼 것이다.

장한몽은 그 내용과 형식에서도 변화가 있다. 한 예로 곤지키야샤에서는 도미야마와 결혼한 오미야가 칸이치의 용서를 받지 못하고 아타미 앞바다에 투신 자결하는 비극으로 끝나는 반면 장한몽에서는 이수일과 심순애가 갖은 고난을 각자 겪다가 친지의 도움으로 재결합하여 해피엔딩으로 이야기를 끝맺는다. 일설에는 곤지키야샤의 저자 오자키고요는 요미우리신문에 5년 반이나 이 소설을 연재하던 중 중병에 시달리다가 소설을 끝마치지 못하고 1903년 36세의 젊은 나이로 생을 마쳤다고 한다. 인생은 초로이고, 물거품인 것이다.

곤지키야샤의 칸이치와 오미야가 이별한 노송 옆 동상 앞에서 주차장으로 내려올 때 마침 내 옆에서 걷던 가이드 아줌마가 나에게 질문을 던졌다.

"선생님은 돈과 사랑 중 어느 것을 택하시겠어요?"

나는 다음과 같이 대답했다.

"글세요? 돈과 사랑 둘 다예요."

이렇게 말하며 둘은 같이 웃었다.

〈2017년 11월 10일〉〈한국수필 통권 275호, 2018년 1월호, 67~71쪽 게재〉

[참고] 곤지키야샤의 남·녀 주인공의 원래 이름은 하지마칸이치(間貫一)와 시가사와미야(鷺澤宮)라 한다. 이 이야기는 한 부호 은행가의 아들 도미야마다다쓰구(富山唯維)가 약혼자가 있는 시가사와미야에게 다이야몬드 반지를 주면서 결혼하자고 하여 비극이 시작된 것이다.

제2장

서해의 섬마을 (1)

———

이 장에서는 인천광역시 강화군(강화도와 교동도, 석모도), 그리고 전라북도에 속한 위도(蝟島)의 섬마을을 찾아가 선인들의 흔적을 발견하고, 이에 관계된 인사들의 생애, 설화들을 기록하였다.

———

석모도 낙가산의 회정스님

석모도(席毛島, 42.3㎢) 시내버스종점에서 洛迦山普門寺(낙가산보문사) 라 크고 예쁜 글씨의 현판이 걸린 보문사(普門寺) 일주문은 올려다보였 다. 시내버스종점에서 일주문까지도 그렇거니와 일주문에서 석실(나 한전)까지 400m도 급경사로(急傾斜路)이다. 나는 다리를 서서히 움직여 올라갔다. 2017년 1월 20일은 겨울의 중심이고, 겨울 들어 가장 추운 날씨이지만 바람은 불지 않고 하늘에 구름 한 점도 없었다. 여행하기 에는 적당한 날이라 생각되었다. 석실 앞 반달모양의 세 개의 아치형 홍예문(虹藝門) 옆에 보문사석실의 안내 설명표지문판이 세워져 있다.

「보문사석실(普門寺石室)/ 인천광역시 유형문화재 제27호/ 소재 지: 인천광역시 강화군 삼산면 매음리 629−1/ 635(선덕여왕 4)년 회 정대사(懷正大師)가 처음 건립하고, 1812(순조 12)년 중창한 석굴사 원이다./ 천연 바위동굴을 이용하여 입구에 3개 무지개 모양 홍예문을 만들고, 동굴 안에 불상들을 모셔놓은 감실(龕室)을 설치하여 석가모니불을 비롯하여 미륵보살 · 제화갈라보살 · 나한상들을 모셨다./ 이들 석불에는 선덕여왕 때 어떤 어부가 고기잡이 그믈에 걸린 돌덩이들을 꿈에 본 대로 낙가산 중턱 석굴에 모셨더니 부처가 되었다는 전설이 전하여 내려오고 있다.」

낙가산(洛迦山, 276m) 보문사 석굴(普門寺 石窟)은 전등사(傳燈寺), 정수사(淨水寺)와 함께 인천광역시 강화군의 3대 고찰이며, 또한 양양 낙산사의 홍련암(紅蓮庵), 여수 돌산도 향일암(向日庵)과 더불어 우리나라 3대 해수관음성지(海水觀音聖地)로 알려져 있다. 보문사는 위의 설명문에 기록된 바와 같이 635(선덕여왕 4)년 금강산(金剛山) 보덕굴(普德屈)에서 수행하셨다는 회정(懷正)스님에 의해 창건되었다. 보문사 석굴에 안치된 22기 나한상을 봉안하게 된 설화가 사람들의 흥미를 이끌고 있다.

「635(선덕여왕 4)년 4월(음) 삼산면 매음리에 사는 한 어부가 바다에 배를 저어 나아가 그믈을 던졌는데 물고기는 걸려 올라오지 않고 비교적 큰 돌들이 그믈에 걸려 올라왔다./ 이상하다고 생각한 어부는 걸려 올라온 돌들을 바다에 던져버리고 다시 그믈을 바닷속으로 던져 놓고 한 시간쯤 후 그믈을 건져 올렸더니 이번에도 큰 돌들이 걸려 올라오고 물고기는 걸려 올라오지 않았다./ 화가 난 어부는 돌들을 다시 바다에 던져버리고 집으로 돌아왔다./ 그날 밤 그 어부의 꿈에 한 노승(老僧)이 나타나 다음과 같이 꾸짖었다. / "이 어리석은 인간아 고기잡이 그물에 걸려 올라온 인형같이 생긴 돌들을 왜 바다에 던져 버렸느냐? 내일 다시 그 바다에 나가 그물질을 하여라! 그리고 인형같이 생긴 돌들이 그물에 걸려 올라오거든 이번에는 버리지 말고 낙가산 서쪽 기슭 바위굴 안에 단을 쌓고 모시거라! 그 돌들이 부처님들이니라! 너에게 복이 내릴 것이니라! 만약 그렇게 하지 않으면 너에게 천벌이 내릴 것이다." / 어부는 그 다음 날 전날 그물질 하였던 바다로 가서 그물을 던지고 기다렸다가 그물을 걷어 올리는 작업을 할 때마다 인형같이 생긴 돌들이 올라왔다고 한다. / 그래서 모두 22기의 석상들을 가지고 낙가산 서쪽 기슭의 천연 바위동굴에 단을 쌓고 모셨더니 모두 부처로 변해 있었다. / 그것이 현재의 보문사석굴이고 유형문화재 57호이다.」

635(선덕여왕 4)년 석모도 서쪽 바다 어느 지점에서 인형 형태의 돌들 22기가 한 어부의 그물에 걸려 올라오고 꿈에 나타난 노승의 지시대로 그 어부는 낙가산 서쪽 기슭 천연 바위동굴에 모신 다음 어느 스님이 연락했던지 아니면 텔레파시로 노스님이 그의 꿈에 나타나서 지시하였던지 금강산 보덕굴에서 관세음보살님을 친견하였다는 회정 스님이 석모도 낙가산 서쪽 기슭으로 와서 석굴을 정비하고, 이 석굴을 보문사(普門寺)라 이름을 지은 것은 아닐까(?) 하는 생각이 들었다.

이 석굴은 나한상 22기를 모셨다 하여 나한석굴(羅漢石窟), 나한각(羅漢閣), 또는 보문동천(普門洞天)이라고도 부른다. 석실 앞 3개의 반달모양 홍예문(虹藝門)의 가운데 문 위에는 法王宮(법왕궁)이라 큰 글씨가 새겨져 있다. 이 석굴은 법왕궁이라는 명칭의 기도처 또는 부처님 모신 성전이다. 이 석굴은 보문사석실, 나한석굴, 나한각, 보문동천, 법왕궁, 인천광역시 석굴암, 또는 신통굴이라는 여러 가지 이름으로 불리운다.

가로 11.3m, 세로 8.0m, 천정의 높이 4.0m의 천연 암석 동굴(석굴 안의 넓이: 27.4평)에 들어가면서 입구 신발을 벗은 자리 옆에 짊어진 배낭을 벗어놓고, 앞면의 두 기둥 사이에 두 층으로 모셔진 높이 50cm, 깊이 30cm, 그리고 가로 50cm의 23개의 아기자기한 감실(龕室)에 봉안된 앉은 키 30cm 정도의 흰 돌부처님(나한상)들에게 3배를 했다.

가운데 가장 큰 석불이 석가모니불(釋迦牟尼佛), 석가모니불 바로 왼쪽 부처님이 미륵보살(彌勒菩薩), 그리고 오른쪽 부처님이 제화갈라보살(提和渴羅菩薩)이라 했다. 그리고 이 세 부처님 왼쪽에 10기, 오른쪽에 10기의 나한상들이 5기씩 각각 두 층으로 모셔져 있었다. 635(선덕여왕 4)년 매음리 어부의 그물에 걸려 바닷물 속에서 건져 올려 모셔졌다는 22기가 어느 부처님이고 다른 부처님들은 어디에서 누가 모셔왔는지 그런 사항은 나는 모른다. 단지 그 22기 중 이 석실에는 21기만 봉안 되어져 있고, 1기는 관음전을 지어 그곳으로 모셔졌다는 것은 인터넷 자료실에서 읽어 알고 있을 뿐이다.

나는 잠시 바닥에 앉아 미움도 사랑도 없는 마음이 되고저 눈을 감고 있었다. 정말 그렇게 되고 싶었지만 세상에 사는 사람이 그러한 마음을 갖고 살기란 얼마나 어려운 일인가?

내가 앉아있는 석실 좌·우 벽 앞에 10,000개는 될 듯한 작은 전등 불이 켜져 있었다. 세상을 100년도 안되게 살다가 타계한 인간들이 장례가 끝난 다음 한 영혼 당 하나의 작은 전등불로 표시된 것이다.

이 석실 지붕은 크고 두꺼운 하나의 바위로 만들어진 통바위이다. 3개 반달모양 홍예문 위가 바위 지붕의 끝으로 두께가 2m는 됨직하고 석가모니불과 나한상들 위의 바위 두께는 5~7m는 될 것으로 생각되었다. 그 7m 두께의 바위지붕의 뒤가 이 사찰 보문사에서 신성시하는 천인대(千人臺)이다. 일천명의 신도가 앉을 수 있는 바위라 하여 천인대라 하고 2009년 2월까지 고승들이 야외설법장소로 사용하였던 장소이다. 2009년 3월 오백나한들과 예쁜 탑 한 기가 이 천인대의 남쪽 끝에 세워지고, 북쪽 부분(법왕궁 바로 위)에는 길이가 13.5m, 높이가 2m, 두께 1.5m의 와불(臥佛, 열반에 들어가시는 석가모니불)을 모신 와불전(臥佛殿)이 세워져 있다.

635(선덕여왕 4)년 매음리 어부의 그물에 건져 올려져 석굴에 모셔졌다는 나한상은 키가 30cm 정도인데 특유의 천진함과 익살스러운 얼굴 모습이어서 친근감을 준다고 한다. 다음과 같은 나한상에 관한 설화도 전해지고 있다.

「조선 중기쯤에 있었던 일이라 한다. / 보문사에 도둑이 들어 법왕궁에 있는 촛대를 비롯한 유기그릇 다수를 훔쳐 가지고 도망하였는데, 도둑들이 날이 밝아 어디쯤 왔는가 하고 주위를 돌아보니 몇 시간을 뛰듯 달려왔는데 보문사석굴 앞 절마당이었다고 한다. / 몇 시간 동

보문석굴'에 모셔진 '석가모니불'과 22기 나한상

안 그 무거운 촛대와 유기그릇들을 짊어지고 절마당을 뱅뱅 돌았다
는 것이다./ 보문사석굴에 모셔진 나한상들의 신통력이 이 도둑놈들
을 도망가지 못하도록 절마당 주위를 몇 시간 동안이나 돌게 만들었
다고 생각하는 것이다.」

그래서 스님들과 신도들은 이 석굴을 '신통굴'이라 부르기도 한다
는 것이다.

나는 보문사 석굴 나한상 앞에 가만히 앉아만 있어도 마음이 편안하
여 짐을 느꼈다. 법왕궁 앞에는 700년 수령의 향나무가 법왕궁을 지

법왕궁 홍예문 앞 700년 수령의 향나무

키는 모양으로 자라고 있다. 수령이 700여 년이나 되니 표준형 성인 남자에게 두 아름은 되게 자란 향나무줄기가 두·세 곳 썩었고 가지가 찢어질 듯 내려앉는다. 그 썩어 패인 곳을 나무 의사들이 고분자 물질로 채워 넣고 가지가 부러질세라 가지들을 사다리 모양 받침대 5개로 받쳐 놓았다.

　이 향나무 앞의 안내 설명표지문판에는 "향나무 줄기 1.2m 높이의 둘레가 3.2m." "이 향나무는 애국심이 대단하다. 1950년 6·25전쟁이 일어나기 전부터 이 향나무는 잎이 시들어 죽은 줄 알았는데 1953년 7월 27일 6.25전쟁이 휴전되면서 잎이 파랗게 살아났다."라는 글

귀가 기록되어 있다.

　이 사찰 보문사의 역사를 이야기할 때 우리는 635년 금강산 보덕굴에서 수행 중 관음진신(觀音眞身)을 친견하셨다는 회정(懷正)스님을 빼어놓을 수 없다. 보문사를 창건한 스님이기 때문이다. 보문사가 존재하는 한 '회정'은 살아있다. 1,500년 세월이 인간에게는 길게 느껴지는데 보문사에게는 잠깐 전의 일인 것이다. 나한상들을 모신 법왕궁이 그때 그 모습 그대로 존재하기 때문일 것이다.

〈2017년 1월 26일〉

　[참고] 낙가산(洛迦山) 중턱의 눈썹바위 밑 마애석불좌상(磨崖石佛坐像)과 석모대교(席毛大橋): 석모도(席毛島, 42.3㎢)는 강화군 삼산면에 속한 섬이다. / 나는 2016년 봄 일차 찾아와서 보문사 뒷산인 낙가산(洛迦山) 중턱에 위치한 눈썹바위 밑 마애석불좌상(磨崖石佛坐像)이 있는 곳까지 419계단의 돌로 만들어진 계단을 밟고 올라갔었다. / 2016년 내가 석모도를 찾아갈 때는 철부선에 승선하여 강화도 서쪽 해안에서 석모도 동쪽해안을 건너갔었다. / 그러나 강화도 내가면 황청리와 석모도 삼산면 석모리 사이에 2017년 6월 28일(화요일) 연도교(連島橋)인 석모대교(1,540m)가 개통되어 강화시외버스터미널에서 시내버스로 석모도 보문사를 왕복할 수 있다. / 석모대교 건설비용이 887억 원 소요되었다 한다.

강화도 양도면 가릉

강화도(江華島, 305.95㎢)에는 고려시대 왕릉 두 곳과 왕비릉 두 곳이 있다. 고려산(高麗山) 동남쪽 기슭에 자리한 홍릉(洪陵)과 진강산(鎭江山) 남쪽 기슭의 석릉(碩陵)이 두 왕릉이고, 진강산 동쪽 기슭에 위치한 곤릉(坤陵)과 진강산 서남쪽 기슭에 위치한 가릉(嘉陵)이 두 왕비릉이다.

홍릉은 고려 제23대 고종(高宗, 1192~1259, 재위: 1213~1259)의 묘소, 석릉은 제21대 희종(熙宗, 1181~1237, 재위: 1204~1211)의 묘소, 곤릉은 제22대 강종(康宗, 1152~1213, 재위: 1211~1213)의 왕비이며 고종의 어머니인 원덕태후(元德太后, ?~1239)의 묘소, 그리고 가릉은 제24대 원종(元宗, 1219~1274, 재위: 1259~1274)의 왕비 순경태후(順敬太后, ?~1244)의 묘소이다.

이들 왕릉과 왕비릉들은 1232년부터 1270년까지 몽고(원)의 침략으로 고려조정이 강화도로 옮겨와서 머문 강도시대(江都時代)에 강화도에서 사망한 왕과 왕비가 강화도 내의 산기슭에 묻힌 것이다.

위 두 기의 왕릉과 두 기의 왕비릉 중 홍릉, 석릉, 그리고 곤릉은 지난해까지 내가 찾아 갔었고, 그 이야기를 나의 기행수필집 '섬마을 헐화'(수필과비평사, 2016)의 182~193쪽에 수록하였다. 가릉만을 찾아가지 않았었는데 2016년 이른 봄 그곳을 찾아갔다.

우선 고려왕조실록에 기록된 순경태후의 생애를 기록해 본다.

「고려 제24대 원종의 비는 그의 아들 충렬왕(1236~1308, 재위: 1274~1308)이 즉위 후 순경태후로 호칭되지만 이 글에서는 편의상 처음부터 순경태후로 표기하기로 한다./ 순경태후는 장익공 김약선(莊翼公 金若先, ?~?, 무신 최우의 사위)의 딸로서 1235(고종 22)년 원종의 태자시절 태자비가 되고 다음 해인 1236년 아들(후에 충렬왕)을 낳는다./ 이때의 호칭은 경목현비(敬穆賢妃)라 했다./ 그러나 경목현비는 아기가 9살 되던 해인 1244(고종 31)년 전염병으로 세상을 하직한다./ 그리고 1259년 고종이 승하하고 태자가 '원종'으로 즉위한 다음 3년 후 1262(원종 4)년 정순왕후(靜順王后)로 추봉(推捧)되었다./ 그리고 원종이 승하하고 1274년 정순왕후의 아들이 충렬왕으로 즉위하면서 자신의 어머니 정순왕후를 순경태후로 추존(推尊)시킨 것이다.」

나는 순경태후가 잠들어 772년이 흐른 후인 2016년 이른 봄 그 묘소를 찾아간 것이다. 강화군 양도면 능내리라 하고 강화도 일주도로 옆 진강산 서남쪽이라는 지도까지 확인하고 찾아가는 것이어서 쉽게 찾을 줄 알았는데 그리 간단하지는 않았다. 나는 강화읍 시외버스터미널에서 시내버스에 승차하여 능내리 시내버스정류소에서 하차하여 가릉으로 가는데 잠깐 혼란스러웠다. 시골이어서 사람을 만날 수 없었고, 가릉의 입구 표지판이 잘 설치되어 있지 않았기 때문이었다.

마을 안으로 지도에 나타낸 방향으로 길을 따라 약 100m 들어갔을 때 길 옆 채소밭에서 일하는 60대 여인을 만날 수 있었다. 그 할머니에게

"아주머니 이 길로 들어가면 가릉이라는 왕비릉이 있나요?"

하고 물으니 그 할머니

"이 길로 좀 들어가면 가릉이 있어요."

라고 가리켜 주었다. 그 아주머니를 만난 장소에서 약 300m 들어간 곳은 비포장 3거리가 인데 그곳에 표지판이 두 개가 보였다. 「가릉 60m」 그리고 「능내리 석실분 130m」

이제 가릉을 찾은 것이다. 표지판이 가리키는 길은 삼거리에서 왼쪽 길이었다.

잔디로 덮인 가릉 경내 주위는 파란 페인트로 칠해진 철사줄 울타리로 둘러쳐 있었다. 올라간 길에서 가장 가까운 철사줄울타리 앞에 가릉 안내 설명표지문판이 있었다.

　「가릉(嘉陵)/ 사적 제370호/ 소재지: 인천광역시 강화군 양도면 능내리 산16-2/ 고려 제24대 원종(元宗, 재위: 1259~1274)의 비인 순경태후(順敬太后)의 무덤이다./-〈중략〉-/ 순경태후는 1244(고종

가릉(2016년 3월 24일 오후3시)

31)년 사망하여 이곳에 안장되었다. / 1274년 충렬왕이 즉위하면서 순경태후로 추존되었다. / 무덤 주변의 석조물들은 파괴되어 없어지고 봉분도 무너진 것을 1974년 지금의 모습으로 보수하였다.」

원종은 고종의 맏아들이다. 어린 시절 이름은 왕전(王倎)이다. 태자 시절인 1259년 6월 그는 몽고 조정에 들어가 쿠빌라이 칸과 친밀한 관계를 맺었다. 몽골에 들어가 생활하고 있을 때인 1259년 아버지 고종이 사망하였다. 그래서 원종은 귀국하여 41세의 나이로 고려 제24대 왕으로 즉위한 것이다.

위 설명문에서 왕릉·왕비릉 주변의 석조물들이 파괴되어 없어졌다고 했는데 가릉의 석조물들은 옆 골짜기의 석릉이나 곤릉에 비교하여 석물들이 다양하고 많이 남아 있었다. 석릉과 곤릉에는 문인석과 무인석, 석수가 없는데 가릉에는 훼손되지 않은 문인석과 무인석 1기씩이 봉분 앞에 남아 있고, 봉분 뒤에 석수 한 쌍이 약간 파괴되어 세워져 있었다.

가릉은 2004년 11월부터 2005년 5월까지 문화재청 국립문화재연구소(소장: 김봉건)에서 발굴하였다. 파헤친 봉분 앞에 150cm(길이)×25cm(가로)×25cm(세로)의 돌기둥 4개를 직4각형으로 세우고, 그 사이는 유리창으로 막아놓아 관광객이 들여다 볼 수 있게 하여 놓았으므로 나는 그 유리창을 통하여 안을 들여다보았다. 순경태후의 시신이 놓여졌을 것으로 예상되는 부분이 바로 유리창 너머에 있고 그 관이 놓여 있었던 자리 주변은 돌로 쌓은 석실이었다. 그때 발굴된 유물은 원풍통보(元豊通寶, 중국 송나라에서 주조된 화폐)를 비롯한 19종 77점의 동전, 옥(玉) 재질의 장식품, 그리고 호박 제품 구슬 등이 있었다고 한다.

안내 설명표지문판으로부터 약 10m 앞에는 가릉을 찾아온 관광객 3명 정도가 앉을 수 있는 긴 의자가 놓여있고, 그 의자 옆에 적갈색 플라스틱제 판넬에 흰색과 노란색 페인트 글씨로 한시와 그 변역문이 기록되어 있었다. 강화도의 한학자 고(故) 고재형(高在亨, 1851~1916)이 1906년 작시한 시였다.

嘉陵(가릉)

一片鎭江碧幾層

(일편진강벽기층, 진강산 한쪽 편에 겹겹이 푸른 기운 감돌고)

白雲多處是嘉陵

(백운다처시가릉, 흰 구름 많은 곳에 가릉이 있다네)

年年杜宇東風淚

(연년두우동풍누, 해마다 두견새는 동풍에 눈물짓고)

每向開花百感增

(매향개화백감증, 개경을 향할 때마다 만감이 더 한다네)

　　고재형 시인이 진강산 서남쪽에 위치한 가릉에 두견새 우는 1906
년 봄 어느 날 찾아와 개경을 생각하며 한시를 지은 것이다. 고려 제
24대 원종의 왕비가 잠든 곳이니 고려의 수도 개경을 생각하고 인생
의 허무를 노래한 것이다. 인생도 보잘 것 없지만 나라가 힘이 없어
이웃나라에 짓밟히는 일은 어떠했으랴! 지금 생각해보는 나의 마음
도 답답하다.

〈2016년 3월 25일〉

　　[참고] 능내리 석실분: 능내리 석실분은 가릉으로부터 북동쪽으로
70m 되는 곳에 조성된 고려시대 지배계층의 분묘로 추정되는 무덤
이다./ 석실내부는 화강암을 잘 다듬어 쌓았으며 크기는 남북방향

270cm, 폭 195cm 규모이며 직사강형을 이루고 있다고 한다./ 고분 앞에는 양쪽에 망주석으로 추정되는 사각형의 석주가 남아있고, 석주의 3면에는 그 내용을 알 수 없는 문양이 양각되어있다./ 주위에는 봉분을 보호하기 위한 곡장을 둘렀다./ 이 무덤의 주인이 누군지 밝혀지지 않았으나 이 무덤이 고려의 강화 천도시기와 맞물리는 년도에 축조된 것이라는 점과 왕족인 순경태후의 무덤과 그 위치가 가깝다는 점, 그리고 무덤의 형태와 석실 규모, 은장식 등의 유물이 출토된 정황으로 미루어 볼 때 고려시대 지배계층 왕족의 묘로 추정이 된다.

양도면 하일리의 김취려

마니산(摩尼山, 해발 472.1m) 단군등산로(마니산 제5등산로) 등산길에서 만나 알게 된 나보다 약 5년 연상인 분이 내가 섬마을 설화에 관련된 기행수필을 쓰고 있음을 알고 자신이 살고 있는 하일리 뒷산에 고려 중기의 장군 김취려(金就礪, 1172(명종 3)~1234(고종 22)의 묘가 있고 그의 묘소에서 나온 묘지명(墓誌銘)의 한자 원문과 한글 번역문을 가지고 있다고 하면서 그것들을 복사하여 나에게 보내주었다.

나는 그가 보내준 김취려 묘지명 복사물의 한글 해석문을 읽고 2016년 초복이 가까운 7월 11일 강화도 양도면 하일리 하우고개 가까운 곳에 위치한 김취려의 묘소를 찾아가려고 집을 나섰다. 강화시외버스터미널 대합실의 여행안내소에 가서 양도면 하일리 김취려장군 묘소에 가는 방법을 물었다. 그랬더니 근무하는 40대 아주머니가 너무 친절하게 안내하여 쉽게 하일리 하우고개에 갈 수 있었다. 하우고개는 높지 않은 고개이고, 고개마루로 4차선의 도로가 지나간다.

김취려 묘소(앞에 묘지명 한글해설판과 묘소 설명문판이 있다.)

    하우고개 고갯마루 서쪽 길옆 표지석에 彦陽金公就礪將軍墓所(언양 김공취려장군묘소)라고 종서로 글씨가 새겨 있었다. 이 표지석이 있는 곳에서부터 묘소까지 약 400m는 비포장도로였다. 들어가는 길옆 숲속에서 새소리와 매미소리가 산골길을 장식하고 있었다.

    드디어 김취려 묘소에 도착되었다. 망주석(望柱石)과 작은 석수(石獸, 높이: 50cm, 가로: 40cm, 세로: 30cm) 한 쌍, 그리고 제사석(祭祀石) 한 기가 봉분 앞에 놓여 있었다. 1909년 발견되었다는 묘지명의 사진과 묘지명에 기록된 한자원문을 번역한 한글 해설문이 기록된 깨끗한 표지문판이 묘소입구에 세워져 있고, 옆에 묘소 안내설명문판이 있었다. 이 글에 묘지명 해설문을 옮기기에는 문장이 너무 길므로 묘소 안내 설명표지문판의 내용만 기록하기로 한다.

「김취려(金就礪)의 묘/ 인천광역시 문화재자료 제25호/ 소재지: 인천광역시 강화군 양도면 하일리 산71/ 이곳은 김취려(1172~1234) 장군의 묘소이다./ 장군은 언양 김씨로 키가 6척5촌이고 사람됨이 검소·정직하였으며 명령이 엄했다고 한다./ 장군은 1216(고종 4)년부터 1219년까지 거란군의 여러 차례 공격을 물리쳐 나라를 어려움에서 구하였다./ 1216년 거란군이 청천강 북쪽에서 약탈하자 장군은 앞장서서 싸워 이들을 물리쳤다./ 1217년 5월 거란군을 제천(堤川) 박달재(朴達嶺)에서 장군의 부대가 크게 무찔렀다./ 1218년 7월에도 거란군의 침략을 장군이 지휘하는 부대가 막았고, 1219년 2월에도 거란군이 방어하고 있는 강동성(江東城)을 함락하고 완전히 격퇴시켰다./ 김취려의 벼슬은 당시 최고 관직인 문하시중(門下侍中)까지 올랐으며 위열공(威烈公)이라는 시호(諡號)를 받았다./ 묘에서 출토된 묘지명(墓誌銘)은 국립중앙박물관에 보내져 그곳에 소장돼 있다./ -〈이하 생략〉-」

현 만주지방의 한 부분에 거주하던 거란족은 1206년 징기스칸이 몽골이라는 강력한 국가를 세우고 중국 하북지방을 점령하고 있던 금(金)나라를 통합하고 만주지방을 공격하자 대요수국을 선포하고 1216년 압록강을 건너 고려를 공격하였다. 1216(고종 4)년 거란(대요수국)군이 침범하자 대장군 김취려가 이끄는 고려군은 개평역에서 거란군을 완전히 격파하였다. 그래서 김취려는 당시 고려의 무인정권 집권자 최충헌(崔忠獻, 1149(의종 3)~1219(고종 7))의 깊은 신뢰를 얻었다.

김취려 묘소 앞 작은 석수(石獸)

　제2차 거란군의 침입은 1217년 5월(음) 거란의 10만 대군이 개경(開京)을 향하여 침략하여 온 사건이었다. 전군병마사 김취려가 개경 가까이 다가오는 거란군을 맞아 싸울 때 김취려는 창에 찔리고 그들이 발사한 화살을 맞았다. 그러면서도 김취려 부대는 물러서지 않자 그들은 공격로를 철원과 원주를 거쳐 한강 남쪽을 공격하였다. 김취려는 군을 통솔하여 제천 박달재(朴達嶺, 504m)를 선점하고 부대를 거란군이 접근하는 숲속에 매복시켜 그들을 공격하여 완전히 격퇴시켰다.

　거란군의 3차 침입은 1218년 여름에 있었다. 거란의 대군이 압록강을 건너와 강동성을 점거하면서 시작되었다. 고려 조정에서는 김취려를 병마사(兵馬使), 문신 조충(趙沖, 1171(명종 2)~1220(고종 8))을 도원수(都元帥)로 임명하여 그들을 은산과 독산 전투에서 완전히 격퇴하였다.

3차에 걸친 거란군의 침입을 완전히 격퇴하는데 앞장선 고려군의 지휘관 김취려의 공적은 서희(徐熙, 942(태조 25)~998(목종 2))나 강감찬(姜邯贊, 948(정종 4)~1032(덕종 2)), 윤관(尹瓘, 1,040(정종 7)~1,111(예종 7))에 비교하여 뒤지지 않는데 역사교과서에는 위의 세 사람은 크게 소개하고 김취려의 이름은 아주 미미하거나 소개되지도 않는다.

1909년 김취려의 묘지에 묻혀있던 묘지명(墓誌銘)이 이 묘지가 도굴꾼들에 의해 도굴되는 과정에서 발견되고, 문화재청 관계자들에 의해 그 묘지명이 해석됨으로써 김취려의 묘소임이 밝혀진 것이다. 묘지명의 마지막 줄에 "7월 12일(음) 강화 진강산(江華 鎭江山) 대곡동(大谷洞) 서쪽 기슭에 예장(禮葬)하였다"고 기록되어 있는 것이다.

고려 조정은 무인정권시대여서 집정관 최이(崔怡, 초명: 우(瑀), 집정기간: 1219~1249)가 몽골의 침략에 대항하기 위해 수도를 1232년 강화도로 옮겼다. 김취려는 1232년 3월(음) 문하시중(門下侍中)에 임명되고 가족도 강화에 옮겨 살았다. 그러나 1234년 5월 4일(음) 가벼운 몸살기로 누웠는데 같은 달 21일(음) 갑자기 타계한 것이다. 당시의 임금 고종이 문상을 하고 3일간 정사를 보지 않았다고 한다. 그래서 7월 12일(음) 진강산 서쪽 기슭에 김취려는 묻힌 것이다.

묘지명의 기록에 의하면 김취려(金就礪)는 울주군 언양읍 송대리에서 1172년 출생하였다. 언양 김씨의 시조는 신라 마지막 임금 경순왕(敬順王, 895~978, 재위: 927~935)과 고려 태조 왕건(王建, 877~943, 재

김취려 영정

위: 918~943)의 큰딸 낙랑공주(樂浪公主, ?
~?)사이에서 태어난 7째 아들 김선(金繕)
이다. 김취려는 김선의 11대 손자라 한
다. 김취려의 아버지가 예부시랑(禮部侍郞)
과 금오위대장군(金吾衛大將軍) 김부(金富)
이다. 아버지가 그러한 직위에 있었으므
로 김취려는 과거에 응시하지 않고 공직
에 나갈 수 있었다. 어릴 적부터 총명하
고, 뛰어난 풍채를 가졌었다고 한다. 15
세 때인 1186년 대오장(隊伍長)으로 무인 공직생활을 시작하고 몇 차
례 진급하여 대장군(大將軍)의 직위에 올랐다. 1216년에는 서북면 지
병마사의 지위에 올라 있었으므로 침략하는 거란군과 싸우게 되었고,
다행히 승리한 것이다.

공은 천성이 의롭고 용감하여 전쟁터에 나가면 장수가 되어 부대를
진두지휘 했고, 조정에 들어오면 재상이 되니 나라와 가문의 횃불이
었다. 자신의 전공을 내 세우지 않았다. 김취려는 기골이 장대(키가 6
척 5촌)했으며 수염이 삼국지에 주인공으로 나오는 관우(關羽)와 비슷
하게 숱이 많고 길어서 조복을 입을 때 두 여종이 수염을 나누어 들
은 다음에 혁대를 매었다고 하는 이야기가 고려사열전에 기록되어 전
한다. 3남 1여의 자녀를 두었는데 장남은 거란군과의 개풍 전투에서
전사하였다.

사람됨이 겸손하고 충의를 신조로 삼았다. 그리고 군을 통솔할 때는

군율이 엄했다고 한다. 김취려 묘지명과 고려사에 기록되어 알 수 있듯이 김취려는 13세기 고려를 짊어지고 살았던 훌륭한 군 지휘관이었고, 문하시랑평장사(門下侍郎平章事)라는 직위를 훌륭히 수행한 인재였다. 겸손하고 부하들을 사랑하여 그들과 침식을 같이 하였다고 한다.

현재 우리들 사회에서 김취려는 있는가? 우리 모두가 김취려가 되려고 할 때 한국에 통일은 한시 빨리 다가올 것이다.

〈2016년 7월 18일〉

강화성 남문의 김상용

1636년 12월 1일(음)부터 1637년 1월 30일(음)까지 일어났던 병자호란(丙子胡亂)은 우리나라가 만주에서 일어난 신생국가 후금에 당한 역사상 최대의 수모였다. 이 글에서는 그 원인과 과정, 결과를 기록하지 않고, 다만 병자호란 당시 강화성(江華城)의 남문과 관계있는 이야기만 기록하려고 한다.

무엇보다 1623년 일어난 인조반정(仁祖反正)과 1624년 일어난 이괄(李适, 1587~1624)의 난이 1627년 일어난 정묘호란(丁卯胡亂, 1627년 1월 13일~3월 3일(음))의 트집거리가 되었고, 그 호란 후 맺게 되는 정묘화약(丁卯和約)으로 후금과 조선은 형제국이 된다.

그런데 1635년 후금은 형제국에서 군신 관계국으로 관계를 바꾸자고 요구하여 왔는데 이를 조선정부의 대신들은 거절하였다. 그러자 청나라로 개명한 후금이 12만 대군을 몰아 1236년 12월 1일(음) 압록강을 넘어 공격하여 온 것이다. 이 전쟁이 병자호란(丙子胡亂)이다.

조선 조정에서는 청군이 개성에 거의 도착된 12월 12일(음)에야 청군의 침입을 알게 되었다. 인조(仁祖, 1595~1649, 재위: 1623~1649)는 노환으로 물러나 있던 김상용(金尙容, 1561~1637)에게 조선 역대 왕들의 신주와 세자빈, 봉림·인평대군, 그리고 원손을 인솔하여 강화성으로 먼저 피난하여 있을 것을 명령했다.

조선 조정도 바로 따라가려 했으나 이미 청군에게 길이 막혀 남한산성(南漢山城)으로 피난하였다.

여기에서 김상용(金尙容, 1561~1637)의 생애를 설명하려 한다. 김상용은 병자호란 당시 척화파(斥和派) 김상헌(金尙憲, 1570(선조 3)~1652(효종 3))의 맏형이다.

「어머니는 동래 정(東萊 鄭)씨 당시 좌의정(左議政) 정유길(鄭惟吉, 1515~1588)의 딸이다. / 김상용은 외가댁(서울의 수진방, 현 수송동·청진동)에서 출생하였고, 어린 시절 그곳에서 자랐다. / 자라면서 외조부로부터 한시(漢詩)와 고문(古文)을 배웠다. / 어릴 때부터 행동이 단정했다고 한다. / 16세 때 영의정 권철(權轍, 1503~1578)의 손녀와 결혼하여 3남 3녀를 두었고, 아내 권씨가 일찍 타계하자 사계 김장생(沙溪 金長生, 1548~1631)의 누이를 계비로 얻는다. / 김상용은 이 계비와의 사이에서 1남(수전) 4녀를 낳았다. / 김상용은 1590년 과거에 급제하고 1592년 임진왜란이 발발하자 군량미 조달업무에 공을 세웠다. / 그 후 여러 관직을 전전하다가 우의정까지 오른 다음 노환으로 정묘호란 직전에 퇴임했다.」

청군은 1637년 1월 19일까지 남한산성을 공격하였으나 성은 함락되지 않았고, 항복하라는 서한을 보내도 답변이 없었다. 홍타이지(청태종)는 청군 일부로 강화성을 공격하도록 명령을 내렸다. 1만6천명의 병력을 수십 척의 선박에 탑재하여 강화해협을 도하하였다. 그리고 1월 22일(음) 강화성을 공격하여 함락시켰다. 청나라 군사들은 세자빈, 봉림·인평대군, 그리고 원손을 인질로 잡아갔다.

강화성이 함락된 다음 남문 2층 누각에 오른 김상용은 이제 청군과의 싸움에 사용될 일이 없어져 버린 폭약과 염초상자를 한 곳에 모아 놓고 그 위에 걸터앉아 겉옷을 벗어 따라온 하인에게 주면서 "내 몸이 없어지면 이 옷을 묻고 무덤을 만들라고 애들(광형, 광환, 광현, 광소)에게 전하거라!"하고 염초 더미에 불을 붙였다. 이때 할아버지를 따라가겠다고 매달리는 13살 서손자 수전(壽全), 일찍부터 김상용을 존경하여 따르던 별좌 권순장(權順長, 1607~1637)과 김익겸(金益兼, 1614~1637, 김만기·김만중의 아버지)도 김상용과 같이 폭파되어 산화하였다.

이렇게 네 사람이 같이 떠난 안타까운 일을 역사서에서 읽은 다음 나는 이러한 생각을 하였다. 「김상용이야 87세 노인으로 퇴임까지 했다가 왕의 명령을 받아 신주와 세자빈, 대군들을 보호하여 왔으나 강화성이 함락되어 보호해야할 사람들이 인질로 잡혀 자신의 임무가 완수되지 않았으니 자결할 수도 있으나 함께 죽은 젊은이들은 너무 아깝지 않을가?」

강화성이 청군에 함락되고 대군들이 인질로 잡힌 사실이 1637년 1월 26일(음)에 남한산성의 인조에게 전달되었다고 한다. 그러자 척화파와 주화파로 나뉘어 언쟁을 벌리던 대신들의 의견 때문에 결정을 못하고 있던 인조는 주화파의 의견에 따르기로 결심을 굳혔다. 그리고 대신들을 이끌고 성문을 열고 나갔다. 다음 삼전도(三田渡)의 치욕을 당하고, 청국과 군신관계의 화약을 맺었다.

삼학사(홍익한, 윤집, 오달제), 김상헌 등 척화파 인사들이 심양으로 잡혀가 처형되거나 옥살이를 했고, 왕세자 부부, 봉림대군과 인평대군 부부도 인질로 잡혀 심양으로 갔다. 무엇보다 젊은 여인들의 공출(공녀)이 수많은 슬픈 이야기를 만들었다. 화냥년의 이야기이다.

나는 김상용의 설화가 묻어있는 강화성 남문을 오래 전부터 가 보았으면 했다. 그러다가 2016년 3월 25일 찾았다. 강화시외버스터미널에서 약 10분 걸어 간 곳이었다. 2층 남문루각의 1층의 열려진 문 앞에 세워놓은 강화산성의 안내 설명표지문판을 읽었다.

「강화산성(江華山城)/ 사적 제132호/ 인천 강화군 강화읍 일원/ 강화읍을 에워싸고 있는 고려시대 산성이다./ 1232(고종 20)년 몽골의 침입으로 국토와 백성들이 수난을 당하자 당시 실권자 최우(崔瑀, 집정기간: 1219~1249)는 그 해 강화도로 수도를 옮겼다./ 1234년 성과 관아가 조성·건축되었다./ -〈중략〉-/ 그 당시 성은 흙으로 쌓았고, 내성·중성·외성으로 이루어졌고, 내성은 주위 약 7,122m로서 지금의 강화성이다./ 1270(원종 11)년 개경으로 환도하면서 몽골과의 화약조건으로 성을 파괴하였다./ 그리고 몽골(원)이 망하면서 조선 초 성을 다시 축조하였다./ 그러나 1637년 1월 30일(음) 병자호란

강도남문 남쪽 강화산성 옆에서 내려다 본 강도남문

협약 조건으로 다시 파괴되었다./ 그리고 1677(숙종 7)년 성을 축조
하면서 모두 돌로 쌓았다./ 남문 안파루, 북문 진송루, 서문 첨화루,
동문 명한루가 있다./ -〈이하 생략〉-」

　강화내성의 둘레 길이가 7,122m라고 한다. 1270(원종 11)년 강화에
서 개경으로 환도하면서 몽골과의 화약조건 때문에 성을 파괴했고,
조선 초 다시 조성한 것을 1637년 병자호란 화약조건 때문에 또 허물
었다. 그리고 1677(숙종 7)년에 성곽을 돌로 쌓았다.
　남문 2층 누각 처마 밑에는 한자로 「江都南門」(강도남문)이라는 현판
이 걸려있고, 이 누각의 뒷면 2층 처마 밑에는 「晏派樓」(안파루)라는 현
판이 걸려있다. 이 현판글씨는 우리나라의 11대와 31대 국무총리를

역임한 김종필(金鍾泌, 1926~)의 글씨라 한다.

성문 앞에 화강암 재질의 김상용 순의비가 있었는데 1677(숙종 7)년 강도남문을 재건할 때 고려궁지 앞으로 옮겼다.

경기도 남양주시 와부읍 덕소리 석실마을 뒷산은 안동김씨(安東金氏) 분산(墳山)이 있다. 그곳에 김상용의 허묘(시신을 찾지 못해 죽기 전 하인에게 건네 준 옷을 넣고 봉분조성)와 할아버지를 따라 같이 강화성 남문 2층에서 자폭하여 사망한 13세 어린 손자 김수전(金壽全)의 허묘가 바로 옆에 있다고 한다. 이곳 안동김씨 묘역 중 풍수지리학자들이 말하는 명당 중 명당이 있다고 한다. 바로 김상용의 증조부 김번(金璠, 1479~1544)의 묘소이다. 안동김씨들이 조선조 말 100년 동안(1,800~1,900)이나 조정의 요직을 차지하고 세도정치를 하여 사람들이 "안동김씨가 나는 새도 떨어뜨린다."고 말한 것과 같은 힘을 발휘한 것은 그 묘소가 명당이어서 후세 자손들이 힘을 받은 것이라는 이야기가 있다.

그러나 나는 그 김번의 묘소는 가장 나쁜 묘소 자리에 만들어 졌다고 말하고 싶다. 안동김씨들이 탐관오리(貪官汚吏)였고, 지방의 탐관오리들이 가엾은 농민들을 수탈함을 눈감아 줄 수밖에 없어서 1894년 동학농민혁명이 일어났고 결과적으로 우리나라가 36년 간 왜놈들에게 갖은 수모를 당하고 문화재들을 수탈당한 결과를 가져왔기 때문이다.

이러한 우리나라의 근세사를 가져온 것이 증명할 수도 없는 묘소자리 때문이라고 하면 그 묘소는 나빠도 대단히 나쁜 묘소 자리인 것이다. 증명할 수도 없는 풍수지리학자들의 이론이 틀렸으면 하는 마음은 나 혼자만의 바람은 아닐 것이다.

〈2016년 3월 30일〉

[참고] 김익겸(金益兼)과 그의 아들들: 김익겸(1614~1637)은 광산김씨 사계 김장생(沙溪 金長生)의 손자이다./ 김익겸은 1635년 진사시에 급제한 문관이다./ 병자호란 때는 김상용을 따라 강화산성을 수비하였다./ 1637년 1월 22일(음) 강화산성이 청군에게 점령되었고, 세자빈과 대군들이 인질로 잡혀 갔고, 바로 그날 따르던 김상용과 함께 강화성남문 2층루각에서 23세의 젊음을 불살랐다./ 그가 자폭하여 죽은 다음날(23일(음)) 그의 부인은 그의 큰아들을 데리고 만삭의 몸으로 강화도에서 교동도로 건너가는 나룻배에 승선하여 가는 도중 배 안에서 아기를 낳았다./ 그 아기는 유복자로 태어난 김만중(金萬重, 1637~1692)이다./ 그 아기는 다행히 건강하게 태어나고 전쟁이 끝난 다음 서울로 돌아와 건강하게 자라나서 구운몽과 사씨남정기를 저술한 인사가 되었다./

강화읍의 이원용 부자

강화도 강화읍 관촌리 용흥궁(龍興宮)에 대하여 설명하는 것은 조선 제25대 철종(哲宗, 1831~1863, 재위: 1849~1863)과 관계있는 이야기이다. 나무하고 날품팔이 하면서 강화에서 이원범(李元範)이라는 이름으로 비천하게 살던 총각이 어떻게 임금(철종)으로 추대되었는지를 알기 위하여는 조선 후기의 역사를 조금 살펴보아야 한다.

인조(仁祖, 1595~1649, 재위: 1624~1649)는 김류(金瑬, 1571~1648), 이귀(李貴, 1557~1633), 이괄(李适, 1587~1624), 최명길(崔鳴吉, 1586~1647) 등의 서인(西人)들이 1623년 주도한 반정으로 제16대 임금으로 즉위하였다. 인조의 셋째 아들 인평대군(麟坪大君, 1622~1658)의 7대손 중 한 사람이 흥선군 이하응(興善君, 李昰應, 1820~1898)의 아버지 남연군 이구(南延君, 李球, 1788~1836)이다.

한편, 남연군 이구는 영조(英祖, 1694~1776, 재위: 1724~1776)의 아들 사도세자(思悼世子, 1735~1762)의 서자 중 한 사람인 은신군(恩信君, 1755

~1771)의 양자로 입적하였다. 그러므로 사도세자는 남연군의 할아버지이고 흥선대원군 이하응의 증조할아버지가 된다.

이원범(李元範, 1831~1863)은 사도세자의 서자 중 장자인 은언군 이인(恩彦君, 李䄄, 1754~1801, 은신군의 형)의 셋째 아들 전계군 이광(全溪君, 李㼅, 1785~1841)의 셋째 아들이다. 사도세자의 증손자인 것이다.

은언군은 생활 중 잘못한 일로 1771년 제주도에 유배되어 3년 동안 유배생활을 한 다음 1774년 풀려나서 관직생활도 했으나 1780년 홍국영(洪國榮, 1748~1781) 일당이 은언군의 형 상계군 담(常溪君 湛, 1769~1786)으로 왕위를 승계하려는 역모를 하였다 하여 상계군은 1786년 괴로워 하다가 음독 자결하였다. 그 뒤 1800년 정조(正祖, 1752~1800, 재위: 1776~1800)가 승하한 다음 순조(純祖, 1790~1834, 재위: 1800~1834)가 즉위하면서 천주교 세례를 받았다는 구실로 상계군 부인 송씨와 며느리 신씨를 사사(賜死)하면서 은언군도 사사되었다. 은언군 일족은 강화도에서 비참한 생활고를 겪으면서 1830년까지 생활하였다.

1831(순조 31)년 순조의 특명이 전계군 일족에게 내려졌다. 한성 경행방 사저에 들어와 생활하라는 명령이었다. 그래서 1831년 탄생된 이원범은 경행방 사저에서 1831년부터 1844년까지 살았다고 한다. 1841(헌종 7)년 전계군은 타계했다(향년 57세). 그런데 1844(헌종 11)년 중인 출신 민진용(閔晉鏞)과 그의 주변 몇 사람이 이원범의 형 이원경(李元慶)을 왕으로 추대하려는 역모를 하였다. 민진용 등은 능지처참되었고, 이원경은 사사되었다.

이원범은 전계군을 아버지, 용담인 염성화의 딸 염씨를 어머니로

1831년 둘째 아들로 출생하였다. 1844년 형 원경이 원하지도 않은 역모혐의에 연계되어 죽고 자신과 어머니는 강화도에서 갖은 수모를 받으며 살아 온 것이다. 1834년 즉위한 헌종(憲宗, 1827~1849, 재위: 1834~1849)이 23세의 젊은 나이로 승하하자 1849년 대왕대비 순원왕후(純元王后) 김씨의 명령을 받고 영의정 정원용(鄭元容, 1783~1873)이 호위 부대를 이끌고 그를 임금(철종)으로 모시러 온 것이다.

정원용이 1849년 6월 초 호위병 부대를 인솔하고 강화도 관철리 이원범의 집으로 찾아왔을 때 이원범은 친구 두 명과 함께 가까운 산으로 나무를 하러 갔었다. 그 나무하는 곳까지 정원용이 찾아가 "어떤 분이 강화도령님이신가요?" 라고 물었다고 한다. 풍채가 우람하고 수염이 길게 자란 황금색 관복을 입고 관모 쓴 점잖은 노인(이때 정원용은 67세)이 이렇게 물었을 때 이원범은 "제가 무슨 큰 죄를 지었습니까?" 하고 당황하여 물었다고 한다. 또 이때부터 이원범은 '강화도련님'이라 불리게 되었다는 에피소드가 지금까지 전하여 온다.

조선 제24대 왕 헌종이 1849년 타계하자 다음 대 임금으로 제일 먼저 이원범을 추대한 사람이 영의정 정원용(1783~1873)이고, 강화도까지 모시러 호위 부대를 이끌고 간 사람도 영의정 정원용이었다.

나는 시외버스터미널로부터 용흥궁(龍興宮)으로 걸어갔다. 그곳이 고려궁지 앞쪽이고 약 3년 전 고려궁지는 왔던 장소이므로 천천히 걸어서 찾아갈 수 있었다.

승용차도 들어갈 수 없는 좁은 골목에 용흥궁 대문이 있었다. 대문 앞에 150cm(높이)×30cm(가로)×15cm(세로)의 비석 두 기가 세워져 있고 이들 비석이 세워진 곳의 반대쪽에 용흥궁 안내 설명표지문판이 세워져 있었다. 오른쪽 비석은 이원범을 1849년 6월 모시러 왔던 정원용의 맑은 덕과 백성을 사랑하는 마음을 추모하는 송덕비로 '相國鄭公元容淸德愛民永世不忘生廟碑(상국정공원용청덕애민영세불망생묘비)'라고 한자로 새겨져 있고, 옆의 비석은 같은 문구인데 이름이 정기세(鄭基世, (1814(순조 15)~1884(고종 21), 호: 주계(周溪))였다.

추리하여 본즉 1853년 정원용의 아들 정기세가 1853년 강화유수로 부임하여 와서 근무하는 동안 초가집이었던 이원범(당시 철종)의 집을 기와집으로 건축하였는데 이때 자신의 아버지 정원용과 자신의 송덕비를 세웠고 '哲宗朝潛邸舊基(철종조잠저구기)라 새긴 비석을 세우고, 이 비석을 보호하기 위한 비각도 건축한 것이다. 정원용과 정기세의 송덕비 맞은편에 용흥궁(龍興宮) 안내 설명표지문판이 있었다.

「용흥궁(龍興宮)/ 인천광역시 유형문화재 제20호/ 소재지: 인천광역시 강화군 강화읍 관청리 441/ 조선 제25대 철종(哲宗, 1831~1863, 재위: 1849~1863)이 즉위하기 전 거처하였던 잠저(潛邸)로서 강화유수 정기세가 1853(철종 5)년에 지금과 같은 건물을 건축하였다./ 좁은 골목 안에 대문을 세웠고, 행랑채를 두고 있어 창덕궁 낙선재와 같이 소박한 분위기를 풍긴다./ 궁 안에는 철종 잠저임을 기록한 비석과 이 비석을 보호하기 위한 비각이 있다./ 지금 남아 있는 건물은 내전 1동, 외전 1동, 별전 1동, 행랑채 1동, 그리고 비각 1동이다.」

용흥궁 내 철종 잠저 표식 비석이 있는 비각(2016년 3월 24일)

   나는 멋있게 한자로 龍興宮(용흥궁)이라 초서체 글씨의 현판이 추녀 밑에 부착된 대문 안으로 들어갔다. 이른 봄 화사한 햇빛이 용흥궁의 뜰과 건물들을 비추었다. 내전에서 10개 정도의 계단을 밟고 외전으로 올라간 곳의 외전 마당에 덮개가 덮인 우물이 있다. 아마 이 우물의 물이 강화도령 이원범의 세숫물로 사용되었고 밥을 짓는데 쓰였을지도 모른다고 생각하였다. 이 우물 앞에서 왼편으로 계단 몇 개를 올라간 곳에 작은 비각이 있다. 비각은 울긋불긋한 페인트로 칠하여져 있고, 중앙에 세워진 회백색 비석이 있었다. 철종의 잠저였다는 표지석이다.

철종은 1853년부터 친정을 하도록 순원왕후 김씨가 허락했다. 철종은 강화에서 5년 동안 농민들이 관원들로부터 수탈됨을 보았기 때문에 탐관오리들의 농민 수탈을 막기 위한 시책을 세워 시행하려는 시도를 몇 번 하였다. 그러나 번번이 실권을 잡은 안동 김씨들의 방해에 부딪혀 실패하였고, 그들이 철종을 감시까지 하였다.

철종은 올바른 말 한 마디 못하고 갇혀 사는 신세가 되자 술과 여자를 가까이 하는 방탕한 생활을 반복하게 되어 몸이 허약해져 병이 들어 자리에 눕기를 반복하다가 1863년 12월 33세의 젊은 나이로 세상을 하직하였다.

영의정 정원용은 이원범을 조선 제25대 왕으로 즉위시키고 몇 년 더 영의정으로 근무하다가 1853년 자신의 고향 경기도 광명(光明)으로 물러났다. 왕으로부터 원로대신에게 하사하는 궤장(几杖)까지 받았다. 그러나 1863년 철종이 승하하자 원상으로 고종(高宗, 1852~1919, 재위: 1863~1907)이 즉위할 때까지 정사를 맡아보았다. 그리고 90세까지 검소하고 청렴결백하게 살다가 숨을 거두었다.

한편, 그의 아들 기세(基世)는 성격이 겸손하여 이웃사람들의 뜻을 거스리지 않았다. 이웃 사람들은 그를 기쁜 일을 전해주는 까치판서라고 불렀다. 정원용—정기세 부자는 안동 김씨들이 세도를 펼치는 세상에서 묵묵히 그들을 탓하지 않고 세상을 살아간 청렴한 인사들이었다.

철종의 유일한 혈육은 숙의 범(範)씨와의 사이에서 탄생한 영혜옹주(永惠翁主, 1859~1872) 뿐이었다. 영혜옹주는 조선조 말 풍운아의 한 사람인 박영효(朴泳孝, 1861~1939)와 1872년 결혼하였으나 영혜옹주는 결혼 후 3개월 뒤 병으로 사망하였다. 박영효는 옹주와 결혼하여 금릉위(錦陵尉)의 칭호를 얻었고, 왕의 사위는 다시 다른 여자와 결혼할 수 없다는 조선시대의 불문율로 소년 홀아비로 살 수밖에 없었다.

조선조 말 순조(純祖, 1790(정조 14)~1834, 재위: 1800~1834))가 등극할 때부터 시작된 안동 김씨들은 그들 자신이 100년 동안이나 가엾은 농민들의 고혈을 빨아먹는 탐관오리(貪官汚吏)였을 뿐만 아니라 불쌍한 농민과 어민, 상인들의 고혈을 빨아먹는 탐관오리들을 방조한 관리들이었다.

지금 우리들의 주변에는 세도정치를 하는 인간들이 없는가? 조선조 말 안동 김씨만이 세도정치를 했던 것인가? 나는 칠십여 년 동안 이 세상을 살아오는 동안 수많은 세도정치를 하는 안동 김씨들을 보았다. 그러한 인간들은 주살시키면 어떨까?

〈2016년 3월 28일〉

교동도의 이봉상

교동도(喬桐島, 47.1㎢)는 강화군에 속한 섬으로, 강화도(江華島, 305.8 ㎢) 서북쪽에 위치하며, 이 섬의 북쪽 해협 건너에 북한의 개풍군 남쪽이 건너다보인다. 2014년 7월 1일 강화도와 교동도를 연결하는 3.44km의 교동대교(喬桐大橋)가 개통되어 시내버스가 강화시외버스터미널에서 교동도 교동향교까지 운행되고 있다.

인터넷 자료실에서 임진왜란 때의 불세출의 영웅 이순신(李舜臣, 1545~1598)의 5대손 이봉상(李鳳祥, 1676(숙종 2)~1728(영조 4))의 흔적이 이 섬의 남동쪽 교동읍성 가까이에 위치한 교동향교(喬桐鄕校) 구내에 있다 하여 찾아갔다.

2017년 2월 2일 오후 2시 나는 강화시외버스터미널에서 시내버스에 승차하고 강화읍을 서쪽으로 달려 북한이 건너다보이는 교동대교를 건너고 있었다. 이 거대한 현수교를 시내버스로 건너는 늙은이의 마음에 조그마한 감회가 일었다. 시내버스는 고구리저수지 옆을 달리고 교동면사무소와 교동우체국 앞을 지나쳐 교동향교 앞 시내버스정류소에서 나는 하차하였다. 이곳에서 북쪽 화개산(華蓋山, 260m) 쪽으로 300m는 들어간 곳에 향교의 앞을 표시하는 홍살문이 외롭게 세워져 있었다. 그 홍살문에서도 300m는 더 화개산 남쪽 기슭으로 들어간 곳에 교동향교의 기와집 건물이 있었다.

교동향교는 1286(충렬왕 12)년 고려의 유명한 유학자 안향(安珦, 1243(고종 30)~1306(충렬왕 32))이 세계 4대 성인의 한 분인 공자(孔子, BC 551~BC 479)의 초상화를 모시고 귀국하여 처음 착륙한 섬이 교동도(喬桐島)였다. 도착하여 화개산 북쪽 고구리의 한 장소에 향교(鄕校)를 건축하고, 공자의 초상화를 모셨다. 이것이 우리나라 향교의 시작이었다. 그런데 1741(영조 17)년 교동도호부사 조호신(趙虎臣)이 화개산 남쪽 기슭인 읍내리로 향교를 이전시켰다.

나는 태극문양이 그려진 대문 옆 열려진 작은 문으로 들어갔다. 들어가면서 바로 앞의 건물이 조선시대 젊은이들에게 유학을 가르쳤던 명륜당(明倫堂)이다. 명륜당 건물 좌우의 건물이 교육을 받던 젊은이들의 숙소인 동·서재였다.

나는 명륜당과 동재 사이를 걸어 들어갔다. 명륜당 뒷건물인 대성전(大成殿) 쪽으로 몇 걸음 옮기다 축대 위를 바라보니 인터넷자료실에서 보았던 내가 찾아가는 이봉상의 흔적 노룡암(老龍巖)이 비스듬이 서 있었다.

노룡암은 가로 20cm, 세로 30cm, 높이 100cm는 되어 보이는 바위이다. 이 작은 바위의 앞면에 한자 종서로 글자가 음각되어 있는 것이

교동향교 대성전 앞 '노룡암'

다. 그 글자 老龍巖(노룡암)을 1717년 처음 새긴 사람이 이봉상(李鳳祥, 1676~1728)이라는 것이다. 이 작은 바위 바로 옆에 바위에 음각된 글자를 그대로 옮겨 놓은 설명표지문판이 그 바위 옆에 있었다. 한자 원문은 세로글씨로 노룡암에 새긴 형태와 같이 기록되었고, 한글로 번역한 글은 횡서로 기록되어 있었다.

　　「老龍巖/ 在東軒 北庭層階下/ 下有築壇/ 丁酉 忠愍公 李鳳祥 題老龍巖 三字/ 其後五十七年 癸巳 其孫 達海 撰刻古蹟/ 去 庚辰 統禦使李奎書 題刻/ 虎距巖將軍灑風 七字/ 辛卯春 增築石臺/ 丁卯 喬桐鄕

校移置」

다음은 원문을 한글로 번역(翻譯)한 글이다.

「노룡암/ 이 노룡암은 원래 교동현 동헌 북쪽 층계 아래 있었는데/ 아래에는 축단이 있었다./ 1717(정유, 숙종 4)년 충민공 이봉상(忠愍公 李鳳祥)이 노룡암(老龍巖) 3자를 지었는데,/ 그 57년 후인 1773(영조 4, 계사)년 그의 손자 이달해가 그 고적에 글을 새기었다./ 1820(경진, 순조 20)년 통어사(統禦使) 이규서(李奎書)가 호거암장군쇄풍(虎距巖將軍灑風) 이라는 7자를 새겼다./ 1831(신묘, 순조 31)년 봄 석대를 증축했다./ 1987(정묘, 대한민국 40)년 교동향교로 옮겨 놓았다.」

내가 이 글을 읽고 이 작은 바위에 음각된 한자를 읽어보려 했으나 이 바위의 색깔이 엷은 홍백색이고 글자를 명확히 새긴 것도 아니어서 단지 첫줄 '老龍巖'의 '龍'자와 '忠愍公', 둘째 줄의 '五十七年癸巳'를 겨우 읽을 수 있었다. 무엇보다 이 바위가 지금으로부터 약 300년 전 충무공 이순신 장군의 5대 손자 충민공 이봉상이 이 교동도에 부사로 부임하여 와 있을 때인 1717(숙종 4)년 老龍巖(노룡암)이라 새겼다니 그것이 하나의 역사적 흔적으로 흥미로운 것이었다.

이봉상이 이 노룡암에 글자를 새기고, 57년 후인 1773(영조 4)년 이봉상의 손자 이달해(李達海, ?~?)가 또한 교동현 부사로 부임하여 와서 할아버지가 새긴 글자 옆에 글자를 새겼다는 것도 어떤 의미가 있는 것이다. 쉴 줄 모르고 흐르는 세월은 빠르지도 늦지도 않게 그저 흐르기만 하고 인간은 그러한 시공의 한 점에 잠시 왔다가 사라지는 것이다.

이 작은 바위는 교동현 부사가 근무하는 동헌 북쪽 뜰에 있었는데 교동현 동헌이 사라지면서 역사물로 보관하기 좋은 향교 대성전 앞 축대 위 화단에 30년 전인 1987년 옮겨 보관하는 것이라 했다.

나는 여기서 이봉상의 생애를 간략하게 기록하고 이 글을 마치려 한다.

「이봉상은 1676(숙종 2)년 절충장군 이홍저(李弘著)의 아들로 아산(牙山)에서 태어났다. / 1702(숙종 28)년 무과(무과)에 급제하여 포도대장, 훈련원 도정, 한성부우윤, 그리고 교동현 부사 등을 역임하였다. / 1725(영조 1)년 어영대장일 때 이광좌, 조태억 등의 죄상을 밝혔다가 정미환국(丁未換局)으로 1727(영조 3)년 그들이 복권되자 어영대장으로부터 충청도병마절도사로 좌천되었다. / 그리고 1728년 이인좌(李麟佐, 1677~1728)가 반란을 일으켜 청주성(清州城)을 공격하였을 때 그가 이끄는 부대에 체포되어 사살되었다. / 충청감영에 침략하여 온 이인좌 부대에 체포되었을 때 이인좌는 이봉상에게 다음과 같은 제안을 하였다고 한다. / "자네는 원래 나와 같은 남인 집안 사람이 아닌가? 나와 힘을 합하여 새로운 정부를 세워 서로 협력하여 살아가세!" / 그러자 이봉상은 다음과 같이 대답했다고 한다. / "여보게 인좌! 나는 충무공가의 자손일세! 우리 충무공가의 손자들은 반역하는 인간들에게 동조할 수 없네! 나는 나라에 충성으로 살아왔고,

반역은 하지 않네. 내 목숨이 필요하면 빨리 목을 베어주게!"라고 말했다고 한다./ 이때 충청도 지방에 머물고 있던 어사 이도겸(李道謙, 1677(숙종 3)~1728)이 서울로 올라가 이 말을 영조에게 전하였다./ 그러자 영조는 청주에 정려를 세우고 이봉상의 벼슬을 좌찬성(左贊成)으로 추증하였다./ 그 후 청주에 표충사(表忠祠)를 세워 제향하게 하였고, 충민(忠愍)이라는 시호를 내렸다.」

이봉상과 이인좌는 나이가 1년 차 밖에 되지 않으니 대화할 때 서로 "자네"라고 했을 것이다. 이인좌가 같이 반정을 하자 했고, 이봉상은 나는 반역은 않는다. 빨리 죽이라고 했다.

나는 이 세상을 70여 년 살아오는 동안 나의 주위에도 많은 인간들이 이웃을 괴롭히는 것을 보았다. 그들은 강아지만도 못한 이 글에서 반역을 일으킨 이인좌만도 못한 인간들이다. 대학교에서 교수로 젊은이를 가르친다는 인간들 중에도 그러한 개만도 못한 인간들이 많다는 것이다.

300년 전 충무공가 조상들이 전하여 준 가문의 명예를 더럽히지 않도록 목숨을 내어 놓은 충민공 이봉상의 흔적인 교동향교 조그마한 바위를 찾아가는 기행이 값이 있었음을 이 기행수필을 읽으시는 독자분들에게 전하여 주고 싶은 것이다.

〈2017년 2월 5일〉

[참고 1] 이인좌(李麟佐)의 난: 경종이 재위 4 년만에 타계한 후 영조가 즉위하자 자신들의 정치적 지위에 위협을 느낀 과격 소론측은 갑술환국 이후 정계에서 배제된 남인들을 포섭하여 영조와 노론의 제거를 계획했다./ 이에 이인좌(李麟佐, 1677~1728)는 정희량(鄭希亮),·이유익(李有翼),·박필현(朴弼顯) 등과 공모하여 밀풍군(密豊君) 탄(坦)을 왕으로 추대하고, 무력으로 정권을 쟁탈하고자 하였다./ 스스로를 대원수라 칭한 이인좌는 1728년 3월 15일 상여에 무기를 싣고 청주성(淸州城)에 진입하여 충청병사 이봉상(李鳳祥), 군관 홍림(洪霖) 등을 살해하고 청주성을 점령하였다./ 이어서 각처에 격문을 돌려 병마를 모집하고 관곡을 풀어 나눠주는 한편, 북상하여 진천을 거쳐 안성(安城)·죽산(竹山)에 이르렀다./ 그러나 안성·죽산전투에서 도순무사 오명항(吳命恒)이 이끄는 관군에게 패하자 추격을 피해 산사에 숨었다가 신길만(申吉萬) 등 가까운 마을 사람들에게 붙잡혀 서울로 압송되어 그 해(1728년) 3월 26일 대역죄로 능지처참되었다.

[참고 2] 교동향교 대성전(大成殿): 교동향교 대성전에는 중국의 5성(五聖)과 송조 2현(宋朝二賢) 등 16현(十六賢)을 배향(配享)하고, 동무와 서무에는 해동 18현(海東十八賢)의 위패를 각각 반씩 나누어 봉안했다./ 1949년 모화사상(慕華思想)에 대한 반성으로 중국 16현 가운데 주자(朱子)와 정자(程子)를 제외한 14현을 배향했다.

위도 서해훼리호 참사 위령비

 현재(2016년 4월)로부터 22년 7개월 전인 1993년 10월 부안 격포항과 위도(蝟島, 11.14㎢) 파장금항 사이 작은 섬 임수도(臨水島, 0.013㎢) 가까이에서 일어난 서해훼리호 침몰사고는 당시 우리나라를 떠들썩하게 만들었었다. 그 때 나는 한 번 위도를 찾아 가리라 생각했었다.

 그러다가 세월이 흐르고 2016년 4월 21일 13시 55분에야 전북 부안군 격포항에서 위도 파장금항으로 향하는 대원카훼리호의 승객이 되었다. 2층 객실의 승객석에 자리를 잡았다.

 이 뱃길은 현재(2016년) 격포항과 위도 파장금항을 대원카훼리호와 파장금카훼리호가 주말이면 각각 1일 4회씩 왕복한다. 대형 참사가 일어났던 1993년 서해훼리호가 1일 1회 운항했던 것에 비교하면 많은 변화가 된 것을 알 수 있다. 카훼리호가 출항하여 30분 정도 달렸을 때 작은 바위섬 3개가 왼쪽으로 보였다. 그 세 섬 중 푸르게 잡목으로 덮인 가장 큰 섬이 임수도(臨水島)인 것이다. 1993년 10월 10일(일요일) 9시 50분 서해훼리호가 파장금여객선터미널을 출항하여 높은 파도를 헤치며 격포항을 향하여 운행하던 중 10시 10분 이 임수도 부근에서 성난 파도에 뒤집힌 것이다.

연세대 국악연구실의 연구발표에 의하면 공양미 300석에 몸을 팔아 아버지의 눈을 뜨게 하려고 16세의 어린 나이에 만경창파(萬頃蒼波)에 몸을 던진 심청(沈淸)은 소설 속의 주인공이 아니며 300년 전 곡성군 옥과에서 태어난 실존인물이라 했다. 그리고 인당수(印塘水)는 위도면 임수도 부근의 해역이라 했다. 나는 그 진실은 모르나 그 인당수가 이 조그마한 섬 임수도 부근이라면 1993년 10월 10일 공양미 300석을 주고 소녀를 사서 이 바다에 제사지내는 일을 하지 않아서 용왕이 심술부려 서해훼리호가 뒤집히는 사고가 일어난 것은 아닐까? 안타까워서 그런 생각도 해 보았다.

내가 승선한 대원카훼리호가 파장금 여객선터미널에 도착한 다음 나는 하선하여 파장금 여객선터미널에서 위도면사무소가 위치한 진리(鎭里)로 연결되는 국도를 걸었다. 그 도로 옆 어딘가에 서해훼리호 참사위령탑이 위치한다고 하는 것을 인터넷자료실에서 읽어 알고 있었던 것이다. 파장금여객선터미널에서 서해훼리호 참사위령탑까지는 1.0km 거리였다. 오른쪽으로 보이는 눈이 시리게 푸른 바다를 내려다 볼 수 있고, 길가에 가로수로 심어놓은 벚꽃나무는 하얗게 피었던 꽃잎이 거의 떨어지고 싱그럽게 속잎이 피어나는 계절이었다. 그러나 벚나무 사이사이에 심어져 있는 동백꽃나무에 붉은 동백꽃들이 아직 피어있어 이 꽃을 바라보는 재미도 있었다.

이 도로 오른쪽 길가에 위령탑 위치 표지석이 세워져 있었다. 오른쪽 사이길로 내려가라는 표지석의 화살표가 가리키는 길을 따라 내려갔다. 약 2m 넓이로 닦여진 돌을 깔아놓은 길옆은 싱싱한 측백나무들이 자라나고 있었다. 측백나무 가로수들이 나를 위령탑으로 안내하고 있었다. 위령탑은 벽돌처럼 깎은 돌로 반원형으로 쌓은 흰 탑인데 입구 왼쪽에 안내 설명표지문판이 있었다. 위령탑건립취지문과 사고현황을 기록된 설명문판이었다. 우선 위령탑건립취지문을 읽었다.

　「위령탑 건립취지문(慰靈塔 建立趣旨文)/ 해상 돌풍과 기상악화를
　무릅쓰고 살신성인(殺身成仁) 정신으로 구조·인양활동의 헌신적 노
　력을 역사에서 높이 평가 292위 영령들의 외로운 영혼들을 위로하고
　명복을 빌어 다시는 이러한 어리석은 사고가 발생하지 않도록 경각
　심을 고취하기 위하여 건립하였음」

　영령들을 위로하고 이러한 어리석은 사고가 재발되지 않도록 많은 사람들에게 경각심을 주려는 교육적 목적이라는 것이다.
　여기에서 1993년 10월 10일 서해훼리호 침몰사고의 전말을 기록하여 본다.

　「1993년 10월 10일은 일요일(日曜日)이었다./ 낚시 명소인 위도로
　10월 9일(토요일) 전국의 낚시꾼들이 몰려들었는데 대부분 직장인들
　이었다./ 10월 10일 아침날씨는 불안하여 기상청에서는 여객선들의

서해훼리호 참사 위령탑

출항을 금지한다고 일기예보 방송이 전하여 졌다./ 그러나 낚시 왔다
가 돌아가려는 사람들은 대부분 직장인이어서 다음 날 출근해야 되기
때문에 안달을 했다./ 서해훼리호 선박회사는 못이기는 체 출항을 결
행한 것이다./ 회사가 불황에 허덕였기 때문이었다./ 아침 9시 40분
서해훼리호는 파장금여객선터미널을 출항하였다./ 승선 정원은 200
명인데 362명을 승선시켰고, 시해훼리호 선두에는 부안 격포항으로
나가는 수산물 10톤 이상이 뱃머리를 눌렀다./ 10시 10분 선박이 좌

우로 흔들리는 정도가 심해지자 기관사가 회항하려고 파장금여객선 터미널 쪽으로 뱃머리를 돌렸다. / 순간 배가 파도에 휩싸이며 뒤집혀 침몰하였다. / 임수도 부근해역이었다. / 1층의 2·3등 객실의 승객들은 갇혀버렸다. / 2층 1등객실과 갑판의 승객 의자에 앉아있던 승객들은 옆의 나무로 만든 물건을 끌어 앉고 바다로 뛰어들었다. / 해경헬기는 사고 발생 한 시간 후쯤 도착했고, 해경함정들은 12시 30분에야 출동하였다.」

아이스박스를 잡고 떠 있다가 구출된 사람도 있었다. 승선정원을 초과하여 승선시키고, 화물도 과적하였으며. 일기가 불안하여 기상청에서 출항금지 명령을 내렸는데 출항한 것은 선장 이하 선박관리자들의 잘못이었다.

나는 그때 조기테니스회에 출석하여 알게 된 중학교 교장직에 근무하다가 그때부터 약 3년 전인 1990년 퇴임한 한 선생님의 이야기가 내 가슴을 안타깝게 하였다. 그 선생님이 아들 부부, 딸 부부와 함께 10월 9일(토요일) 위도 낚시를 갔다가 일요일 아침 그 서해훼리호에 승선했다. 아들 부부와 딸 부부는 3등 선실에 승선하여 있었고, 그 전직 교장선생은 갑판의 승객용 의자에 앉아 있다가 선박이 침몰하자 아들 부부와 딸 부부는 사망하고 자신은 옆의 나무막대를 끌어안고 바다에 뛰어들었다가 구조되었다는 것이다. 집에 할머니와 머물러 있던 손자와 손녀는 죽지 않은 할아버지와 할머니가 키울 수밖에 없게 되었다는 이야기가 나뿐만 아니고 이웃들의 가슴을 안타깝게 했었다.

위령탑 건립 취지문 아래에는 사고 개요와 사고수습 상황이 기록되어 있었다.

「서해훼리호 사고개요와 사고수습 상황/ 선명: 110톤 서해훼리호/ 정원: 200명, 1일 1회 격포항–파장금항 왕복 운항/ 승선승객: 362명(생존: 70명, 사망: 292명)/ 사고원인: 악천후 중 무리한 운항(정원 162명 초과 승선, 화물 적정 중량 초과)/ 사고수습 기간: 10월 10일~11월 2일(23일 간)/ 인력동원: 27,360명(공무원: 9,000명), 선박: 1,089척, 헬기: 96대 동원」

현재에 비교하면 열악한 조건이었다. 현재 주말에는 두 카페리호 회사에서 각각 4회 왕복운항하는 것이다. 수습기간이 23일 간이었고 사망자 292명의 시신을 모두 수습했다는 것은 국민들이 성의를 다했다는 증거였다.

2014년 4월 16일 발생한 세월호 사고와 대조되는 것이다. 세월호 이야기가 나왔으니 몇 가지 짚고 넘어가기로 한다. 세월호 선장은 승객들을 선실에 머물러 있으라고 방송하고 자신은 빤즈 차림에 먼저 탈출하여 목포의 지인 집으로 가서 바닷물에 젖은 돈을 말리다가 잡혀 구속되었다. 반면 서해훼리호 선장은 사고 발생한 다음 며칠 동안 행방이 묘연하자 기자들은 사고 후 어디론가 도피하여 숨었다고 방송사와 신문사 기자들이 추측한 것을 사실인 양 떠들었다. "선장이 어선을 타고 도망가는 것을 본 사람이 있다고 합니다."라고 떠들었고 신문에도 그러한 기사를 게재했다.

그러나 10월 27일 선채가 인양되고 3등객실에서 70구의 시체를 수습하면서 그 70구 시신 중에 선장이 섞여 있음을 발견한 것이다. 선장은 승객들을 구출하려고 갖은 노력을 하다가 같이 사망하였다. 선장의 이름은 백운두(56세)였다. 그 뿐만 아니라 그 70구의 시신 중에 서해훼리호의 최진만 갑판장(42세), 이xx 기관장(61세)의 시체도 섞여 있었다고 한다.

고 백운두 선장의 부인은 남편이 승객들을 구출하려다가 시신으로 되어 나오자 "우리 남편은 정말 대견스러운 훌륭한 선장입니다."라고 한마디 말했다. 남편이 살아있었다면 그 수모를 어떻게 견딜 수 있겠느냐는 것이었다.

서해훼리호참사위령탑은 흰 회색 돌을 반원형으로 쌓은 탑이었다. 반원 탑 중앙 위에 연꽃 모습 돌투구를 올려놓았는데 그 돌투구 밑에 종서로 '서해훼리호참사위령탑'이라 한글로 새겨 놓고 바로 앞에 제시석을 놓았다. 뒷면에는 소설가 김인성이 지은 '추도의 마음'이 새겨져 있다.

「추도의 마음/ 그대는 아는가? 저 바다 우는 소리를!/ 파도를 헤치고 들려오는 슬픔과 절망의 통곡소리는 아직도 우리 곁에 전율과 회한의 눈물을 마르지 않게 하고 있다./ 1993년 10월 10일 서해훼리호 여객선 침몰사고의 경악과 충격은 지금도 성난 바다 우는 소리로 선량한 행려자 292명의 망령을 방황케 하고 있다./ 그러나 이제 슬픔과

임수도와 주변 바다(2016년 4월 24일)

후회는 심연에 묻어버리고, 다시는 이런 불행이 발생하지 않기를 바라는 것이다./ ―〈이하 생략〉―/ 1995년 10월 10일」

이보다 더 절실한 기원문은 없을 것이다. 성난 바다 우는 소리로 선량한 행려자(行旅者) 292명의 망령을 방황케 하고 있다면서 전 국민의 뜨거운 응집력으로 침몰사고 후 수습을 했으니 인간의 시원인 바다에서 안식의 보금자리를 마련하여 편안하게 잠들기를 간절한 마음으로 기원한다고 했다.

서해훼리호 침몰사고가 발생한 다음 만2년이 지난 다음 건립한 위령탑이다. 이 추도의 마음이라는 글 바로 밑에 험한 파도 속에 잠든 292명의 이름이 가나다순으로 새겨져 있다. 역시 우리나라에는 김씨와 이씨가 많으니 292명 중 김씨가 60명, 이씨가 45명이었다.

이제 이 참혹한 임수도 옆에서 발생한 침몰사고가 발생한 것이 어저께 같은데 벌써 23년이 흘러갔다. 우리나라의 정치와 경제가 상당히 발전하고 있다. 그러나 아직도 인간을 인간으로 대접하지 않는 북한이 있고, 우리나라에도 북한의 체제가 잘 된 체제라 말하고 중·고 교과서도 그렇게 편성해야 된다는 인간들이 있어 걱정이다.

우리나라도 국민들이 법규 지키는 것을 자랑으로 알아야 할 것이다. 국민 중에 덕 있는 인사들이 많아서 부질없는 사고가 없는 사회로 만들었으면 한다. 이것이 많은 국민들의 소망일 것이다.

〈2016년 4월 24일〉

[참고 1] 위도(蝟島): 섬의 넓이 11.14㎢, 전라북도 격포항으로부터 14.4km 서쪽 바다에 위치한 섬이다. / 위도면은 30개의 섬으로 이루어져 있고, 그 중 유인도는 5개 정도이며 대부분은 무인도이다. / 위도라는 이름은 송(宋)나라 국신사(國信使) 서긍(徐兢, 1091~1153)이 고려에 왔다가 돌아가서 지은 시(詩) 선화봉사고려도경 1권 36편에 "1123년 6월 5일 고섬섬에 정박하였는데 고려인들이 물을 길어다 주고 쌀을 주어 사례하였다."는 기록에서 "섬의 소나무 잎이 마치 고슴도치(蝟)의 가시털처럼 보였다."라고 기록한 글귀로부터 인용되어진 이름이다. / 위도가 고슴도치처럼 생겨서 위도라 이름을 지었다는 이론은 틀린 것이다. / 1915년부터 1962년까지 전남 영광군에 속하였다가 1963년에 부안군에 편입된 다음 지금에 이르렀다. /

[참고 2] 위도 주변 해난사고: 위도에는 위령비(탑)가 두 기 있다./ 딴치도에 있는 조난어업자조령기념비(遭難漁業者弔靈記念碑)와 위도 진리 해변에 건립된 서해훼리호참사위령탑(西海FERRY號慘死慰靈塔)이 그것이다./ 위령비는 두 기이나 해난사고는 여러 차례 있었다./ 딴치도의 어선 조난사고는 1931년 4월, 8월, 그리고 12월 3차에 걸쳐 일어났다./ 풍랑으로 전국에서 모여든 어선 500여 척과 어부 600여 명이 딴치도 인근 바다에서 수장된 해난사고다./ 이들의 넋을 위로하기 위해 딴치도에 건립한 조령기념비(弔靈記念碑)가 그 참사사고를 말해 주고 있다./ 1958년 3월 15일(음) 위도-곰소 간을 운행하던 여객선의 침몰사고가 네 번째 해난사고다./ 위도 주민 62명이 탑승하였다가 60명이 바다에서 잠들었다./ 시신 수습도 몇 구만 할 수 있었다고 한다./ 다섯 번째의 해난사고가 1993년 10월 10일 발생한 서해훼리호 참사사고이다.

제3장
서해의 섬마을 (2)

전라남도 신안군에는 1,004개나 되는 많은 섬들이 있다. 이 전라남도 신안군에 속한 섬마을을들을 찾아간 이야기들을 기록하였다. 각각의 섬마을에 묻혀있는 선인들의 생애와 흔적들에 관계된 설화들을 인생의 진실한 내면세계를 그리는 마음으로 기록하였다.

박지도와 반월도의 비구니스님과 여승

 안좌도 남쪽 안좌도(安佐島, 46.29㎢)에 안겨있는 듯한 두 작은 섬 박지도(朴只島, 1.75㎢)와 반월도(半月島, 2.1㎢)를 찾아가기 위해 안좌도 읍동리 김환기(金煥基) 생가 앞에서 지나가는 택시의 승객이 되었다. 2016년 4월 23일의 여행이었다. 안좌도 남쪽의 두리라는 마을과 이 두 작은 섬들이 나무다리(천사의 다리)로 연결되어 있다고 하여 이 나무다리를 보기 위해서 였다. 기사에게

 "박지도와 연결된 천사의 다리 입구까지 갔으면 합니다."

 말했더니 "알았습니다." 말하고 안좌도의 남쪽 방향으로 택시를 달려 나갔다. 내가 이 천사의 다리를 보려는 것은 '천사의 다리'라는 다리의 이름이 특수하여 보고도 싶었고, 이 천사의 다리 부근에 '중노두의 전설'이라는 애틋한 설화가 있어 현장을 보려는 것이었다. 기사는 약 60세 되는 인상이 편안해 보이는 남자였는데, 택시가 달려 나갈 때 기사에게

"안좌도 두리 해안으로부터 박지도를 거쳐 반월도까지 건설된 다리의 이름이 왜 '천사의 다리'라 이름을 지었는지 아십니까?"

그랬더니 그 기사는 다음과 같이 대답했다.

"그 다리의 전체 길이가 천사백 미터이니 천사백에서 '백'자를 빼면 천사가 되니 천사의 다리라고 이름을 지었다 합니다."

"그렇습니까? 알았습니다."

라고 이야기를 마쳤고, 잠시 후 안좌도 두리 천사의 다리 입구에 도착하였다. 천사의 다리의 문(門)과 같이 만든 입구의 천정 부분에 「두리(斗里)-박지(朴只)구간 547m」라 현판이 갈색 나무판에 검은 글씨로 새겨 있었다. 내가 이곳에 도착했을 때가 11시 정도인데 썰물로 바닷물이 빠져 나가서 다리 밑은 갯벌이었다.

나무로 튼튼하게 건축된 다리는 좁아서 차량은 통행이 불가능하고 자전거와 오토바이는 다닐 수 있었다. 나는 이 나무다리 547m를 걸어서 박지도로 건너갔다. 박지도 도착지점에 여러 곳으로 향하는 표지판이 보였다. 내가 방금 건너온 쪽으로 '두리'라 기록된 표지판, 두리 쪽과 직각 방향 서쪽으로 반월도, 그리고 반월도 쪽 반대편은 박지도 둘레길이라고 화살표가 가리키고 있었다. 이 표지판들 뒤에 '중노두의 전설'이라는 설명문이 기록된 설명문판이 있었다.

「바다에 징검다리를 만드는 비구니 스님과 여승, '중노두의 전설'/ 이곳 박지도 앞에는 호수 같은 바다를 사이에 두고 반월도가 떠 있다./ 썰물이 지면 바닷물이 밀려나가 갯벌이 드러나고 두 섬은 갯벌을 사이에 두고 마주본다./ 지금은 빈터만 남아 있지만 박지도 가운데 산 중턱에는 조그마한 암자가 있었고 마주보이는 반월도의 산 중턱에도 암자가 있었다./ 박지도 암자에는 젊은 비구니 (남자)스님이 살고 있었고, 반월도 암자에는 젊고 어여쁜 비구니 여승이 살고 있었다./ 서로의 얼굴을 본 적도 없지만 박지도 스님은 반월도에서 아른거리는 비구니 여승을 사모하게 되었다./ 그러나 들물(밀물)이면 바닷물이, 썰물(간조)이 지면 허벅지까지 빠지는 갯벌과 남아있는 물골에 가로막혀 오갈 수 없었다./ 달 밝은 보름날 밤이면 반월도 암자에서 들려오는 목탁소리와 낭랑한 여승의 염불소리가 박지도 비구니 스님의 마음에 불을 질렀다./ 물론 박지도에서 들려오는 비구니 스님의 목탁치는 소리와 우람한 염불소리는 반월도 비구니 여승의 마음에 불을 질렀다./ 그렇게 지내던 어느 날부터 박지도 비구니 스님은 망태에 돌을 담아 짊어지고 갯벌로 나가 반월도 쪽으로 그 돌들을 내려 놓아 노두(징검다리)를 만들어 나갔다./ 그렇게 돌무더기를 만들며 1년, 2년, 3년, 세월이 흘러갔다./ 반월도로 향하여 만들어지는 노두는 사랑의 실핏줄처럼 이어져 갔다./ 같은 때 반월도 비구니 여승도 광주리에 돌을 담아 머리에 이고 박지도 쪽 갯벌로 와서 광주리의 돌들을 내려놓아 노두를 만들었다./ 노두는 양쪽에서 갯벌 중심으로 이어져 갔다./ 어언 스님도 중년이 되고 여승도 중년이 되었을 때 노두는 드디어 갯벌 중심에서 만나게 되었다./ 비구니 스님과 여승은 손을 마주잡고 눈물을 흘리면서 감격해 하였다./ 너무 먼 곳까지 들어온 것일까? 금시 들(밀)물 때가 되어 바닷물이 차올랐다./ 스님과

여승은 바닷물에 잠겼다. / 그리고 썰물이 졌으나 갯벌에는 '노두'만이
이어져 있을 뿐이었다.」

박지도 암자의 비구니 스님과 반월도 암자의 비구니 여승의 가슴을
태우는 애틋한 사랑의 이야기이다. 박지도와 반월도에서 망태와 광주
리로 돌을 날라 만든 노두는 지금 박지도와 반월도를 연결한 천사의
다리(915m) 남쪽에 남아있다. 노두(露頭)란 바윗돌들이 갯벌 밖으로 드
러난 부분을 그렇게 부른다. 몇 년 동안 돌을 운반하여 비구니 스님과
비구니 여승이 노두를 만들었다고 하여 '중노두'라고 부른다.

좀 전 택시기사는 '천사'라는 말이 다리의 길이가 1,400m로 그 길이
에서 나왔다고 했으나 그 다리의 길이는 두리−박지도 사이가 547m
이고, 박지도−반월도 사이가 915m이므로 합하여 1462m이다. 좀 맞
지 않는다. 그래서 내가 귀가한 후 여러 인터넷 자료들을 찾아 읽어 본
결과 '천사의 다리'의 '천사'는 신안군에 존재하는 섬의 수 '1,004' 개에
서 나왔음을 알았다. 이렇게 '천사'라는 이름을 사용하니 '천사'는 하늘
에서 내려온 모든 만물을 미워하지 않는 날개 달린 하느님의 사자를
의미하여 좋다. 한 시인은 최근 박지도와 반월도에 대한 자원조사보
고서에서 "천사는 신안군의 섬의 수 1,004 개에서 유래한 이름이지만
천사의 다리의 의미는 매우 중의적이어서 "천사의 마음으로 이 다리
를 건너가세요!"라는 뜻이 되는 아름다운 이름이라 했다.

이 천사의 다리는 갯벌 위로 사람들이 걸어서 오갈 수 있도록 신안
군에서 55억 원을 투자하여 2010년 2월 24일 완공하였다. '중노두 전

두리 '천사의 다리' 입구(2016년 4월 29일)

설'은 옛날 이야기여서 아마도 소설가나 야담가에 의해 꾸며진 이야기일 것이나 이 이야기는 험난한 인간 세상을 살고 있는 선한 인간에게 부럽기만 한 사랑의 이야기 일 것이다.

중노두에 대한 애틋한 참사랑의 이야기 때문인지 몰라도 이 천사의 다리를 남·녀가 같이 건너면 연인(戀人)이 되고, 한 쌍의 연인이 이 다리를 같이 건너면 사랑이 완결되어 행복한 가정을 이루게 된다고 한다.

박지도가 바가지 모양이고, 반월도는 반달모양이면 어떠한가? 박지도와 반월도가 외로운 섬이면 어떠한가? 이들 섬에 애틋한 참사랑의 이야기가 불타오른 '중노두의 전설'만 있으면 되는 것이지. 그렇지 않습니까? 여러분!

〈2016년 5월 3일〉

임자도의 조희룡

전라남도 신안군 임자도(荏子島, 39.84㎢)에 조선 후기 시(詩), 서(書),
화(畵)의 대가 우봉 조희룡(又峰 趙熙龍, 1789(정조 14)~1866(고종 4))의 적
거지가 재현되었다 하여 그곳을 만나려고 2017년 3월 3일 임자도에
나의 첫발을 들여 놓았다.

목포에서 지도(智島, 57.3㎢)의 점암(占岩)여객선선착장까지 시외버스
에 승차하여 가고, 점암선착장에서 철부선에 승선하여 임자도 진리
(鎭里)선착장에 도착하였다. 임자도 진리선착장에 도착하여 대기하고
있는 대광해수욕장까지 운행하는 마을버스에 승차하였다. 이 마을버
스에는 70세 정도의 할머니들 10명이 승차하고 있었다. 운전기사는
약 60세의 아주머니였는데, 내가 이 마을버스에 승차하면서

"기사님 나 이흑암리 조희룡적거지에 가려 하는데 그곳에 도착하면
알려 주세요!"

라고 부탁했더니 그 운전기사 아주머니

"바로 뒤에 앉아있는 예쁜 아줌마가 거기에서 내리니 그 아줌마 내릴 때 따라 내리세요!"

하면서

"그 아줌마를 한 번 쳐다보세요. 예쁘지요?"

하는 것이다. 내가 고개를 돌려 쳐다보면서

"예쁘시네요. 그런데 예쁘시면 뭣해요? 연애도 못할텐데요."

라고 말하며 웃었더니 버스 안의 70대 할머니들이 깔깔깔 하고 함께 웃었다. 운전기사 아주머니도 나에게 농담을 하여 웃으려 한 것이고 나도 할머니들을 웃기려고 한 말이었다.

이 마을버스가 15분 정도 시골길을 달리더니 조그마한 마을 중심부 길가에 멈추고 내 뒷자리에 앉아있던 아주머니가 내려 나도 따라 내렸다.

하차하면서 주위를 돌아다보니 기와집과 초가집 약 20여 호가 듬성듬성 세워져 있는 한적한 마을이었다. 길 건너 도로 옆에 정자와 비석들이 세워져 있는 공원 같은 공간이 보였다. 나는 길을 건너가 커다란 비석의 글씨를 읽었다. 그 비석은 조희룡의 적거지 설명표지문석이었다. 비교적 규모가 큰 비석으로 위 부분은 설명문이 음각되어 있고, 밑 부분에는 조희룡의 그림 3점이 복사되어 새겨져 있었다.

「만구음관(萬鷗唫館)·조희룡(趙熙龍) 적거지(謫居址)/ 조희룡(趙熙龍, 1789~1866)은 조선 후기의 화가로 본관은 평양(平壤), 호(號)는 우봉(又峰) 또는 호산(壺山)이다./ 시와 글씨, 그림에 뛰어난 재능을 보였으며, 한국인의 내면세계를 표현한 조선문인화의 시대를 개척하였다. / 1851년 임자도에 유배되어 약 3년 동안 이흑암리에서 생활하였다. / 섬에서의 생활은 그의 예술세계를 더욱 성숙시키는 계기가 되어 기량이 절정의 경지에 올랐다. / 매화에 용(龍)이 승천하는 모습의 줄기를 접목시킨 용매화를 더욱 발전시켰고, 임자도의 아름다운 자연환경을 소재로 한 괴석도, 묵죽도 등을 그렸다. / 황산냉운도(荒山冷雲圖)처럼 유배지에서의 심정과 풍경을 그린 작품도 남아있다. / 또한 임자도에서 많은 저술을 남겼다. / -〈중략〉- / 임자도 사람으로써 조희룡의 제자가 된 홍재욱과 주준석이 집필을 도왔는데 섬사람들과의 교류, 당시 생활양상, 예술적 고민들이 고스란히 담겨있다.」

조희룡은 조선 개국공신 조준(趙浚, 1346(충목왕 3)~1405(태종 5))의 15대 손자라고 한다. 1789년 조상연(趙相淵)을 아버지, 전주 최씨(崔氏)를 어머니로 서울에서 태어났다. 그의 호는 우봉, 호산(壺山), 단노(丹老) 등 여러 가지를 사용했다. 이것은 그가 언행과 생활, 예술활동 등을 같이하였던 사람인 추사 김정희(秋史 金正喜, 1786(정조 11)~1856(철종 8))가 자신의 호를 여러 가지 사용했던 것과 같은 생활양식이라 할 수 있다.

조희룡 자신은 원래 젊은 시절 절충장군행룡양위부호군(折衝將軍行龍驤衛副護軍)이라는 낮은 무관직으로 벼슬살이를 시작하였다. 그가 비록 무인으로 관계에 진출했지만 어릴 적부터 시서화를 가까이 했기 때문인지 그는 궁중에 출입하며 서책을 관리하는 일을 하였다. 그가 글을 쓰고 그림을 그리는 것이 당시의 왕인 헌종(憲宗, 1827(순종 27)~1849(

헌종 15), 재위: 1834~1849)의 마음에 들어 헌종이 금강산(金剛山) 그림을 부탁하여 그려 올린 일도 있었다. 그 후 그의 회갑 때인 1849년 헌종으로부터 책과 벼루를 선물로 받았다고 한다. 그 감회를 다음과 같은 시로 기록해 놓았다.

책과 벼루를 내려 주시어 생일에 이바지 하니
동벽(東壁)의 남은 빛 소신에게 미쳤구나
성군의 지우 입어 천만 년에 빛이 나니
스스로 봉황지(鳳凰池)의 사람임을 칭하노라

이 시에서 동벽은 궁중의 서책을 관리하는 부서를 가리키며, 봉황지는 궁중의 연못을 말한다. 위 이흑암리(二黑岩里) 조희룡 기념비 옆의 적거지 설명표지석에 새겨진 글에서 조희룡이 1851년부터 1853년까지 약 3년 간 임자도에 유배되었다고 했는데 그것은 조금 잘 못된 표현인 것 같다. 그는 정확히 1851년 10월부터 1853년 3월까지 1년 6개월 이흑암리에 유배되어 있었으니 1년 6개월 유배되었던 것이다.

이 적거지에서 매화꽃나무에 용이 승천하는 모습을 접목시킨 용매화 그림을 더욱 발전시켰다는 기록은 맞는 듯하다. 이곳에서 저술활동을 할 때 이 섬 주민 홍재욱과 주준석 등 제자들이 집필을 도왔다고 하는 기록으로 보아 이곳에서 이곳 주민들에게 시서화를 가르친 것도 확실한 것이다.

조희룡은 이 적거지에서 1년 6개월 머무는 동안 많은 저서를 저술

조희룡 기념비 위에 새겨 놓은 조희룡 초상화

하였고, 미술작품을 그렸다는 것도 확실하다. 그는 일생 동안 당호가 있는 그림 19점을 그렸는데 그 중 8점이 임자도 생활 1년 6개월 동안에 그린 그림이라고 한다. 그 19점 당호가 있는 그림 중 가장 많은 그림이 용매화도였음도 그를 이해하는데 도움이 될 것이다.

조희룡이 임자도에 유배온 내력을 간단히 기록하면 다음과 같다.

「우봉 조희룡은 추사 김정희보다 나이가 3살 적다./ 그러나 시서화 활동이나 정치활동 등 모든 것을 김정희와 함께 하였다./ 1851년 철종의 증조할아버지 경의군을 진종(眞宗)으로 추증하고, 그 위패를

종묘 본전에서 영녕전으로 옮길 때 영의정 권돈인(權敦仁, 1783(정

조 7)~1859(철종 10))은 이에 앞서 헌종의 위패부터 영녕전으로 모

셔야 된다고 주장했다. / 이것이 당시의 집권세력인 김좌근(金左根,

1797(정조 21)~1869(고종 6)) 일파의 의견과 일치되지 않아 권돈인

은 파직당하고 순흥(順興)으로 유배되는 예송논쟁(禮訟論爭)과 관련

하여 권돈인의 절친한 친구이고 그와 의견을 같이한 김정희가 함경도

북청(北靑)으로 유배되어 갈 때 조희룡은 임자도로 유배된 것이다.」

　임자도 이흑암리 마을 중심 도로 남쪽 도로가에 예쁘게 세워져 있는

조희룡 기념비는 정확히 조선 문인화의 영수 조희룡 기념비라 기록되

어 있고, 그 명칭 위에는 조희룡의 초상화가 새겨져 있고, 밑에는 그의

그림 용매화 한 점이 돌에 새겨져 있다. 기념비 위에 새긴 조희룡 초

상화는 김정희, 조희룡 등과 벽오사(壁梧社) 동인 중의 한 사람 화가인

유숙(劉淑, 1827~1873)이 벽오사 회원들이 모인 것을 1855년 경 그린

그림인 벽오사소집도(壁梧社小集圖)에서 발췌한 초상화이다. 조희룡의

인물화는 그가 60세도 넘은 때의 앉은 자세 모습으로 깡마르고, 대머

리는 벗겨졌으며, 턱 밑에 수염이 적당히 자라난 노인의 모습이었다.

　그의 소년시절을 회상하는 글에서 소년 조희룡의 모습이 그려지는

기록이 있다. 조희룡은 13세 때(1801년) 이웃 동리의 한 처녀와 혼담

이 있었다. 어느 날 조희룡이 장인 될 사람을 만나 인사를 드렸는데

혼담은 끊어졌다. 이유인 즉 그 인사를 드린 장인될 분이 조희룡은 깡

마르고 허약해 보여 수명이 짧을 것이므로 혼인은 없던 이야기로 하

조희룡 적거지 표지석과 초가집 '만구음관'

겠다고 한 것이었다.

그리고 그 처녀는 다른 소년과 결혼하였다. 조희룡은 그 나름대로 다른 처녀와 결혼하여 몇 년이 지나가면서 조희룡은 아들 딸 4남매 낳고 잘 살고 있는데, 그 처녀는 벌써 남편이 죽어서 소녀 과부가 되었다는 소문이 들렸다. 조희룡은 아들, 딸, 손자, 손녀, 증손자 증손녀를 여럿 두었고 팔십 가까운 나이까지 건강하게 살았다. 사람의 운명은 허약하게 생겼다고 수명이 짧은 것은 아닌 모양이다.

나는 조선 문인화의 영수 조희룡 기념비 앞에서 길을 건너 시골집들이 듬성듬성 건축되어 있는 집들 사이로 만들어진 마을길을 따라 약 200m 걸어 들어가서 축대가 잘 쌓아진 언덕 위에 최근 재현된 조희룡 적거지의 초가집 앞에 도착하였다. 적거지 초가집 옆 언덕에는 '又

조희룡적거지 뒤 언덕에 피어있는 홍매화

峰 趙熙龍謫居址'(우봉 조희룡적거지)라고 한자로 새겨진 표지석이 세워
져 있고, 안방 문위에 萬鷗碪舘(만구음관)이라는 현판이 걸려 있었다.

　조희룡이 용매화를 가장 많이 그렸다 해서 그럴 것이라 생각하지만
이 적거지 초가집 앞 높은 축대 밑과 뒤 축대 위 밭에는 적거지 초가
집이 재현될 때 심어진 백매화와 홍매화가 흐드러지게 피어 있었다.

〈2017년 3월 11일〉

　[참고 1] 임자도(荏子島) 역사: 임자도 진리철부선선착장에 커다란 삼
각형 바위 뒷면에 임자도의 역사가 다음과 같이 기록되어 있다./ 임

자도는 우리나라 섬들 중 14번 째로 큰 섬이다./ 남쪽에는 바다 건너 자은도, 북쪽에는 영광군 낙월면, 그리고 동쪽에는 지도와 접하고 있다./ 신석기시대 사람이 거주한 이래 삼국시대에는 고록지현, 통일신라시대에는 염해현, 고려시대에는 임자현, 조선 숙종때에는 임자도진을 설치한 계기로 현재의 이름을 얻었다./ 후삼국시대 왕건이 이 섬 주변 수로를 이용 임자도해전에서 견훤에게 승리하여 제해권을 잡아 고려를 건국하고 후삼국 통일의 기초를 닦았다./ 1270년 삼별초난으로 공도령을 내려 무인도가 되었으나 1420년 목장을 설치하여 유인도가 되었다./ 1597년 정유재란 때에는 이순신 장군이 잔여 판옥선 10여 척을 이끌고 와서 달포 동안 머물며 조선수군을 재건하여 왜군을 섬멸하는데 도움을 주었다./ 임자도민들은 정유재란 후 입도한 선인들의 후예로서 자랑스러운 역사를 이루어 낸 섬 사람들의 기상을 갖고 역사의 파고를 넘어가고 있다.

우이도의 문순득

소설가 한승원의 소설 '흑산도 하늘길'(문이당, 2005)에서 손암 정약전 (巽菴 丁若銓, 1758~1816)은 1801(순조 2)년 소흑산도(小黑山島)에 유배되어 와서 몇 년 간 유배생활을 하였다고 설명되어 있다. 나는 지금의 소흑산도는 가거도라고도 하니 그곳인 줄 알았다.

그런데 나는 2016년 3월 어느 날 인터넷 자료실에서 도초도(都草島, 42.4㎢)에 어떤 관광자료가 있는가를 살피다가 도초도의 부속 섬이라 알려진 우이도(牛耳島, 10.7㎢)의 한 밭둑에 정약전의 유배지 표지판이 설치되어 있음을 발견하고 놀랐다. 소설 '흑산도 하늘길'에서 손암 정약전의 유배지는 '소흑산도'라 했는데 '우이도'에 정약전의 적거유배지 표지문판이 있기 때문이었다. 그래서 이곳저곳을 살펴보았다. 결과, 우이도가 조선시대 내내 '소흑산도'로 불리웠으나 한일병합시대인 1914년부터 우이도로 부르게 되었고, 가거도는 일정시대인 1914년부터 소흑산도라 불리게 되었음을 알게 되었다.

나는 2016년 4월 7일 우이도(소흑산도)를 찾아갔다.

11시 40분 목포여객선터미널에서 우이도를 1일 1회 왕복하는 차도선(車渡船)의 승객으로 2층 선실 밖 승객 좌석에 앉아 흘러가는 섬마을의 경치를 감상하였다. 선박이 1시간을 달릴 때 왼편 산기슭에 세워놓은 안좌도(安佐島, 59.9㎢)의 커다란 표지판이 보였는데, 5분 후쯤에는 팔금도(八禽島, 17.3㎢)의 표지판이 거품을 일으키며 바닷물 위를 달리는 차도선 오른쪽에 나타났다. 이제 팔금도를 지난 곳부터 넓은 바다가 나타났고, 그 넓은 바다를 지나면서 비금도와 도초도를 잇는 서남문대교가 나타나고, 그 교량 밑의 도초도여객선선착장에 잠시 들려 도초도 승객들을 하선시키고 다시 넓은 바다를 통과하여 우이도 여객선선착장에 도착하였다. 14시 50분이었다.

우이도여객선선착장에 하선하면서 선착장 대합실 옆에 동상이 세워진 것을 보고 그 앞으로 갔다. 1m 높이의 시멘트 좌대위에 140cm 키의 동상이 세워져 있었다. 19세기 초 소흑산도(우이도) 홍어장수 문순득(文淳得, 1777~1847)의 동상이었다. 좌대의 앞면과 두 옆면에 글자들이 기록되어 있었다. 앞면에는 "홍어장수 문순득 아시아를 눈에 담다"라고 기록되었고, 그 밑에는 문순득이 1802년 12월 말부터 1805년 1월 8일까지 표류하여 머물게 된 장소의 지도가 그려져 있는데 일부는 마모되어 글씨를 알아볼 수 없었다.

동상의 좌대 오른편 벽면에는 문순득의 연보(年譜)가 기록되어 있었다.

우이도 여객선선착장에 건립된 문순득 동상

「문순득(文淳得)의 연보(年譜)/ 1745(영조 21)년 우이도에 입도한 문일장의 손자이자 문덕겸의 넷째 아들로 1,777년 태어남./ 1801(순조 2)년 12월 문순득, 그의 작은아버지 문호겸, 마을사람 이백근, 박무청, 이중원, 그리고 나뭇꾼 소년 김옥문의 6명이 흑산도 남쪽 수백 리에 위치한 태사도(太砂島)로 홍어를 사러 갔다가 1802년 1월 18일 돌아오는 길에 표풍(飄風)을 만나 표류하다가 2월 2일 유구국(琉球國) 양관촌(羊寬村)에 닿았음./ 10월 7일 3척의 선박으로 청나라를 향하여 출발하였으나 또 다시 표풍을 만나 표류하여 11월 1일 여송(呂宋, 필리핀)에 닿아 머무르다가 1803년 3월 16일 다른 사람들은 먼저 출발하고, 문순득과 김옥문은 남은 복건인(福建人, 청나라 푸젠성) 25명과 함께 광저우(廣東)로 건너갔다./ 그리고 마카오(澳門), 베이찡(北京), 의주(義州)를 거쳐 경성에 도착하였고, 1805년 1월 8일 소흑산도(우이도)에 귀향하였음/ 문순득은 표류되어 오키나와에서 8개월 17일, 여송에서 8개월 28일, 그리고 청나라에서 13개월 26일(그 중 북경에서 5개월 16일) 체류하여 표류하여 총 3년 2개월을 외국에서 보냈음./ 1809(순조 10)년 6월 27일 여송 사람 5인이 제주도에 표류하여 어느 나라 사람인지 모를 때 문순득이 찾아가 통역하여 여송국인임을 알게 되어 여송으로 송환하였다.」

  그가 태풍을 만나 오키나와, 여송, 마카오, 베이찡 등을 경유하여 귀국한 일정을 소개한 것이다. 여송에 8개월 여 동안 머물며 그곳에서 여송인들에게 배운 여송어(필리핀어)를 사용하여 제주도에 표류하여 온 5명의 여송인들과 여송어로 통화하여 그들이 여송인임을 알아서 쉽게 본국으로 송환시킬 수 있었다는 것까지 이 설명문에 연보로 기록하여 놓은 것이다. 한편, 그 좌대석 오른편에는 문순득의 표해기록 즉 표해시말(漂海始末)이 기록되어 있었다.

  「문순득의 표해시말(漂海始末)/ 표해시말은 험난한 바다를 표류하다 불굴의 의지로 돌아온 자랑스런 신안인 문순득(文淳得, 1777

~1847)이 1802년으로부터 1805년 사이 3년 2개월 동안 겪은 동아시아 표류기이다. / 당시 소흑산도(우이도)에서 유배살이 하던 정약전(丁若銓, 1758~1816)이 문순득으로부터 표류전말을 듣고, 표해시말(漂海始末)이라는 제목으로 기록하여 둔 것을 정약용(丁若鏞, 1762~1836)의 수제자 이강회(李綱會, 1789~1830(?))가 우이도에 들어와 발견하고 정리하여 「유암총서(柳菴叢書)」에 게재하였다. / 이후 '유암총서'는 다른 문집들과 함께 문순득 후손 집안에서 보관되어 오다가 2010년 전라남도 문화재 자료 제275호로 지정된 것이다. / 「표해시말」은 우리나라 사람들의 표류기 중 가장 긴 기간의 표류기로서 유구(오키나와), 여송(필리핀), 마카오, 중국의 여러 도시들(광저우, 난징, 베이징)의 여정과 각 지역의 언어와 풍속 등이 상세하게 기록되어 해양문화적인 가치가 높다. / 특히 112개의 유구어와 여송어는 언어학의 귀중한 연구자료로 인정되고 있다.」

19세기 초 우이도의 문순득이 3년 2개월 동안 오키나와, 필리핀, 마카오, 그리고 베이징 등을 표류하여 떠돌던 이야기를 이웃에 유배 와 있던 전직 병조좌랑 정약전에게 이야기 했고, 정약전은 그것을 재미있게 체계적으로 정리하여 기록한 것이 문순득의 표해시말인 것이다. 문순득의 표류시말은 조정의 외교관이 아닌 서민의 육안으로 보고 귀로 들은 문화풍습과 언어 등을 상세하게 기록했다는 데 가치가 있다.

표해시말의 말미에 112개 단어를 유구어와 필리핀어로 기록하여 놓은 것은 언어학적으로 큰 가치가 있다고 한다.

추가하여 우이도에 유배 와 있던 정약전과 강진에 유배 와 있던 그의 동생 정약용은 형제애가 돈목(敦睦)하여 안부를 편지로 연락할 뿐만 아니라 학문과 저술관계도 편지로 서로 의견을 교환했다고 한다. 그 편지를 가지고 왕래한 사람의 하나가 정약용의 수제자 이강회(李綱會, 1789~?)였으며 이강회는 표회시말을 그가 편집한 유암총서에 게재하였을 뿐만 아니라 정약용의 저서 경세유표(經世遺表) 저술에 내용 일부를 인용했다.

나는 동백꽃이 아름답게 피어있는 해안도로를 약 500m 따라 들어가 민박집에 배낭을 벗어놓고 마을사람들이 가리켜 주는 대로 문순득 생가를 찾아갔다. 마을길 옆은 대부분 돌담이었다. 돌담길을 걸어가면서 바라보니 주변의 밭들은 대부분 마늘밭이었다. 마을은 우이도 주민들이 자족하고 남아서 목포시장에 판매하여 생활비로 사용된다고 했다. 문순득 생가 사립문 앞쪽에 안내 설명표지문판이 세워져 있었다.

「우이도 홍어상인 문순득 생가/ 문화재명: 신안 우이도 유암총서와 운곡잡저(柳菴叢書와 雲谷雜著)/ 지정번호: 전라남도 문화재자료 제275호./ 소재지: 신안군 도초면 우이도리1구 233번지./ ─〈중략〉─/ 조선시대 3대 표류기 중 하나인 문순득의 표류기인 표해시말은 우리나라 역사상 가장 긴 시간, 가장 먼 거리의 표류에 대한 기록이다./ ─〈이하생략〉─」

나는 이 설명문에는 문순득 생가에 대한 설명이 있는 줄 알았는데 그런 것은 없고 표류기 관련 내용만 설명되어 있어 좀 의아했다. 이 집에 관한 설명이 다른 자료에 기록되어 있는 것을 간단히 기록하면 다음과 같다. 이 집은 210여 년 전 문순득이 직접 건축하고 오랜 기간 살았던 집이다. 지붕이 낡아 교체한 일은 있으나 기둥과 방문, 그리고 벽은 지은 자료 그대로라 한다. 2011년까지 문순득의 5대 손 문채용(1920~2011)이 살았다고 한다.

위 설명문에서 문순득의 표해시말은 우리나라 3대 표류기 중 하나라 했는데 문순득의 표류기 외 두 표류기는 1489년 나주 사람 최부(崔溥, 1454~1504)와 1771년 제주도 사람 장한철(張漢喆, 1744~?)의 표류기이다. 최부와 장한철의 표류기는 자신들이 표류기를 작성하였고 단기간의 표류기록이지만 문순득의 표류기는 이웃에 유배와 있던 정약진이 문순득의 표류 이야기를 듣고 기록한 표류기라는 것과 기간이 3년 2개월로 길며, 먼 거리라는 특징이 있다. 문순득은 상인이었으므로 여행기록을 기록으로 남길만 한 문장력이 없었을 것이다.

문순득의 표류기 표해시말이 세상에 알려진 것은 우이도 주민 문채용이 집안 살림을 정리하다가 집안 구석에 있던 뒤주 속 고서 더미에서 필리핀 문자가 적힌 책이 나온 다음에 알려진 것이다. 그것이 19세기 초 이강회(李綱會, 1789~?)가 편집한 유암총서의 한 부분으로 기록되어 있는 것이다.

문순득은 베이징에서 약 6개월 머무르면서 노동하여 귀향에 필요한 여비를 마련하여 귀국하였다고 한다. 표해시말에는 문순득이 표류하

우이도 진리마을 문순득 생가

여 머문 여러 지역에서 보고 들은 풍속, 사회상, 과학관련 기구, 언어
등 다양한 정보가 들어있는 것이다. 예를 들어, 당시 오키나와 지역의
장례문화, 전통의상, 필리핀 사람들이 좋아하는 닭싸움, 성당 구조,
가옥구조, 각국의 선박구조, 등 다른 자료에서 찾아볼 수 없는 귀중한
내용이 기록되어 있는 것이다.

　나는 열려있는 문순득 생가 사립문으로 들어갔다. 들어가면서 왼쪽
이 화장실이고 그곳에서 조그마한 마당 건너에 긴 파란 지붕의 함석
집 앞은 검푸른 철판으로 막아 놓았다. 건너방과 안방 사이가 부엌인

데 모두 잠겨있었다.

나는 뜻 아니게 우이도의 정약전의 유배지를 찾아가다가 여객선선 착장에서 문순득의 동상과 좌대에 기록된 문순득의 연보를 읽고 문순득의 이야기를 먼저 기록하게 되었다.

파란만장(波瀾萬丈)한 표류를 경험한 문순득은 그것을 기행수필로 기록한 정약전이 1816년 타계한 다음 31년 후인 1847년 타계했다. 그리고 그 후손이 그 표해시말이 기록된 유암총서를 보관하고 있다가 1980년 세상에 내어놓았다. 그 후손은 문순득의 아들, 손자, 증손자, 고손자, 그리고 5대손 문채용인데 문채용도 5년 전인 2011년 타계했다. 이 세상의 사람은 이 세상을 떠나갈 때 어떤 조그마한 흔적이나마 남기고 떠나는 것이 이 세상에서 몇 십 년 신세지고 가는 보답을 하는 것이라고 생각하여 보는 것이다.

〈2016년 4월 14일〉

[참고 1] 표해시말의 내용 일부: 유구인(琉球人)은 어른이나 동년배의 친지를 만나도 일어나지 않고 꿇어앉아 합장하고 부복하며, 앉을 때는 반드시 꿇어앉는다. / 여송인(呂宋人)은 반드시 의자에 앉는다. / 사람을 만나면 예의를 차려 손을 흔들거나 모자를 벗어 흔든다. / 밥 짓는 것은 남자가 하고, 밥 먹을 때는 상 가운데 밥 한 그릇과 반찬 한 그릇을 놓고 남·여가 둘러 앉아 손으로 먹는다. / 귀인은 수저를 사용하고 일간삼지(一幹三枝: 포크)로 꿰어 먹는다.

[참고 2] 표해록(漂海錄): 세상에서는 표류기(漂流記)라고 보통 말한

다./ 제주도 남쪽 용머리해안으로 표류하여 온 네델란드(Netherland) 사람 하멜(Hendric Hammel, 1630~1692) 일행은 13년 간 우리나라에서 생활하고 귀국하여 하멜표류기를 작성하여 우리나라가 유우럽에 알려졌었다./ 우리나라 사람으로 표해록을 작성한 사람은 나주 사람 최부(崔溥, 1454~1504)와 제주도 애월읍 사람 장한철(張漢喆, 1744~?)이 있다./ 그리고 1801년 12월부터 3년 2개월 표류한 소흑산도(우이도) 사람 문순득의 표해시말이 있다.

[참고 3] 문순득 표해시말 전시회: 목포시에 위치한 국립해양문화연구소(소장: 성낙준)는 2015년 10월 25일부터 1개월 동안 목포시 남룽로 연구소 기획전시실에서 "홍어장수 문순득 아시아를 눈에 담다"라는 주제로 특별전을 열었다.

우이도의 정약전

소설가 한승원 저작 '흑산도 하늘길'(문이당, 2005)이라는 소설은 손암 정약전(巽菴 丁若銓, 1758~1816)이 1801년 신유박해로 소흑산도(小黑山島, 우이도)에 유배되어 마을의 사람들이 마련해 둔 서당에서 소년들에게 한자를 가르치면서 마을의 처녀 '거무'와 결혼하여 생활하였다는 내용으로 시작된다.

인터넷 자료실에서 정약전의 적거지 표지판이 우이도(牛耳島, 10.7㎢)의 어느 밭둑에 꽂혀있는 사진을 보고, 또 한승원의 소설 '흑산도 하늘길'을 읽으면서 우이도는 조선시대 내내 그리고 1914년 한일 병합시대 초까지 '소흑산도'였다는 것도 알게 되었다.

그래서 앞의 글 '우이도의 문순득'에서 기록한 대로 2016년 4월 7일 우이도를 찾아간 것이고, 문순득(文淳得, 1777~1847)의 동상을 발견하고 그의 이야기부터 기록한 것이었다. 정약전은 1801년 가족들 중에 천주교 신자들이 많아 그 자신도 천주교에 빠져들고, 천주교에서 영세까지 받았다가 신유박해(辛酉迫害)로 우이도에 유배왔던 것이다.

문순득의 생가를 나와 마을 사람들이 가리켜 준대로 정약용의 적거터를 찾아가려고 마을 가옥들 사이의 길을 따라 올라갔다. 약 300m 올라간 곳의 낮은 밭의 둑 위에 내가 인터넷 자료실에서 보았던 "손암 정약전 적거지" 표지판을 볼 수 있었다. 표지판 옆의 밭이 정약전과 그의 순박한 아내 거무가 생활한 집터였다. 이곳에서 약 400m 산기슭으로 올라간 곳에 서당이 있어 약전은 낮에 그 서당에 올라가 소년들을 가르치고, 저녁에는 이곳에 건축되어 있던 초가집으로 내려와 거무와 생활하여 쓸쓸함을 잊을 수 있었다. 그래서 1805년에는 아들 '무(戊)'까지 태어났다.

「아이들에게 글을 읽게 하여 놓고 마을 집으로 돌아온 약전은 아내 거무의 방으로 들어가 피부가 새빨간 아기를 두 손바닥으로 받혀 올렸다. 거무가 어리둥절하여 몸을 일으키고, 그의 행동을 주시했다. 그의 손 위에서 아기는 두 눈을 감은 채 사지를 버둥거렸다. 그는 아기의 볼에 그의 볼을 비비면서 속삭였다.」

소흑산도(우이도)에서 아들 '무(戊)'가 태어났을 때인 1805년 어느 날을 그린 한승원의 소설 '흑산도 할길' 중 한 문장이었다.

그 시절 이 마을의 홍어장수 문순득은 마을 사람들 5인과 함께 1801년 대흑산도(大黑山島, 17.8㎢)와 가거도(可居島, 9.09㎢(현재의 소흑산도)) 사이에 위치한 태사도(太砂島)에 가서 홍어를 구입하여 나주 영산포로 넘

기러다가 폭풍을 만나고 3년 2개월 동안 오끼나와, 여송(필리핀), 중국의 여러 도시들을 떠돌다가 '무'가 태어난 1805년 돌아온 것이다.

그래서 정약전은 문순득으로부터 그 표류하여 머물렀던 곳에서의 생활 이야기를 듣고 '표해시말'이라는 기행수필을 정약전이 저술한 것이다. 글쎄 한승원 작가는 정약전의 저술 '표해시말'이 작성되는 과정과 그것이 존재하는 것을 몰라서 소설 내용에 넣지 않았을까? 그의 소설 '흑산도 하늘길'에는 '표해시말'에 대한 설명이 전혀 없다. 모를 일이다.

정약전의 유배 적거지에서 비탈길로 거의 400m를 올라간 서쪽 고갯길이 시작되는 곳으로 천천히 걸어서 올라갔다. 길가에 '정약전 서당터' 안내 설명표지문판이 세워져 있었다.

「정약전 서당터(Seodang Site of Jeong, Yackjeon)/ 손암 정약전(巽菴 丁若銓, 1758~1816) 선생은 조선 후기의 문신이자 실학자이며 다산 정약용(茶山 丁若鏞, 1762~1836) 선생의 형으로 천주교도 탄압이 있던 1801년의 신유박해(辛酉迫害) 때 흑산도 유배를 당해 우이도(소흑산도)와 대흑산도에서 유배생활을 하다가 1816년에는 우이도에서 생을 마쳤다./ 그는 16년 유배생활 하는 동안 섬 주민들과 친근하게 지내면서 (대)흑산도에서는 주민 장창대의 도움을 받아 물고기류, 조개류, 해초류 총 227종의 생물도감을 작성하여 「자산어보(玆山魚譜)」를 저술하였다./ 소흑산도(우이도)에서는 주민 문순득(文淳得)의 오키나와, 필리핀, 중국의 여러 도시에서 보고 들은 것들의 이야기 하는 것을 듣고 「표해시말(漂海始末)」을 저술하였고, 소나무 성장에 대한 자신의 생각을 서술한 「송정사의(松政私議)」를 저술하였다. / 우이도에서 정약전 선생은 진리마을에서 돈목마을로 넘어가는 고개 시작점에 서당을 열어 소년들을 가르쳤다.」

이 안내 설명표지문판에는 문순득의 표류 경험담을 듣고 1805년 정약전이 '표류시말'을 저술했다고 기술하고 있다. 그리고 1808년 적거지를 (대)흑산도 사리마을로 옮겨 서당을 열어 소년들을 가르치면서 그곳에서 만난 장성호의 아들 장창대의 도움을 받아 1815년 소흑산도(우이도)로 다시 옮겨 올 때까지 약 7년 동안 해양 생물 227종의 도감을 엮어 자산어보(玆山魚譜)를 저술한 것이라고 설명하고 있다. 자산어보는 정약전과 장창대의 공동 저서인 것이다.

1815년 경 정약전이 다시 우이도로 옮겨 와서는 소년들을 가르치는 일을 할 수 없었으며 동생 정약용과 함께 해배되어 만날 날만 기다렸다는 것이 한승원의 소설 '흑산도 하늘길'에 기록되어 있다. 정약전은 동생 정약용을 만나지 못하고 1816년 타계했는데 그 이유가 알콜중독으로 찾아온 간경화증인 듯했다. 피부가 검게 변했고 배가 동산처럼 부풀어 올랐다고 '흑산도 하늘길'에 서술되어 있는 것이다.

알코올 중독은 가족과 헤어져 멀고 먼 섬마을에 와서 세월을 보내는 괴로움을 달래려고 마시기 시작한 술이 약전에게 찾아온 악질 손님 간경화증이었다. 그리고 술 담그는 기술이 뛰어난 착한 아내 거무의 솜씨로 빚어지는 술이 중독을 증가시켰다고 한다. 일단 술중독에 빠

우이도 정약전 유배적거지(2016년 4월 7일)

지니 술을 마시지 않으면 소년들을 가르칠 수도 없고 자산어보 작성
도 할 수 없어 술을 마셔야만 되었다고 했다.

　지금 (대)흑산도 예리선착장 가까이에는 '정약전 기념관'이 건축되
어 하나의 박물관으로 자산어보가 작성되는 과정으로부터 자산어보
의 주요 내용이 전시되어 있다. 또한 (대)흑산도 '사리'마을의 한편 언
덕 위에는 정약전이 소년들을 가르쳤던 서당이 재현되어 흑산도의 관
광명소의 하나로 되어있다.

　한편, 그가 문순득의 표류시말을 듣고 우이도의 유배적거지에서

1805년 저술한 '표해시말'은 정약용의 편지를 가지고 찾아온 정약용의 수제자 이강회(李綱會, 1789~?)가 편집한 '유암총서(柳菴叢書)'에 게재되어 정약용이 경세유표 저술에 인용되었고, 한 부는 문순득 생가에 2011년까지 살았던 문순득의 5대손 문채용(1920~2011)의 뒤주에 보관하여 오던 것을 1970년 목포국립해양문화연구소에 기증하여 전라남도 문화재자료 제275호로 보호받고 있다.

이만하면 외로운 섬마을로 유배되어 와서 괴로워하였던 정약전의 고통이 조금은 보상받은 게 아니겠는가?

우리 인간은 이 세상에 와서 조금 살다 가는 물거품 같고 풀잎에 맺힌 이슬과 같으니 자신의 일이나 이웃의 일을 기록하여 남기는 것이 다른 동물보다 조금은 나은 것이 아닐까? 세상을 원망할 것도 없고 시류에 따라 살다 가는 것이다.

〈2016년 4월 15일〉

안좌도의 김환기

　안좌도(安佐島, 46.29㎢)는 목포항(木浦港)으로부터 서남쪽으로 22.9km 해상에 위치하는 섬이다. 섬마을 설화 탐방여행을 하면서 나는 신안군에 존재하는 1,004개 섬 중 비교적 면적이 넓은 섬들에 대한 인터넷 설화 자료를 조사하다가 안좌도가 탐방하고 싶은 섬으로 내 마음을 사로잡았다. 우선 안좌도에는 백두산 홍솔을 운반하여 와서 건축했다는 서양화가 김환기(金煥基, 1913~1974)의 생가가 있다고 하여 2016년 4월 23일 찾아갔다.

　안좌도는 조선시대 안창도(安昌島)와 기좌도(基佐島)의 두 섬이었다. 그런데 조선 후기 간척사업(干拓事業)에 의하여 두 섬 사이 갯벌이 메워져서 두 섬이 연결되어 하나의 섬 안좌도로 되었다는 것이다. 안창도의 '안(安)'자와 기좌도의 '좌(佐)'자를 따서 '안좌도'라 부르게 되었다는 것이다.

　안좌도에는 여객선선착장이 두 곳이다. 안좌도 북쪽이 팔금도(八禽

島, 17.36㎢)와 신안1교(안좌—팔금 연도교)로 연결되어 있는 곳 바로 남쪽
이 안좌도의 읍동리여객선선착장인데 목포에서 이곳으로 항해하여
오는 여객선이나 철부선은 도초도, 우이도, 흑산도, 홍도 등으로 운항
된다. 또 하나의 여객선선착장은 안좌도 동남쪽에 위치한 복호여객선
선착장이다. 목포로부터 이 여객선선착장으로 운행하여 오는 철부선
은 장산도(長山島, 24.2㎢)와 김대중 전직 대통령 생가가 있는 하의도(荷
衣島, 16.2㎢)로 향한다.

나는 복호철부선선착장에서 하선하였다. 나와 같이 철부선을 승선
하여 온 안좌도 주민들은 매표소 앞에 멈추어 서있는 마을버스로 가
서 승차했다. 나도 버스 옆으로 가서

"이 버스 읍동리에 갑니까?"

하고 버스기사에게 물었다. 버스기사는

"몇 마을을 거쳐서 읍동리에 갑니다."

라고 대답했다. 나는 버스에 승차하고 드디어 화가 김환기의 생가가
위치한 읍동리에 도착하였다.

읍동리버스정류소에서 김환기의 생가는 약 300m 서쪽 낮은 언덕에
우아하고 아담하게 자리잡고 있었다. 보기 좋은 돌로 쌓은 축대 위에
김환기 화백의 생가가 올라앉아 있었다.

생가 앞마당 끝은 대문과 축대이고, 축대 앞은 다시 잔디밭인데 잔
디밭 중심에 오석재질의 표지석이 박혀있다. 비스듬히 깎여있는 표지
석 앞면에 김환기 생가를 설명하는 글이 새겨져 있었다.

「화가 김환기(畵家 金煥基)./ 1913년 출생하고 1974년 타계했다./ 신안군 안좌면 읍동리 955번지는 김환기 화백이 태어난 곳으로 그 역사성을 기념하여 여기에 표석을 세운다./ 문화체육관광부/ 1995년 미술의 해 조직위원회.」

문화체육관광부에서 1913년 2월 이곳 안좌도 읍동리에서 출생한 김환기가 서양화 추상화 부분의 세계를 개척하여 세계에 그의 이름을 빛나게 하였으므로 그것을 기념하여 표지석을 세운 것이다. 이 표지석 뒤 안채 안마당으로 오르는 계단 옆에 김환기 화백 생가에 대한 안내 설명표지문판이 신안군수 명의로 세워져 있었다.

「김환기 가옥(金煥基 家屋)/ 한국의 대표적 서양화가로서 우리나라 전통미를 현대화시키는데 주력한 수화 김환기(樹話 金煥基, 1913~1974) 화백이 출생한 곳으로 현재 안채만 남아있다./ 김환기는 우리나라 모더니즘(Modernism)의 제1세대 화가로 한국의 고전적 소재를 추상적 조형언어로 양식화 하여 한국미술의 새로운 전기를 마련한 인물로, 이곳은 그의 유년기와 청년기 몇 년을 보낸 공간이다./ 김환기 가옥의 안채는 'ㄱ'자 형 기와집으로/-〈중략〉-/ 다듬은 방형(方形) 초석 위에 방주(方柱)를 세운 남도리집 형식이며 정지의 판장문만을 제외하고 모두 띠살문이다./ -〈이하 생략〉-」

김환기가 한국의 대표적 서양화가라고 한 번 더 설명하고 있다. 그의 호(號)가 수화(樹話)라 했다. 그리고 그의 생가구조를 설명하고 문의 모양까지를 설명하였다. 정지는 부엌을 말하고, 방형은 4각형으로 깎은 것을 말한다. 그러므로 방주는 4각형 기둥을 말하는 것이다. 판장문은 나무판자문을 말하는 듯하고, 띠살문은 보통 시골에서 사용하는 문이라 생각되었다.

나는 김환기 화백의 생가를 건축하는데 사용한 나무가 백두산 홍솔을 1910년 벌채하여 뗏목으로 묶어서 압록강 하구까지 운송하고, 압록강 하구에서 안좌도 읍동리까지는 운반선을 이용하여 운송했음을 인터넷 자료실에서 읽었으므로 그러한 설명이 기록된 곳이 안내 설명 표지문판의 설명문에 기록되어 있는지를 살펴보았으나 그러한 것은 없었다. 백두산 홍솔들을 옮겨 오고, 서울에서 일급 도편수들을 안내 받아 와서 홍솔 원목을 기둥, 대들보, 들보, 서까래로 사용할 수 있도록 손질하고 잘라서 집을 건축하였다고 한다. 그렇다면 이 가옥을 건축하는데 경비가 얼마나 소요되었겠는가(?) 하는 의문이 생기기도 했다. 김환기 아버지의 재산이 대단히 많았으므로 김환기 생가를 건축할 수 있었던 것이다.

나는 김환기 생가로 올라가 생가 앞에 기록하여 놓은 그의 연보를 읽고, 검붉은 사각 나무기둥, 검붉으면서 둥근 천정의 서까래, 들보 등을 돌아보았다. 건축한 뒤 106년이 흘렀는데 썩거나 갈라진 부분을 찾을 수 없었다. 그렇다면 우선 백두산의 홍솔이 좋은 건축자재 라고 생각하였다.

김환기의 아버지 김상현(金相賢, ?~1942)은 대한제국 시대 1년에

고 김환기 화백의 생가(2016년 4월 29일)

1,000석의 벼를 거두어들이는 안좌도(그시대에는 기좌도)에서 대지주였다고 한다. 두 섬의 토지를 자신의 소유로 갖고 있던 사람이었다. 슬하에 1남(김환기), 4녀를 두었다고 한다. 당시에는 아들에게만 유산이 상속되었기 때문에 김상현의 재산은 외아들인 김환기에게 상속되었을 것이다. 김상현은 가야금 연주도 잘 하였고, 시간이 허용되면 엽총 사냥을 즐겼다고 한다.

그 아버지가 대지주로 큰 부자였으므로 김환기는 중학교를 서울로 올라가 다녔고, 1931년 니혼대학 미술과에 진학하여 1936년 졸업하고, 안좌도로 귀향하여 3년 동안 작품활동을 하였다. 그러나 그의 가

정생활은 행복하지 않았다. 처음 결혼하여 3남매를 양육하던 부인과 1942년 아버지가 타계한 다음 이혼했다.

1944년에는 과부로 살고 있는 시인 이상(李箱, 1910~1937)의 부인 변동림을 소개한 사람이 있어 그녀와 결혼하였다.

김환기는 서울대 미술과 교수(1946~1949), 홍익대 미술대 학장(1952 ~1962)으로 근무했다. 1963년에는 제7회 상파울로 비엔날레 한국대표로 참가하여 명예상을 받았다. 1964년에는 재혼한 부인 김향안(金鄕岸, 변동림이 재혼 후 개명한 이름, 1916~2004)과 뉴욕(New York)으로 가서 정착하였다. 그곳에서 작품활동을 하다가 1974년 뇌출혈로 이생을 영원히 이별하였다. 향년 62세였다.

그의 생가 마당가에는 그가 세수하고 식사준비에도 사용하였을 두레박 우물이 있으나 뚜껑을 열고 들여다보니 물이 메말라 있었다. 사용하지 않으니 그런가(?) 했다. 그 우물 옆에서 계단 몇 개를 밟고 담장 쪽으로 올라가 집을 내려다보고 집 뒤 좀 높은 언덕에 자라고 있는 나무들을 올려다보았다. 뒤 언덕에 자라는 나무는 대부분 감나무였다. 감나무의 초록색 잎들이 검은 회색 줄기에 예쁜 초록색 옷을 입히고 있었다. 내가 어릴 적 살았던 고향집의 뒤뜰에도 고목이 다 되어가는 감나무 세 그루가 이맘 때 초록색 옷을 입으면 그렇게 예쁘게 보였는데 김환기 생가의 고목이 되어가는 감나무가 나에게 향수를 불러 일으켰다.

읍동리 마을 가옥들의 평편한 벽면에는 온통 김환기의 그림이다. 지금 김환기 화백의 추모행사로 그의 작품 수십 점으로 전시회를 열면

고 김환기 화백 뒤뜰에 감나무가 초록색 잎을 입고 있다.

서 그림 한 폭의 가격이 85억 원을 호가한다니 그림세계를 모르는 나
는 의아할 수밖에 없다.

〈2016년 5월 1일〉

비금도의 박삼만과 최남산

한일병합시대 우리나라 국민들은 일본 정부와 일본인들에게 끝을 모르는 수탈에 시달렸었다. 이러한 수탈행위의 일부가 소설가 조정래의 소설 '아리랑' 등에 잘 설명되어 있다. 1945년 8월 15일 우리나라가 일제로부터 광복된 다음 우리나라의 모든 분야가 한숨을 쉬었지만 신안군 비금면 비금도(新安郡 飛禽面 飛禽島)에도 변화가 일었다. 이때까지 비가 많이 내리는 이 지역에서 생각지도 못했던 천일염(天日鹽)이 제조된 것이다.

비금도 청년 박삼만(朴三萬, ?~?)은 1940년대 초반 제2차 세계대전 중 평안남도 용강군의 주을염전(朱乙鹽田)에 징용(徵用) 나갔었다. 그곳의 천일염전(天日鹽田) 일을 하다가 1945년 8월 15일 광복되면서 귀향한 후 갯벌을 막고 천일염 생성 실험을 하여 성공한 것이다. 그런 다음 비금면장에게 건의하여 면민 공동으로 염전을 조성하였다. 비금면에서 가장 먼저 조성한 염전이 떡메산 남쪽의 구림염전이었다.

구림염전에서 생산된 천일염이 상업화되어 전국으로 판매되자 인근의 섬마을 사람들이 염전 조성의 방법을 배우러 구림염전에 오면 박삼만은 그 방법을 그들에게 친절하게 전수하였다. 그리고 비금도에서 대동염전조합을 결성하여 공동생산·공동판매의 활성화가 잘 이루어져서 거의 30년 이상 비금도의 천일염 생산은 비금도 주민들에게 부를 안겨 주었다. 비금도의 염전은 100헥타(ha)가 넘었고 450세대 정도가 대동염전조합에 참여하였다고 한다.

1948년 당시의 천일염 값은 금값이었다. 1961년 5·16군사혁명 직후에도 화폐개혁과 함께 천일염은 한 가마니에 800 원까지 뛰었다고 한다. 보리쌀 한 가마 값보다 비싼 값이었다. 대동염전조합의 조합원들의 수입은 좋았다.

그러나 염전몰락의 속도 또한 빨랐다. 1970년에 들어와 천일염 시장이 개방되면서 중국에서 저렴한 천일염이 수입되고 국내에서도 염전이 많아져서 천일염이 과잉생산 되었으므로 가격이 하락되었다. 비금도(飛禽島, 48.490㎢)는 돈이 나라 다닌다는 뜻의 비금도(飛金島)로도 불렸으나 그것은 옛말이 되었다.

나는 천일염을 처음 생산했다는 비금도의 염전 상징물로 비금도 서북쪽 가산여객선터미널 매표소 앞에 세워놓은 '수리차 돌리는 박삼만'이라는 조형물을 보기 위하여 도초도여객선터미널로부터 택시를 승차하여 이세돌 기념관과 생가를 돌아보고, 비금도 북동쪽에 위치한 가산여객선터미널 매표소까지 가겠다고 택시 기사에게 말한 것이다. 2016년 5월 11일이었다.

가산여객선터미널 매표소 앞 수리차 돌리는 박삼만(1948년)

이세돌 생가 앞에서 가산여객선터미널 매표소는 10분도 걸리지 않
았다. 가산여객선터미널에 도착하고 택시는 도초도로 돌아갔다. 수차
돌리는 박삼만의 동상은 실물 크기로 만들어져 있었다. 바닷물이 콸
콸 지금도 품어 올라올 듯하였다. 박삼만이 수차돌리는 것은 천일염
을 만들기 위한 첫 과정으로 해주에 바닷물을 끌어 올리는 모습을 그
대로 만들어 놓은 것이었다.

천일염을 만드는 처음과정은 둑을 쌓고 바닷물을 저장하는 해주와

증발지의 준비이다. 그리고 결정지, 그리고 천일염 창고를 준비해야 한다. 바닷물을 해주로 옮기거나 해주에서 증발지로 옮기기 위하여 지금은 해수용 펌프(pump)를 이용하여 스위치만 누르면 되지만 펌프가 개발되기 전(1946~1970년)에는 수리차를 밟아서 돌려 바닷물을 품어 올려야 했다.

위에서 설명한 바와 같이 1970년대가 되면서 천일염 가격의 하락으로 염전을 포기하는 주민들이 늘어갔다. 염전을 포기한 주민들이 찾게 된 새로운 상품이 시금치의 재배였다. 물론 시금치는 그 전부터 비금도에서 생산되었으나 상품 가치를 모르다가 1958년 비금도 동남쪽에 위치한 죽림리 주민 최남산(崔男山, ?~?)이 좋은 종자를 구입하여 재배하기 시작하면서 상품화의 가능성이 확인되었다.

1970년대 이후 시금치 재배가 활발해 졌다. 1993년에는 「비금섬초」로 상표등록을 마쳤다. 게르마늄(Ge)이 풍부한 바닷가 모래톱에 뿌리를 내리고, 해풍(海風)을 맞으며 자란 섬초의 달콤하고 고소한 맛을 한 번 맛 본 사람은 결코 그것을 잊지 못하고 다음 해에도 구입하였다.

비금도 전체 가구 1,880가구 중 1,000가구 농가가 780ha에서 비금섬초를 재배했다. 경기도나 충청도 농가에서 재배하는 시금치는 잎이 얇고 길게 위로 자라는데 비금섬초는 옆으로 벌어지고 잎이 두꺼우며 배추와 같이 고갱이가 노랗게 중심부에 자랐다.

봄철 목포의 대형 종합병원에서 허리를 구부리고 왔다 갔다 하는 노인들은 틀림없이 비금도에서 비금섬초 농사를 하는 농민이라는 말이 있다. 구부리고 시금치 다듬어 포장하는 일을 하고 허리를 펴지 못하

비금도 상징 나르는 독수리 동상과 압해도 송공여객선터미널 운항 차도선

다가 척추 협착증이 생긴 것이다. 시금치가 잘 팔려 돈 버는 것은 좋
으나 척추에 병이 생겼으니 어쩌랴!

천일염은 봄부터 10월까지 생산하는 반면 비금섬초는 11월에 파종
하여 이듬해 4월 출하한다. 4월이 되면 1box 15kg 단위 4,000box를
매일 트럭에 실어 서울 가락동 농수산물 시장으로 보냈다. 물량을 충
당하기 바쁘다고 한다. 비금섬초로 만들어 먹는 음식도 여러 가지인데
겉절이로 만들어 먹거나 찹쌀과 섞어 죽을 끓이면 그 맛이 일품이다.

비금도에 천일염 생산을 시작하게 한 박삼만과 비금섬초 재배를 시작하여 비금도 주민들에게 부를 안겨준 최남산은 비금도의 신롱씨(神農氏)이다. 이들이야 말로 비금도의 애도지사(愛島之士)가 아니겠는가?

〈2016년 5월 19일〉

[참고] 비금도 섬 이름 유래: 비행기를 타고 공중에서 비금도를 내려다보면 비금도가 큰 독수리가 나라가는 모양이라 한다. / 그래서 나르는 독수리 섬이라 하여 비금도(飛禽島)가 이름으로 된 것이다. / 비금도 상징물도 나르는 독수리이다. / 이 상징물이 가산여객선선착장에 3m 높이 좌대 위에 비상하는 독수리상이 앉아 있다.

암태도의 서태석

암태도(巖泰島, 37.43㎢)에 소작인항쟁기념탑이 있다는 것과 소작인
항쟁(小作人抗爭)을 주도한 사람이 서태석(徐邰晳, 1885~1943)임을 인터
넷 자료실에서 발견하였다. 나는 1924년 암태도에서 일어난 소작인
항쟁이 왜 일어났고 어떤 과정을 거쳐 어떻게 해결되었는지 또 서태
석은 어떤 사람인지, 그리고 암태도는 어떠한 섬인지 알고 싶어 암태
도를 찾아갔다.

2016년 5월 11일 11시 비금도 가산여객선터미널에서 매표소 앞의
수리차 돌리는 박삼만의 동상을 바라본 다음 가산여객선터미널에서
압해도(押海島, 49.12㎢) 송공여객선터미널로 운행하는 철부선(鐵艀船)의
출항시간을 알아보았다. 왜냐하면 가산여객선터미널에서는 암태도
오도여객선터미널로 철부선은 운항되지 않고, 송공항여객선터미널
로만 운항되고, 송공항여객선터미널에서 가까운 암태도 오도여객선
터미널로 철부선이 운항됨을 알고 있었기 때문이었다. 철부선 출항시

간은 13시라 했다.

송공여객선터미널에 도착하고 하선하고 매표소에 가서 오도여객선터미널까지 운행하는 철부선 선표를 구입하자마자 오도여객선터미널로 운행하는 철부선 농협훼리5호가 출항하였다. 철부선이 두 항구 사이의 바다 위를 달리는 15분 동안 2010년부터 건설중인 7km의 긴 연도교(連島橋), 압해도와 암태도 사이 교량인 새천년대교(新千年大橋)를 바라보고 있었다. 오도여객선터미널에 도착하고 오도여객선터미널 선착장 서쪽 언덕에는 자은도(慈恩島, 52.19㎢)로 향하는 마을버스가 손님들을 기다리고 있었다. 나는 버스기사에게 다가가서

"암태도 소작인항쟁기념탑이 있는 곳에 가려고 합니다. 이 버스를 타면 갈 수 있는지요?"

하고 물었더니 그 버스 운전기사 다음과 같이 말하는 것이었다.

"이 버스를 타시면 암태도 소작인항쟁기념탑 가까운 곳에서 내려드릴 테니 승차하세요."

하고 친절하게 말했다. 운전기사 못된 놈들을 많이 보았는데 이 운전기사는 진실이 넘쳐흘렀다. 세상에는 못된 놈만 있는 게 아니고 이렇게 착한 사람이 있는 것이다. 얼마나 다행한 일인가?

버스가 암태도 낮은 산기슭을 한참이나 달리더니 삼거리가 나오니 버스는 우회전하고 정차하더니

"어르신 여기서 내리세요. 이 삼거리 반대편으로 약 600m 가시면 기념탑이 있습니다."

하면서 창밖으로 내가 가야할 길을 가리켜 주었다. 나는 "고맙습니

다. 기사님"하고 내려 그 방향으로 걸어갔다. 이 삼거리 길 옆에 회색의 돌이 세워져 있는데 '암태도 기동리'라 바위 가운데 음각된 글씨가 보였다. 이 마을의 이름이 기동리이다. 기동리 마을회관도 보였다.

약 3~400m 정도 내려왔을 때 자신의 텃밭에서 씨앗판을 준비하고 있는 키가 작은 노인 한 분을 만날 수 있었다.

"어르신 암태도 소작인항쟁기념탑이 이 길로 내려가면 있습니까?"

하고 물었더니 그 영감

"암태도 소작인항쟁기념탑은 이 길로 300m 정도 내려가면 오른쪽에 있습니다. 그리고 소작인 항쟁 기념비가 저 위 삼거리에서 오도여 객선터미널 쪽으로 500m 쯤 되는 곳의 왼쪽 언덕에 있습니다."

라고 묻지 않은 설명까지 하는 것이었다. 나는 고맙다고 인사를 하고 우선 '암태도 소작인항쟁기념탑'으로 가서 그것부터 만나려고 걸어 내려갔다.

암태도 소작인항쟁기념탑은 쉽게 찾을 수 있었다. 높이 7m 정도의 탑이 우뚝 솟아 있었다. 탑의 앞면에 「巖泰島 小作人抗爭記念塔」(암태도 소작인항쟁기념탑)이라 세로 글씨로 새겨 있었다. 멀리 암태도에서 가장 높은 산인 승봉산(355m)이 기념탑 의 배경산으로 보였다. 탑의 밑부분 좌우에 오석재질 비석(120cm×60cm×15cm(가로×세로×두께))에 소설가 송기숙의 글 탑명(塔銘)이 음각되어 있었다.

「소작인항쟁기념탑명(小作人抗爭紀念塔銘)/ 1924년 암태도 소작인 항쟁은 1894년 일어난 동학농민혁명 이래 민족의 가슴 속에 불타고 있던 낡은 제도와 외세에 대한 저항의 불길이 소작쟁의로 터진 사건이다./ 일본제국주의의 비호를 받고 있던 지주들이 소작료를 7~8할로 올리자 소작인들의 저항이 번져가는 가운데 암태도 소작인들도 분연히 일어나 소작인회를 조직하여 서태석과 박봉영을 중심으로 굳게 뭉쳐 지주와 맞섰다./ 어느 곳 주민보다 일찍 깨쳐있던 암태도 소작인들은 면민들의 적극적인 지원 아래 소작료 불납(不納)으로 버티고, 데항하였다./ 끝내 양측이 크게 충돌하자 경찰은 이 사건을 빌미로 소작인들을 구속하였다./ 분노가 폭발한 소작인들은 약 600명이 풍랑이 이는 바다를 건너 두 차례나 목포에 나가 거리를 휩쓸고 검찰청을 점거하여 격렬하게 항의하였다./ 일제 통치기구에 대한 투쟁으로 변한 싸움이 날마다 크게 신문에 보도되자 전 국민은 손에 땀을 쥐고 지켜보았다./ 소작인들은 한 치도 물러서지 않고, 끈질기게 싸워 드디어 소작료를 4할로 내리는 승리를 거두었다./ 이 불길은 전국으로 번져 한국인 지주들은 물론 일본인 지주들까지 왕조 때보다 더 낮은 소작료를 지불하게 된 것이다./ 소작인들은 스스로 인간답게 살려는 역사적 성취의 발걸음을 한 발 성큼 내 디뎠다./ -〈중략〉-/ 1997년 8월 일/ 글: 송기숙/ 글씨(한자): 김정재, (한글): 서종견.」

묘지명(墓誌銘)이 그 묘지에 묻힌 인간의 생전의 행적을 요약하여 기록한 것이라면, 탑명(塔銘)은 이 탑에 대한 건립 동기와 의의 등을 기록한 글이다. 이 소작인항쟁기념탑명은 암태도 소작인항쟁에 대하여 소설가 송기숙이 작성한 글이다. 일본 제국주의자들의 비호를 받고 있던 지주들이 소작료를 8할까지 올려 받자 서태석(徐邰晳, 1885~1943) 등이 소작인회(小作人會)를 조직하여 굳게 뭉쳐 지주들과 맞섰다는 것이다. 여기에서 지주라 하면 문재철(文在喆, 1882~1955), 일본인 나카지마세이타로(中島世郎), 그리고 천후빈(千后彬)이다. 이 세 지주 중 문재철은 논(畓) 29만 평, 밭(田) 11만 평을 가지고 소작을 주고 곡식을 거두어들이는 제1의 대지주였다.

소작인회는 1923년 8월(음) 지주들에게 소작료율을 40%로 인하해 줄 것을 요구하였다. 그렇지 않으면 소작료를 지불하지 않겠다고 강력히 주장하였다. 그러자 나카지마세이타로와 천후빈은 그렇게 하겠다고 동의했으나 악질 지주 문재철은 단호이 거절했다. 소작인회는 면민대회를 열고 문재철은 하인들 50명 정도를 동원하여 소작인회 회원들을 몽둥이로 난타하는 일이 거듭되었다. 1924년 6월(음) 말 소작인회 간부 13명이 목포경찰서에 구속되자 7월 8일(음) 소작인회 회원 600여 명이 10척의 범선을 동원하여 목포경찰서에 나와 1주일 간의 단식농성을 하였고, 해방 후 대법원장을 역임한 김병로(金炳魯, 1887(고종 24)~1964) 변호사가 무료변호를 자원하여 목포로 내려와 광주지방법원에서 재판시 변호하였다. 결과, 목포경찰서장과 무안군수가 양측을 만나 소작료율(小作料率)을 40%로 인하한다는 합의를 이끌어 냈다. 암태도 소작인회의 처절한 승리였다. 일제강점기 첫 소작쟁의 타결이었고, 이것은 독립운동이 소작쟁의로 나타난 것이라고 말하는 것이다.

나는 암태도 소작인항쟁기념탑을 보고 암태면 단고리 북쪽 길가 자

암태면 단고리 '암태도 소작인항쟁기념탑

신의 텃밭에서 일하던 영감(78세)이 있는 곳에 오니 그 영감 옆에서 자신의 일을 돕던 아들에게 "승용차로 이 어른 서태석 기념비 있는 곳에 안내해 드려라!" 하고 아들에게 말하는 것이었다.

　나는 그 영감의 아들이 운전하는 승용차에 승차하고 서태석 기념비 있는 언덕에 도착하였다. 그곳은 서태석의 묘소가 있던 곳이었다. 2000년에 들어와 서태석의 소작인항쟁에 기여한 소작인회 구성과 지주와의 투쟁에 대한 그의 공로가 인정되어 서태석의 시신이 국립대전현충원으로 이장된 것인데 묘소는 가묘로 남아있고 그의 공적비와 소작쟁의 기념비는 그대로 남아있는 것이다. 그의 기념비는 화강암 재질의 약 2m 높이의 비석인데 앞면에 「義士徐邰晳先生追慕碑」(의사 서태석선생추모비)라고 한자로 음각되어 있었다.

서태석이 의사라 호칭된 것이다. 옆에 농민항쟁사적비가 세워져 있는데 오석재질의 비석(100cm×70cm×15cm(가로×세로×두께))이 받침석과 엇힘석 중간에 끼워져 있었다. 그 설명문은 암태면소재지에 위치한 소작인항쟁기념탑 밑에 기록된 송기숙의 글과 비슷한 내용이었다.

암태면 기동리에 위치한 의사 서태석 선생 추모비

이곳 농민항쟁사적비와 의사 서태석 추모비가 있는 곳은 내가 약 3시간 전 버스에서 하차할 때 보았던 마을 이름 표지석에 새겨진 기동리였다. 이 기동리가 1923년 암태도 소작인회를 조직하여 소작료율을 80%로부터 40%로 인하하는 일을 주도하여 소작료인하에 성공한 서태석의 출생지인 것이다.

1924년에 서태석은 40세였고, 몸집도 큰 편이어서 문재철의 하인들이 몽둥이를 들고 덤벼도 조금도 당황하지 않고 그들을 제압했다. 그런데 소작인항쟁이 끝난 다음 독립운동의 일환으로 러시아 블라디보스톡으로 가서 사회주의 수업을 받은 것이 그의 남은 인생을 처참하게 만들었다. 독립운동에 관련된 공산당 활동을 하다가 일본 경찰에 체포되어 여러 차례 구속되어 갖은 고문을 받았다. 그런데 1930년 대 후반 서태석이 출감 후 일본 경찰 유치장에서 고문받은 후유증으로 온 몸이 병들어 몸을 잘 움직이지도 못하는데 악덕 지주 문재철로부터 독립자금을 상해임시정부에 전달하여 달라고 서태석에게 제안하여 와서 그는 쾌히 승낙하고 상해 대한민국 임시정부에 전달했다고 한다. 이 세상에는 영원한 원수도 없고, 영원한 친구도 없는 것이다. 여기서 서태석의 생애를 간단히 기술하고 이 글을 마치려 한다.

「농민운동가. 서태석은 전라남도 신안군(新安郡) 암태면(巖泰面) 기동리(基洞里) 오산마을에서 1885년 출생하였다. 10살 때 사서삼경과 동의보감 등 여러 한문서적을 섭렵하였다./ 16살 때부터 한약방을 열어 일대에서는 명의(名醫)로 이름이 높았다./ 1907(순종 1)년 23세에 암태면장이 되어 1915년 사직할 때까지 관리들의 부정부패를 없애는 데 힘썼다./ 1920년 3·1운동 1주년을 맞아 태극기를 목포(木浦) 등지에 뿌리는 등 독립운동을 하다 일본경찰에 체포되어 징역 1년형을 선고받았다./ 1922년 소련 블라디보스토크를 방문하여 한인독립투사들을 만나 당시 새로운 이념으로 제시된 사회주의 사상을 접하고, 1923년 고향으로 돌아와 암태소작인회를 결성하였다./ 서태석은 1940년대에 들어오면서 투옥되어 고문받은 후유증이 정신이상으로 나타났다고 한다./ 암태도와 압해도를 헤매었다./ 그때 그가 암태도의 옛 소작인회 회원들을 만나면 그들이 서태석을 피했다./ 자기네들 앞에 서서 구속되고 모진 고문을 받았던 사람이고, 죽고 살기를 같이 했던 사람인데 이제 그 고문의 후유증으로 정신이상 증세가 나타나 헤매고 있다 하여 만날 때 피한다는 것은 인생이 너무 매정하지 않은가(?) 생각되었다./ 물론 일본 경찰의 감시의 눈이 있어 서태석을 돌볼 때 체포될 수 있다는 위험이 있다 할지라도 인심이 너무 매정함을 나타낸 것이다./ 서태석은 1943년 7월 어느 날 압해도 그의 누이동생이 살고 있는 집 근처 논둑길에서 넘어져 벼 포기를 움켜잡고 황천길로 떠났다./ 한 많은 57년 생애였다.」

〈2016년 5월 24일〉

[참고 1] 일제 강점기의 대지주 문재철의 생애: 1882(고종 19)년 12월 24일 암태면 수곡리에서 태어났다./ 일제강점기 소작지주·관리·기업가·친일파였다./ 문재철의 선대는 간석지가 넓게 발달된 암태도

의 지형을 이용한 염전 경영으로 재산을 축적하고 지주가로 성장하였다./ 18세에 혜민원주사(惠民院主事)를 지냈다./ 1897년(광무 1) 목포가 개항이 되고 대일(對日) 미곡 수출이 활발해지자 그는 상인이 되어 미곡 유통을 장악하고, 목포 주변과 암태도 압해도의 토지를 구입하여 대지주가 된다./ 1910(융희 4)년에는 목포금융조합의 설비위원이 되었으며, 1914년에는 무안군 참사를 지냈다./ 1923년 8월부터 1924년 8월까지 전라남도 신안군(新安郡: 당시 무안군) 암태도(巖泰島)에서 벌어진 암태도 소작인항쟁과 관련하여 친일파로 분류되기도 했다./ 문재철은 암태도에서 7~8할의 소작료를 징수하였다./ 이는 타 지역의 소작료와 비슷한 수준이었지만, 고율 소작료에 시달리던 암태도 소작인들은 1923년 9월 서태석의 주도로 암태소작인회를 결성하고, 지주 문재철에 대하여 4할로 내려줄 것을 요청했다./ ─〈이 다음의 이야기는 위글에 대략 서술되어 생략함〉─/ 문재철은 1955년 6월 1일 72세의 나이로 사망하였다.//

지도(智島)의 김윤식

  구한 말 온건 개혁파의 상징적 인물로 알려진 김윤식(金允植, 1835~1922)도 많은 학자들과 마찬가지로 19세기 말로부터 20세기 초까지 약 십여 년의 유배생활 동안 거의 매일일기를 기록하였다. 그의 유배일기는 한자로 기록한 것이어서 2010년 7월 전라남도 신안군 문화원에서 김윤식이 유배지 제주로부터 지도(智島, 57.3㎢)에 이배될 때부터 해배되어 귀경할 때까지 작성한 한문일기를 한글로 번역하여 「김윤식의 지도유배일기 번역서」라는 서적으로 출간하였다. 나는 이 번역서를 2016년 7월 입수하여 읽었다. 그의 유배일기 중 몇 가지를 발췌하여 이 글에 옮겼다.

  김윤식은 두 번의 유배생활을 하였다. 1887년 5월(음)부터 1893년 2월까지 약 6년 동안 병조판서(兵曹判書)로서 명성황후(明成皇后)의 친러정책에 반대하고, 민영익(閔泳翊, 1860(철종 11)~1914)과 힘을 합하여 흥선대원군(興宣大院君)의 재집권을 모의하였다 하여 충남 예산군(禮山郡)

면천(沔川)에 유배되었고, 1895년 명성황후가 일본군에게 시해당한 다음 외부대신이었던 김윤식이 명성황후 시해음모를 알고도 방관했다는 판서들의 탄핵을 받고 1897년 12월(음) 제주도에 종신 유배되었다가 1901년 전남 지도에 이배되었다. 종신 유배는 연결되어 지도 내 양리(內楊里) 둔곡(屯谷)마을에서 유배생활을 하였으나 6년 후인 1907년 70세 이상의 유배객은 해배시킨다는 왕명애 의해 해배되어 귀경하였다. 김윤식은 제주에서 유배생활 도중 1901년 제주에 민란이 일어나자 전라남도 신안군의 지도(智島)에 이배된 것이다. 고령인 67세 노인으로서 1901년 7월 15일 지도에 도착하여 1907년 6월 30일까지 만 6년을 지도에서 유배생활을 한 것이다.

김윤식의 지도유배일기는 제주적거지에서 지도적거지로 이송되는 과정부터 기록된다. 이 글에서는 이송과정과 지도에서 유배살이 하는 동안 일어난 러일전쟁 기록 일부, 그리고 1907년 6월 30일 해배된 후 사망시까지의 간단한 행적을 기록하려 한다.

김윤식은 1901년 7월 11일 8시 경 제주 산지포항에서 범선(돛단 선박)에 승선하고 출항하였다. 같은 선박에 승선한 유배인은 같은 지역으로 유배지를 옮기는 유배인 정병조(鄭丙朝, 1863~1945)와 김사찬(金思燦, 1874~?)이었다. 다른 동승인은 법부주사와 법부사령 등 법부 근무 공무원 3인과 일본 순사 고옥(古屋) 등 모두 12인 이었다고 한다. 첫 번째 도착한 항구는 소안도(小安島)의 비자항이었다. 소안도에서 하룻밤을 쉬고, 이튿날 오후 이 항구를 출항하여 어란진(於蘭鎭)에 도착하여 쉬었으며, 그 다음날에는 진도 벽파항(珍島 碧波港)에 도착하여 폭우에

곤난을 겪으며 하선하여 민박하였다.

김윤식과 일행은 7월 15일 아침 9시쯤 지도읍의 항구에 도착한다. 4박 5일의 선박여행이었다. 지도의 머물 장소는 집안일을 보아주고 있던 현광석이라는 집사가 며칠 전 서울에서 내려와 지도읍으로부터 약 2km 북쪽에 위치한 내양리(內楊里) 둔곡(屯谷)마을에 정하여 놓고 있었다.

김윤식의 장남 '유증(裕曾)'이 아버지가 제주도에서 결혼한 후실 의실(義實)과 그로부터 낳은 아들 영구(瀛駒), 의실의 친정어머니, 여종들 두 명과 함께 둔곡의 아버지 유배처에 도착한 것은 7월 18일이었다. 이때의 유배생활은 유배지에 가서 살기만 하면 되는 그런 생활이었다. 장가들고 여종들을 고용하여 청소와 세탁, 식사준비를 시킬 수 있었다.

김윤식은 병조판서와 외부대신을 역임한 고급 관리 출신이었으므로 둔곡에 유배지를 마련하면서부터 많은 지방관리들이 찾아와 인사를 하고 갔다고 그의 지도 유배일기에 기록하고 있다. 제주도에서부터 이웃에 살았던 정병조(호(號): 葵園)는 지도읍에 유배처가 마련되면서 수시로 찾아왔고, 김사찬(호(號): 舜華)은 둔곡의 같은 마을에 유배처를 마련하고 부자관계와 같이 생활하였다. 지도유배일기에는 지도 바로 서쪽의 섬인 임자도(荏子島)에 근무하는 병사(兵士) 이종림(李鍾林)이 자주 찾아와서 도움을 주었고, 같이 일도 하고 등산도 했다고 기록하고 있다.

김윤식은 여러 가지 방법으로 당시 발간되었던 신문들을 받아 읽었는데 신문 중 가장 많이 읽은 신문이 황성신문(皇城新聞)이었다. 지도가 김윤식의 적거지로 되어 거주한 다음 일본과의 강화협정(江華協定)이 이루어지고, 러일전쟁이 일어나 일본이 이 전쟁에서 승리했다.

1903년 7월 8일의 일기에는 황성신문에 '러일전쟁 결정설이 게재되었다'라고 기록하였고, 8월 13일의 일기에는 '러일전쟁이 임박하였다'라고 기록하였다. 9월 8일 일기에는 '전라남도 태이도 근해에 일본 병선 다수가 오랜 동안 정박하고 있다.'라고 기록했다. 1904년 1월 12일 일기에는 '일·러의 협상이 파열되었다. 이미 일본의 육군과 해군의 움직임이 있었다.'라고 기록하고 있다. 1904년 2월 9일 일기에는 '인천 팔미도(八尾島) 앞바다에서 러시아 군함 2척이 일본함대의 포격으로 침몰되었다.'라고 기록하고 있다.

러일전쟁에 대해 1904년 12월 말까지 전황이 황성신문에 게재되면 그것을 일기에 기록하였고, 1905년에도 계속되었다. 1905년 4월 24일의 일기에는 그 유명한 러시아의 발틱함대(波羅的盤隊)의 움직임을 기록하고 있다. 즉 발틱함대는 발틱해를 1904년 10월 15일 출발하여 이날(1905년 4월 24일) 싱가폴(新嘉坡)를 지났다는 것이다. 1905년 6월 3일의 황성신문 기사에는 대마도해협(대한해협)에서 일본함정에 의해 격침되고 나포된 러시아함정이 23척이라 발표되었다고 일기에 기록하고 있다. 일본 국민들은 대마도해전의 승리에 환호하였다고 했다. 그 외에도 김윤식의 일기에는 전과에 대한 자세한 설명이 기록되어 있으나 이 글에서는 이 정도만 기록하기로 한다.

러일전쟁은 일본의 승리로 끝난 후 강화조약은 미국정부의 중재로

워싱톤(華盛頓)에서 두 나라 외무부장관이 만나 8월 초 이루어진다는 기록은 1905년 7월 20일의 일기에서 읽을 수 있었다. 강화조약을 서두른 것은 러시아가 아니고 일본이었다고 한다.

1907년 7월 16일 대한제국 정부의 각료회의에서 "70세 이상의 유배인은 해배시킨다"는 결정이 내려지면서 이 해 73세였던 김윤식은 7월 말 서울로 돌아왔다는 김윤식 유배일기의 기록도 보였다.

김윤식이 귀경하자 많은 고관들이 찾아와 인사를 하고 갔다. 왔다간 사람의 직책과 이름이 일기에 기록되어 있었다. 김윤식은 1907년 8월 중추원의장에 임명되고, 1910년 8월 29일 한일병합조인식에 참석하여 일본정부로부터 자작작위(子爵爵位)와 대단히 많은 은사금(5만원)을 받았다.

1916년에는 경학원(經學院) 대제학(大提學)에 임명되었으나 부임하지 않았다고 일기에 기록하고 있다.

그리고 1919년 3·1독립만세운동이 전국적으로 일어날 때 이용직(李容稙, 1852(철종 3)~1932)과 함께 「대한제국 독립청원서」를 작성하여 조선총독부 총독과 일본천황에게 송부하였다. 그 결과 김윤식은 조선총독부에 의하여 자작작위를 박탈당하였고, 경찰에 구속되어 3년 형이 선고되었다. 형무소에 구속되어 2개월 정도 되었을 즈음 건강이 너무 좋지 않아 사경을 헤매게 되자 집행유예로 석방되었다. 그리고 약 2년 간 집에서 투병하다가 1922년 1월 88세를 일기로 한 생을 마쳤다.

그가 적거지로부터 귀경한 후 일본 정부에 협조한 것은 제주에서

23명으로 조직된 귤원시회(橘園詩會)를 같이 이끌었고, 지도 적거지에서 같이 이웃에서 적거생활을 하고 부모와 같이 따르던 전형적인 친일파 인사 정병조(鄭丙朝, 1863~1945)의 권유에 의한 것이었다. 김윤식은 자작작위(子爵爵位)가 박탈되고 형무소에 수감되었다가 집행유예로 출감한 후 중병을 앓으면서 아들에게 "자작작위 박탈된 것이 흙으로 돌아가는 나의 마음을 그렇게 후련하게 하는구나!"라고 말했다 한다.

〈2017년 10월 13일〉

김윤식의 지도유배일기에서 민영환

 김윤식(金允植, 1835~1922)의 지도(智島) 유배일기는 김윤식이 1901년 7월부터 1907년 6월까지 전라북도 신안군 지도(智島, 57.3㎢)에서 적거유배되어 생활하는 동안 한자로 기록한 일기이다. 신안군 문화원에서는 이 일기를 한글로 번역하여 2010년 7월 23일 번역서를 출간하였다.

 이 글에서는 그의 유배일기 중 우리나라의 근대사에서 충신으로 알려진 민영환(閔泳煥, 1861(철종 12)~1905(광무 9).11.30)에 대한 기록을 발췌(拔萃)하여 쓰려는 것이다.

 역사서에 기록되어 알려진 이야기이나 110년 여 전의 일이어서 이분의 이야기가 잊혀지는 것이 아쉬워 조금이라도 알리고 싶은 나의 조그마한 성의이다.

 1904년 2월 29일 김윤식의 일기에는 '1904년 2월 23일 일본공사 임권조(林權助, 1860~1939)와 대한제국 외무대신 이지용(李址鎔, 1870(고종

7)~1928)이 6개조의 한일협약(韓日協約)을 체결하였다'고 기록하고 있다. 이때 이미 대한제국은 일본의 식민지로 되어 있었다. 이지용은 고종황제의 당질(흥선대원군의 형) 이최응(李最應, 1815~1882)의 손자인데 이때부터 친일행각을 했다. 이지용은 결국 을사오적(乙巳五賊)의 한 사람이 된 것이다.

이때 즉 1904년 백성들의 삶은 정말 어려웠다. 가뭄과 일본인들의 착취, 그리고 지방관리들의 매관매직과 착취가 심하여 삶이 곤란했다. 백성들은 해적과 강도, 산적으로 변하여 밤과 낮을 가리지 않고 선민들을 괴롭혀서 사회가 혼란스러웠다.

김윤식의 1904년 3월 28일 일기에는 '영국의 한 일간지에 '한일협약'은 일본이 한국의 외교권을 박탈한 조약이라는 것이다'라고 기록하고 있다. 김윤식은 그의 일기에 '이것이 심히 걱정스럽고 분한 일'이라 적고 있다. 김윤식은 애국심이 있는 사람이었음을 알 수 있다.

러일전쟁이 만주의 여순을 중심으로 심각해지고 있던 1904년 8월 25일의 김윤식의 일기에는 그가 읽은 황성신문의 기사를 기록하고 있다. 즉, 「대한제국이 온통 일본의 관리들 손에 움직이고 있다. 소위 이등정책(伊藤政策)이라는 게 있다. 발표되지 않은 비밀정책이어서 이웃 사람들에게 탐문하여 들으니 대한제국 병합정책인 것이다.」라고 했다.

1905년 11월 30일 김윤식의 지도일기는 을사늑약(乙巳勒約)에 대해 상세히 적고 있다. 11월 15일부터 29일까지 사이의 황성신문과 대한일보에 게재된 내용이다. 1905년 11월 10일 이토히로부미(伊藤博

文, 1841~1909.10.26)가 일본대사로 경성에 들어와 일본천황의 친서를 고종황제에게 전달하는 내용으로 시작된다. 그 친서의 내용은 다음과 같다. 「짐이 동양평화를 위하여 특사를 파견하니 마땅히 그 지휘에 따르시오. 대한제국의 국방은 짐이 공고히 하겠소. 대한제국 황실의 안녕도 짐이 보증할 것이요.」 등등이 기록되어 있었다. 일본천황이 무슨 작대기 몽둥이인데 대한제국의 국방과 황실의 안녕을 책임진다는 말인가?

이토히로부미는 1905년 11월 14일 고종을 만나 세 가지 조건을 제시하였다고 한다. 그 중 하나가 일본공사를 「통감(統監)」으로 바꾼다는 것이었다. 11월 17일 일본공사 임권조와 이토히로부미가 대신들을 소집하여 그 조건을 제시했으나 대신들은 일제히 반대하였다. 좀 뒤 이토히로부미와 일본군 파견대장 장곡천(長谷川, 1850~1924)이 완전무장한 일본군 1개 중대를 이끌고 나타나 회의에 참석한 대신들에게 고종의 명으로 '통감논의'를 진행할 것을 강요하였다. 이들이 요구사항을 각 대신들에게 가부(可否)로 묻자 가(可)라고 답한 사람이 을사오적(乙巳五賊)이다. '가'라고 말한 당시의 다섯 대신(을사오적)은 다음돠 같다, 괄호'()' 내 기록된 작위는 한일병합 후 일본천황이 내린 것이다. 학부대신 이완용(李完用, 1858~1924, 후작작위), 내부대신 이지용(李址鎔, 1870~1928, 백작작위), 외무대신 박제순(朴齊純, 1858~1916, 자작작위), 군부대신 이근택(李根澤, 1865~1919, 자작작위), 그리고 농상공부대신 권중현(權重顯, 1854~1934, 자작작위)이었다.

황성신문에 게재된 신약5조(新約五條) 중 일부는 다음과 같다. 「일한 양국은 동아세아의 평화를 위하여 또 대한제국 외교사무를 확장하기 위하여 도쿄(東京)에 외무부를 둔다. 경성에는 통감부를 설치하여 외교사무를 감독하고 각 지방에 거주하는 외국인을 위한 영사대리 업무를 한다.」등이었다. 이러한 조약이 맺어졌음이 전국에 알려지자 많은 국민들이 통곡하고 을사오적(乙巳五賊)을 암살하려는 사건이 일어났다.

전국에서 자결하는 사람들이 여러 명 있었다. 여기에서 참정(參政) 민영환의 자결에 대한 김윤식의 지도유배일기의 기록을 옮긴다. 「전직 좌의정 조병세(趙秉世, 1827~1905.12.1)와 이근명(李根命, 1840~1916)이 1905년 11월 30일 백관을 거느리고 수옥헌(漱玉軒, 중구 정동에 위치한 황실도서관) 앞으로 나아가 을사오적을 성토하고 을사늑약 폐기를 상소하려 하였다. 그러나 일본 군사들이 몰려와 이근명은 귀가시키고 조병세는 동대문 밖으로 쫓아냈다. 그날 저녁 참정 민영환이 여러 공무원들을 거느리고 수옥헌에 나와 을사늑약 폐기를 상소하였다. 그러나 일본헌병들에게 잡혀 쫓겨났다. 그리고 1905년 12월 3일 밤 민영환이 자택에서 자결하였다. 자신의 칼로 자신의 목을 찔러 죽은 것이다. 12월 4일부터 민영환의 집에는 매일 조문객 3천여 명씩이 몰려와 문상했다고 한다.

한편, 조병세는 12월 4일 표훈원(表勳院, 공신에 대한 사무 관청)에 들어가 소청을 열었다. 일본 헌병이 방해하자 가마를 타고 돌아가면서 커다란 아편덩이를 먹었다. 약에 취하여 졸도하자 가마꾼들이 가까운 친척집으로 들어가 치료하였으나 그는 12월 5일 소천하였다. 조병세는 훌륭한 충신이고 애국자였다.

을사늑약 후 자결한 사람은 여러 사람이었으나 다음에 몇 사람만 기록한다. 여주의 전 판서 홍만식(洪萬植, 1842~1905), 평양 진위대 병사 김봉학(金奉學, 1871~1905, 황주인), 학부주사 이상철(李相哲, 1876~1905), 그리고 참판 이명재(李命宰, 1838~1905).

민영환은 자결하기 전에 3통의 유서를 써 놓았다고 한다. 한 통은 국민에게, 또 한 통은 한국에 머무는 외국 공사들에게, 그리고 세 번째 유서는 순종황제에게 올리는 글이었다. 이 세 통의 유서 중 국민에게 보내는 유서의 글은 다음과 같다.

「오호라 나라의 수치와 백성의 욕됨이 여기에 이르렀으니 우리 인민은 장차 생존경쟁에서 멸망할 것이다./ 대저 살기를 원하는 자 반드시 죽고, 죽기를 기약하는 자 반드시 살 것인즉, 여러분은 어찌 헤아리지 못하는가?/ 영환은 한 번 죽음으로써 황은에 보답하고, 이천만 동포 형제에게 사죄하노라!/ 영환은 죽었으나 죽지 않았고, 구원의 아래에서 제군들을 도울 것이다./ 바라건대 동포형제들은 천만 배 분발하고 힘써서 그대들의 뜻과 기운을 견고히 하고, 학문에 힘쓰며 마음을 합하여 돕고 힘을 모아 우리의 독립과 자유를 회복한다면 죽은 자도 마땅히 저 어두운 저승에서 기쁘게 웃을 것이다./ -〈이하생략〉-」

1906년 7월 23일의 김윤식의 일기에도 황성신보에 게재된 내용을 다음과 같이 기록하였다. '충정공 민영환의 집 침실 뒤 처마 밑에서 갑자기 네 그루의 죽순이 솟아났다. 죽순들은 처마틈을 뚫고 지붕 위까지 올라가 잎을 피웠다고 한다. 이 대나무들을 구경하려고 사람들이 민영환의 집 담 밖으로 몰려들었다'고 한다. 구경 온 모든 시민들이 "민충정공의 한결같은 충성과 이 대나무가 관계있을 것입니다."라고 말 하면서 눈물을 흘렸다고 한다.

〈2017.10.10〉

하의도의 김대중

하의도(荷衣島, 16.1㎢)는 목포항(木浦港)에서 서남쪽 약 50km 해상에 위치하는 섬이다. 2013년 조사한 바 832가구 1655명의 주민이 살고 있다고 한다. 하의(荷衣)의 한자 뜻은 '연꽃이 옷을 입은 모습'이라 한다.

하의도의 후광리(後廣里)에서 전직 대통령 김대중(金大中)이 1924년 태어나 13세까지 살았기 때문에 그의 옛집은 그가 1997년 대통령에 취임하고 2년 뒤인 1999년 김해 김씨 종친회에서 모금하여 복원한 다음, 신안군에 기증하여 관리하고 있다. 나는 2016년 4월 29일 재현된 그 집을 보려고 그곳에 찾아갔다.

안좌도 복호항여객선선착장에서 하의도로 운항되는 철부선(鐵艀船)의 승객이 된 것은 오후 2시였다. 철부선은 자라도(者羅島, 4.70㎢)여객선선착장, 장산도(長山島, 24.9㎢)여객선선착장 등을 잠깐씩 들려 주민들, 그들의 짐들, 그리고 차량들을 내리고 실은 다음 바다 위를 미끄러져 오후 3시 30분 하의도 여객선선착장에 도착하였다.

하의도 여객선선착장에는 우아한 회백색 바위에 새겨진 荷衣島(하의도)라 한자로 음각한 표지석과 하의도 상여소리 노래비가 선객들을 맞고 있었다. 도착한 시간이 늦은 오후이고 길을 모르기 때문에 택시 신세를 졌다. 택시는 나를 승차시키고 북서쪽 밭과 산 사이를 달리더니 복원된 김대중 전직 대통령 생가 관리실 앞에 나를 하차시켜 주었다.

관리실 옆 건물이 김대중 전직 대통령 추모관이었다. 열려진 방문 앞에 방명록이 있고 맞은 편 벽에 엄숙한 표정의 전직 대통령의 영정이 걸려있었다. 추모관에서 작은 정원을 지나 약 100m 동쪽에 돌담으로 둘러싸인 복원된 생가 안채 목조 초가가 정갈하게 건립되어 있었다. 안채로 들어가는 정원 앞, 안채 담벽 앞, 그리고 안채의 두 방 안의 벽에 그가 어린 시절부터 타계하여 장례식을 거행할 때까지의 사진들이 표고되고 방수처리 되어 진열되어 있었다.

우리나라 국민이면 한 번 이상 보았던 광경의 사진들이 많았다. 안채 마당 입구에 비스듬히 깎아진 커다란 오석 앞면에 다음과 같이 간략하게 김대중 전직 대통령 생가를 소개한 글이 음각되어 있다.

「김대중 전직 대통령 생가(金大中 前職 大統領 生家)/ 1924년 대통령 김대중이 이곳에서 태어나 1936년 하의보통학교 3학년 때까지 어린 시절을 보낸 초가이다./ 김해 김씨 종친들이 중심이 되어 1997년 복원사업을 시작하여 1999년 9월 60여 년 만에 원형대로 복원하였다./ 지정 번호: 신안군 향토사료 제23호,/ 소재지: 하의면 후광길 255/-〈이하 생략〉-」

1924년 이곳에서 태어나 1936년까지 어린 시절을 보낸 집이라 한 것이다. 목포항 여객선선착장에서 철부선으로 3시간 달려와야 하의 도 여객선선착장에 도착할 수 있는 궁벽한 어촌이다. 김대중이 대통령으로 당선되었다는 것은 고난의 세월을 장기간 보낸 다음 얻은 결과였겠으나 이러한 곳에서 태어난 어린이도 열심히 공부하면 대통령이 될 수 있다는 것을 증명해 주는 것도 되는 것이다.

이 바위에서 동쪽으로 약 15m 되는 곳의 정원 중앙에 김대중 전직 대통령의 황금색 동상(銅像)이 50cm 높이의 좌대 위에 서 있었다. 좌대 앞면에는 다음과 같은 김대중 전직 대통령의 글씨가 새겨져 있었다.

「行動하는 良心 一九九三年 晩秋 後廣 金大中」
(행동하는 양심 1993년 만추 후광 김대중)

행동하는 양심은 양심적으로 사는 생활을 실천하라는 자신의 마음을 나타낸 것이고, 후광은 김대중의 호(號)로서 이 마을의 이름이다.

정원에는 꽝꽝나무, 다정큼나무, 은목서 등 나에게는 처음 보는 나무들이 많았고, 안채 뒤로부터 추모관 뒤까지 이어지는 언덕에는 산죽들이 빼곡이 자라고 있었다. 또한 김대중 생가 설명표지문판이 설

김대중 전직 대통령 동상(하의도 복원된 생가 앞에서 2016년 4월 29일)

명문을 좀 더 자세히 하여 동상 동쪽 정원이 끝나는 곳에 있었다.

「김대중 대통령 생가(金大中 大統領 生家)/ 신안군 향토자료 제23
호/ 신안군 하의면 후광리 100, 121/ 본채: 목조 초가 59.5m2/ 부속
건물: 토담 초가 16.33m2/ 측간: 토담 초가 9.92m2/ 지정: 2,000년
1월 31일/ 김대중 대통령은 1924년 하의면 후광리에서 아버지 김운
식(金雲植)과 어머니 장수금(張守錦) 사이에서 3남2녀의 장남으로 태
어났다./ 어릴 적 초암서당에서 김련(金鍊) 선생에게서 한학을 배우
다가 하의초등학교를 다니던 중 12세에 목포로 이주하였다./ 이후 5
회의 죽을 고비와 6년 간의 감옥살이, 55차례 연금, 10년의 망명생활
등 고통의 세월을 견디어 '인동초'라 불리는 섬마을 소년은 1997년 제

15대 대통령에 당선되었다. / 그리고 2,000년 6월 15일 분단 이후 처음으로 남북정상회담을 성사시켰다. / 이러한 그의 민주화 운동과 평화통일을 향한 노력이 인정되어 2,000년 12월 19일 노벨평화상을 수상하였다. / 생가는 목조 초가 3동으로 1,999년 9월 김해 김씨 종친들이 복원하여 신안군에 기증하였다.」

생가의 위치 구조, 신안군 향토자료임을 표시하면서 그의 생애를 간단히 설명하였다. 13세까지 이곳에서 한학과 초등교육을 받다가 목포로 이사했다고 했다. 5회의 죽을 고비, 6년 의 교도소 생활, 55회 연금, 10년 망명생활을 했다고 기록하고 있다. 1997년 제15대 대통령에 당선되었고, 2000년 6월 15일에는 김정일을 만났고, 같은 해 12월 19일 노벨평화상을 수상했다고 기록하고 있다.

1999년 생가를 김해 김씨 종친회에서 복원하고 복원된 생가를 신안군에 기증했다고 한다. 그런데 김대중은 김해 김씨인가? 1997년 제15대 대통령 선거를 앞두고 '한길연구회'의 기관지 '한길소식지'에는 "김대중은 김씨가 아니고 '제갈(諸葛)'씨라는 것을 발표하였다. 이것은 자유언론수호 국민포럼 전 사무총장 손창식(孫昌植, 1948~2004)이 여러해 추적하여 밝힌 사실이다. 그러나 생각해 보면 대통령의 이름이 김대중이면 어떻고 제갈대중이면 어떠한가? 대통령 임무 수행만 잘 하면 되지 않는가?

그런데 나의 마음에 들지 않는 그의 대통령 재직시절 조치한 몇 가지가 있다. 그 중 두 가지만 기록한다. 한 가지는 개성공단(開城工團)문제

김대중 전직 대통령의 복원된 생가 안채(2016년 4월 29일)

이다. 개성공단을 경영하면 평화공존이 더 공고하여 질 것이라 했지만 개성공단에서 북한근로자들에게 지불한 임금의 대부분이 핵개발에 사용되었다고 하는 것이다. 또 하나는 일본 우파놈들이 자기나라의 고유영토라 끝없이 주장하는 독도(獨島)를 한일 공동어로구역에 편성하는 협약을 일본과 맺었다는 것이 영 마음에 들지 않는다.

4월 30일 아침은 전형적인 우리나라 봄 날씨였다. 아침 9시 5분 하의도 여객선선착장 출항 예정인 철부선은 1분도 어기지 않고 그 시간에 출항했다. 철부선 조양1호의 선실은 2층이고 선실 맨 앞에 구명조끼상자함이 있어 그 위에 앉으니 철부선이 바다위를 달려 나아가는 모습이 내려다보여 좋았다.

철부선이 앞으로 바닷물 위를 미끄러져 나갈 때 뱃머리에 부딪히는 바닷물은 물거품으로 일었다가 사라지기를 반복했다. 그것을 보면서 인생과 물거품을 비교하였다. 무엇이 다르냐? 대한민국 제15대 대통령으로 당선되었던 김대중인지 제갈대중인지 그런 사람도 대통령이 되어 조금 있다가 물거품과 같이 사라져 버리지 않았는가?

〈2016년 5월 5일〉

비금도의 이세돌

　도초도(都草島)여객선선착장에서 서남문대교(西南門大橋)를 택시로 건너 비금도 중심도로를 달리는데 기사가

　"왼편으로 올려다보이는 바위산이 그림산(해발 226m)이고, 조금 더 서쪽으로 올려다 보이는 바위산이 비금도에서 가장 높은 선왕산(仙王山, 해발 255m)입니다."

　라고 말했다. 높지는 않으나 산 전체가 오밀조밀한 바위로 만들어져 있어 아름다웠다. 오른쪽에는 염전이 펼쳐져 있었다. 지금 이 택시는 나의 요구에 따라 천재기사 이세돌의 바둑기념관이 조성된 비금면 도고리(飛禽面 道古里)로 운전하여 가는 것이다. 2016년 5월 11일 오후 1시였다. 이었이 척박한 섬마을에서 출생한 어린이가 우리나라 최고의 바둑기사로 성장했고, 그의 바둑기념관이 조성되었음을 알고 그 기념관을 가 보려 하는 것이다. 이제 택시는 이세돌 바둑기념관으로 들어가 주차하고 기사도 나와 같이 바둑기념관 안으로 들어갔다.

비금면 대광초등학교가 폐교되면서 신안군에서 이 초등학교를 '이세돌 바둑기념관'으로 리모델링하여 2008년 12월 28일 개관한 것이다. 이세돌 바둑 9단의 고향마을에 위치한 이 기념관은 이세돌 9단이 다녔던 초등학교라고 한다. 그래서 내가 승차하고 온 택시가 주차한 장소가 몇 년 전까지 초등학교 어린이들이 뛰어 놀던 운동장이었다.

수요일이었는데 바둑기념관 안에 손님은 나 하나뿐 이었다. 이 건물은 2층인데 1층은 전시실 2개와 바둑대국실 1개가 있고, 2층은 바둑대국자들의 숙식을 할 수 있는 공간이었다.

1층 제1전시실의 첫 판넬의 설명문은 '최치원과 바둑바위에 관한 전

이세돌 바둑기념관(2016년 5월 12일)

설'이 기록되어 있었다. "최치원(崔致遠. 857~?)이 868년 당(唐)나라 유학길에 비금도에 들려 수대리 뒷산에 우물을 파고 기우제를 지내 비가 내리게 했다. 그리고 비금도 서쪽에 위치한 우이도(牛耳島)에 가서 기우제를 지내 주고 가장 높은 산인 상산봉(上山峰, 해발 359m)에 올라 바위에 선을 그어 바둑판으로 만들어 놓고 신선을 초대하여 바둑을 두면서 쉬다가 당나라로 유학을 떠났다." 최치원이 비금도를 거쳐 간 것은 "1,000년 후 이세돌 9단의 출생과 행보를 예견한 것이 아니겠는가?"라고 기록하여 놓은 것이다.

다음의 판넬에는 이세돌(李世乭, 1983~)의 프로 입문에 대해 설명해 놓았다. 이세돌의 바둑교습은 어린 시절부터 아마 5단이었던 그의 아버지 이수호(1935~1998)로부터 받았다. 이세돌의 형 이상훈도 아버지로부터 어린 시절부터 바둑을 배웠으나 이세돌의 바둑 천재성이 형보다 낫다고 그 아버지는 이상훈에게 다른 공부를 하라고 했다. 이세돌은 고향에서 초등학교를 3학년까지 다니고 형이 먼저 올라가 있는 서울로 올라가 바둑수업을 받았다. 그의 두 번째 은사는 권갑용 6단이었다. 이세돌은 12세 때인 1995년 프로 입단하고, 세계 청소년배 바둑대회에서 우승했다.

토네이도 이세돌(Tornado Segol Lee)이라는 판넬에서는 이세돌이 2000년 한국기원 최우수기사상을 수상했고, 2002년 일본 후지쯔배에서 우승했다는 이야기가 기록되어 있었다.

다음 프로9단 이세돌이란 판넬에서는 이세돌이 2006~2007년 한국에서 최우수기사상을 수상했다고 기록하고 있다. 이세돌은 기질이

강하여 큰 승부에서 흔들리지 않는 평정심, 불리한 상황에서도 위축되지 않는 담대함이 있다고 했다. 또한 정석 말고 독특한 발상의 바둑을 두는 것이 이세돌의 바둑이라 설명하여 놓은 것이다.

자유사상가 이세돌(Liberal Thinker Sedol Lee)이라는 판넬의 설명내용을 모두 기록하지는 못하나 중요한 내용만 간추려 기록하면 다음과 같다.

「이세돌 9단의 목표는 세계 최강이다. / 바둑으로만 보면 최고의 자리에 오르는 것'이다. / 완벽한 사람이 되는 것보다 누구나 공감할 수 있는 "아! 저 사람은 존경할만하다."라고 불릴 수 있는 사람이 되고 싶다고 이세돌 9단은 말한다. / 그는 바둑천재라 불리는 것을 좋아하지 않는다. / 나를 추월하는 후배 기사가 나오는 시기를 최대한 늦추려고 노력할 것이다.」

기념관 입구에서 오른쪽은 제2전시실이었다. 문을 열고 들어가니 방의 가운데 이세돌 9단의 바둑 두는 모습의 밀랍상이 앉아 있다. 맞은편에 내가 앉아 상대 기사가 되어 보았으나 실감은 나지 않았다. 이 방의 벽에는 이세돌 9단이 지금까지 받은 각종 상패들, 상장들, 매달들, 우승기들, 그리고 이세돌 9단의 각종 기념사진들이 확대되어 표고되어 걸려 있었다.

어떤 한 사람이 한 분야에서 뛰어나 좋은 결과를 얻을 때 동상이나 기념관 등이 건립되는 것이다. 염전으로 둘러싸인 이세돌의 고향은 주민들도 많이 살지 않는 육지에서 멀리 떨어진 바다 가운데 섬마을이다. 그러나 이세돌이 하나의 놀이라 생각하는 바둑에서 훌륭한 기량을 발휘하니 기념관이 설립된 것이다. 물론 그의 재능을 어렸을 때 일찍이 발견하여 교육시킨 지금은 하늘나라에 올라간 그의 아버지의 혜안도 훌륭하다. 아버지가 암으로 소천할 때인 1998년 이세돌은 16세 소년으로 바둑계에서 성적을 올릴 때였다.

이세돌은 3남 2녀 중 둘째 아들로 태어났다. 위로 형 상훈과 누나 둘이 있고 아래로 남동생이 하나 있다. 그의 형 상훈은 서울대를 졸업한 다음 프로바둑기사의 꿈을 버리지 못하고 한국기원에서 프로7단으로 활동하고 있다. 세돌의 큰누나 상희는 아마바둑 5단이고, 작은 누나 세나는 아마바둑 6단으로 잡지 월간바둑 기자이다. 세돌의 남동생 차돌도 아마바둑 5단이다. 어머니만 말고 형제자매가 프로와 아마추어 바둑 '단'기사인 것이다.

이제 이세돌 바둑기념관에서 나와 택시에 승차하니 택시는 도고리(道古里) 마을 중간 도로를 서서히 달려 들어갔다. 그리고 택시기사가 골목 중간의 철문 앞에 택시를 세웠다. 내가 기사에게

"여기가 어디요?"

하고 물으니

"철창살 사이의 틈으로 저 울안을 보세요."

했다. 그곳에는 '이세돌 생가'라고 기록된 나무 표지판이 세워져 있었다. 표지판은 집안 텃밭 가운데 세워진 것이고, 텃밭 저 편에 단층 슬라브집 한 동과 기와집 한 동이 유리문이 닫힌 채 쏟아지는 햇볕을

신안군 비금면 도고리 이세돌 생가

받고 있었다. 이 집이 현 우리나라 바둑의 최고수 이세돌이 출생하고
아홉 살 때까지 자란 집일 뿐 아니라 이세돌의 형제자매들이 태어나
고 자라난 집이며, 현재 이세돌의 어머니가 생활하고 있는 집이었다.

이세돌이 지난 2016년 3월 12일부터 1주 동안 인공지능 알파고와
다섯 번의 대결을 하여 비록 이세돌이 1:4로 패하기는 했지만 그 바
둑대결은 우리나라 국민들뿐만 아니라 세계의 많은 사람들의 관심을
집중시켰었다. 이세돌이 수많은 바둑기사 중에서 제일 먼저 인공지능
알파고의 바둑 대결자로 선정되었다는 것만도 영광인 것이다.

이세돌 9단이 알파고의 바둑 대결자로 선정된 이유가 이세돌 9단은
정석이 아닌 바둑을 마음대로 구사하는 기사이기 때문이라 말한다.
그러나 그 밖의 이유도 있을 것이다. 2015년 중국 기원 주관으로 열

린 중국 최고의 바둑기사 구리(古力) 9단과의 10회 대결에서 쉽게 승리하는 쾌거를 이루었다는 것도 하나의 이유가 된 것이라고 나는 생각하는 것이다.

'이세돌 바둑기념관'은 신안군에서 부족한 신안군의 관광자원을 개발한 것이다. 그러나 이 궁벽한 섬마을에서 태어나 자란 섬마을 어린이가 우리나라 최고의 바둑기사가 되어 이러한 바둑기념관을 개관하게 된 것은 참으로 훌륭한 인간의 삶을 나타낸 것이다. 찬사의 박수를 보낸다.

〈2016년 5월 18일〉

[참고] 떡메산 전설: 떡메산은 이세돌 생가가 있는 도고리의 앞 들판과 염전 사이에 위치한 아름다운 바위산이다./ 옛날 아주 옛날 큰 바위산이 공중에 떠서 서북쪽에서 날아오는데 그 산의 바위 위에는 장군이 말을 타고 있었다./ 원래 이 바위산은 비금도 용소리에 내려앉기로 된 산인데 도고리와 가산리 중간쯤에 이르렀을 때 도고리에서 아이를 막 출산한 여인이 피 묻은 속옷을 빨고 있다가 "떠 온다 떠 온다 떡메산!!" 하고 소리를 질렀다고 한다./ 그러자 부정탄 떡메산은 그 자리에 내려앉고 말았다고 한다./ 이것이 지금의 낮으나 아름답고 들판 가운데 위치한 떡메산이라 한다./ 지금도 그 산의 한 바위에는 장군이 신선과 즐기던 바둑판이 새겨져 있다고 한다./ 그 장군은 천재기사 이세돌로 환생하였다는 것이다.//

제4장
남해의 섬마을 (1)

—

이 장에서는 진도 동쪽으로부터 여수반도 서쪽에 위치하는 남해의 섬마을들에서 선배들의 흔적을 찾아간 이야기들을 기록하였다. 그 섬마을들에서 선배들의 생애 그리고 그분들이 남겨놓은 인생의 심오한 마음을 그려보려고 하였다.

—

손죽도의 이대원

　지금까지 70여 년을 살아오면서 '손죽도(巽竹島, 2.92km²)'는 나의 관심 밖의 섬(島)이었다. 그런데 2016년 3월 28일(월)부터 4월 1일(금)까지 아침 7시 50분부터 30분간 5회로 방송되는 KBS1의 아침방송 프로그램의 하나인 인간극장 '영란씨의 다시 찾은 봄날'을 시청하면서 손죽도에 관심을 갖게 되었다. 이 드라마는 영란이라는 여인이 당도암 수술 후 어릴 때 살던 고향 손죽도 섬마을로 돌아와 7년 동안 살아서 건강을 회복한 이야기였다.

　더구나 인터넷 자료실에 들어가 손죽도를 검색하였더니 뜻밖에 손죽도에는 임진왜란(壬辰倭亂)이 일어나기 5년 전인 1587년 왜구의 침입을 방어하다가 장렬하게 순직한 녹도만호(鹿島萬戶) 이대원(李大源, 1566~1587)의 슬프고 충성어린 이야기가 있지 아니한가? 인터넷 자료실에서 이대원의 이야기를 읽고 한 번 찾아보고 싶다는 생각이 내 마음을 재촉했다. 그래서 2016년 가을이 깊어가는 10월 18일. 여수항

손죽도 깃대봉 북쪽 기슭 이대원 장군 동상

서남쪽 바다 74km에 위치한 이 섬을 찾아갔다.

여수 여객선터미널에서 13시 10분 출항하는 여객선 쥴리아아큐아 (Julia Aqua)호의 선객이 되었다. 바람이 없는 남쪽 바다 위를 쥴리아아큐아호는 미끄러져 나갔다. 중간에 나로도 여객선선착장에 도착하여 손님들을 내려놓고 출항하여 다도해 섬 사이를 20여 분 더 달려 넓은 만으로 되어 있는 손죽도의 여객선선착장에 도착하였다.

하선하여 여객선 매표소 쪽으로 걷다가 앞을 보니 흰색 대리석으로 조각한 장군상이 언덕 위로 올려다보였다. 이 대리석 조각상의 받침대는 높이 2m, 가로와 새로가 약 60cm인데, 받침대 앞면에 李大源

將軍像(이대원장군상)이라 한자로 양각된 동판(銅版)이 박혀 있었다. 층계를 밟고 석상 밑으로 올라갔다. 받침대 오른쪽 면에는 이대원의 생애와 그가 전사 직전(戰死 直前) 지었다는 절명시(絕命詩)가 한자와 한글로 새겨진 오석 재질의 돌판이 부착되어 있었다.

「이대원은 1566(명종 22)년 3월 7일 경기도 평택시 초승읍 내기리에서 출생하였다./ 1583(선조 16)년 18세의 소년으로 무과에 급제하고 선전관에 임명되었고, 1586(선조 19)년에는 21세의 청년으로 종4품 녹도만호(鹿島萬戶)가 되었다./ 1587(선조 20)년 2월 10일 왜선 20여 척에 왜구들이 승선하여 손죽도 앞바다에 침입해 왔다./ 이대원 녹도만호가 거느린 수군이 이 선박들을 완전히 격파했다./ 그러나 2월 17일 왜구들이 수십 척의 왜선에 왜구들 수백 명을 승선시켜 몇일 전의 왜선 20척 격파에 대한 보복을 하려고 침입해 왔다./ 이대원 녹도만호는 십여 척의 군선에 일백 명도 되지 않는 수군을 승선시켜 왜선에 대항했으나 중과부적(衆寡不敵)으로 조선수군은 대부분 전사하였고 이대원도 전사하였다./ 전사 직전 절명시 한 편을 자신의 속적삼을 벗어 자신의 손가락을 깨물어 기록하여 자신의 부하병사에게 주면서 평택의 부모님께 전해 달라고 보냈다./ 다음은 그 절명시의 한자 원문과 한글 번역문이다./ 日暮轅門渡來海(일모원문도래해)(진중에 해 저무는데 바다 건너와)/ 兵孤勢乏此生哀(병고세핍차생애)(병사는 외롭고 힘은 다하여 이내 삶이 서글프다.)/ 君親恩義俱無報(군친은의구무보)(임금과 어버이 은혜 모두 갚지 못하니)/ 恨入愁雲結不開

(한입수운결불개)(한 맺힌 저 구름도 흩어질 줄 모르네.)」

이대원이 16세에 무과에 급제하고, 21세에 종4품 녹도만호가 되었다는 것은 그의 체력과 실력, 문장력이 대단했음을 짐작할 수 있다. 임진왜란(壬辰倭亂, 1592~1598) 발발 5년 전인 1587년 2월 10일(음) 20여 척의 왜적선에 수를 모르는 왜구들을 승선하고 손죽도 근해에 나타나 녹도만호 이대원이 왜선들을 거의 모두 격파하여 물리친 다음 전라관찰사를 경유하여 조선 조정에 전과를 보고하는 과정에 전라좌수사 심암(沈巖, ?~?)이 이 승리를 자신이 이룬 공으로 해달라고 했다는 것이다. 이때 이대원이 이를 거절하자 그가 앙심을 품었다.

심한 타격을 받은 왜구들은 그 1주일 후인 2월 17일(음) 왜선의 숫자를 수 십 척으로 증가시키고 왜구들의 수도 수 백 명으로 증가시켜 또 공격하여 왔다. 이때 이대원은 함선의 수와 수군의 숫자를 증가시켜 줄 것과 다음날 전투에 임하겠다고 하니 앙심을 품은 심암은 함선을 증가시키지 못하게 하고 수병도 증원시켜주지 않았으며, 저녁에 당장 출격하라고 했다. 이대원은 중과부적으로 당할 수가 없었으나 3일 간을 버티다가 장렬히 순국했다. 그동안에 이대원은 '절명시' 한수를 속적삼에 혈서로 써서 부하 병사 한 사람에게 고향 평택의 부모님에게 보내어 그 시조가 전해지는 것이고, 부모님은 아들의 붉은 피로 쓰여진 절명시가 기록된 적삼을 고향 뒷산 지금의 서해대교가 내려다보이는 산기슭에 묻어 묘지를 조성했다. 이 얼마나 가슴을 안타깝게 하는 이야기인가?

이 대리석 조각상은 2015년 5월 2일 건립되었다고 조각상 받침대 왼쪽면 조각상건립기에 위의 내용이 기록되어 있다. 조각상은 22세의 젊은 청년 장군 이대원의 모습이다. 젊은 장군이니 얼굴이 동안(童顔)이고 턱에 수염이 없으며, 머리에 투구를 쓰고 갑옷을 입었으며, 허리 왼쪽에 장검을 차고 있다.

나는 대리석 조각상으로부터 마을 중심부에 위치한 이대원 사당까지 해안도로 약 600m를 걸어 들어갔다. 이 섬마을의 도로 옆 산기슭으로는 산죽이 빼곡이 자라고 있었다. 그래서 섬의 이름이 손죽도(巽竹島)로 되었다는 기록이 있다고 한다.

2010년 11월 30일 조사한 바 이 섬에는 95세대 184명의 주민이 거주한다. 이대원 사당 주변에만 마을의 집들이 모여 있다. 이대원 사당은 옛날 기와집으로 사당 구내에 250년 수령의 느티나무가 보호수로 심어져 있었다.

나는 사당의 앞 사립문을 열고 사당 구내로 들어갔다. 그리고 조그마한 기와집인 사당의 앞문을 열고 건물 안으로 들어갔다. 맞은 편 벽 앞에 세워진 이대원의 영정은 수염이 없는 젊은 청년이다. 갑옷을 입지 않고 무인복인 적갈색 상하의와 파란 조끼를 입고 있는 모습이었다.

이제 나는 이대원의 동상이 세워지고 묘소가 있는 곳이 북쪽으로 800m 정도 걸어 간 곳에 있다고 하는 것을 알았으므로 해안도로로 나와서 깃대봉(242m)의 동쪽 기슭으로 만들어진 시멘트 포장도로 위를 걸어갔다. 해안도로를 약 600m 걸어갔을 때 산기슭에 1999년 12

손죽도 서북쪽 깃대봉과 삼각산 사이 이대원 장군 묘소

월 세운 이대원 동상이 올려다 보였다. 모습과 크기가 여객선 선착장의 대리석 조각상과 같으나 상의 색깔만이 암청색이었다. 손죽도 여객선선착장으로부터 서북쪽의 동상이 세워진 곳까지는 만(灣)의 동쪽과 서쪽으로 동상이 있는 곳으로부터 대리석 조각상이 있는 곳은 멀리 건너다보였다.

동상 받침대 앞면에도 바다 건너 대리석 조각상 밑에 부착된 것과 같은 이대원의 생애와 절명시가 새겨진 동판이 박혀있었다.

이대원 묘소는 동상 밑에서 북쪽으로 내려다 보였다. 동상 앞에서 풀과 잡초, 그리고 잡목들을 헤쳐가며 묘소 앞으로 내려갔는데, 잔디와 더불어 잡풀이 봉분과 묘지 마당을 덮고 있었다. 망주석과 석수, 문인석, 무인석도 없는데 묘소 왼쪽 앞에 오석으로 만든 묵직한 기념비가 세워져 있다. 살펴보니 동상을 건립할 때인 1999년 8월 15일 세웠다고 기록되어 있다. 이대원 순국 후 412주년에 세웠다고 했다.

이대원이 순국할 당시 전라도 관찰사는 오음 윤두수(梧陰 尹斗壽, 1533(중종 28)~1601(선조 34))로서 심암 전라좌수사의 부도덕함을 알고 그를 파면하였다. 또한 이대원을 전라좌수사로 조정에 추천하여 이대원을 전라좌수사에 임명한다는 교지(敎旨)가 경성으로부터 내려오고 있는 중에 왜구들 대부대가 침입해 와서 이대원은 순국한 것이다. 그러므로 후에 이대원은 병조참판(兵曹參判)으로 추증되었다. 묘소 앞 비석의 비문은 이러한 이야기로 시작되어 이대원의 생애가 소개되고, 많은 인사들이 이대원의 전사를 애도하는 글을 남겼다는 이야기가 기록되어 있다.

이대원이 순국한 후 맨 먼저 애도하는 시 鹿島歌(녹도가)를 남긴 사람은 송강 정철(松江 鄭澈, 1536(중종 31)~1593(선조 26))의 아들 화곡 정기명(華谷 鄭起溟, 1558(명종 14)~1589(선조 22))이었다. 묘소 앞 비석의 글에 그 노래의 일부도 기록되어 있었다. 대사간을 역임한 한천 정협(寒泉 鄭協, 1561(명종 16)~1611(광해군 3))은 1587년 자신의 나이 27세로 손죽도에 찾아와서 조이장군사(弔李將軍詞)라는 제목의 제문으로 제사를 지내면서 "꽃다운 혼백, 늠름한 영웅 모습 그려본다"라고 하면서 흐느꼈다 한다.

그 외 여러 인사들, 예를 들어 김천일(金千鎰, 1537(중종 32)~1593(선조

26)), 윤선도(尹善道,, 1587(선조 20)~1671(현종 12)), 영의정 남구만(南九萬, 1629(인조 7)~1711(숙종 37)), 이수광(李睟光, 1563(명종 18)~1628(인조 6)) 등이 이대원을 만고충신·효자라고 칭송하는 글을 남겼다.

유구한 세월에 비교하면 429년은 짧은 시간에 불과할 것이다. 그가 전사 순국한 다음 5년 후에는 임진왜란이 일어났고, 구국의 영웅 이순신(李舜臣, 1545(명종 1)~1598(선조 31))에 가려 역사교과서에도 그의 행적이 오르지 않은 것이다. 그래서 비교적 역사에 관심이 많은 나도 그의 이름을 손죽도에 찾아갈 때까지 몰랐다.

세상에는 충효를 갖춘 이대원과 같은 훌륭한 인사가 있는가 하면 훌륭한 인사를 시기하여 그 훌륭한 인사를 사지로 몰아넣는 악질적 인사 심암도 있는 것이다. 나는 40년 가까이 젊은이들을 가르치는 직장생활을 하면서 동료 중에 시기와 못된 짓을 하는 인간을 몇 명 보고 실망한 일이 있다. 현세의 심암을 몇 명 본 것이다. 현세의 심암을 가려내어 되도록 빨리 처형해야 사회가 깨끗하여질 것이다.

처음이면서 마지막이 될 손죽도의 하룻밤은 마을 중심 해안가 가까이 있는 민박집에서 보냈다. 이튿날 여객선 출항시간 1시간 전에 매표소에 가서 앉아있는데 옆에 할머니 한 분이 앉더니 나에게 말을 건네었다.

"손님은 어디서 오셨소?"

"저는 청주에서 왔습니다. 할머니는 어디서 오셨어요?"

"나는 평도에서 왔소. 딸네 집에 왔다가 돌아가는 길이요."

"그러세요. 할머니 연세는 어찌 되셨는데요?"

"나는 여든 하나(81), 우리 영감과 동갑이라요."

이렇게 여러 가지 이야기를 나누다가 내가 다음과 같은 질문을 해
다.

"할머니 지금도 할아버지와 정이 좋으세요?"

그랬더니 이 할머니 치아가 없는 입을 함박 열어 예쁘게 웃는다. 나
는 그렇게 예쁘게 웃는 할머니의 모습은 처음 보는 듯했다. 그 할머니
함박 웃더니 다음과 같이 대답했다.

"나이가 많아지면 기력이 떨어져서…."

할머니 내가 성생활을 즐기시는지 묻는 것으로 들으신 듯하다.

〈2016년 10월 23일〉

절이도 바다의 이순신

전남 고흥군 금산면에 속한 거금도(居金島, 63.57㎢)는 조선시대 절이
도(折爾島)라고 불리다가 1914년부터 거금도(居金島)라고 이름이 바뀌
었다. 거금도는 우리나라 섬들을 넓이 크기순으로 나열하면 10번째
섬(島)이다.

지금은 고흥군 도영읍 녹동항과 소록도(小鹿島, 3.79㎢) 사이에 2009
년 3월 2일 완공되어 개통된 1,160m의 현수교(懸垂橋)이며 연륙교(連
陸橋)인 소록대교(小鹿大橋)가 건설되었고, 소록도와 거금도 사이에는
2,028m의 현대식 대형 현수교(懸垂橋)이며 연도교(連島橋)인 거금대교
(居金大橋)가 2011년 12월 16일 완공되고, 개통식을 가져 해남군 녹동
항에서 소록도와 거금도에 배를 타고 갈 필요가 없게 되었다. 이 섬
거금도와 소록도 사이에 건설된 거금대교 부근에서 정유재란(丁酉再亂)
이 끝나갈 때인 1598년 7월 19일(음) 절이도해전(折爾島海戰)이 있었다
고 한다. 나는 절이도해전이 일어났던 현재의 거금대교 밑의 바다를

록도와 거금도의 연도교, 거금대교(길이: 2,028m)

바라보고 싶어 찾아갔다.

2015년 12월 20일 13시 녹동시외버스터미널에서 거금도를 왕복하는 시내버스 시간이 맞지 않아 택시에 승차하였다. 택시가 소록대교를 향해 달릴 때 기사와 나는 몇 가지 이야기를 나누었다. 다음은 그 내용의 일부이다.

"기사님은 녹동이 고향입니까?"

"아니예요. 제가 태어난 곳은 순천이예요. 어릴 때 아버지가 소록도의 교도소장으로 부임할 때 우리 가족이 순천으로부터 녹동으로 이사 왔는데 그때부터 이곳에 살고 있습니다."

"소록도에 감금실이 있다고 알고 있는데 그 감금실을 말하는 것입니까?"

"아니지요. 감금실이 아니고, 교도소가 별도로 있었어요. 전국에 있는 나(한센)병환자 중 말썽을 일으킨 나환자들을 수용하는 교도소지요."

"그렇군요. 그것은 처음 듣는 이야기입니다."

택시가 소록대교를 지나고 소록도의 도로를 달리고 있었다. 그 기사는 운전을 하면서 자기가 알고 있는 거금도에 대한 이야기를 계속하였다.

"거금도는 임진왜란 때는 절이도라 불렀으나 일정(한일병합)시대인 1914년부터 거금도라 불렀다고 합니다. 그러나 고흥군 금산면 거금도라고 부르지요. 섬이 소록도의 20배는 된답니다. 금산이라 하면 사람들은 충청남도 금산을 생각하지만 고흥군에도 금산이 있습니다. 김일이 이곳 거금도 사람이지요. 김일은 소년 시절 몸집이 크고 힘이 장사여서 16살에 전라남도에서 씨름판을 휩쓸었답니다."

여기까지 이야기 했을 때 소록도와 거금도를 잇는 2,028m의 거금대교(居金大橋)에 도착하였다. 거금대교를 건너자마자 그 기사는 택시를 휴게소 주차장에 멈추고 카메라에 거금대교 주변을 담을 수 있는 시간을 주었다. 이 거대한 교량은 2층으로 만들어져 1층은 자전거와 사람이 다니고, 2층은 양방향 1차선(폭: 15.3m)으로 차량만이 운행될 수 있도록 건설되었다. 이 웅장한 교량 밑의 바다 일대가 1598년 7월 19일(음) 절이도해전이 일어나 조선의 이순신이 지휘하는 해군함대와 일본놈들의 함정들이 일전을 벌린 곳이다. 이 바다에 일본놈들의 시신이 떠 다니고, 바다는 그 놈들의 피로 붉게 물들었다 생각하면

거금대교 아래층 자전거도로

어떤 감회가 샘 솟는 것이다.

거금대교는 2002년 12월 착공하여 9년 동안 공사하여 2011년 12월 16일 완공 개통식을 가졌다. 총 사업비 2,732억 원의 거금이 소요된 교량이다. 총길이 2028m, 윗층은 차량만 통행할 수 있고, 사람과 자전거 통행은 밑층으로 통행토록 건설된 우리나라 유일의 교량이다. 현수교 주탑 높이가 167.5m, 해수면으로부터 자전거도로까지의 높이는 38.5m이다.

이 거대한 교량이 완공되고 2~3년이 지나면서 여러 가지 상을 받았다. 그 각 상을 받을 때마다 그 내력은 동판에 양각으로 기록하여 자전거도로 입구의 벽에 부착하여 놓은 것이다. 2012년 6월에는 한국 강구조학회장으로부터 작품상, 2012년 11월 5일에는 국토해양부장관으로부터 건설감리대상, 그리고 2013년 3월에는 대한토목학회로부터 올해의 토목구조물 대상을 수상하였다.

다음은 인터넷 자료실에서 읽을 수 있는 절이도해전의 전모를 요약한 것이다.

「1598년 7월 18일(음) "왜군 함대 100여 척이 여수반도 서쪽에서 절이도와 소록도 사이의 해협으로 진격하여 온다"는 첩보가 고금도(古今島, 43.66㎢)의 조선삼도수군통제영의 이순신에게 전달되었다./ 명(明)나라 수군(제독: 진린)이 고금도에 도착하고 2일이 지난 후였다./ 이순신은 조선수군에게 출동명령을 내리고 곧 출동하였다./ 출동한 조선수군의 판옥선 수가 85척 정도였다./ 그 날은 고금도와 거금도 사이의 섬인 금당도(金塘島, 12.49㎢)의 선착장에서 머물렀다./ 그리고 7월 19일(음) 소록도와 절이도 사이의 해협으로 진군하여 일본 함선과 만나 포격전을 벌였다./ 그 절이도해전의 결과가 난중일기(亂中日記)에는 기록이 없고, 선조수정실록(宣祖修訂實錄, 선조 31년 8월(음))에 다음과 같이 기록되어 있다./ '舜臣自領水軍(순신자령수군, 이순신이 수군을 지휘하여), 突入敵中發火砲(돌입적중발화포, 적의 함대 사이로 돌입하여 함포를 발사함으로써), 燒五十餘隻敵逐還(효오십여척적적축환, 적함대 50여척을 불태우니 적이 쫓겨 돌아갔다.)'/ 이순신이 지휘하는 함대들이 왜적 함대 50여 척을 격침시켰다는 기록이었다. / 왜수군 약 1,500여 명이 사망하였을 것으로 예상되었고, 조선수군의 사망자 수는 30여 명이라 했다. / 이때 한심한 일이 벌어졌다. / 명나라 수군들은 그들의 함대에 앉아 조선 수군 함대들 뒤에서 조선 수군 판옥선들이 왜군 함대들을 격침시키고 왜수군들 일천 수백여 명을 주살하는 것을 바라보고만 있었다. / 명나라 수군제독 진린(陳璘)이 이순신 삼도수군통제사에게 와서 왜수군의 목을 벤 것을 달라고 협박하기도 했다. / 이순신 통제사는 아랫사람들에게 왜수군 머리 40개를 명나라 수군에게 주라고 했다. / 명나라 수군들은 그것들을 가져가서 전과보고를 한 것이다. / 절이도해전이 난중일기와 충무공전서에 누락된 것은 명나라 수군들이 참전도 하지 않고 왜수군 머리 40기를 가져가 전과보고 했다는 내용이 이들 기록물에 기록되어 있으면 이것이 황군(皇軍)을 모독하는 것이고, 황군을 모독하는 것은 명나라 황제(皇帝)를 모독하는 것이므로 기록을 삭제했다는 것이다.」

나는 이러한 기록들을 읽고 절이도해전 후 410여 년이 흘렀으니 절이도 북쪽 바다에 아무런 해전의 흔적은 없을 것이나 절이도가 어디에 위치하고, 절이도해전이 일어났던 바다는 절이도 옆을 어떻게 장식하고 있는지 보고 싶어 이름이 거금도로 바뀐 절이도를 찾아간 것이다. 그래서 이 아름답고 거대한 현대식 현수교를 만난 것이다. 그 치열한 전투가 일어났던 바다 위에 거대한 현수교 거금대교로 건설되어 나타난 커다란 변화를 본 것이다.

여기서 우리가 놀랄만한 일 하나를 우선 소개하면 1597년 9월 16일 (음) 일어났던 명량해전(鳴梁海戰)에 참전한 판옥선의 수가 13척인데, 1598년 7월 19일(음) 일어난 절이도해전에 참전한 판옥선의 수가 85척이라는 것이다. 삼도수군통제영을 고하도와 고금도(묘당도)로 옮겨 다니면서 불과 10개월 동안에 70여 척의 판옥선을 제작하였으니 당시 조선 수군의 전쟁준비는 정말 열심히 사력을 다 하였음이 증명되는 것이다.

　나는 1598년 7월 19일(음) 지금 건설되어 있는 현대식 교량 거금대교의 밑 해협에서 벌어졌던 일본수군과 조선수군의 격전으로 포탄에 맞아 죽은 왜수군의 피가 흘러 빨갛게 물들었을 바닷물을 머릿속에 잠간 그려보면서 거금대교의 거금도 쪽에서 넓고 푸른 바다를 내려다보았다. 내가 절이도해전지 주위 환경을 돌아본다고 했는데, 그 주위는 이 거대한 현대식 교량으로 장식된 것이다. 남쪽 섬마을이지만 겨울 바닷바람은 싸늘했다.

〈2015년 12월 28일〉

소안도의 송내호

　보길도(甫吉島, 32.99㎢) 낙서재(樂書齋)를 둘러본 다음 청별항 마을버스 승강장으로 걸어 내려 와서 노화도(蘆花島, 25.02㎢)의 동천항으로 운행하는 마을버스에 승차하여 노화도 동천항에 도착하여 머물고 있던 철부선(鐵浮船)에 승선하니 바로 소안도(所安島, 23.16㎢)여객선선착장을 향하여 출항하고, 10분 후 어둠이 내려앉고 있는 소안도여객선선착장에 도착하였다. 가까운 모텔에서 쉬었다. 2016년 7월 27일이었다.

　내가 소안도를 찾은 것은 일제강점기 1920년대 이 섬의 항일 독립운동에 앞장선 송내호(宋乃浩, 1895~1928)가 남겨놓은 발자취를 만나기 위함이었다.

　이튿날 아침 8시 30분 아침 식사 후 모텔로부터 남쪽으로 연결된 도로를 따라 걸었다. 소안도의 섬 모습은 남쪽과 북쪽 두 넓은 섬이 길이 800m, 폭 200m의 언덕으로 연결된 형태이다. 여객선터미널은 섬의 북동쪽 끝에 위치한다. 내가 800m 길이의 언덕에 들어서기 전 길에서 왼쪽을 바라보니 인터넷 자료실에서 사진으로 보았던 삼각뿔 형태의 탑이 보였다. 소안면 비자리(所安面 榧子里) 제1항일운동기념탑(第一抗日運動紀念塔)이었다.

이 기념탑은 1990년 건설되었고, 세 개의 판형 기둥이 위로 올라가면서 좁아지는 형태이다. 각 판의 겉면에 검은 돌이 박힌 부분과 흰 돌이 박힌 부분이 있었다. 1945년 8월 15일 일제로부터 우리나라가 광복되고 45년 만에야 이 항일운동기념탑이 건설된 것은 소안도뿐만 아니라 우리나라 전체의 국민소득이 낮아 건립기금을 마련할 수 없었기 때문이다.

아무튼 광복 후 45년 만에라도 항일운동기념탑을 건립한 것은 선열들의 항일투쟁을 고귀하게 생각하고 있었다는 것이니 얼마나 기특한 일인가? 이 탑의 겉면에 박아놓은 검은 돌은 일제탄압(日帝彈壓)을, 흰 돌은 백의민족(白衣民族)을 나타낸 것이라 한다. 탑의 높이는 8m, 폭은 넓은 곳이 4m인데 세 개의 판석으로 위로 좁아지면서 올라간 것은 일본에 대한 강렬한 저항의지를 나타낸 것이라 한다.

나는 이 제1항일운동기념탑에서 남쪽으로 잘룩한 언덕 위에 곧게 만들어진 길을 걸어갔다. 이 언덕 남쪽은 가학리(駕鶴里)인데 가학리 입구 동쪽 6,000평의 대지에 항일운동기념관(抗日運動紀念館)이 건립되어 있는 것이다. 기념관의 북쪽 울타리와 입구의 정원은 아름다운 무궁화가 심어져 있는데 내가 찾아간 때가 7월 28일이어서 무궁화꽃이 흐드러지게 피어 있었다.

이 대지의 중심에는 좀 전 잘룩한 언덕으로 들어오기 전 만났던 제1

1990년 건립한 소안도 비자리 '제1항일운동기념탑

항일운동기념탑과 크기와 모양이 똑같은 제2항일운동기념탑(第二抗日運動紀念塔)이 건립되어 있었다. 제2항일운동기념탑의 서쪽에 10m 높이의 국기게양대 20기가 세워져서 각각의 게양대마다 게양된 태극기가 불어오는 바닷바람에 펄럭이고 있었다. 소안도의 각 공공건물과 개인주택에도 일 년 내내 태극기가 게양되어 있어 소안도는 태극기를 일 년 내내 게양하는 태극기의 섬이라고 한다. 항일운동기념관의 안내 설명표지문판은 정문 앞에 있었다.

「소안항일운동기념관/ 국가보훈처 지정 현충시설/ 관리번호: 50–

2005년 건립된 가학리 항일운동기념관 앞 제2항일운동기념탑과 태극기들

1-23/ 관리자: 소안항일운동 기념사업회/ 이곳은 일제 식민지 암흑
기(1910~1945)에 항일구국의 횃불을 드높게 쳐들었던 곳이다./ -〈
중략〉- / 애국선열들의 항일투쟁 정신을 후손들에게 남겨주기 위해
건립한 현충시설이다./ 소안도 노인회와 소안도항일운동 기념사업회
가 중심이 되어 전 면민의 불꽃같은 성원으로 건립하였다.」

1990년 6월 5일 소안면 비자리에 건립한 소안 제1항일운동기념탑
의 뜻을 이어받아 옛 사립 소안학교 터에 사립소안학교를 복원하고,
소안항일운동기념관과 제2소안항일운동기념탑을 건립하였고, 선열

들의 애국애족 정신을 영원히 기리고, 후손들이 이를 계승·발전시키게 하기 위해 2005년 공원화 하였다고 한다. 제2소안항일운동기념탑 앞쪽 언덕에 몇 개의 오석재질의 비석들이 세워져 있는데 이들 중 역사로서 세상에 알려진 소안을 기록한다.

> 「역사로서 세상에 알려진 소안/ 소안도에서 일어난 조직적 항일운동은 1914년 조직된 수의위친계(守義爲親契)로부터 시작된다./ 송내호(宋乃浩) 주도아래 조직된 수의위친계는 소안도에서 완도 일원으로, 이후 전라도와 경상도로 확산되었다./ 이 항일민족운동은 일제의 강한 탄압에도 굴하지 않고 전국적 조직망을 구축하였다./ 또 배달청년회 사건, 노동연합대성회 사건, 그리고 사립 소안학교 재현 운동 등 일련의 사건이 펼쳐지자 이에 놀란 일제는 무력탄압을 서슴치 않았다./ 이후 1926년 6월 신간회(新幹會) 창립 발기인으로 참여한 송내호가 1928년 순국하면서 당시 발간되던 조선일보와 동아일보에 송내호의 순국 사실을 대서특필하였다./ 일제 식민시절, 민족언론들이 앞 다투어 보도한 소안도 항일운동은 소안면민들의 절박한 현실을 뛰어넘어 대한민국 역사의 한 장으로 기록되고 있다.」

1914년 조직된 수의위친계는 소안도 비자리 출생이고, 서울 사립 중앙학교에서 3년 동안 교육받은 다음 소안도 사립 중앙학원 교사로 근무하던 송내호(宋乃浩, 1895~1928)가 소안도에서 처음 조직하여 전국으로 확산된 항일운동 단체였다. 송내호는 당시 20세의 청년이었다.

소안도 항일운동이 시작된 것은 1909년부터였다. 1909년 소안도에서 시작된 소안토지소유권 반환 소송에서 13년이나 투쟁하여 1921년 토지소유권을 쟁탈함으로써 면민들의 단합이 이루어진 것이다.

1905년 러일전쟁에 승리한 일제의 우리나라 침략이 노골화 되면서 일제의 토지조사사업이 진행되었다. 당시 소안도의 토지는 궁방전으로 그 수조권(收祖權)이 이기용 자작(李琦鎔 子爵, 1889(고종 26)~1961)에게 있었다고 한다. 경작은 소안도 도민들이 하고 곡물은 이기용이 거두어 가는 소작농 형태였다. 일제는 토지조사 사업을 통해 조선왕실과 친화할 목적으로 소안도 전 토지를 이기용(李琦鎔, 1889~1961, 친일반민족행위자) 소유로 만들어 버린 것이다. 이에 격분한 소안도 섬 주민들은 1909년 최성태 등을 도민 대표로 선출하고 전적으로 토지소유권 반환 청구소송(일명 토지계쟁투쟁)을 제기하고 투쟁을 벌려 1921년에야 승소했다.

토지소유권 반환 청구소송 승소 후 1922년 1월 소안도민들은 소안도에서 자라나는 도민 자녀들의 교육이 필요함을 인식하고 사립소안학교(私立所安學校) 개교신청을 하여 1922년 5월 1일 조선총독부로부터 인가받고 1923년 5월 16일 바로 가학리 제2소안항일운동기념탑이 세워진 자리에서 개교되었다.

토지반환 청구소송의 승소 후 사립소안학교 개교로 이어갔던 당시 소안도 도민들의 숭고하고 침착한 항일투쟁 정신을 기리고자 이곳 항일운동기념관 건립추진위원회에서 그 소학교 터에 항일운동기념관을 세웠다고 한다.

사립소안학교 건립에도 송내호가 앞장 선 인사 중의 한 사람이었다. 인터넷 자료실에 기록된 송내호의 생애(生涯)는 다음과 같다.

「일제 강점기 독립운동가 송내호/ 송내호는 소안도 비자리에서 1895년 태어나 어려서 소안도의 서당과 사립육영학교에서 수학한 다음 1911년 서울 사립중앙학교에 진학하여 1914년 중등과정을 이수했다./ 1914년 소안도로 돌아와 사립중화학원에서 교사가 되었다./ 1919년 서울에서 3·1독립만세운동이 일어나자 3월 15일 송내호는 완도에서 만세운동을 주도하였다./ 1920년 11월(음)부터 독립자금 모금활동을 하다가 일경에 체포되어 1921년 9월 30일(음) 경성지방법원에서 1년 형을 선고받고 형무소(지금의 교도소)에서 옥고를 치렀다./ 1922년 9월(음) 출옥 후 수의위친계(守義爲親契) 결성을 주도했다./ 그리고 신간회 발기인으로 1925년 2월 15일 신간회 창립총회에서 간사가 되었다./ -〈중략〉- / 그리고 1926년 12월(음)에는 조선공산당(朝鮮共産黨)에 입당했다./ 1928년 11월(음) 배달청년회 해체선언서 사건으로 일본 경찰에 체포되어 징역 10월의 형을 선고받고 목포형무소에 입감되어 1개월 형무소 생활 중 폐결핵이 악화되어 병보석으로 석방되어 서울의 세브란스 병원에 입원하였으나 12월 20일(음) 34년의 한 많은 인생을 마쳤다.」

학력은 서울 사립중앙학교 3년 졸업한 것이 전부였으나 송내호는 우리나라의 독립과 일본 제국주의를 이 땅에서 몰아내기 위하여 항일투쟁의 험난한 길만을 걷다가 1928년 12월 34년의 짧은 생을 마친 것이다. 수많은 항일운동 단체를 조직하여 1920년대를 보내다가 세 번의 형무소 생활을 하고 폐결핵 환자가 되어 세브란스 병원에 입원 치료했으나 불귀의 객이 된 것이다. 그런데 단지 아쉬운 것은 1926년 공산당에 입당한 것이다.

소안도라는 작은 섬은 송내호를 포함하여 20명의 독립유공자들을 배출한 섬이다. 소안도에서 가장 높은 산인 가학산(駕鶴山, 해발 350m) 기슭에는 해도정(解濤亭)이라는 정자가 등산로에 세워져 있다. 이 정자는 1920년대 소안도에서 항일운동에 앞장서서 활동하다가 요절한 송내호를 기념하여 건립한 정자라 한다. 정자의 이름 해도정(解濤亭)의 해도(解濤)가 송내호의 아호(雅號)이다. 해도의 의미는 '어려운 난관을 극복하는 자세와 염원을 전 세계로 퍼져나가게 하자'는 뜻이다.

해도 송내호가 처절하게 항일운동을 전개하다가 요절한 다음 17년 후 우리나라에서 일제는 물러갔고 그 악랄한 왜적들이 물러간 다음 여러 가지 사건들이 우리나라에서 일어나면서 70여 년이 흘러갔는데, 그 악랄한 왜놈들은 1905년 그들이 가장 먼저 침탈한 독도(獨島)를 지금도 일본 고유의 영토라고 주장하고 있으니 우리나라의 젊은이들은 정신 똑바로 차려야 할 것이다. 젊은이들은 어른에 대한 예절부터 잘 지키는 것이 중요하지 않을까 한다.

〈2016년 8월 18일〉

[참고 1] 소안면 항일독립운동 유공자: 소안도에서는 2005년 항일

독립운동유공자로 19명이 선정되어 지금 기념관에 그들의 사진이 진열되어 있다./ 그 첫 째는 송내호이다./ 그 얼마 후 조선공산당에 참여했다는 이유로 독립유공자에서 제외되었던 정창남이라는 인사가 뒤에 독립유공자로 추가됨으로써 20명으로 되었다./ 소안면 항일운동기념사업회에서 확인한 항일운동 참여자는 88명이다./ 단지 입증자료와 사회주의 활동경력이 문제되어 68명이 인정받지 못하고 있는 것이다.

　[참고 2] 항일독립운동이 소안도에서 격렬하게 일어난 이유: 왜 소안도라는 작은 섬(면적: 23.16㎢)에서 항일독립운동에 큰 획을 긋는 엄청난 일이 일어났을까?/ 이에 대한 한양대 박찬승 교수의 설명은 다음과 같다.: 소안도는 양반층과 같은 특별한 계층 없이 대부분 평민층이다. 그러므로 주민 상호간에 갈등의 소지가 적었다는 것이 그 첫째 이유이다./ 두 번째 이유는 13년 동안 요구하여 승리한 토지소유권쟁탈소송을 승리함으로써 주민들의 단합이 타지보다 공고해질 수 있었다는 것이다./ 세 번째 이유는 다른 지역에 비교하여 일찍 개교(1914년)한 사립중화학교와 1923년 개교한 사립소안학교의 신교육으로 소안도에는 문맹(文盲)이 없었다는 것이다./ 네 번째 이유는 소안도의 지리적 위치이다./ 즉 소안도는 지리적으로 강진, 완도에서 제주도를 연결하는 항로에 위치하여 많은 문관과 무관들이 제주를 왕래하면서 소안도에서 상당 시간 머물며 많은 정보를 소안도민에게 전했다는 것이다.

소록도 자혜의원의 하나이젠키치(花井善吉)

 2016년 12월 말 나는 인터넷 자료실에서 소록도 자혜의원(慈惠醫院, 현 국립소록도병원)에 대한 기록물을 읽다가 한센병환자들을 치료·관리하여온 그 병원의 역대 원장 중 한센병(나병)환자들의 가장 큰 존경을 받아 성자로 추앙되기까지 했던 원장은 일본인 제2대 자혜의원 원장인 하나이젠키치(花井善吉, 1863~1929, 원장재직: 1921~1929)였다고 하는 사실을 알았다.

 내가 2016년 1월 7일 해남군 녹동읍까지 가서 택시를 타고 국립소록도병원에 들어가 한센병환자들이 그의 사후 건립한 창덕비를 보려고 사무실에 들어가 옛 자혜의원 터 앞에 세워진 하나이젠키치 원장 창덕비를 볼 수 없느냐고 문의하였으나 일반인은 들어갈 수 없는 구역이라고 거절하여 그 창덕비는 볼 수 없었다. 그래서 이 글에서는 인터넷 자료실에 게재된 하나이젠키치에 대한 이야기와 국립소록도병원의 자료관(박물관)에 전시된 자료로부터 읽고 발췌한 내용을 기록한다.

그것은 단순히 통치방법이 합법적이고 공정하여서가 아니고 그가 한센병(나병)환자들에게 베풀어 준 사랑과 헌신적 봉사활동 때문이었다. 전임 초대 원장 아리카와토오루(蟻川亨, 원장재직: 1916~1921)는 근무하는 동안 환자도 많이 수용하지 않은 상태에서 신사참배를 강요하고, 각자의 종교생활을 허용하지 않았으며, 각자의 가족과 친구들과의 편지연락을 허용하지 않는 등 한센병환자들을 구속하였었다. 이에 반하여 1921년 부임하여온 하나이젠키치 원장은 가족과의 편지왕래를 자유로 할 수 있게 했으며, 종교도 자신이 믿어온 종교를 믿도록 종교의 자유를 허용하였다.

물론 1919년 삼일독립운동이 거국적으로 일어난 직후에 하나이젠키치 원장이 부임하여 조선인들을 유화정책으로 이끌라고 하는 조선총독부의 지시도 있었겠으나 하나이 원장은 환자들이나 병원 내 조선인 직원에게 대단히 너그러웠다.

하나이 원장 재직시에도 '창덕비'를 세우려 했으나 본인의 거부감이 대단히 강하여 세울 수 없었다. 하나이젠키치 원장이 타계한 다음 환자들이 그의 공덕에 감사하고 다음세대 한센병환자들에게 전하고 싶어 세운 2m 높이의 하나이 원장 창덕비의 앞면에는 「花井院長彰德碑(하나이원장창덕비)」라 큰 글씨가 한자로 새겨졌고, 뒷면에는 다음과 같은 공덕 내용이 기록되어 있다고 한다.

「하나이젠키치(花井善吉) 원장 창덕내용/ 의복과 식량의 개선이 그 첫 번째 일./ 모든 환자에게 가족과의 통신과 면회의 자유를 인정한 것이 그 두 번째 일./ 중증환자를 위해 병실을 새로 건축한 것이 그

세 번째 일./ 위안회를 만든 일이 그 네 번째 일./ 호조회(오락회)를 조직한 것이 그 다섯 번째 일이다./ 이것으로 700여 명 한센병환자들이 모두 격리된 세계에서 그 삶을 즐길 수 있었다./ 하나이젠키치 원장이 1929년 10월 16일 갑자기 세상을 떠나니 환자 모두가 통곡하면서 그 죽음을 슬퍼하며 서로 상의하여 이 비석을 세웠다./ 1930년 9월 일/ 제3대 원장 야자와준이치로(矢澤俊一郞) 세움」

하나이 원장은 초대 원장 아리카와가 그동안 강요하여 왔던 일본식 생활방식을 모두 없애 버렸다. 신사참배를 강요하지 않고, 가족과의 통신과 면회를 할 수 있게 하였고, 한센병환자 중 학식이 있는 사람을 교사로 임명하여 환자들을 가르치게 했다. 또 그가 생각하기에는 환자들에게 정신적 위로가 될 수 있는 것은 바로 종교의 자유였다. 마침 전라남도 광주에서 예수교 전도 사업을 하고 있던 다나카(田中) 목사가 조선총독부로부터 기독교 전도를 허락 받았음을 하나이는 알고 소록도 해변에서 2일 간의 집회를 하도록 조치하였다.

1923년 첫 세례식도 가졌다. 1928년 소록도병원과 병사(病舍, 환자 숙소)를 확장할 때 교회도 신축했다. 그런데 위 비석의 공적사항에는 신앙의 자유, 그리고 3년제 보통학교의 설립 등이 빠져 있다. 이것은 비문 작성에 3대 원장 야자와준이치로(矢澤俊一郞, 원장재직: 1929년 12월 28일~1933년 8월 26일)가 관여했기 때문이었다.

자혜의원(慈惠醫院, 현 국립소록도병원) 제2대 원장 하나이는 일본 육군 2등군의정(중령)에 정5위, 훈3등으로 고등관 3등이었다. 한편, 초대 원장 이리카와는 1등 군위(대위), 정6위, 훈5등이었다. 그러므로 하나이가 아리카와보다 계급과 위계에서 상위자였다.

하나이가 병원장으로 부임할 때인 1921년 그는 58세로 상당히 고령이었다. 1929년 10월 16일 66세로 그가 병원장 관사에서 사망하기까지 소록도 자혜의원 원장으로 8년 4개월 근무하였다.

하나이 제2대 자혜의원장의 환자에 대한 신앙의 자유, 가족과의 통신과 면회의 자유, 의식주를 헌신적으로 도와줌, 그리고 환자를 위한 3년제 보통학교의 설립 등의 공적에 감사한 환자들이 그의 기념비를 1929년 10월 16일 그가 갑자기 사망한 후 환자들이 그를 장사지낸 다음 하나이 원장 창덕비 건립 추진위원회를 조직하고 건립기금을 모금했다. 결과 당시 금액으로 거금인 80원이 모금되었다.

그런데 비석이 건립되고 15년 후인 1945년 8월 15일 우리나라가 일본으로부터 광복되고 이승만(李承晩)이 주도하는 자유당 정권이 들어서면서 일재 잔재 색출·청산작업이 시작되자 하나이 원장 창덕비도 일제의 잔재라 하여 부서질 것을 염려한 환자들은 이 비석을 땅에 묻어 버렸다. 그리고 1961년 5·16군사혁명이 일어나고 자유당 정권이 물러나면서 환자들은 땅에 묻혀있던 비석을 파내어 중앙공원(中央公園) 입구에 세웠다가 1988년 옛날 건립되었던 자혜병원 옆으로 옮겨 놓았다고 한다.

나는 인터넷 자료실에서 읽을 수 있는 소록도 한센병환자들에게 전하여 내려오는 '설화'를 기록하고 이 글을 마치려고 한다.

「하나이 자혜의원 제2대 원장은 1920년대 소록도병원에서 환자들에게 성자로 인식된 사람이다. / 그런데 하나이 원장은 자신이 한센병환자가 되어야만 한센병환자의 기분이나 괴로움을 알 수 있을 것이라 생각했다. / 그래서 한센병환자와 한 이블을 덮고 잠자기도 하고 환자의 피부에 흐르는 진물(고름)을 자신의 상처에 자신의 손가락으로 찍어 바르기도 했다. / 그러나 그는 한센병환자로 되지 않았다. / 그래서 그는 한센병환자의 피를 주사기로 뽑아서 자신의 혈관에 주입하기로 결심하였다. / 그러한 마음으로 생활하고 있는 하나이 원장에게 아름다운 젊은 한센병환자 아가씨가 나타나 사랑하게 되었다. / 그는 그 아가씨의 허락을 받고 그 아가씨의 혈관에서 혈액을 뽑아 자신의 혈관에 주입하였다. / 그런 다음 그는 갑자기 사망하였다. / 아마 그 여성의 혈액형과 하나이의 혈액형이 달라서 아가씨의 혈액이 하나이의 혈관으로 들어가면서 자신의 혈관에서 피가 엉켜버리는 결과가 일어났던 모양이다.」

무슨 일이던지 지나치면 이러한 불상사가 일어나는 것이다. 하나이 원장은 자신이 해서는 안되는 일을 한 것이다. 내가 알고 있는 내가 근무했던 대학의 교수 한 사람은 대학원생으로서 조교로 근무할 때 교수 몰래 F가 나와야 되는 학생의 학점을 B로 올려 주는 조작을 하였다가 발견되어 퇴학조치 되었던 것을 나는 기억하고 있다. 그것은 하나이 원장이 자신이 한센병환자가 되어보고 싶다고 생각하고 실천에 옮겼다가 사망한 것과 똑같은 생각과 행동을 한 것임에 틀림없다.

〈2017년 01월 17일〉

소록도의 이춘상

　나의 고향은 공주시의 산골 마을이다. 그 편안하고 고요한 마을에도 1940년대부터 30세 정도의 나병(癩病)환자 한 사람이 살고 있었다. 사람들은 그를 문둥이라 불렀다. 나의 어린 시절 같은 마을의 그 문둥이 때문에 문밖을 나갈 때는 그가 나와 있는지를 살피고 나갔고, 여름철 시냇물로 목욕하러 나갔다가 그가 시냇물에서 목욕을 하고 있으면 목욕을 하지 않고 들어 왔다.

　1917년부터 개원된 나병 전문병원인 소록도자혜의원(小鹿島慈惠醫院, 현 국립소록도병원)이 있는 것은 몰랐다. 있다는 것을 알았어도 우리 마을의 나병환자와 같이 부모가 잘 보살피는 환자는 소록도의 수용능력 때문에 갈 수 없었을 것이다. 다행인지 무엇인지 모르지만 그 나병환자(지금은 한센병환자)는 내가 중학교 2학년 때 사망했다.

　나는 오래 전부터 나병환자들을 집단수용한다는 소록도(小鹿島, 3.79 ㎢(111만 평))를 찾아가 보았으면 했는데 2015년도 저물어가는 12월 17

일 찾아가게 되었다.

녹동시외버스터미널에서 소록도까지는 약 8km이므로 걸어갈 수도 있겠으나 대합실에서 밖에 나가보니 12월 중순 해남군 녹동읍이 남쪽이지만 이곳의 겨울 바닷바람도 싸늘했다. 그래서 택시를 이용하기로 하고, 택시에 승차하니 택시는 시외버스터미널에서 동남쪽으로 연결된 도로를 달렸다. 5분쯤 후에 2009년 3월 개통된 소록대교(小鹿大橋, 길이 1,160m) 입구에 멈추어 내가 몇 장의 사진을 담을 수 있는 시간을 주고 다리를 건너갔다. 그리고 5분도 되지 않아 국립소록도병원(國立小鹿島病院)의 현대식 4층 건물 앞에서 나를 하차시켜 주었다. 나는 우선 병원의 입구에 건설된 두 빌딩 사이를 지나 왼쪽 낮은 언덕 위에 건축된 자료관으로 들어갔다. 자료관을 관람하면서 본 몇 가지 사항을 거록하려 한다.

자료관은 중앙공원 쪽의로 들어가는 길의 언덕 위의 아담한 1층 건물이고 하나의 박물관이었다. 내부 벽에 돌아가면서 소록도병원의 연혁과 이 병원이 개원되면서부터 이 병원에서 일어난 특기할만한 사건들을 설명하여 놓았고, 개원되면서부터 병원에서 사용했던 수술기구, 약품들은 진열대에 진열되어 놓은 것이다.

이 자료관은 1996년 5월 17일 개관하였다고 입구에서 가까이 걸린 판넬에 기록되어 있었다. 이 자료관은 소록도 자혜의원(현 국립소록도병원) 개원 80주년을 기념하는 의미에서 개관하였다고 하고, 5년 후인 2001년 5월 17일 병원 개원 85주년 기념으로 내부 시설을 전면 보수하고 전시물도 대폭 늘려 재개관했다고 국립소록도병원 제25대 원장

오대규(吳大奎, 재임: 1994년 1월 5일~1996년 10월 11일)와 제26대 원장 김윤일 (金潤一, 재임: 1996년 10월 11일~2002년 5월 13일)의 인사말이 기록된 판넬에서 읽을 수 있었다.

두 원장의 안내 인사말이 기록된 판넬 옆에는 국립소록도병원의 연혁(沿革)이 기록된 판넬이 걸려 있었다. 우선 이 연혁으로부터 이 병원의 이름이 수차례 변화하였음을 알 수 있었다. 1917년 소록도자혜의원, 1934년 소록도갱생원, 1949년 소록도중앙나요양소, 1951년 다시 소록도갱생원, 1960년 국립소록도병원, 1968년 국립나병원, 그리고 1982년 다시 국립소록도병원으로 되어 지금도 그렇게 부른다고 연혁표에 기록되어 있다.

그리고 1916년 소록도가 한센(Hansen)병 환자 수용의 최적지로 선정된 다음 1917년 5월 17일 자혜의원 개원식을 할 때에는 의료시설과 건물의 환자 수용능력이 100명 정도였다. 그러나 1917년 말에는 조선총독부에서 소록도 전체(111만 평)를 매입하고 수용시설을 확장하여 나갔다. 1933년에는 3,000명 환자들의 수용시설로, 1936년에는 4,000명, 그리고 1939년에는 5,000명의 환자 수용시설로 확장하였다. 이렇게 확장하여 나가 1947년에는 6,254명의 한센병 환자들을 수용하였다고 한다. 그러나 전국에 흩어져 있는 10만여 명의 한센병환자를 수용하기에는 너무 미약한 수용능력이었다.

그러면서 이 확장공사가 모두 수용된 한센병환자들의 뼈를 깎는 강제 노동으로 이루어졌다. 이러한 내용이 그 다음 판넬에 기록되어 있었다. 그러지 않아도 몸이 불편한 한센병환자들이 동물취급을 받았다는 것이다. 그래서 자살자들이 많아지고, 수영으로 해협을 건너 녹동항으로 탈주하다가 익사하는 일이 빈번히 일어났다는 것이다. 반항하거나 일을 기피한 환자는 감금실로 보내져서 금식 등의 고통을 주다가 해금될 때는 정관수술(精管手術)을 한 다음 풀어주었다 한다.

소록도갱생원 제4대 원장 수호마사히데(周防正季, 원장재임: 1933년 9월 1일~1942년 6월 20일)의 살해사건이 소개된 판넬의 내용을 하나의 설화로서 기록하고 이 글을 마치려고 한다. 그는 소록도갱생원 역대 원장 중 가장 악질적 왜인 원장이었다. 소록도 내 수용시설 확장공사를 위한 붉은 벽돌 굽는 일부터 시설 증·개축공사, 중앙공원 조성공사까지 환자들의 노동력을 갖은 강압적인 수단으로 이용하였다.

한편으로 가엾은 한센병환자들에게서 기금을 강제로 갹출(醵出)하여 그 돈으로 자신의 동상(銅像)을 중앙공원 중심부에 거대하게 세웠다(전체 높이 9.6m). 그 건립일이 1940년 8월 20일(음)인데 그 음력 20일에 어떤 의미를 두어 매월 음력 20일을 보은감사일(報恩感謝日)로 정하였다. 그리고 매월 음력 20일 12시를 한센병 환자들이 자신의 동상에 참배하는 시간으로 정하였다.

1942년 6월 20일(음) 경증 한센병환자 이춘상(李春相, 1220(?)~1942)은 이 보은감사일에 식도를 가슴에 품고 동상 앞 광장 올라가는 도로가에 환자들과 함께 서 있다가 품고 있던 식도를 꺼내어 그곳으로 올라오는 원장 수호마사히데의 가슴을 찔렀다. 그리고 다음과 같이 소리쳤다고 한다. "너는 한센병환자에 대하여 지독하게 악독한 짓을 했으니 칼을 받는 것이다."

이춘상은 체포되어 감금되었고, 수호마사히데는 원장 사택으로 옮겨졌으나 과다출혈로 숨을 거두었다. 이춘상은 1942년 8월 20일 광주지방법원에서 열린 제1심 재판에서 사형이 선고되고, 상소하자 10월 20일(음) 대구 복심법원에서 열린 제2심에서도 사형선고가 다시 선고되었다. 또 다시 상소하자 총독부고등법원에서 열린 제3심에서는 상고가 기각되어 사형이 확정되어 형장의 이슬로 사라졌다. 재판을 받으면서 수호마사히데의 악독한 행위를 진술했으나 일본인들 재판관들은 들은 적도 하지 않았다. 그 사실을 들어서 알게 된 조선인들은 이춘상을 소록도의 안중근(安重根, 1879.9.2~1910.3.2)이라 불렀다 한다.

안중근은 1909년 10월 26일 만주 하루빈역에서 우리 민족의 원수 이또히로부미(伊藤博文, 1841~1909.10.26)를 권총으로 저격 사살한 우리나라 최고의 의사(義士)이다. 한센병 환자들은 이춘상을 소록도의 안중근이라 불렀다. 한센병 환자들을 동물처럼 사역하고, 한센병환자들에게 금전을 갹출케 하여 그 돈으로 자신의 동상을 세우고 한센인들에게 자신의 동상에 참배를 강요한 수호마사히데를 죽인 이춘상은 안중근의사가 이또히로부미를 사살한 것과 같은 의로운 일을 한 의사라는 것이다.

이춘상이 1942년 12월 사형선고를 받고 형장의 이슬로 사라졌다는 소식이 소록도갱생원에도 전달되었다. 이 소식을 들은 한센병환자들은 이춘상이 그들에게 "수호마사히데를 죽여야 환자들이 살 수 있다"라고 말하던 그의 모습이 어른거린다며 "참으로 아까운 사람이 죽었다."며 울었다고 한다.

　일제시대는 말할 것도 없고 지금의 우리나라 정부와 사회 각 분야에는 일본인 소록도갱생원 제4대 원장 수호마사히데와 같은 인간이 많이 있음을 나는 칠십여 년 세상을 살아오면서 보아왔다. 이들을 어찌해야 하는가? 그들을 제거하는 가장 좋은 방법은 우리나라 각 사회의 이곳저곳에 소록도의 안중근 의사와 같은 인사가 있어야 하는 것이 아니겠는가?

〈2015년 12월 22일〉

　[참고 1] 이춘상(李春相)의 인생로정: 이춘상은 경북 성주군 대가면 용흥리의 한 가난한 농부의 아들로 태어났다./ 어렸을 때 아버지가 세상을 떠났다./ 그리고 이상하게 14살에 한센병이 발병하였다./ 그는 맨손으로 상경하여 살기 위하여 이것저것 행상을 하다가 1939년 봄 경성 본정 경찰서에 연행되었다./ 1939년 5월 12일(음) 경성지방법원에서 절도교사와 장물수수죄의 죄목으로 징역 1년과 벌금 50원의 판결을 받고 복역하였다./ 그리고 그해 한센병환자임이 발견되어 광주형무소 소록도지소로 이감되고 1940년 출소한 다음 소록도갱생원 경증환자수용소에 수용되어 생활하다가 1942년 수호마사히데를 살해한 것이다.

　[참고 2] 한센병환자 국립소록도병원 수용 현황: 1947년 6,254명으로 최대수용 상태였다고 한다./ 1960년경부터 신약의 개발로 환자가 치유되기 시작하면서 환자는 급감하였다. 1985년 2089명, 2000

년 835명, 그리고 현재 상처가 심했던 환자들이 치유되면서 580명이 생활하고 있다./ 한센병은 더 이상 무서운 전염병이 아니라고 한다./ 치유될 수 있는 병이고 일종의 피부병이라고 한다.

[참고 3] 세종대왕(世宗大王)과 한센(Gerhard Hennik Armauer Hansen): 국립소록도병원 자료관은 자료관1과 자료관2로 구분되어 있다./ 자료관1을 둘러보고 자료관2로 갔는데, 그 입구에 세종대왕(1397~1450, 재위: 1418~1450)과 한센(1841~1912)의 상반신 영정 사진이 걸려 있다./ 이 사진이 걸려있는 이유가 사진 밑에 기록되어 있었다./ 세종대왕은 우리나라 최초로 국가 차원에서 한센병 환자를 관리한 왕이라는 것이고, 한센은 노르웨이의 세균학자이고 의사로서 1873년 나결절(癩結節)의 세포 내에서 한센균을 발견하였다./ 그때부터 나병을 한센병이라고 부르게 되었다./ 한센은 한센병이 유전이나 천형병이 아니고 전염병이고, 투약함으로서 치료할 수 있음을 밝혀낸 것이다.

소록도의 두 오스트리아 수녀들

소록도 중앙공원 중심에 1972년 5월 17일 소록도병원 56주년 기념일에 건립된 구라탑(救癩塔)이 있고, 그 바로 20m 동쪽 길옆에 그때 건립된 다이아몬드 형태의 흰 돌에 세 분 오스트리아(Austria) 수녀들의 이름이 기록된 기념비가 있다.

받침석이 1.2m 높이이고 그 위에 올려놓은 다이아몬드 형태의 흰 돌의 대각선 사이의 길이는 약 1m이다. 이 비석의 이름을 '세마공적비' 또는 '3M공적비'라고 부른다. 세마공적비에 기록된 세 수녀들의 이름은 마리안느(Marianne Stoeger), 마가렛(Margaretta Pissarek), 그리고 마리아(Maria Dittrich)이다. 이 수녀들의 이름이 모두 '마'로 시작되므로 이 비석을 '세마공적비'라 부르고, 모두 'M'자로 시작되므로 '쓰리(3)M 공적비'라 부른다고 한다. 물론 이들이 한센병환자들의 치료를 돕고 그들에 대한 몸을 아끼지 않은 봉사를 했기 때문에 세운 공적비이다.

이 공적비는 1972년 소록도병원 개원 56주년 기념일에 마리안느와

소록도 중앙공원 세마공적비

마리아 수녀(1962년 내한)가 이 병원에 와서 10년, 마가렛 수녀(1966년 내한)는 6년이 되었던 해 건립한 것이다. 세마공적비 받침석 뒷면에 이들의 공적사항이 다음과 같이 기록되어 있다.

「이역 만 리 한국 땅 소록도에 와서 영아원, 물리치료실, 입원실에서의 환자 간호, 그리고 음성환자 정착사업 돕기를 적극적으로 하였으므로 그 업적을 찬양하고 길이 빛내기 위하여 이곳에 공적비를 세운다./ 1972년 5월 17일/ 국립소록도 한센병원장 조창원」

영아원에서 미감아들을 돌보고, 한센병원 입원실에서 환자들을 간호할 때는 마스크를 쓰지 않고 손에 장갑을 끼지 않고 맨손으로 환자들의 상처에 약을 발라 주었다고 한다. 환자가 음성 판정을 받아 사회로 나갈 때는 사재를 털어 여비를 마련하여 주었다는 것이다.

2017년 1월 7일 나는 이 세마공적비와 중앙공원의 여러 장소를 둘러본 다음 병원 입구로 나와 소록도 병원 입구로부터 시내버스 정류장으로 나오기 위해 깨끗하게 만들어진 해안도로 목재테크길에 나왔다. 목재테크길이 시작되는 곳의 길옆 바닷가 쪽 난간 위쪽에 소록도를 설명하는 안내 설명문판이 5m 간격으로 설치되어 있다. 그 첫 번째 설명문판에 「마리안느와 마가렛 수녀님」이라는 재목의 설명문이 기록되어 있었다.

「마리안느와 마가렛 수녀님/ 마리안느 수녀님은 1962년 2월, 마가렛 수녀님은 1966년 10월 각각 이곳 소록도에 찾아와 한센병환자와 그 자녀들(미감아들)을 위하여 헌신적인 봉사활동으로 많은 사람들에게 감명을 주었다./ 그래서 한센병에 대한 편견을 해소케 하였고, 한센병환자에 대한 인식을 새롭게 가질 수 있는 계기를 부여하는 등 우리나라에서 한센병을 퇴치하는데 큰 공헌을 하였다./ "죽음이 찾아올 때까지 소록도에서 봉사활동을 하고 죽어서도 소록도에 묻히고 싶다."고 말한 바램과는 다르게 자신들이 이제 나이가 많아져 소록도 여러분들에게 부담 줄 수도 있음을 염려하여 2005년 11월 22일 편지한 장만 남겨놓고 20대 젊은 시절에 찾아와 평생을 몸 담아 왔던 소록도를 떠났다. / 현재 중앙공원에는 '세마비'라 하는 애칭으로 부르는 이 두 수녀님들의 공적비가 남아 두 수녀님들의 흔적을 전하고 있다.」

1934년 생과 1935년 생인 마리안느와 마가렛 수녀는 1972년 세마비를 세울 때 38세와 37세였다. 오스트리아 인스부르크(Insbruk)대학 간호학과 동기생들이다. 그리고 오스트리아 천주교 '그리스도왕 시녀회' 소속 수녀들이다. 오스트리아 가톨릭 부인회로부터 지원금과 구호물품이 지원되면 영아원 운영에 사용하였다. 소록도병원에서는 이들에게 장기간 거주를 허가하였다.

"죽음이 찾아올 때까지 소록도에서 봉사활동을 하고 죽어서도 소록도에 묻히고 싶다."라는 바람과는 다르게 실제 나이가 70세가 되자 몸이 말을 듣지 않으니 젊은 시절과는 다르게 일의 효율성이 떨어졌다. 2005년이 되자 마리안느 수녀는 71세, 마가렛 수녀는 70세가 되었던 것이다. 28세와 31세에 소록도에 와서 43년과 39년 동안 봉사활동을 한 것이다. 11월 22일 편지 한 장만 남겨놓고 아무도 보지 않는 먼동이 트기 전 소록도를 떠난 것이다.

「사랑하는 친구 은인들에게/ 나이가 많아지니 제대로 일을 할 수 없고, 같이 살고 있는 친구들에게 부담을 줄 수가 있기 때문에 그러기 전에 떠나야 된다고 동료들에게 평소 이야기 하여 왔었는데 이제 그 말을 실천할 때라 생각했습니다. 안녕히 계십시오. 수녀 마리안느와 마가렛」

마리안느 & 마가렛 수녀님

마리안느 스퇴거는 1962년 2월, 마가렛 피사렛은 1966년 10월 각각 이곳 소록도를 찾아와 한센환자와 그 자녀들을 위하여 헌신적인 봉사 활동으로 많은 사람들에게 깊음 감동을 주었으며, 한센병에 대한 편견을 해소하고 한센 환자에 대한 인식을 새롭게 가질 수 있는 계기를 부여하는 등 우리나라 한센병 퇴치와 계몽에 큰 역할을 하였다.

"죽음이 찾아 올 때까지 이곳 소록도에서 봉사활동을 계속하고 죽어서도 소록도의 화장장에서 화장되어 이곳 소록도에 묻히고 싶다" 는 바람과는 달리 자신들이 이제는 나이가 들어 소록도에 부담을 줄 수도 있음을 염려하여 2005년 11월 22일 편지만 남기고 20대 젊은 시절에 찾아와 평생을 몸담아 왔던 소록도를 떠났다.

현재 중앙공원에는 '세마비' 라는 애칭으로 불리는 공적비가 남아 두 사람의 흔적을 전하고 있다.

목재테크길 옆 설명표자판(마리안느와 마가렛 수녀님들 활동모습과 살던 집의 설명)

　　마리안느, 마가렛 그리고 마리아 수녀는 오스트리아 인스부르크대학 간호학과를 졸업하면서 한국의 소록도병원에서 간호사를 구한다는 소식을 듣고 1962년과 1966년 차례로 소록도에 왔다. 1972년 세마공적비를 세울 때까지 세 수녀가 열심히 봉사활동을 하였는데 그후 마리아 수녀는 몸이 좋지 않아 바로 오스트리아로 귀국하고, 마리안느와 마가렛 수녀만 봉사활동을 계속 이어 온 것이다.

　　일제시대 지은 낡은 단층 벽돌집에서 생활하며 냉장고 한 대, 선풍기 한 대, 라디오 한 대가 가전제품의 전부였다. 그들이 소록도를 떠날 때는 1962년과 1966년 가지고 왔던 낡은 가방 한 개가 가지고 가는 짐의 전부였다고 한다. 이 두 분 수녀들이 몸과 마음에 큰 상처를 안고 살아가는 한센병 환자들을 위하여 40년 동안 헌신적으로 봉사생활을 하였다는 것은 아름답다 못해 성스러운 것이다.

나는 이제 오스트리아로 귀국한 마리안느와 마가렛 수녀를 한국의 기자가 찾아가 나눈 대화록 일부를 기록하고 이 글을 마치려 한다.

"두 수녀님들은 2005년 11월 22일 새벽 먼동이 트기 전 아무도 모르게 1960년 대 처음 오실 때 들고 오신 낡은 가방 하나만을 가지고 소록도를 떠나 귀국하셨다고 들었습니다."

"세월 가는 줄도 모르고 환자들을 돌보고 살다보니 어느 새 우리 나이가 칠십 살이 되었어요. 국립소록도병원 공무원들은 60세에 퇴직을 하더군요. 소록도병원 공무원들이 허락하여 주어서 우리는 그들보다 10년을 더 현역으로 근무했어요. 그러므로 소록도의 모든 가족들, 친구들, 그리고 공무원들에게 부담이 되지 않도록 떠나야 될 때가 왔다고 생각하고 떠나 왔어요."

"간호학과 졸업 후 평생을 소록도에 오셔서 한센병 환자들을 돌보는 봉사활동을 하셨는데 이 조그마한 세마공적비 하나만 흔적으로 남겨 드려서 송구스러운 마음이라고 소록도의 공무원들과 환자들이 말합니다."

"그렇지 않아요. 지난 40년 우리는 매일 주님과 함께 했습니다. 주님께서는 떨리는 우리들의 손을 잡아 주셨고, 우리들은 기도로서 매일 주님과 만날 수 있었지요. 우리는 매일 한센병 환자의 얼굴을 만져 주었지만 주님께서는 매일 밤 우리 곁에 오셔서 우리들의 얼굴을 만져 주셨지요. 지금도 우리집과 우리 소록도병원 눈에 밟혀요. 바다는 얼마나 푸르고 아름다운지요. 그립습니다. 하지만 괜찮아요. 우리들의 마음을 소록도에 두고 왔으니까요."

〈2017년 1월 13일〉

소록도의 이 동(李 東)

　국립소록도병원 자료관을 둘러본 다음 밖으로 나와 중앙공원을 중심으로 조성된 길로 걸어 들어갔다. 중앙공원에는 100여 종의 나무가 심어져 70~80년이 흘러가면서 아름다운 나무들로 우람하게 자라고 있다.

　소록도병원 입구로부터 100여 m 들어간 곳에 작은 로터리가 있고 중심에 救癩塔(구라탑)이 았다. 1963년 국제웍숍캠프 대학생 133명이 오마도 간척공사 참가를 기념하기 위해 세웠다 한다. 성서에 소개된 일곱 천사 중의 한 천사인 미카엘천사가 한센균을 박멸하여 한센병을 퇴치한다는 의미를 담고 있다고 한다.

　구라탑에서 동쪽으로 조성된 길을 약 200m 정도 따라가다가 오른쪽을 바라보면 글씨가 꼭 차게 기록된 비교적 큰 안내 설명표시문판이 보이고, 그 옆에 조그마한 연못이 있다. 그 연못의 가운데 십자가가 세워지고 예수크리스트가 그 십자가에 손과 발이 못 박혀 있는 형상이 세워져 있다. 상당히 넓은 공간의 북쪽 언덕 밑이었다. 나는 그 곳으로 가서 우선 그 안내 설명표지문판의 설명문을 읽었다.

「소록도 벽돌공장 이야기/ 일제시대 소록도에서 가장 가슴 아픈 장 소는 이곳 벽돌공장터였다./ 1933년 소록도갱생원 제4대 원장 수 호마사히데(周防正季)는 당시 소록도갱생원 1,200명 수용환자수를 3,000명으로 증가시키려고 벽돌건물을 지을 때 벽돌을 만들어야 되 므로 이곳에 벽돌공장을 건설했다./ -〈중략〉- / 이곳이 한센병환자 들의 저주받은 땅이라 불린 것은 1937년 중일전쟁(中日戰爭)이 시작 되면서 부터였다./ 병원재정의 많은 부분이 전쟁비용으로 옮겨졌기 때문이었다./ -〈중략〉- / 이러다보니 공사가 무리하게 진행되고 동 원되는 환자들은 심하게 시달렸다./ -〈이하생략〉- / 소록도 천주 교회」

1937년 중일전쟁이 시작되면서부터 소록도 갱생원의 병원재정은 한센병환자들의 노동력으로 대부분 충당되었다고 한다. 일본군국주 의의 대륙침략 전쟁인 중일전쟁으로 이 병원에 지원되는 조선총독부 지원금은 전쟁지원금으로 전환되어 벽돌공장에서 생산되는 벽돌들 을 판매하여 병원재정을 보충했다는 것이다. 한센병환자들은 강제노 동에 시달렸다. 벽돌생산에 소요되는 좋은 흙과 벽돌을 굽기 위한 가 마에 불을 지피기 위한 나무를 인근의 섬으로 가서 가져오는 노동까 지 했다. 벽돌 생산량을 증가시키기 위해 가열되어 구어진 벽돌이 식지도 않은 상태에서 가마에서 꺼내다가 화상을 입는 환자들이 속출하였다.

'벽돌공장 이야기'의 이하생략 부분에서 특별히 설명한 것은 예수크리스트의 십자가에 못 박혀 돌아가신 상이 세워진 작은 연못 가운데가 1930년대 붉은 벽돌을 구워내던 가마의 굴뚝이 설치되었던 자리라 한 것이다. 중략 부분이나 이하생략 부분의 대부분이 감금실의 설명내용과 같아서 생략한 것이다.

나는 여기까지만 중앙공원 돌아본 이야기를 쓰고 돌아 나와 감금실과 검시실을 돌아본 이야기를 쓰려고 한다. 2015년 12월 17일 소록도를 찾아 갔었다. 감금실은 중앙공원 입구 가까운 곳에 위치한 자료관(박물관)에서 남쪽으로 길 건너에 위치하는데 3.5m 높이의 높은 벽돌 담 안에 두 건물로 되어 있다. 감금실 정문 앞에 감금실(監禁室) 안내 설명표지문판이 세워져 있었다.

「감금실(監禁室)/ 건립년도: 1935년/ 감금실은 1935년 제정된 조선총독부 나병환자병원령 제6조 및 같은 법 시행규칙 제8조의 규정에 따라 설치된 인권탄압의 상징물이다./ 붉은 벽돌담으로 만든 육중한 담벽으로 둘러싸여 있으며, 두 건물이 회랑(回廊)으로 연결된 H자 형태로 각각의 방은 철창이 설치되어 있다./ -〈중략〉- / 소록도에 수용된 환자들은 원장의 판단에 따라 감금, 금식, 체벌 등의 벌책을 받아야 했다./ -〈중략〉- / 출감시에는 정관절제(단종)수술을 하였다./ -〈이하생략〉- 」

감금실은 등록문화재(登錄文化財) 67호로 지정되어 있으며, 감금실 두 건물은 회랑으로 연결되어 H자 형태이다. 들어가 내부의 방들을 돌아보았으나 너덜너덜 우중충한 벽지가 있는 방들뿐이었다. 벽돌 굽는 일을 게을리 하거나, 불평불만을 하고 일을 시키는 직원에게 반항하는 환자가 있으면 그때마다 병원직원들은 이런 환자들을 결박하여 이곳 감금실(監禁室)로 연행하여 와서 감금시킨 다음 매질하고 금식하는 벌책을 가했다. 강제노역을 시킬 때 굴종케 하고, 병원의 부당한 운용에도 저항하지 못하게 하려는 것이었다.

그러므로 이 저주의 땅을 피하려고 녹동해협에 뛰어들어 녹동으로 탈주하다 익사하는 환자들이 생겼다는 것이다. 그때 많은 한센병환자들이 감금실에서 죽었고, 장애인으로 되었다. 또한 감금실에 들어갔다가 갖은 수모를 당하고 풀려나오는 사람은 강제로 단종수술(斷種手術, 정관절제수술)을 하였다. 반항하는 인간은 자녀를 생산할 수 없게 한다는 것이었다. 그런데 문제는 마취약이 없으니까 마취를 하지 않고 국부를 절제하였기 때문에 통증이 대단히 컸다.

감금실 두 건물을 연결하는 회랑의 한 쪽 벽에 1940년 경 감금실에 들어와 갖은 수모를 겪고 풀려나가며 단종수술(斷種手術)을 받은 25세 청년 이 동(李 東)이 지은 시 '단종대(斷種臺)'가 판넬에 기록되어 표고되어 걸려 있었다.

단종대

이 동(李 東)

그 옛날 나의 사춘기에 꿈꾸던

사랑의 꿈은 사라지고

여기 나의 25세 젊음을

파멸해 가는 수술대 위에서

내 청춘을 통곡하며 누워 있노라

장래 손자를 보겠다고 하시던 어머니 모습

내 수술대 위에서 가물거린다

정관을 차단하는 차가운 메스가

내 국부에 닿을 때

모래알처럼 번성하라던

신의 섭리를 역행하는 메스를 보면서

지하의 히포크라테스는

오늘도 통곡한다.

　마취도 하지 않고 정관수술을 하면서 통증이 심한 것은 언급도 하지 않고 사랑을 할 수 없고 후손을 가질 수 없다는 설음만을 안타까워하는 시를 쓴 것이다.

　단종수술은 두 종류의 사람들에게 시술했다고 한다. 하나는 감금실에서 풀려나가는 환자고, 두 번째는 부부가 따로 살다가 같이 살고 싶을 경우였다.

나는 아무 흔적도 없는 75년여 전의 비참한 현장인 감금실을 둘러보고, 다시 정문으로 나와 바로 옆에 있는 검시실을 둘러보려고 옆 건물 입구로 왔다. 검시실 문 앞에도 감금실 앞 안내 설명표지문판과 똑같은 크기의 안내 설명표지문판이 있었다.

「검시실(檢屍室)/ 건립년도: 1935년/ 검시실 또는 해부실로 부르는 이 건물은 두 방으로 되어 있으며, 입구의 넓은 방은 사망 환자의 검시를 위한 해부실로 사용되었고, 안쪽 방은 단종수술실로 사용되었다./ 소록도에서 살던 모든 사망자는 본인의 의사와는 관계없이 이곳에서 사망원인에 대한 해부절차를 마친 다음 간단한 장례식을 거치고, 섬 내 화장장에서 화장 후 납골당에 유골로 안치되었다./ −〈이하생략〉−」

감금실에서 죽었거나 수용시설에서 생활하다가 죽은 한센병환자는 검시실로 보내져서 해부를 받고 사망의 원인이 밝혀져야만 소록도의 동쪽에 있는 화장장(火葬場)으로 보내져서 화장(火葬)되었다고 한다. 물론 단종수술도 검시실 옆 수술실에서 행하여 졌다.

소록도의 한센병환자들은 이러한 감금실과 검시실의 상황을 보면서 보통의 사람들은 한 번 죽지만 한센병환자들은 세 번 죽는다고 하였다. 첫 번째 죽음은 한센병의 발병, 두 번째의 죽음은 시체해부, 그리고 세 번째가 화장이었다.

소록도병원 검시실 단종대

2000년 2월 6일 검시실은 등록문화재 제66호로 등록되었다.

나는 검시실 입구로 들어갔다. 텅 빈 방에 수술대 한 대와 수술기구 등을 비치하였던 유리문이 달린 정돈대 한 대만 있을 뿐이었다. 시체 검시실 수술대는 가운데가 낮고 아래와 위가 좀 높은 구조이고, 가운데 중심에 구멍이 하나 뚫려 있고, 그 구멍과 수술대 각 귀퉁이가 홈으로 연결되어 수술 중 흘러나오는 혈액과 세척수, 오물 등이 가운데 구멍으로 흘러내려가 그 밑에 놓여진 수거통에 수거된다. 사람들은 수술대의 모양이 일본의 욱일승천기(旭日昇天旗)의 형태라고 말했다.

검시실과 벽 하나로 구분된 작은방 단종수술실에도 수술대 한 대와 수술기구 보관용 유리문이 있는 진열장이 있을 뿐이었다. 한 쪽이 높고 한 쪽이 낮은 수술대는 단종수술용으로 검시실 시체 수술대와 모양이 다르다. 그것을 단종대라 하였다. 가운데 구멍 같은 것은 없다. 앞의 단종대 시를 작시한 이 동(李 東)과 같이 감금실에서 풀려나가는 한센병환자는 이 수술대에 눕히고 수술대에 팔과 다리, 그리고 몸통이 묶인 다음 바지와 팬츠가 벗겨진 후 마취도 하지 않고 국부가 찢기고 정관이 잘리었다니 일본인들도 똑 같은 인간인데 그렇게 악독한 짓을 한 것이다.

우리 조상들이 왜놈이라 멸시했던 이웃나라 놈들의 식민지로 된 것은 우리나라가 과학의 발달이 늦어 힘이 없어 생긴 일이므로 누구를 원망할 것이냐? 그 왜놈들이 하라는 대로 해야 하는 수모를 당하는 것은 어쩔 수 없는 일이 아니겠는가? 나는 칠십여 년을 살아오면서 같은 우리나라 선·후배들로부터 뜻 아니게 이해관계에 얽혀져 많은 수모를 당하기도 하였다. 우리는 살면서 어떠한 힘이 없으면 같은 이웃에게도 일본놈들에게 당했던 단종수술 이상의 수모를 당하는 것이다. 어쩌랴! 못된 왜놈이나 못된 우리나라 이웃 사람이나 무엇이 다르냐? 이것이 인간사회인 것을!

〈2015년 12월 24일〉

금갑도의 정만조

　진도읍에서 남동쪽 10km에 위치한 금갑도(金甲島, 4.53㎢)는 정만조가 1896년부터 1907년까지 12년 동안 유배되었던 장소였다. 운림산방에서 부친 소치 허련(小痴 許鍊)의 맥을 이어가던 미산 허형(米山 許瀅)의 제자 의재 허백련(毅齋 許白鍊, 1891(고종 29)~1977)은 8살 때부터 정만조(鄭萬朝, 1858(철종 9)~1936)로부터 한학을 배웠다 한다. '의재'라는 허백련의 호(號)도 15세 때 정만조가 지어준 것이라 한다. 정만조는 금갑도에 유배되어 있었으나 한학에 일가를 이루고 있는 정만조가 유배와 있다는 것을 알게 된 진도읍의 주민들이 글방을 진도읍에 준비하여 놓고 정만조를 훈장으로 초대한 것이다. 진도의 소년들 약 20명을 가르쳤다고 한다.

　2016년 12월 8일 나는 그 금갑도 원다마을에 유배지공원이 만들어졌다고 하여 찾아갔다. 진도 시외버스터미널에서 금갑도 수품항으로 운행되는 시내버스에 승차하였다. 이 시내버스는 구불구불한 시골

금갑도 원다마을 입구에서 바라본 금갑대교와 교량 건너 의신면 금갑리 마을

도로를 달리고, 의신면 금갑리(義新面 金甲里) 중심부에 들렀다 나와서 200m 길이의 금갑대교(金甲大橋)를 건너갔다.

1271년 여·몽연합군이 용장리로 공격해 오자 진도 용장리에 왕궁을 차리고 있던 삼별초군의 부지휘관 김통정(金通精, ?~1273(원종 14))이 삼별초군의 선발대를 인솔하여 금갑리 포구로 와서 대기하고 있던 선박들에 부대원을 승선시켜 제주시 서쪽의 항파두성(缸坡頭城)으로 떠난 곳이다. 그리고 716년 후인 1987년 이곳 의신면 금갑리와 금갑도 원다마을 서북쪽을 잇는 연도교(連島橋) 금갑대교가 건설된 것이다.

나는 원다마을 입구 시내버스정류소에서 하차하고 방금 건너온 금갑대교를 카메라에 담고 원다마을 쪽으로 걸어갔다. 버스에서 하차하고 200m 남쪽의 삼거리까지 걸어갔다. 삼거리에서 왼쪽은 고갯길로서 이 고갯길을 넘어가면 금갑도에서 가장 큰 어항인 수품항(水品港)이고, 오른쪽 길은 원다마을로 들어가는 길이다. 그 삼거리에는 그러한 표지석도 있고 커다란 금갑도 안내지도가 있었다. 나는 이 섬의 어느 곳에 유배지공원이 있는지를 알아보려고 이 금갑도 안내지도를 살펴보고 있었다. 그런데 원다마을로부터 검은색 승용차 한 대가 미끄러지듯 나오더니 내 옆에 멈추고 젊은 남자 한 사람이 그 승용차에서 내렸다. 그리고 나에게 다가와 인사를 했다. 다음은 그와의 대화 내용이다.

"안녕하세요? 어디서 오셨고 무슨 일로 오셨는지요?"

"젊은이는 이 마을 주민이요?"

"그렇습니다."

"나는 청주에서 왔고요 이 섬에 조선시대 유배지공원이 만들어졌다 해서 그것을 좀 보았으면 해서 왔습니다."

"그러세요? 그 유배지공원은 이 수품항으로 넘어가는 고갯길 중간에 있습니다. 단지 안내 설명표지문판 한 개와 정자 한 개만 있습니다. 그것을 이 시골에서는 유배지공원이라 합니다."

"고맙습니다. 나는 그것만 보면 됩니다. 그런데 선생은 이 마을이 고향입니까?"

"그렇습니다. 서울에 살면서 회사에 근무하다가 2년 전 퇴직하고 고향으로 내려왔습니다."

"연세가 40세 정도로 보이는데 벌써 퇴직이요?"

"제가 62살입니다. 얼굴이 동안이라 젊어 보인다는 말을 듣지만요."

금갑도 원다마을 북쪽 수품항으로 연결된 도로가에 조성된 조선시대 유배공원

　나는 그 고갯길을 걸어 올라갔다. 약 200m 올라간 곳의 길 오른편에 안내 설명표지문판이 세워져 있었고, 그 표지문판에서 10m 안쪽에 정자가 건축되어 있었다.

　「금갑도 유배지공원/ 이 공원은 원다마을에서 부지를 제공하고 진도군에서 건축비를 제공하여 조성한 유배지공원이다./ 금갑도 유배지는 현재의 원다마을이며, 사학자 박병훈이 현재까지 찾아낸 원다마을에 유배자로 왔던 사람은 1703(숙종 20)년 박필위(朴弼渭)를 시작으로 1906(광무 10)년 고광훈(高光薰)까지 21명으로 이보다 더 많은 분이 유배되었으리라 생각되지만 향후 용역조사가 이루어지면 금갑도 유배지에 대한 더 많은 내용이 밝혀질 것이다. / 의신면 신우회」

금갑도 등산로가 그려진 지도가 정자의 한 면에 부착되어 있었다. 안내 설명표지문판에는 원다마을이 조선시대 유배지였다고 하고 조선시대 유배인들 21명이 왔었다고 기록되어 있다. 이러한 표지문판이 세워져 있는 것만도 나와 같은 섬마을 설화를 찾아다니는 사람에게 얼마나 도움이 되는지 모를 일이다. 안내 설명표지문판 뒷면에 유배인 21명의 명단, 유배 오기 전의 직위, 그리고 유배기간이 기록되어 있었다. 이 글에서는 그 모두를 기록할 수는 없고, 단지 1896년 유배와서 1907년까지 12년 유배살이 했다는 정만조(鄭萬朝, 1858(철종 9)~1936)에 대한 것만 기술하기로 한다.

인터넷자료실에서 읽을 수 있는 정만조에 대한 기록은 다음과 같다.

「정만조의 호는 무정(茂停), 1858(철종 9)년 3월 17일(음) 경기도 안성(安城)에서 출생하였다. / 본관은 동래(東萊)이다. / 강위(姜瑋, 1820(순조 20)~1884(고종 21))의 문하생이라 했다. / 1889(고종 27)년 12월(음) 알성문과 병(丙)과에 급제하여 관직생활을 시작했다. / 여러 관직을 거쳐 1895(고종 33)년 4월(음) 궁내부대신 참사관으로 근무했고, 고종(高宗, 1852(철종 4)~1919, 재위: 1863~1907(광무 10))의 아관파천(俄館播遷) 후인 1896년 4월(음) 을미사변(乙未事變)에 연루되었다는 혐의로 서주보, 우낙선 등과 함께 15년 유배형에 처해져서 금갑도로 유배 온 것이었다./ 그리고 1907년 11월(음) 고종이 퇴위되면서 사면되었다./ 정만조는 사면되어 귀경한 다음 조선총독부에서 조치하여 주는 여러 직책을 받아 근무했고, 1910년 8월 29일 한일병합이 이루어진 다음 1912년 8월 한일병합기념장을 받았다./ 전형적인 친일 반민족행위자였다./ 1929년 5월(음) 경학원 대제학(經學院 大提學)에 임명되어 1936년 사망할 때까지 종사했다.」

1929년 경학원 대제학에 임명되었던 해 10월(음) 동래정씨 종친회에서 그의 친척 조카이고 독립운동가이며, 해방 후 연희전문 교수도 역임한 위당 정인보(爲堂 鄭寅普, 1893(고종 31)~1950)를 만나 다음과 같이 대제학에 임명된 것을 자랑하였다고 한다. "조카! 근래 들어 동래 정씨들이 많은 벼슬을 하였으나 대제학은 내가 처음일세." 그러자 정인보가 정색을 하면서 "아저씨! 정신 차리세요! 저는 그러한 대제학은 백 개를 주어도 하지 않습니다. 부끄러운 줄을 아셔야지요!" 라고 핀잔을 하자 정만조는 풀이 죽었다고 한다.

일제는 한일병합 후 학문연구의 전당이라는 성균관을 전면적으로 개편하면서 이름을 경학원으로 바꾸었다. 그러면서 관리인원을 친일파로 채우고 교육기능을 제거하고 임명된 친일 인사들이 재산관리 하는 정도의 일을 맡은 것이었다. 이러한 형세를 잘 알고 있는 정인보에게 경학원 대제학이 되었다고 자랑했다가 정만조는 핀잔을 맞은 것이었다.

정만조는 금갑도에 유배와서 진도읍 동외리에서 훈장생활을 하면서 수필집 은파유필(恩波濡筆)을 저술했다. 은파유필은 진도의 인물, 풍속, 자연 등을 소재로 일기체 형식으로 기록한 수필집이다. 은파유필을 통해 현재를 살아가는 진도 주민들이 1900년대 진도 주민들의 생활상을 만날 수 있다고 한다. 그래서 진도문화원에서는 은파유필의 가치를 인정하고 1998년 국역 은파유필을 간행하였다.

　나는 이 글을 쓰면서 학문적으로 갖출 것은 갖춘 정만조가 친일 반민족행위자에 이름을 올린 것을 안타깝게 생각하였다. 그는 그렇게 살다가 1936년 78세를 일기로 타계하였다. 정만조의 동생 정병조(鄭丙朝, 1862~1945)와 아들 정인익(鄭寅翼, 1902~1955)도 친일 반민족 행위자였으니 그 집안은 좀 한심스럽다.

　언젠가 한 번 영원히 떠나야 되는 인간이 국가와 민족을 배신하고 이웃을 괴롭게 하다가 떠나는 것은 얼마나 안타까운 일인가(?) 하고 나는 여러 번 생각해 보곤 했다. 부끄러운 생을 살아가는 인간이 우리 주변에 없었으면 하는 바람인 것이다.

〈2016년 12월 12일〉

거문도의 박옥규

　나는 2014년 9월 30일 거문도(巨文島) 고도(古島)의 역사공원(歷史公園)과 서도(西島) 덕촌리(德村里) 임병찬(林炳瓚) 의사 기념비를 찾았었다 (섬마을 설화, 315~328쪽, 수필과비평사, 2016). 그리고 거문도 고도의 거문도여객선선착장 옆 민박집으로 돌아오니 저녁 8시였다. 그러나 저녁식사 할 수 있는 식당은 없었다. 고도에는 음식점도 몇 곳 없는데 저녁 8시가 되었으니 평일에 여행객이 없으니 식당들이 모두 일찍 문을 닫은 것이다.

　나는 빵 한 쪽으로 저녁식사를 대신하기로 하고 2층의 내가 예약한 방으로 들어가서 손과 발을 닦고 TV를 켜고 시청하고 있는데 누가 나의 방문을 노크했다. 내가 문을 열었더니 문 앞에 60대의 점잖은 남자가 서 있었다.

　"누구신지요?"

　하고 물으니

"저는 옆방에 숙박하는 사람입니다. 저녁식사를 드시지 않은 듯하여 우리 부부가 지금 식사하는데 같이 하시자구 왔습니다."

라고 친절한 제안을 하는 것이었다. 처음 만나는 알지 못하는 사람의 호의를 두·세 번 사양했으나 상대의 요구도 상당히 강하여 그를 따라 그의 방으로 들어가니 그의 부인이 음식을 작은 상에 차려놓고 있다가 인사를 한다.

"안녕하세요? 어서오세요."

"예 안녕하세요? 이렇게 실례해도 되는지 모르겠습니다. 실례하겠습니다. 어디서 오셨는지물어봐도 되는지요?"

"우리는 부산에서 왔습니다. 저는 경찰공무원으로 근무하다가 5년 전 퇴직했습니다. 우리는 퇴직한 다음 해부터 거문도에 낚시하러 와서 1주일 정도씩 놀다 갑니다. 벌써 5년째나 그렇게 하고 있습니다. 오면 꼭 이 방에 민박으로 머물다 갑니다. 와서 식당의 음식을 먹지 않고 쌀과 반찬을 모두 가지고 와서 요리하여 먹고 있습니다. 오늘도 보니까 선생께서 저녁식사를 못하신 듯하여 같이 드시자고 한 것입니다. 허물 마시고 한 끼 같이 드시지요."

1983년 11월 21일 거문도 덕촌리에 건립된
제2대 해참총장 박옥규 제독 송덕비

"고맙습니다. 저는 너무 고마워서 몸을 둘 곳을 모르겠습니다. 저는 청주에서 왔고요. 충북대 교수로 근무하다가 퇴직하고 거의 10년이 되어 갑니다. 잘 먹겠습니다."

그리고 나는 그들이 그릇에 담아 준 밥을 맛있게 먹었다. 위의 저녁 식사 대접받은 이야기는 다음날 박옥규 해군제독의 송덕비를 찾아가는 한 과정이었고, 여행하다 보면 이렇게 훌륭하고 다정한 사람도 만날 수 있다는 것을 독자들에게 말하기 위해 기록한 것이다. 그러나 그들이 준비한 쌀밥은 한 공기만 먹고, 준비하여 온 반찬은 더럽히지 않도록 조심하며 깨끗하게 먹고 내 방으로 돌아와 TV 시청을 하다가 잠자리에 들었다.

이튿날 아침 7시 나는 배낭을 짊어지고 민박집을 나왔다. 1901년 덕촌리 마을에서 태어나고 온갖 시련의 세월을 겪은 다음 해군제독에까지 오른 박옥규(朴沃圭, 1901~1971)의 기념비가 덕촌리에 세워져 있다 하여 그것을 만나러 가려는 것이었다.

여객선선착장 부근 마을길을 남쪽으로 400m 정도 내려온 곳에서 280m의 삼호교(三湖橋)가 고도의 남서쪽에서 서도 덕촌리로 연결된다. 나는 삼호교를 건너가서 만나게 되는 삼거리에서 오른쪽 길로 올라갔다. 박옥규 제독의 송덕비는 그 삼거리에서 약 500m 해안도로를 따라 올라간 곳에 건축되어 있음을 알고 있었기 때문이다. 천천히 걸어서 올라가 김옥규의 송덕비를 찾는 것은 그리 어렵지 않았다.

나는 송덕비 앞으로 갔다. 송덕비는 도로 오른쪽 옆에 세워져 있으나 비석의 앞면은 동도를 향하고 있었다. 앞면에 한자로 「朴沃圭提督

頌德碑(박옥규제독송덕비)」라고 비석의 이름이 새겨져 있었다. 우뚝 솟아 있는 송덕비 앞에 규모 있는 안내 설명표지문판이 있었다.

「제2대 해군참모총장 박옥규 제독 송덕비(第二代 海軍參謀總長 朴沃圭 提督 頌德碑)/ 위치: 전남 여수시 삼산면 덕촌리 506번지/ 규모: 전체 높이: 6.9m, 송덕비 높이: 5.2m, 1층 기단: 4.6m(가로)×4.6m(세로)×1.7m(높이)/ 본 송덕비는 제2대 해군함모총장 박옥규 제독의 애국애족 정신을 숭모하여 해군, 문중, 거문리 유지가 합심하여 1983년 11월 21일 건립하였다./ 박옥규 제독은 1901년 삼산면 덕촌리에서 출생하여 거문공립보통학교를 졸업하였다./ 그 후 일본으로 건너가서 관서대학을 수료한 다음 귀국하여 관립진해고등해원양성소를 졸업하였다./ -〈중략〉- / 1945년 8월 15일 우리나라가 광복된 다음 1949년 해군에 투신하여 6.25전쟁 중 바다에서 혁혁한 공로를 세웠다./ 1953년 제2대 해군참모총장에 임명되어 암야의 등대처럼 해군창설기에 선구자적 역할을 담당하였다./ -〈중략〉- / 그에게 국가는 태극무공훈장 등 여러 훈장을 수여하였고, 그는 오직 나라에 대한 충성을 다 하다가 1971년 1월 28일 71세를 일기로 서울 자택에서 유명을 달리 하였다.」

대한민국 제2대 해군참모총장(海軍參謀總長) 박옥규는 1901년 거문도 서도 덕촌리에서 출생하였다. 여수에서도 쾌속여객선으로 3시간이나 남쪽으로 달려야 도착할 수 있는 작은 섬, 이렇게 육지에서 멀리 떨어

박옥규 제독(1901~1971)

져 있으니 영국 해군이 1885년 조선정부에 알리지도 않고 점유했던 섬이다. 당시 러시아의 남하를 방지하기 위함이라 했으나 섬이 속한 정부에 허락을 얻어야 되는 국제법을 영국이 위반한 것이다.

그런데 이 외딴 섬에서 태어난 사내아기가 자라서 6·25전쟁 중에 우리나라 해군을 지휘한 해국제독으로 되었음은 얼마나 자랑스러운 일인가? 그가 태어난 마을은 덕촌리라고만 되어있고 어느 집인지는 알 수도 알 필요도 없는 것이다.

휴대폰을 열어보니 아침 7시 40분이었다. 동향한 마을이어서 찬란한 햇볕이 이 마을의 30여 호 집들과 언덕 위 거문초등학교와 중학교를 비추어 주고 있는 것이 늙은 여행객의 마음을 상쾌하게 하여 주었다.

박옥규 제독은 거문공립보통학교(현 거문초등학교)를 졸업하였다. 1919년에는 일본 관서대 전문부 예과를 졸업하고, 귀국하여 조선총독부가 설립한 진해 해원양성소를 2기로 졸업하였다. 인천상선학교 석상학과(席上學科)를 졸업하고 같은 학교 실습과에서 3년 동안 선박 및 항해에 관한 실무를 익혔다. 박옥규는 1949년 3월 1일 해군이 창설되면서 중령 계급으로 해군에 입대하고, 해군본부 작전국장으로 보임되었다. 1949년 10월과 1950년 10월에는 함정인수단장에 임명되어 미국으로부터 함정인수 업무를 성공적으로 수행했다. 그리고 1952년 해군본부 작전국장(해군준장)에 임명되고, 1953년 1월 해군 소장으로 진급되면서 대한민국 해군 참모장으로 임명된다. 그리고 1953년 6월 30일 해군중장으로 진급함과 동시 제2대 해군참모총장(해군제독)에 발령되었다.

1954년 11월 1일 해군참모총장직을 인계하고 해군에서 보직 없이 근무하다가 1957년 7월 30일 10년 가까운 군대생활을 마쳤다. 57세로 예편된 다음 초대 대한해운공사 사장과 초대 항만청장 등을 역임하였다. 그는 1971년 1월 28일 향년 71세를 일기로 타계하였다.

군 생활시 함정인수단장으로 임무를 성공적으로 수행하였고, 6·25 전쟁 중 인천상륙작전, 흥남 철수작전의 성공적 수송임무 완성, 그리고 북한군 해안기지 포격임무 수행 등을 성공적으로 하였다.

그러한 그의 공로 때문에 국가는 그에게 태극무공훈장과 충무무공훈장 등을 수여하였다. 그는 자랑스러운 거문도 사람이고 거문도 사람들의 자부심인 것이다.

부산 태종대공원 내 영도등대 인근에 자리한 「해기사 명예의 전당」은 우리나라 해운발전에 초석이 된 해기사들의 자긍심을 고취하기 위해 2010년 3월 6일에 개관되었다. 박옥규 전직 해군제독은 「해기사 명예의 전당」 개관일에 첫 번째로 입관되었다.

〈2014년 10월 10일〉

거금도의 김일 (1)

2015년 12월 20일 오후 3시 해남군 녹동읍 시외버스터미널에 하차하니 싸늘한 바람이 뺨을 때렸다. 녹동은 남쪽 지방의 마을이지만 이곳도 겨울 바닷바람은 싸늘했다. 이곳에서 시내버스를 승차하여 거금도 김일 기념 체육관에 가려고 했으나 약 1시간을 기다려야 했으므로 택시에 승차하였다. 택시기사 옆자리에 앉자 기사의 이야기가 시작되었다. 키가 작고 얼굴은 오종종하게 생긴 기사는 아는 것도 많고 이야기를 좋아하는 사람이었다.

"프로레슬링 세계챔피언이었던 김일은 6·25전쟁이 끝나고 공비토벌이 한참이던 1956년 봄 여수에 가서 일본으로 가는 밀수선을 타고 일본 오사카항에 밀입국했답니다. 일설에는 김일이 병역기피자였다고 합니다. 그때 28살인데 군생활을 하지 않았으므로 군입대를 피하기 위해 또 그 당시 세계프로레슬링계를 제패하고 있던 세계프로레슬링챔피언 재일교포 역도산(力道山, 본명: 金信洛, 1924~1963)에게 레슬링을 배우기 위해 일본으로 밀항하여 입국했다고 합니다. 오사카항에 입국하자마자 밀입국자라 하여 일본 경찰에 연행되어 형무소에 수감되었는데 어찌 되었건 1년 후 1957년 출감하여 역도산의 제1세대 제자로 입문하여 레슬링을 배웠다고 합니다."

여기까지 이야기하고 있을 때 택시는 거금면사무소 앞 도로를 달리고 있었다. 나는 1960년대 중반으로부터 1970년대 후반까지 어려운 삶에 찌들어 있으면서도 우리나라에 프로레슬링 선수 김일이 출전하는 경기가 있는 날에는 흑백텔레비전으로 그것을 시청하려고 TV앞에 마을 사람들이 모여 거리가 한산하였음을 기억한다.

김일이 1956년 병역을 기피하면서 밀항한 사실은 몰랐었는데 이 운전기사로부터 그 사실을 들은 것이다. 이 택시운전기사가 일본에 밀입국하고 형무소에 수감된 김일이 어떻게 역도산에게 연결되었는지를 모른다 했는데 나는 후에 인터넷 자료실에서 김일이 역도산에게 "스승님으로 모시고 레슬링을 배우게 하여 주세요."

라는 일본어로 쓴 편지를 여러 번 보내 이 편지들을 받은 역도산이 망설이다가 제자로 받아주려고 결심한 다음 경찰서에 가서

"김일이 범법행위를 할 경우 내가 모든 책임을 지겠습니다."

라는 신원보증서를 제출함으로써 풀려나고 제자가 되었다는 것을 알게 되었다. 김일은 일제시대 소학교 6년과 중학교 3년 합하여 9년 동안이나 일본어로 말하고 쓰는 것을 배운 사람이어서 일본어로 편지를 써서 역도산에게 보낼 수 있었던 것이다.

"김일은 1963년 스승 '역도산'이 불의의 사고로 타계한 후 1965년

일본에서 영구 귀국하여 39세 때인 1967년 극동헤비급챔피언, WWA 제23대 세계헤비급챔피언이 되었지요. 그러자 당시의 우리나라 박정희 대통령이 그를 청와대로 불러 체육훈장 청룡장을 주고 격려하면서 "자네 때문에 온 국민이 기뻐하고 사기가 올랐으니 자네의 소원이 무엇인지 한 가지만 이야기하면 들어주고 싶네. 이야기 하게" 하였다고 합니다. 그래서 김일이 다음과 같이 말했답니다. "각하 참으로 감사합니다. 이렇게 훈장을 주신 것만 해도 감사하온데 한 가지 소원을 말하라 하시니 몸 둘 곳이 없아옵니다. 그러나 말하라 하시니 제가 한 가지 소원을 이야기 하겠습니다. 소생의 고향 거금도 섬마을에는 아직 전기가 들어오지 않습니다. 전기가 고향 섬마을에 들어왔으면 합니다." 라고 말하여 그 말을 한 다음 달 고흥반도에 속한 녹동보다 먼저 거금도에 전기가 들어왔다고 합니다."

택시 운전기사가 여기까지 이야기 했을 때 택시는 거금도 김일기념체육관 앞에 도착하여 있었다. 나는 택시기사에게

"내가 김일 기념전시관을 돌아 나올 때까지 기다릴 수 있습니까?"

하고 물었더니

"그렇게 하겠습니다."

하였다. 김일기념체육관은 배구장과 농구장을 겸한 실내체육관으로 규모가 컸다. 시설이야 돌아볼 것이 없고, 실내체육관 입구 왼쪽의 공간이 김일의 유품이 전시되어 있는 김일기념전시실(김일박물관)이어서 그곳으로 들어갔다. 전시된 기록물을 읽고, 김일 선수의 유품을 사진기에 담았다. 김일 기념 체육관은 2011년 12월 17일(거금대교 개통 다

거금도 김일기념체육관 표지석과 체육관 건물

음날) 개관되었다고 했다.

　김일기념전시실 입구로 들어가면서 처음 만난 전시물은 왼쪽 벽에 걸린 김일의 생애를 요약한 기록물(연보)이었다. 김일은 1929년 2월 24일 해남군 금산면 어전리 평지마을에서 2남3녀 중 장남으로 태어났다. 그는 1957년 5월 7일 역도산 문하생 1기로 입문한다. 1975년 서울 정동 김일(문화)체육관을 설립하고, 2000년 3월 24일 대한민국 체육훈장 맹호장, 2006년 12월 1일 대한민국 체육훈장 청룡장을 받았다. 병역기피자였던 사람이 우리나라 최고의 체육훈장을 받은 것이다.

1960년대부터 김일이 사용하던 까운, 신발, 가방 그리고 WWA세계챔피언 벨트

그는 프로레슬링 선수로서 최상의 경기를 하였다. 주무기가 박치기였다. 박치기왕이라고 그의 많은 팬들은 그가 링 위에 오르면 환호했었다. 1963년 WWA세계레슬링챔피언, 1964년 북아메리카 태그챔피언, 1967년 제23대 WWA세계레슬링챔피언, 1972년 도쿄 인터내셔널태그챔피언에 오르는 등 3,000회가 넘는 경기에 출전하였으며 그중 20여 차례의 세계챔피언 방어전을 치렀다고 기록되어 있다.

김일이 생전에 사용하던 옷과 용품들이 정돈대에 정리되고 설명문이 옆에 설명되어 있으며, 3개의 역대 대통령(김영삼, 김대중, 노무현)으로부터 받은 훈장증도 있었다. 무엇보다 사람들이 이 전시실에서 신

비스럽게 바라보는 전시물은 그가 시합 전·후 입었던 호화스러운 까운과 그가 허리에 둘렀던 세계챔피언벨트이다. 까운의 앞과 뒤에 황금색으로 수놓은 용과 호랑이가 살아 움직이는 것 같다고 사람들은 말했었다.

여기에서 잠시 인터넷자료실에서 읽을 수 있는 김일의 생애를 기록하려고 한다.

「김일은 1980년 이후에는 프로레슬링 경기를 하지 않고 제자들의 양성에 힘쓰고 일본을 왕래하면서 사업을 하였다고 한다./ 1987년에는 17세(1946년)에 결혼하여 40여 년 부부로 살았던 부인 박영례 여사가 백혈병으로 세상을 하직하였다./ 2,000년 경부터는 김일이 그동안 가졌던 과격한 프로레슬링 경기의 후유증으로 각 종 질환에 시달렸다./ 박치기로 상대를 제압하였다고 하나 자신의 오른쪽 눈이 실명되었다./ 군에 입대한 아들은 근무 중 의문사 당하여 마음도 괴롭힘을 받았다./ 일본을 오가며 하던 무역업도 잘 되지 않아 사업도 중단했다./ 일본에서 병원을 전전하던 김일은 병원비도 부담되던 차 대전 을지병원원장의 배려로 을지병원에서 타계할 때까지 무료치료를 받았다./ 김일이 2005년 봄 어느 날 거금도 용두봉(418.6m) 기슭에 위치한 송광암(松廣庵)에 한 제자의 부축을 받아가며 주지스님을 만났다./ 주지스님에게 합장하여 인사하고 "스님 제가 언제 또 찾아올지 모르겠습니다. 사월 초파일에 등이나 하나 달아 주셨으면 합니다." 하고 다시 합장하며 인사하고 봉투 하나를 건넨 다음 올라올 때와 마

찬가지로 제자의 부축을 받으며 내려갔다고 한다./ 거금도 용두봉 기
슭 맑은 약수가 솟는 절이 있어 김일의 소년시절 가끔 올라와서 찾아
부처님께 참배했었다는 절이 송광암이었다./ 이 고찰은 순천 송광사(
松廣寺)의 말사로 고려 신종 때인 1209년 보조국사가 창건하였고 보
조국사는 말년 이 암자에 머물렀다고 전해지고 있다. 김일은 2006년
10월 26일 소천하였다.」

　전시실에서 나와 기다리고 있던 택시에 올라 녹동시외버스공용터미
널로 나올 때는 해가 서산을 넘어갔고 황혼이 밀려오고 있었다.

〈2015년 12월 27일〉

　[참고] 김일(金一, 일본명: 오오키킨타로(大木金太郎))과 안토니오이노키
(アントニオ猪木): 김일과 안토니오이노키는 역도산의 제1세대 제자이
다./ 김일이 여수항에서 밀수선을 타고 밀항하여 오사카에 도착하여
갖은 고생 끝에 역도산의 제자가 되었음은 위 글에서 기록하였다./ 안
토니오이노키는 브라질로 이민 간 일본인 2세였다./ 역도산이 세계레
슬링챔피언 타이틀 방어전 차 브라질에 가서 경기를 한 다음 안토니
오이노키를 만나 제자로 받아들였다고 한다./ 이노키는 김일보다 13
년 연하의 후배(1942년생)이나 그는 일본인이고 18세 소년으로 31세
의 김일과 수련생활을 한 것이다./ 1960년 이노키의 데뷔 경기는 김
일과의 경기였는데 김일이 쉽게 이겼다고 한다./ 이후 1970년대 중
반까지 그와 김일은 9차에 걸친 경기를 하여 김일이 9전 7승 1패 1무
승부를 기록하였다.

거금도의 김일 (2)

거금도(居金島) 여행을 마치고 청주의 집으로 돌아와 거금도 여행기를 기록하다 보니 거금도 김일 기념 체육관 가까이 위치하여 있는 김일 생가와 그 주변을 보지 못한 것이 아쉬웠다. 그래서 그때로부터 1년이 흐른 다음인 2017년 1월 4일 거금도를 다시 찾아갔다.

이번에는 해남군 녹동읍 시외버스터미널에서 시내버스에 승차하여 김일 기념 체육관 앞에서 하차하였다. 시내버스에서 하차하여 김일기념체육관이라 큰 글씨로 기록되어 있는 표지석 앞을 지나 김일 기념 체육관 앞 잔디광장을 걸어가는데 앞에 칠십 대 노인 한 분이 걷고 있었다. 다음은 그 노인과의 대화 내용이다.

"안녕하세요? 선생님"

"안녕하세요? 어디서 오셨습니까?"

"저는 청주에서 왔습니다. 선생님은 거금도 주민이시지요?"

"그렇습니다. 잠시 운동하러 나왔습니다."

"연세가 어찌되시는지 여쭈어 봐도 되는지요?"

"1946년생이예요. 72살입니다."

"선생님 여기 김일 생가가 어딘지요?"

"바로 저쪽 단층 슬라브집 보이지요. 그 집입니다."

"감사합니다."

바로 김일기념체육관 앞 잔디광장 서쪽에 김일 생가가 있었다. 김일 생가 앞에 세워놓은 거대한 오석재질 비석도 보였다. 1년 전에는 시간도 늦었고 택시를 기다리게 하여 빨리 녹동으로 돌아가느라고 기념체육관 내 김일 기념 전시관만 관람하고 이렇게 가까운 곳에 위치한 그의 생가를 보지 않고 돌아간 것이었다.

나는 그 생가 앞으로 갔다. 잔디광장 주변에 심어놓은 130cm 정도로 자란 동백꽃나무의 꽃이 빨갛게 흐드러지게 피어 있었다. 이곳이 따뜻한 남쪽임을 말해 주는 것이다.

집 앞 철문 옆에 「雲岩金一先生紀念館(운암김일선생기념관)」이라 한자로 하나의 현판이 걸려있는 것이다. 운암(雲岩)은 김일의 아호이다. 생가가 기념관으로 된 것이다. 집의 앞문은 커다란 열쇠로 잠겨 있었다. 3.5m 높이의 거대한 오석재질 비석은 정문 옆 시멘트 담 앞에 세워져 있는데 앞면에는 「雲岩金一先生功績碑(운암김일선생공적비)」라 큰 한자 글씨가 새겨져 있었다.

이 공적비 오른쪽에 김일 부부의 합장 묘가 있고 왼쪽에 김일이 소년시절 친구라 한 진도개 대리석 조각상이 1m 높이의 흰 받침석 위에 올려져 있었다. 공적비 뒷면에는 김일의 생애와 공적사항이 작은

김일 생가(운암 김일기념관)

글씨로 빼곡이 음각되어 있었다. 결과적으로 공적은 1963년부터 여섯 번이나 세계헤비급챔피언이 되어 레슬링 세계 영웅으로 군림했다는 것이었다.

　김일은 아버지의 강권으로 17세 때인 1946년 울면서 결혼하였다고 한다. 3살 나이가 많은 소녀와 결혼하여 1957년 밀항으로 일본으로 건너가 재일교포 레슬링 챔피언 역도산의 제자가 될 때에는 1남2녀의 아버지였다.

　김일이 거금도에서 태어난 것은 일제시대의 중간쯤인 1929년이므로 일본어로 수업하는 초등학교를 졸업했고, 중학교 3학년까지 일본어로 말하고 글을 써야 하는 학교를 다녔으므로 일본으로 밀항하여 역도산에게 "선생님의 제자가 되게 하여 주세요!"라는 일본어로 기록한 편지를 보내는 것이 가능했던 것이다. 또한 역도산의 제자가 되어 레슬링을 배우는 일에도 아무런 문제가 없었던 것이다.

나는 이 기념비 왼쪽에 세워진 진도개 대리석 조각상 밑 받침대 옆면에 한글로 기록된 설명문을 읽고 김일의 착한 마음과 김일이 그렇게 했던 것이 약한 우리나라의 국력 때문에 일본의 식민지로 되었음을 후생에게 전달하는 교훈이 될 수 있을 것이라 생각한다.

「나의 어린 시절 강과 산으로 같이 뛰어 놀던 충직한 나의 친구 진도개가 있었습니다./ 1939년 세계 제2차대전이 시작되면서 일본군인의 방한복을 만든다는 이유로 나의 친구 진도개가 죽음의 장소로 끌려가던 모습이 오랜 세월이 흐른 지금도 나의 기억에 남아있는 것입니다./ 일본 순사의 강압에 못 이겨 나는 나의 친구 진도개의 목에 줄을 걸어 그에게 건네주고 한없이 울었습니다./ 나의 친구 진도개는 일본 순사에게 끌려가면서 버티고 뒤 돌아보고 또 돌아보며 떠났는데 한 시간 후 쯤 줄이 풀려 그가 그곳을 탈출하여 뛰어 나에게로 돌아왔습니다./ 와서 그렇게도 반가워하며 내 품에 안기고 꼬리도 흔들었습니다./ 나는 그의 목에 줄을 걸어 죽음의 장소로 보냈건만 그는 나를 영원한 주인으로 믿고 다시 와서 반가워하던 그의 모습이 50여 년이 흐른 지금도 눈에 선합니다./ 그리고 30분 쯤 후 또 다시 일본 순사가 따라와 나는 다시 그의 목에 줄을 걸어주고 나의 친구 진돗개는 버티기와 뒤돌아보기를 반복하며 끌려갔습니다./ -〈이하생략〉-」

제2차 세계대전이 한참일 때인 1939년 쯤 일본 정부는 각 가정에서

운암 김일의 옛 친구 진돗개의 대리석 조각상

기르던 개도 군인 방한복을 그 가죽으로 만든다고 강제 공출하라고
했다. 11살 소년 김일이 기르던 진도개도 예외는 아니어서 김일은 충
직한 진도개의 목에 줄을 걸어 일본 순사에게 건네주며 슬프게 울었
다. 끌려간 것도 안타까워 울었는데 줄이 풀려 도망와서 김일의 가슴
에 애원하듯 머리를 비비고 꼬리를 흔들었는데 다시 일본 순사가 줄
을 가지고 쫓아와 다시 개의 목에 줄을 걸어주어서 진도개가 끌려갔
다. 소년 김일은 얼굴을 감싸고 또 한 번 울었었다. 그 일이 50여 년
이 흐른 1990년에도 생각이 떠올라 집 앞에 그 진돗개의 대리석 조각
상을 만들어 주고 그 이야기를 진돗개 대리석 조각상의 받침대에 기
록하여 놓은 것이다. 김일은 그 일을 기록하고 다음과 같은 인간세계

의 일도 기록하고 있다.

"인간은 같이 살고 있는 사람을 흔히 배반하고, 음해하고, 미워하는 경우가 많으나 충견은 주인을 절대 배반치 않고 미워하지 않으며 끝까지 섬긴다고 하는 옛말이 새삼 우리에게 많은 교훈을 주는 것입니다."

"일본 순사에게 두 번이나 끌려가는 나의 친구를 눈물을 흘리며 바라보기만 했던 일을 생각하면 오늘도 한 없이 울고 싶어지는 것입니다. 이것은 나와 우리민족 모두의 한과 비애로 남아있는 것입니다. 내가 약하고 우리나라가 약했기 때문인 것입니다."

"그때 비명에 간 나의 친구 우리 모두의 친구 진도개의 슬픈 눈물을 생각하며 우리나라 사람들이 열심히 노력하고 서로 협동하여 힘 센 나라를 만들어 다시는 이 땅의 풀 한 포기 강아지 한 마리라도 외세에 희생되는 일이 없기를 바라는 것입니다. 이제라도 우리의 잘못을 용서하여 줄 것을 바라며 이 작은 비석을 그에게 바칩니다."

라고 기록하고 있다.

나도 인생 칠십여 년을 살아오면서 이유도 없이 같은 직장의 동료를 음해하고 비난하는 인간들로부터 수모를 많이 받았다. 그런 인간은 일을 맡으면 편파적으로 일을 처리하는 인간이었다. 많은 인간들이 자신의 책임을 다 하지 않고 동료를 음해하는 것이다. 충직한 개만도 못한 인간이 우리나라 사회에도 너무 많다고 나는 생각한다. 또 다시 일제에 당했던 수모를 당할 것이 염려스럽다.

〈2017년 1월 08일〉

제5장

남해의 섬마을 (2)

—

    남해 거제도로부터 여수반도까지 한려수도의 아름다운 섬마을
들에서 발견되는 조상들의 흔적을 찾아간 이야기를 기록하였다.
관련된 조상들의 생애를 기록하고, 그 설화들을 인생과 역사의 진
실에 관련하여 그려 보았다.

—

소매물도의 남매쌍둥이

소매물도(小每勿島, 0.581㎢) 부속섬이라 할 수 있는 등대섬(燈臺島)의 세 바위산 봉우리가 아름답다 하고, 애처로운 설화가 전하여 오는 남매바위(男妹巖)가 소매물도 망태산 산기슭에 있다 하여 2013년 12월 15일 찾아갔다.

통영항 여객터미널에서 아침 7시 출항하는 여객선에 승선하여 소매물도 여객선선착장에 10시 도착하였다. 매표소 2층 식당에서 간단히 아침식사를 하고 폐교된 초등학교 분교가 있는 망태봉(152m) 정상으로 올라가서 계단로를 따라 등대섬 쪽으로 내려갔다. 선실에서 만난 30여 년 전의 나의 두 제자 부부들은 벌써 등대섬으로 건너가는 열목개에 내려가 있어 내가 열목개에 도착했을 때 그들을 또 만났다.

나는 80m 길이의 소매물도와 등대섬 사이 열목개 자갈길을 건너 가서 아름다운 세 개 바위산봉우리를 가까이서 바라보려고 열목개까지 왔는데 모세의 기적이 나타나는 썰물시간이 맞지 않아 발길을 돌렸다. 열목개로 내려올 때 밟고 내려온 긴 계단길의 계단들을 천천히 밟고 망태봉 정상으로 올라갔다.

망태봉 정상에서 약 100m 소매물도여객선선착장 쪽으로 내려오면 폐교된 초등학교 분교가 있고, 그 앞이 삼거리이다. 삼거리에서 직접 선착장으로 내려가는 길은 1시간 전 올라왔던 길이고, 넓고 급경사이나 거리가 약 400m이다. 오른쪽 등산로를 따라 내려가면 거리가 600m 정도로 멀지만 전설이 묻혀있는 남매바위를 만날 수 있는 것이다. 그래서 나는 이 등산로를 따라 내려갔다.

외길이고 좁은 길이어서 올라오는 등산객이 있으면 내려가는 등산객은 잠시 기다렸다가 내려가야 되는 등산로이다. 이 좁은 등산로를 내려가면서 북쪽을 바라보면 소나무와 동백나무 줄기 사이로 해협 건너 (대)매물도((大)每勿島, 1.41㎢)가 바로 앞인 듯 보인다.

금요일인데도 이 등산로를 올라오는 단체 여행객들 몇 팀이 있어 홀로 내려가는 내가 옆으로 비켜주기를 몇 번 하였다. 그런 다음 드디어 작은 집 크기의 큰 바위 남매바위 중 숫바위를 만났다. 숫바위 앞 등산로 옆에 남매바위 전설이 기록된 안내 설명표지문판이 있었다.

「남매바위(男妹巖)/ 남매바위는 소매물도여객선선착장에서 북쪽 해안가 등산로를 약 10분 올라간 작은 계곡에 위치한다./ 그 골짜기 등산로는 해안에서 약 30m 망태산 기슭에 만들어져 있고, 그 길옆에 큰 숫바위가 있다./ 그 바위 밑 해안가에 그 바위보다 좀 작은 바위 암바위가 놓여 있다./ 이 두 바위를 남매바위라 부르는 것이다./ 위 길

옆의 좀 더 큰 바위를 숫바위, 아래 조금 작은 바위를 암바위라 부른다. / 이 남매바위에는 애처로운 전설이 전하여 내려온다. / 어릴 때 헤어졌다가 성장하여 만난 남녀쌍둥이가 오누이 관계인 줄 모르고 사랑에 빠져 부부의 연을 맺으려는 순간 하늘에서 벼락이 떨어져 바위로 변했다는 이야기이다.」

　이 전설은 이 섬에 관광객이 와서 웃을 수 있도록 지어낸 이야기임에 틀림없다. 사람이 벼락을 맞아 죽어 바위가 되었으면 바위가 사람 크기로 되어야지 작은 초가집만 한 바위로 될 수 있는가? 인터넷에 소개된 남매바위의 전설은 다음과 같다.

　「아득히 먼 옛날 (대)매물도에 권씨 부부가 사십이 다 되어 아기를 낳았는데 남 · 여쌍둥이었다. / 이들은 건강하게 자라났다. / 그런데 이 섬에 전해 오는 이야기로 남 · 여쌍둥이가 같이 자라면 아들이 일찍 죽는다는 이야기가 있었다. / 이 부부는 이웃 섬인 소매물도에 딸을 버리기로 결심하고, 아이들이 여섯 살 되던 해 딸을 소매물도에 데려다 놓으면서 곡식 기르고 거두는 방법, 가축 기르는 방법, 그리고 음식을 준비하여 먹는 방법을 가르쳐주고 조그마한 집도 지어 주었다고 한다. / 그 딸이 영리하고 건강하며 참을성도 강하여 아버지가 가르쳐주는 것을 모두 습득하였다. / 아버지는 (대)매물도 집으로 돌아갔다. / 세월이 흘러 아들의 나이가 이십이 되었을 때 아들이 어느 날 소매물도 쪽을 바라보니 섬의 숲속에서 연기가 올라가는 것을 보았

큰 바위가 남매바위 중 숫바위

다./ 그 젊은이는 부모 몰래 집에서 고기잡이에 사용하는 배를 타고 소매물도로 건너가 헐벗었으나 순박한 모습의 소녀를 발견하고 사랑에 빠져 결혼하자고 하고, 냉수 한 그릇을 떠 놓고 결혼식을 한 다음 한 몸이 되려고 할 때 오누이 관계인 것을 모르고 부부가 되려는 이 남녀쌍둥이에게 하느님이 벼락을 때려 바위로 만들었다는 것이다.」

남매바위 안내 설명표지문판의 설명문에 쓰여 있듯이 아들은 남매인 줄 모르고 부부의 연을 맺으려다가 계곡 중턱에 가로, 세로, 높이가 6m, 8m, 7m 되는 큰 바위(숫바위)로 변하였고, 딸은 숫바위에서 30m 정도 골짜기 아래 바닷가에 가로, 세로, 높이가 4.0m, 6.0m, 5.0m 되는 좀 작은 바위(암바위)로 변했다. 이러한 전설은 인간들에게 안타까움을 안겨준다. 그래야만 이 이야기의 안타까움이 인간들의 흥미를 이끌어 내는지 모를 일이다. 살기 어려운 세상 그런 이야기로나마 가슴이 멍해지는 순간을 맞아 세상의 고민을 잊을 수도 있는 것이다.

남매바위

바위야 크건 작건
이 전설은
사실이었으면 한다.
어리석은 인간에게
가르침도 주고
부녀지간을 갈라놓는
애처로움이 없어야 된다는
경고가 되도록

이 남매바위의 설명표지문판을 읽고 나의 디카에 이 바위들을 담은 다음 걸음을 재촉하여 선착장에 오니 통영으로 직행하는 여객선이 막 출항하려고 통영으로 나갈 손님을 기다리고 있었다. 여객선 입구에서 나의 30여 년 전 제자들 부부가 "선생님 어서 오세요." 하고 소리치며 손짓하고 있었다.

〈2013년 12월 23일〉

[참고 1] (대)매물도와 소매물도 : (대)매물도는 통영 시청에서 19.3 km 남쪽 바다위에 위치한다./ 넓이 1.41㎢의 작은 섬이다./ 1810년부터 사람들이 정착한 것으로 당금마을, 대항마을, 꼬들개마을 등의 마을이 섬의 북서쪽에 위치한다./ 이 (대)매물도의 남쪽 끝에서 소매물도의 북쪽 끝까지의 거리는 550m인 해협이다./ 통영 시청에서 소매물도 여객선선착장까지의 거리는 26km이고, 여객선으로 80분 걸린다./ 소매물도의 넓이는 0.581㎢,/ 소매물도에서 등대섬으로는 모세의 기적이라 사람들이 말하는 썰물 때 땅이 나타나 건너갈 수 있다./ 이 나타나는 땅을 '열목개'라 한다./ 열목개의 돌들은 바닷물에 굴러서 닳고닳아 몽돌들이 되었다./ 등대섬은 넓이가 0.075㎢의 작은 섬이다./ 소매물도 중앙의 가장 높은 곳을 망태봉(152m) 정상이라 하는데 그곳에 관세박물관이 있다.

거제도 옥포의 이순신

  2016년 1월 6일 날씨가 좀 차가웠으나 마음이 한가하여 옥포해전 지(玉浦海戰地)를 찾아갔다. 옥포해전은 1592년 4월 13일 왜군들이 부산으로 상륙하여 전쟁을 일으킨 다음 준비가 부족했던 조선의 육군이 패전을 거듭하던 중 최초로 바다에서 커다란 승리를 거둔 전투였다. 거제도 주민들은 옥포해전(玉浦海戰)을 옥포대첩(玉浦大捷)이라 한다.

  옥포시외버스정류소는 비탈진 도로가였다. 옥포는 거제도 동북쪽 산허리에 건설된 도시여서 도로의 여러 곳이 경사가 심하다. 내가 옥포를 찾아간 날이 겨울의 중심이라 하지만 거제도(巨濟島, 380.1㎢)는 우리나라의 남쪽에 위치한 섬이어서 바람은 좀 거세더라도 내가 사는 청주보다 훨씬 따뜻했다. 도로변에는 키 1m의 어린 동백꽃나무들를 심어놓았는데 그 아기동백꽃나무들이 빨간 동백꽃을 흐드러지게 피우고 있었다.

  나는 이 동백꽃 옆에 서 있다가 지나가는 택시에 승차하여 "옥포대

첨기념관에 갔으면 합니다" 했더니 택시기사가 택시를 동쪽으로 연결된 비탈진 도로를 따라 달려 나갔다. 택시는 시내의 아파트와 상가들이 연이어 건설된 거리를 지나 도로가에 4~5m 높이로 자라난 동백꽃나무들이 가로수로 심어져 싱싱하게 자라고 있는 해안도로를 달려 나갔다. 내가 기사에게 물었다.

"기사님 대우조선소가 거제도에 있다고 들었는데 어디 있는지 아시오?"

그 기사가 대답했다.

"대우조선소요? 지금 오른쪽 밑으로 보이는 바다가 옥포만이고요. 옥포만에 가득 떠있는 예인선과 크레인선 등이 모두 대우조선 소속입니다. 만의 남쪽과 서쪽 바닷가가 전부 대우조선소입니다."

오른쪽으로 푸르른 바닷물로 채워진 옥포만과 옥포만의 바닷물을 외부 바닷물로부터 격리시키기 위해 막아놓은 방파제가 내려다보였다. 옥포만은 대우조선소에서 만의 입구를 1.5km도 더 되게 방파제로 막아놓았다. 선박들이 드나들 수 있는 방파제 사이 100m 정도만 열려 있었다.

내가 찾아가는 옥포대첩기념공원 바로 남쪽 기슭에서 선박이 드나들도록 열린 곳까지의 방파제를 팔랑포방파제라 부르고, 옥포만 남쪽 아주리에서 배가 드나들도록 열린 곳까지의 방파제를 느태방파제라 부른다고 한다. 북쪽의 방파제를 팔랑포방파제라 부르는 것은 방파제가 시작되는 북쪽 해안의 이름이 옛날부터 팔랑포라 불렸기 때문이었다.

1592년 5월 7일 조선수군이 왜수군을 무찌른 전승지의 80%를 대우 조선소(大宇造船所)에서 점유하고 있으므로 전승지(戰勝地)는 그러지 않아도 보이지 않는 것인데 원래의 모습을 찾을 수 없는 것이다. 그러나 대우조선소는 수백 척의 상선과 군함들을 제작하였고, 종업원들이 장승포와 옥포에 생활터전을 마련함으로써 두 도시를 커다란 현대도시로 만든 것이다.

옥포대첩을 길이 기념할 수 있는 기념탑과 기념관, 그리고 사당을 건설하는 작업은 1957년부터 진행되었다고 한다. 그때까지 우리나라 국민들의 삶은 기념물을 제작할 여유가 없도록 가난했던 것이다.

택시는 옥포대첩기념공원 매표소 앞에 나를 내려주고 뒤돌아 나갔다. 옥포대첩기념공원은 옥포만 팔랑포방파제 북쪽 팔랑포(옥포동 산1번지) 3만 3천평 경사가 완만한 산기슭에 옥포대첩기념관, 충무공 사당(효충사), 옥포루, 그리고 옥포대첩기념탑을 1996년 6월 완공하여 약 400여 년 전의 청사에 빛날 해전 승리를 기념하는 곳으로 옥포주민들의 자존심이 된 것이다. 매표소를 지난 곳이 공원 광장이고 광장 건너에 기념전시관과 안내 설명표지문판이 있었다. 천천히 건너가 옥포대첩지 안내 설명표지문판의 설명문을 읽었다.

「옥포대첩지(玉浦大捷地)/ 이곳은 충무공 이순신(忠武公 李舜臣) 장군께서 1592(선조 25, 壬辰)년 5월 7일(음) 임진왜란 중 맨 처음 왜적을 무찌르고 대승첩(大勝捷)을 거둔 옥포대첩을 영구히 기념하고 충무공의 충절을 기리며 계승하기 위한 곳이다./ -〈중략〉-/ 경상우수사 원균(元均)이 4월 29일(음) 율포만호(栗浦萬戶) 이영남(李英男)을 전라좌수사 이순신에게 보내어 구원을 요청하였다./ −〈중략〉−/ 5월 4일(음) 축시(丑時, 새벽 2~4시) 전라좌수영에서는 이순신이 판옥선 (板屋船) 24척을 중심으로 협선(挾船) 15척과 포작선(鮑作船) 46척을 거느리고 여수 본영을 출발하였다./ −〈중략〉−/ 5월 6일에는 경상 도 진장(鎭將)들이 거느리고 온 6척을 합하여 91척의 함선들로 함대 편대를 편성하였다./−〈중략〉−/ 5월 7일(음) 새벽 조선 함대들은 가 덕도(加德島)를 향하여 항해하였다./ 오시(午時) 경 옥포 앞바다에 이 르렀을 때 척후선(斥候船)으로부터 옥포 선창에 적선 약 50여 척이 분탕질(노략질과 강도짓)을 하고 있다는 신기전(神機箭)을 지휘선에 보내왔다./ 이순신 장군이 공격명령을 내리며 '勿令妄動 靜重如山'(물 령망동 정중여산, 가볍게 움직이지 말라 태산같이 침착하게 행동하 라)라는 말을 모든 함선의 병사들에게 전했다는 말은 유명하다./ 조 선수군은 옥포선착장에서 분탕질하는 왜선들을 공격하여 50여 척 중 26척을 격침시켰다.」

옥포대첩은 1592년 5월 7일(음) 옥포선착장에서 분탕질(노략질, 민가 방화, 강도질 등)하는 50여 척 왜선들을 조선수군 함선들 91척이 공격하 여 26척을 격침시키고 수많은 왜적들을 주살시킨 해전이었다.

이 해전 승리의 특별한 의미는 임진왜란이 일어나 패퇴만 하던 조선 군이 왜적을 처음으로 패퇴시킨 전투라는 것이다. 조선 수군 연합함 대가 옥포선착장에 도착할 때까지 왜수군 함대 50여 척에 승선한 왜군들은 선착장 주변의 민가에 분탕질을 하고 있었다. 조선수군의 함대가 격침되지 않고 왜적선 반 정도(26척)를 격침시켰고 그 함선에 승선하여 있던 왜수군 수백 명을 살해한 것이다.

나는 옥포대첩기념관을 관람하기 전에 산 중턱에 건설된 효충사(效忠祀)에 참배부터 하려고 옆의 계단을 올라갔다. 30개 정도의 계단을 밟고 올라간 곳의 축대 밑 길 왼편에 판옥선 모형과 그것의 안내 설명 표지문판이 세워져 있었다.

「판옥선(板屋船)/ 재질: 목재/ 구조: 3층(길이 6.9m, 넓이 2.0m, 높이 1.2m/ 크기: 원형의 1/6로 축소된 모형/ 제작: (주)영공방/ 평원선 선체 위에 상장을 얹고, 신방을 세워 방패 기능을 하게 했고, 포혈을 내어 곡사방포를 가능케 했다./ 중앙에는 장대를 높게 설치하여 수장의 지휘가 가능케 했다./ 화력은 천지현황포, 장군전, 신기전, 활(弓) 등으로 무장되었다./ 특히 병사 중에는 노젓기와 항해술이 뛰어난 젊은이의 기능이 판옥선의 기동력을 높게 하였다./ 근접전 중에는 노군과 치군은 2층에 위치하여 적으로부터 안전한 장점이 있었다./ 160~190명의 탑승인원 중 100~120명이 노군이었다./ 치군은 위에서 내려다보면서 포술과 궁술로 왜적을 무찔렀다.」

임진왜란 중 수군은 연전연승했다. 그 공로는 전투함인 판옥선의 공로였다. 여기에 전시된 판옥선의 모형은 판옥선 본래의 선체를 1/6로 축소하여 놓은 것이므로 아담하였다. 이 판옥선이 임진왜란 7년 동안

판옥선 모형(실제 전투함을 1/6로 축소한 것)

왜수군과의 많은 해전에서 많은 왜군 전투함들을 격파시킨 것은 판옥선을 만든 나무의 재질과 선박의 구조가 있겠으나 포혈을 통해 발사하는 포탄의 강열함 때문이었고, 조선 수군이 왜군의 만행을 징계하겠다는 의지가 강렬했기 때문이었다.

  판옥선 모형이 전시된 곳의 맞은편에는 원래 전투함 크기의 1/4로 축소된 거북선이 전시되어 있었다. 거북선은 옥포대첩에 참전하지 않았는데 여기 전시된 것이고, 판옥선에 철갑과 철못을 박은 지붕을 덮어 접전시 왜군이 함정에 올라오지 못하게 한 모습이다. 여기 기록된 제원으로 판옥선의 2/3 크기임을 알 수 있었다.

나는 효충사에 올라가 이충무공 영정에 참배하고 효충사 뒷산으로 올라갔다. 뒷산에 옥포대첩기념탑(玉浦大捷紀念塔)과 옥포루(玉浦樓)가 건설되어 있으므로 그것들을 관광하려는 것이었다. 옥포루 2층 누각에서 옥포만과 가덕도 쪽 푸르른 바다가 내려다보였다. 그리고 광장으로 다시 내려와 옥포대첩기념관으로 들어갔다. 이 기념관에는 임진왜란과 옥포대첩이 일어나 경과가 어떻게 진행되었는지의 설명문을 판넬에 예쁘고 체계적으로 기록하고 그려서 벽에 규모 있게 걸어 놓았다. 또한 학익진법으로 조선의 판옥선들이 왜수군 전투함들을 공격하는 전투모형은 기념관 중앙에 유리관 속에 있었다.

임진왜란 때 사용되었던 무기들인 왜군이 사용했던 조총(鳥銃), 판옥선에 장치하여 조선 수군들이 사용했던 각종 화포들, 포탄들, 화살들이 전시되고, 그것들에 대한 설명문을 그 옆에 간단히 기록하여 놓은 것들을 신기하게 생각하고 설명문들을 읽었다.

한 번 왔다 가는 것이 인생이고
한 번 저지른 잘못 세월가면 잊혀 진다고
사백여 년 전 왜놈들이나
북쪽의 김정은이나

옥포대첩 사백여 년 흐른 다음
조성한 옥포대첩 기념공원
옥포 주민 자존심이고

줄지어 자라는 동백나무와 빨간 동백꽃

소년시절 만났던 아름다운 소녀같다.

〈2016년 1월 10일〉

[참고 1] 거북선(龜船) : 「자재: 소나무, 구조: 3층(길이 6.9m, 폭: 2.0m, 높이 1.2m)/ 크기: 원형의 1/4로 축소한 모형/ 거북선은 1592년 임진왜란 때 세계 4대해전의 하나인 한산대첩을 승리로 견인한 전투함이다./ 판옥선에 둥근 개판을 얹고 앞에 용머리를 달아 거북이 형상이라 한다./ 적병이 근접전에서 등판을 막기 위하여 판 위에 철편을 덮고, 송곳을 꽂았다./ 배 앞과 배의 좌·우에 표혈을 만들고, 천지현황포와 장군전, 신기전 완구포 등을 장착하였다./ 주로 돌격선의 역할을 하였고, 적의 기선제압에 최상이었다.」/ 옥포대첩에는 참전치 않고 같은 달 29일 사천해전에 처음으로 참전했다./ 거북선 3척이 만들어져서 여러 전투에 참전했는데 1597(선조 30)년 7월 15일(음) 원균이 삼도수군통제사로 있을 때 일어난 칠천량해전(漆川梁海戰, Sea Battle of Chilcheonryang)에서 칠천량에 머물던 모든 함선 70여 척과 함께 거북선 3척도 일본 함선들 수백 척에 의해 격파되었다.

미륵도 당포항의 이순신

2014년 2월 18일 통영시(統營市) 미륵도(彌勒島) 미륵산(彌勒山)에 가설된 케이블 카(cable car)에 승선하여 미륵산 정상에 올라가 그곳에 세워진 관광안내판을 읽던 중 서남쪽 방향의 바닷가에 당포항(唐浦港)이 보인다고 하는 글이 있어 멀리 보일 듯 말 듯한 곳의 당포항을 내려다보았었다. 그곳이 1592년 6월 2일(음) 왜적선 20여 척이 침입하여 주민들을 괴롭히고 있던 곳이었다. 이것을 척후선에 의해 연락받은 전라좌수사 이순신(李舜臣, 1545~1598)이 지휘하는 연합함대가 공격하여 모두 격파시켰다. 이곳이 당포해전이다.

2016년 3월 2일 새벽 간단한 등산복 차림으로 당포항을 향해 길을 나섰다. 당포항을 가까이 가서 직접 육안으로 보려는 것이었다. 그리고 고속버스와 시외버스를 승차하고 달려 통영시외버스터미널에 도착하였을 때는 10시 40분이었다.

그곳 관광안내소에서 물어 알게 된 것은 당포항은 현재 삼덕항이라 부르고, 시내 중앙전통시장 버스정류소에서 산양읍 삼거리로 가는 시내버스를 승차하여 산양삼거리에서 하차하고 삼덕항은 그곳에서 작은 고개 하나를 넘어가면 된다는 설명을 들었다.

나는 그 설명대로 통영 중앙전통시장버스정류소에서 시내버스에 승차하여 산양읍 삼거리까지 가서 하차하였다. 그리고 서남쪽 방향으로 만들어진 낮은 고갯길을 걸어 올라가는데, 뒤에서 말을 거는 소리가 들려 돌아보았다.

"삼덕항 가시는 것이지요?"

하는 사람은 80세는 넘어 보이는 노인이었다.

"그렇습니다. 제가 버스기사와 이야기 하는 것을 어르신께서 들으셨습니다 그려!"

"그렇습니다. 여기서 삼덕항까지는 그리 멀지 않습니다. 이 작은 고갯길을 넘어가기만 하면 됩니다."

"그런데 어르신 연세를 여쭈어 봐도 괜찮겠습니까?"

"나 1931년생, 염소띠 85살입니다."

"그러세요. 저는 1940년생 용띠입니다. 어르신이 9년 형님이십니다. 아주머니 계시지요?"

"집사람 작년에 하늘로 올라갔습니다. 그래서 오늘도 시내 나갔던 길에 흰떡 썬 것 사 가지고 오는 것입니다. 떡국 끓여 먹으려고요."

우리나라 2,000만여 가구 중 500만이 넘는 가구가 단독가구라고 한다. 그 영감은 혼자 사니 조금 쓸쓸하고 음식을 제때 먹지 못하는 경우가 많다고 했다. 3남 1녀를 두었는데 전부 결혼하여 나가 사니 명절

때나 생일 때만 만난다고 했다.

"그런데 아르신 한 가지 더 여쭤어 봐도 될까요? 당포성지가 저기 올려다 보이는 산 능선의 정자 있는 곳이 아닙니까?"

"그곳이 당포성은 맞습니다만 저 정자는 언제 지었는지 내가 처음 보는 정자네요."

아마 정자가 최근에 건축된 모양이다. 그러니까 이 마을에 사는 노인도 처음 보는 것이다. 이 마을에서 저 당포성에 올라가는 길이 있는가도 물어보았으나 성에 올라가는 길은 삼덕항에만 있다고 했다. 이러한 이야기를 하고 그 노인과 작별했다.

그리고 나는 그 작은 고갯길을 넘어 10분 정도 후에는 삼덕항의 한 충무김밥집에 앉아 있었다. 충무김밥으로 점심식사를 하고 삼덕(당포)항을 돌아보았다. 미륵도의 서쪽에서는 항구의 넓이가 가장 넓고 앞의 두 섬 쑥섬과 곤리도가 천연적 방파제 역할을 하는 좋은 항구였다. 북쪽으로 투구 쓴 모양의 산이라 하여 이름 붙여진 장군봉이 올려다 보이고 항구 동쪽이 삼덕리 마을이고, 마을 남쪽으로 당포성으로 올라가는 층계길이 보였다. 마을을 통과하는 미륵도 일주도로 마을 앞 길가에 잘 생긴 2m 높이의 표자석에 '唐浦港(당포항)'이라 큰 글씨의 한자가 새겨 있었다. 1592년 6월 2일(음) 일어난 당포해전의 안내 설명표지문판이 항구 부근에 세워져 있어야 될 텐데 내 눈에는 보이지 않았다. 당포해전(唐浦海戰)이 인터넷 자료실에 소개된 내용은 다음과 같다.

당포항 표지석과 올려다보이는 장군봉

　「당포해전(唐浦海戰)／ 1592(선조 25)년 6월 2일(음) 전라좌수사 이
순신과 경상우수사 원균이 지휘하는 연합함대가 마륵도 서쪽 당포항
에서 왜적선 21척을 격파시킨 해전이다. / 6월 1일(음) 사천해전(泗川
海戰)에서 거북선을 앞세워 승리한 연합함대는 사량도(蛇梁島)에서
쉬고, 6월 2일(음) 아침 8시 척후선(斥候船)으로부터 당포선창에 왜
적선 20여 척이 주민들을 괴롭힌다는 보고를 받았다. / 그 보고를 받
은 연합함대는 곧 당포항으로 진군했다. / 왜적선 함대 지휘관은 카메
이고레오리(龜井玆矩)였다. / 거북선을 앞세워 돌격했다. / 중위장 권
준(權俊)의 화살에 적장 구루시마미치유키가 명중되어 바다에 떨어
지면서 왜적들은 뿔뿔이 흩어졌다. / 왜적선 13척을 격파하고 왜병들

수백 명을 사살하였다.」

6월 1일(음) 사천해전에 참전한 조선 수군 함대는 거북선 한 대를 포함하여 28척이었으며, 격파한 왜적선은 13척이었다. 당포해전에서 거북선으로 왜적선에 돌격하였는데 지휘한 조선수군 돌격장은 이기남(李奇男)이었다. 당포해전에서도 사천해전에 참전한 그 28척이 그대로 참전한 것이었다.

이순신의 난중일기(亂中日記)의 기록에 5월 7일(음) 이순신이 지휘하는 연합함대는 거제도 옥포항(玉浦港)에서 26척의 왜적선을 격침(옥포대첩)시켰고, 진해 동쪽 합포에서는 왜적선 5척을 격파시켰다. 그리고 5월 8일(음)에는 고성 적진포 앞바다에서 13척의 왜적선을 격파시켰다. 그리고 각각 전라좌수영(여수)과 경상우수영(통영)으로 귀환하였다. 그리고 6월 2일(음) 거북선을 참전시킨 가운데 당포해전에서 13척을 격파하여 승리한 것이다.

아뭏든 왜구(倭寇)들은 삼국시대로부터 우리나라의 각 지방에 쳐 들어와 강도와 살인을 일삼더니 1592년에는 대군을 몰고 쳐들어와 우리나라를 괴롭혔다. 그리고 20세기 초부터 우리나라를 35년 동안 집어 삼켜 버렸었다.

그런데 우리나라가 왜놈들만 욕하고 있으면 되는 것인가? 우리 주변에는 이웃에게 강도질 하는 한국 사람들이 없는가? 그것이 그것이다. 내가 살아온 70여 년 인생살이에서 강도들을 너무 많이 봐서 하는 말이다.

〈2016년 3월 11일〉

한산도의 이순신

한산도(閑山島, 14.79㎢)는 통영 앞바다의 거제도(巨濟島, 380.1㎢)와 미륵도(彌勒島, 39.6㎢) 사이에 위치하고 통영시(統營市)에 속한 섬이다. 약 30년 전 한 번 가 본 일이 있으나 그때는 제승당(制勝堂) 경내가 모두 정비되지 않았었다. 그런데 2014년에는 이순신(李舜臣)이 조선수군을 지휘했다는 수루(戍樓)도 고증을 통하여 재현하여 놓았다하므로 찾아 갔다.

2016년 3월 3일 아침 통영항여객선터미널에 나가 9시 출항하는 연안여객선에 승선하였다. 통영시청으로부터 한산도 제승당선착장(制勝堂船着場)까지의 거리는 5.5km이고, 여객선으로 약 25분 걸린다.

통영항 선착장에서 여객선이 뱃머리를 돌려 통영항을 미끄러져 나갔다. 봄이 다가오는 날이어서 날씨가 유난히 화창했다. 나는 3층 갑판에 올라 멀리 서쪽을 바라보았다. 미륵도와 통영시 한 곳을 연결하고 있는 연륙교(連陸橋)인 충무교(忠武橋, 1967년 완공) 위로 차량들이 왕래하는 모습이 아스라이 보였다. 통영만 입구로 여객선이 미끄러져 나갈 때는 남쪽을 바라보니 미륵도에서 가장 높은 산인 미륵산(彌勒山, 해발 461m) 정상의 케이블카 도착장이 올려다보였다.

이제 여객선이 통영만을 나와 화도(花島), 한산도, 미륵도로 둘러싸인 넓은 바다로 나갔다. 이 바다가 1592년 7월 8일 일본수군 함정 73척이 조선수군 판옥선 52척과 거북선 3척의 학익진법으로 공격하여 궤멸된 한산대첩(閑山大捷)의 현장이다. 인터넷 자료실에서 읽을 수 있는 한산대첩에 대한 기록을 옮겨본다.

「한산대첩(閑山大捷)/ 1592년 6월 말까지 전라좌수영과 경상우수영의 연합함대들은 옥포, 당포, 당항포 등에서 왜적선과 해전을 하여 연전연승하였다./ 그런데도 왜적선들은 계속 서쪽으로 공격해 왔다. 와키자카야스하루(脇坂安治)의 제1진은 함선 73척으로 진해 웅천에서 서쪽으로 진격해 왔고, 구키요시타카(九鬼嘉隆)가 지휘하는 함선 42척은 와키자카야스하루가 지휘하는 함선들을 따르고 있다는 정보가 입수되었다./ 왜적 함대들의 동향을 탐지한 조선수군 연합함대 48척(거북선 3척 포함)은 7월 5일(음) 전라좌수영 앞바다에서 합동 사격훈련을 하고, 7월 6일(음) 본영을 출발하여 노량(露梁)에서 경상우수영의 판옥선 7척과 합하여 55척이 연합함대를 형성하여 7월 7일(음) 저녁 당포항에서 머물렀다./ 그런데 그때 삼덕리 주민인 목동 김천손(金千孫)이 찾아와 "제가 미륵산에 올라 바라봤는데 왜적선 70여 척이 견내량(見乃梁)에 집결해 있습니다."라는 말을 하였다./ 김천손은 미륵산에 올라갔다가 자세히 관찰했다는 것이다./ 이순신(李舜臣, 1545~1598) 연합함대 지휘관은 견내량이 좁은 해협이고 암초도 많아 조선함대들이 전투하기에 적당한 지형이 되지 않는다고 판판하고 한산도 앞바다로 유인하여 전투하기로 하고, 7월 8일 함선들은 우선 미륵도를 남쪽으로 돌아 해간도(海艮島, 0.071㎢)까지 진격하여 머물고, 유인선(誘引船) 5척을 견내량으로 보냈다./ 원균(元均, 1540~1597) 함대와 이억기(李億基, 1561~1597)의 함대는 방화도(芳華島)와 한산도 고동산 동쪽에 대기했다./ 와키자카가 지휘하는 73척의 함대가 조선의 유인선인 함정 5척을 추격하여 쫓아 나오자 유인선들은 해간도까지 적함대를 유인하여 왔다./ 그리고 그곳에 대기하던 이순신이 지휘하는 함대와 합류하여 한산도 앞쪽으로 쫓기는 듯 가다가 한산도 입구 가까이에서 갑자기 모든 함대들이 뱃머리를 돌리고, 방화도와 고동산 뒤에 대기하던 원균과 이억기가 지휘하는 함정들이 왜선 뒤쪽으로 달려나와 학익진(鶴翼陣)을 형성하여 왜놈들의 함선을 포위하고 각종 포를 발사했다./ 불과 3시간도 되지 않아 왜적선 47척을 격파시켰고, 12척을 나포했다./ 뒤에서 오던 14척만이 김해 쪽으로 달아났다./ 사살된 왜적병의 수는 수천 명이어서 헤아릴 수 없었다고 한다.」

조선 수군의 유도작전이 성공하였을 뿐만 아니라 학익진법과 대포의 화력이 성공적이었다. 이 한산대첩이 임진왜란 3대대첩(진주 · 한산 · 행주대첩) 중 하나이며, 세계 4대해전(살리미스 · 칼레 · 트라팔가 · 한산

한산만 입구 해갑도

해전)의 하나이다. 한산대첩으로 남해의 제해권은 조선수군이 완잔히 장악하였고, 이로써 경기도, 황해도, 그리고 평안도로의 일본군의 해상 보급로는 완전히 차단되어 임진왜란이 소강상태로 되었다.

내가 승선한 여객선은 1592년 한산대첩에서 왜적의 기세를 완전히 꺾어버린 바다를 동쪽으로 달려 해갑도(海甲島)를 지나고 거북등대 옆을 지나 제승당선착장에 도착하였다. 제승당매표소 앞에는 웅장한 제승당경내의 안내지도와 함께 한산도 이충무공유적 안내 설명표지문판이 세워져 있었다.

「한산도 이충무공유적(閑山島 李忠武公遺蹟)/ 사적 제113호/ 위치: 경남 통영시 한산면 두억리/ 이곳은 충무공 이순신 장군께서 1592(선조 25)년 임진왜란 때 세계 해전사상 길이 빛날 한산대첩을 이루신 후 운주당을 짓고 1593(선조 26)년부터 1597년까지 삼도수군의 본영으로 삼아 제해권을 장악하고 국난을 극복시킨 유서 깊은 사적지이다. / 제승당은 1597년 폐진되어 1739(영조 15)년 삼도수군통제사 조경(趙儆)이 중건하고 유허비를 건립한 이래 1959년 정부가 사적지로 지정하고 보수했다. / 1975년 고 전직 대통령 박정희가 이곳을 둘러본 다음 충무공의 살신구국(殺身救國)의 높은 뜻을 후손만대에 전하도록 지시하여 경역을 보수하여 1976년 오늘의 모습으로 되었다. / 이곳에는 제승당, 충무사, 수루 등 부속시설과 건물들이 재현되었다. / 공은 가셨어도 나라 사랑의 마음은 영원히 남아 횃불이 된다. / 이곳을 찾은 사람은 옷깃을 여미고 공의 정신을 가슴 깊이 새겨 통일조국의 초석이 되길 바란다.」

이곳이 삼도수군통제영으로 정하여 진 것은 1593년 7월 15일. 이순신이 전라좌수사에서 삼도수군통제사로 진급되면서부터 였다. 7월 8일(음) 한산대첩이 조선수군의 대승으로 끝났고, 이어 2일 후인 7월 10일(음) 진해 안골포 앞바다에서 42척의 왜적선을 격침시키는 전과 때문에 우리나라의 남해에서의 제해권을 조선수군이 완전 장악한 것이다. 그러므로 1593년 7월 15일부터 한산만에 자리 잡은 삼도수군통제영이 1597년 7월 15일까지 수군들을 훈련시키고 판옥선을 건조하고 포탄과 대포, 활과 화살을 제조하면서 1340일 간 삼도수군통제영으로 주둔할 수 있었다. 삼도수군통제영은 1597년 7월 16일(음)

제승당 북쪽에 재현된 수루

칠천량해전의 패전 후 폐쇄되었다.

　나는 하―트길(road of heart)이라 부르는 매표소에서 제승당까지 1km를 걸어갔다. 아름드리 소나무들의 줄기를 가끔 안아보면서 천천히 걸었다. 대첩문(大捷門)을 지나고 약 20개 계단을 올라가 충무문(忠武門)을 지난 곳이 제승당(制勝堂) 경내였다.

　제승당은 충무문을 지난 곳에서 맞은편에 있는 건물이고, 충무사(忠武祠)는 제승당 남쪽의 건물, 제승당 뒤 서쪽에는 한산정(閑山亭)이 있다. 그리고 경내에서 북쪽에 위치하여 서쪽으로 한산만을 내려다볼 수 있는 건물이 수루(戍樓)이다. 이 글은 이제 '수루'에 대한 이야기만 쓰고 마치려고 한다.

수루는 2014년에 재현되었다. 최근에 재현되었으나 고증을 거쳐 옛날 이 충무공이 건축하여 사용했던 장소에 그때와 같은 규모로 건축되었다 하니 찾은 사람들은 믿고 보는 것이다. 한 아름 되는 10개의 기둥 위에 묵직하고 예술적인 기와지붕이 얹혀있는 건물이다. 바닥은 나무판자 마루이고 10개 기둥 밖으로 안전을 위해 난간이 예쁘게 마루 공간 밖을 두르고 있다. 건물 남쪽 추녀의 밑에는 戍樓(수루)라 큰 한자 글씨의 현판이 걸려 있고, 문에 들어서면서 맞은편 벽 위쪽에 이순신의 '한산섬 달 밝은 밤에' 라는 제목의 시가 표고되어 걸려 있다.

閑山島月明夜上戍樓
(한산도월명야상수루, 한산섬 달 밝은 밤에 수루에 홀로 앉아)

撫大刀深愁時
(무대도심수시, 긴 칼을 옆에 차고 깊은 시름 하는 적에)

何處一聲羌笛更添愁
(하처일성강적갱첨수, 어디서 일성호가(一聲胡笳)는 남의 애를 끊나니)

이 시조를 붓글씨로 정성들여 써서 표고된 것이 벽에 걸린 것을 보면 임진왜란 때 이순신 삼도수군통제사의 시름을 보는 것 같고 애국심을 생각케 된다.

수루 앞에는 수루 안내 설명표지문판이 세워져 있다.

「수루(戍樓)/ 이 수루는 일종의 망루로서 임진왜란 당시 이충무공
께서 이곳에 자주 올라 왜적의 동태를 파악하였고, 왜적을 물리쳐 나
라를 구하게 하여 달라고 기도하며 우국충정의 시도 읊던 곳이다./
─〈중략〉─/ 이 건물은 1976년 정화사업 때 한산만을 내려다 볼 수
있는 현 위치에 고증을 통해 신축하였다./ 2014년 목조로 전면 개축
하였다.」

수루는 하나의 망루라 했다. 그러면서 이충무공이 깊은 시름을 달래
고 왜적을 물리치게 하여 달라고 천지신명께 기원하는 장소도 됐다는
것이다. 전쟁을 겪지 않고 살아가는 지금의 우리나라 젊은이들이 이
충무공의 정신을 알아야 하지 않을까? 현재 북한의 실상을 들으면서
도 그들을 칭송하는 인간들이 있으니 하는 말이다.

〈2016년 3월 13일〉

남해도 관음포의 이순신

남해도(南海島, 301㎢) 관음포(觀音浦)라는 마을의 앞바다에서 1598년 11월 19일(음) 54세를 일기로 이순신(李舜臣, 1545(명종 1)~1598(선조 31)) 삼도수군통제사(三道水軍統制使)가 타계하였다. 그때로부터 418년이 지난 2016년 10월 27일 나는 그 역사적인 바다를 보려고 그곳을 찾아갔다.

진주시외버스터미널에서 남해읍행 시외버스에 승차하여 남해대교를 지나고 관음포 시외버스정류소에서 하차하였다. 관음포는 온통 도로 확장공사로 도로가 복잡하게 얽혀 있었다. 이락사(李落祠)는 버스정류장에서 300m 정도 북서쪽에 위치하고 있었다.

이락사는 이순신이 최후를 맞이한 곳의 사당이라는 뜻으로 관음포에서 바닷가 쪽에 건립된 이충무공 기념비각의 이름이다. 또한 이 지방 사람들은 관음포 앞바다를 이순신이 왜군 저격수의 흉탄을 맞아 최후를 맞은 바다라 하여 이락파(李落波)라 부른다.

관음포 시외버스정류소로부터 이락사로 오르는 계단이 시작되는 작은 마당가에 커다란 안내 설명표지문판이 세워져 있었다.

「관음포 이충무공 전몰유허(觀音浦 李忠武公 戰歿遺墟)/ 사적 232호/ 이곳 관음포 해역은 임진왜란의 마지막 격전지로서 충무공 이순신 장군이 순국하신 곳이다./ 이 앞바다에서 함정에 승선하고 도망하는 왜적들을 무찌르다가 적의 유탄에 맞아 장열한 최후를 마치니 1598(선조 31)년 11월 19일(음) 아침이었다./ 그로부터 234년이 지난 1832(순조 32)년 홍문관 대제학(弘文館 大提學) 홍석주(洪奭周)의 글로 이충무공 유적비(李忠武公 遺蹟碑)를 세웠다./ 1945년 일제로부터 우리나라가 해방된 후 1950년 남해군민 7,000여 명이 자진 헌금하여 정원과 참배도로를 조성하였고, 1965년 고 박정희(朴正熙) 전직 대통령께서 李落祠(이락사), 大星隕海(대성운해) 현판을 내렸으며 1973년 4월 사적으로 지정하고 경역을 정화하였다.」

충무공 이순신은 관음포 서쪽 바다(이락파)에서 왜적을 무찌르다가 적의 유탄에 맞아 최후를 맞았다 했는데 어느 역사서에는 '왜적 저격수의 흉탄을 왼쪽 가슴에 맞았다'라고 했는데 어느 표현이 맞는지 모르겠다. 이락사는 이충무공이 이락파에서 순국한 다음 시신이 처음 올라온 육지에 건립된 사당이다. 시신이 올라온 바닷가에 1832년 홍문관 대제학 홍석주(洪奭周, 1774(영조 50)~1842(현종 8))가 비문을 지은 비석(높이 1.9m)이 세워지고 비각 안에 안치한 것이다. 비각 건물의 앞

고 박정희 전직 대통령의 현판 글씨가 있는 이락사(李落祠)

마당 밖 출입대문과 비각 건물의 현판은 고 박정희(朴正熙) 전직 대통령의 친필 글씨 李落祠(이락사)와 大星隕海(대성운해, 큰별이 바다에 떨어지다)이다.

이 돌기둥 옆의 노량해전 약사에는 1598년 11월 18일(음) 24시 충무공 이순신이 출전기도를 올린 다음 19일 2시부터 12시까지의 전투 전개상황을 기록하고 있다. 2시경 조·명연합군 함대 150척이 관음포 앞바다에서 왜적선 500척과 접전을 벌렸다고 했다. 9시 경에는 왜선의 왜병 저격수가 발사한 흉탄이 이순신의 왼쪽 가슴을 관통하여 넘어지면서 옆에서 이순신을 돕던 조카에게 "전투가 급하게 전개되니 내가 죽었다고 말하지 말아라!"라고 최후의 말을 했다는 것이 기록되어 있다.

비각 오른쪽 앞에는 1980년 임창순(任昌淳, 1914~1999)이 홍석주의 한자 비문을 현재 사용하는 한글 문법에 맞도록 번역하여 동판에 양각한 비문이 비스듬히 바위에 박혀 있다.

「이충무공 유적지(李忠武公 遺蹟地)/ 남해읍에서 서북으로 이십여 리./ 바다에 큰 배가 넘나드는 이곳은 관음포./ 옛적 삼도수군통제사였고, 타계한 후 영의정으로 추증된 이충무공께서 순국하신 장소이다./ 공이 수군을 거느리고 왜적을 대파한 이래 지금까지 230여 년 동안 해상에는 왜적으로 인한 걱정이 없어졌지만 공은 이 싸움에서 탄환을 맞고 목숨을 잃었다./ -〈중략〉-/ 장렬한 최후를 마친 이곳에는 아무런 기념물이 없다./ 1832(순조 32)년은 임진왜란 후 네 번째 맞는 임진(壬辰)년이다./ 금상께서는 깊은 감회를 일으켜 당시 공을 세운 분들에게 추숭의 예전을 베풀 때에 가장 먼저 충무공에게 하였다./ 이때 마침 공의 8새손 항권(恒權)이 공이 맡았던 삼도수군통제사로 이곳에 부임하여 순국하신 이곳에 왕명을 받들어 제사를 드리고 나서 여러 주민들과 상의하고 이 비석을 건립하기에 이르니 공은 훌륭한 후손을 두었다./ 1832년 홍문관 대제학 홍석주 짓고, 형조판서 예문관 제학 이익회(李翊會) 쓰다./ 1980년 11월 1일 임창순 역술, 배재석 글씨」

이충무공은 순국 후 영의정에 추증되었다. 이 비석은 임진왜란이 지난 다음 234년이 되는 해인 1832년 이순신의 8세손 이항권(李恒權, ?~1835)이 삼도수군통제사로 부임하여 주민들과 상의하여 건립하였다. 아마도 1598년에 작은 나무였을 이락사 경내의 우람하게 자란 아름드리 소나무들을 나는 한참 동안 바라보다가 이락파를 바라볼 수 있는 정자인 첨망대(瞻望臺)를 향하여 발길을 옮겼다. 첨망대는 이락사 정문에서 500m 낮은 능선 소나무 숲길을 서쪽으로 걸어간 곳에 세워진 정자이다. 첨망대 앞에 첨망대를 설명하는 안내 설명표지문판이 세워져 있었다.

「첨망대(瞻望臺)/ 이 정자는 충무공 이순신 장군이 순국하신 바다를 보면서 장군의 공덕을 기리기 위해 세워졌다./ 장군은 1598년 11월 19일(음) 이 앞바다에서 펼쳐진 임진왜란 마지막 전투인 노량해전(露梁海戰)을 대 승리로 이끌고, 도망하는 왜군들을 추격하다가 왜군 저격병의 흉탄에 왼쪽 가슴이 관통된 것이다./ -〈중략〉-/ 첨망대는 2층 8각지붕으로 건평 55.8㎡(17평)이며 1991년 2월 16일 건립되었다.」

관광객이 첨망대 2층에 올라가 바다를 바라볼 수 있는 난간에서 노량해전의 설명지도와 설명문이 그려지고 기록된 설명표지문판이 내려다보였다.

첨망대에서 바라본 이락파(李落波)

「노량해전(露梁海戰)/ 노량 앞바다는 1598년 11월 19일(음) 순천
왜교성에 고립된 고니시유키나카(小西行長)를 구출하기 위해 출동한
도진의홍(島津義弘)이 지휘하는 왜함선 500여 척과 이순신 장군이
지휘하는 조·명 연합함대 150여 척이 처절한 전투를 벌린 곳이다./
이순신 함대의 공격으로 죽음의 경각에 놓인 도진의홍 함대는 막다
른 골목인줄도 모르고 관음포로 도망했다./ 그들은 이순신 함대의 맹
추격으로 크게 패하여 겨우 150여 척만 빠져나와 여수반도 쪽으로 도
주하였다./-〈이하 생략〉-」

왜적함대 500여 척 중 이 해전에서 격파된 왜적선은 350여 척이라 하고 150여 척만 여수반도 쪽으로 도피했다는 노량해전 결과를 설명하고 있다.

이순신 장군이 장렬한 최후를 맞이한 이락파와 그의 시신이 육지에 처음 올라왔다는 이락사의 관광은 감동적이었다. 충성으로 일생을 사는 사람이 그렇게 소천한다는 것은 아깝지 않은가? 홍석주의 비문 이상으로 이충무공의 애국애족 정신을 설명할 수 있는 글도 없을 것이다.

〈2016년 11월 8일〉

남해도 충렬사의 이순신

이락사(李落祠)에서 시외버스정류소에 나와 나는 지나는 시외버스에 승차하고 남해대교(南海大橋) 입구에 하차하였다. 이곳에서 남해충렬사(南海忠烈祠)는 해안도로를 따라 400m 동쪽 산기슭에 위치한다고 표지판에 기록되어 있다. 충렬사 사무실 건물이 길 건너로 건너다보이는 곳에 8각정자가 우람하게 서있었다. 이 8각정자 동쪽에서 8각정자와 남해대교를 바라보는 것은 다른 곳에서 볼 수 없는 특이한 인공 구조물의 아름다움이 인간의 힘을 과시하는 듯하였다.

8각정자 옆길 건너에 남해충렬사 안내 설명표지문판이 세워져 있었다.

「남해충렬사(南海忠烈祠)/ 사적 233호/ 소재지: 경남 남해군 설천면 노량리/ 이순신 장군을 3일 간 모신 사당이다./ 이충무공이 순국한 다음 34년이 지난 1632(인조 9)년 지역의 선비들이 노량해전

과 이충무공을 기념하기 위해 세웠던 조그마한 사당에서 시작되었
다./ 1658(효종 10)년 통제사 정익(鄭榏)이 다시 건축했고, 1663(
현종 5)년에는 현종(顯宗, 1641(인조 19)~1674(현종 15), 재위:
1659~1674)이 '충렬사'라는 사액을 내렸다./ 충렬사 내삼문 안 비각
의 대형 비석의 비문은 우암 송시열(尤庵 宋時烈)이 지었는데 충렬사
의 유래가 기록되어 있다./-〈중략〉-/ 현재의 사당에는 비각(碑閣),
내·외삼문, 재실(齋室), 가묘(假墓) 등이 있다.」

충무공 이순신(忠武公 李舜臣, 1545(명종 1)~1598(선조 31))이 순국하여
유구가 충렬사에 3일 간 모셔졌다가 고금도내 묘당도(古今島內 廟堂島)
로 옮겨졌다. 유구는 고금도(古今島, 43.23㎢)내 묘당도에 장사지냈다가
1599년 2월 11일(음) 충남 아산 현충사로 이장되었다. 이곳 주민들은
이충무공 시신이 3일 간 모셔졌던 곳에 1632년 초당을 짓고 그때부터
봄과 가을 두 차례 제사를 올렸다고 한다.
　내가 충렬사 사무실에 들어가니 50대 아주머니가 문화재해설사라
고 하면서 나를 반갑게 맞아 주었다. 자신이 충렬사를 안내하겠다고
앞서 사무실 동쪽 조그마한 동산 위에 건축되어 있는 충렬사로 올라갔
다. 이 문화재해설사 아주머니와 나는 사무실에서 나와 언덕길을 올
라가 충렬사 정문으로 들어갔다. 이때부터 이 아주머니가 나에게 설
명하여준 문화재 이야기는 여러 가지이다. 그 중 세 가지만 기록한다.
　첫째는 충렬사 내·외삼문의 현판이 고 박정희 전직 대통령의 글씨
라는 것이다. 둘째로 비각 안의 비석의 글은 숙종 때 서인의 거두 송

시열(宋時烈, 1607(선조 40)~1688(숙종 15))이 지었고, 송준길(宋浚吉, 1606(선조 39)~1672(현종 32))이 글씨를 썼다고 했다. 셋째, 사당 뒤의 공간에는 이순신의 가묘가 있고, 가묘 북쪽에는 1965년 4월 12일 박정희 전직 대통령이 이곳에 와 기념식수한 나무가 있다고 했다.

고 전직 배통령 박정희의 현판 글씨는 두 개인데 하나는 忠烈祠(충렬사) 이름의 한자 현판이고, 다른 하나는 비각 앞의 補天浴日(보천욕일)이라는 현판글씨였다. 補天浴日(보천욕일)은 '하늘을 깁고 해를 목욕시킨다'는 뜻으로 나라에 큰 공훈이 있음을 비유하는 말이라 했다.

비각 안 3m 높이의 큰 비석의 글이 조선 중기 서인의 거두였던 송시열이 지은 글이고, 글씨는 송시열과 동문수학한 명필 송준길의 글씨라는 것도 여기에서 처음 알게 된 것 중 하나였다.

고 전직 대통령 박정희가 1965년 직접 이곳에 와서 기념식수한 그 나무가 52년이 흐르면서 30m 높이로 자라났다는 것이다. 나무의 이름이 '히말라야시다'라 하여 한국에서 처음 보는 나무였다. 나무의 밑에 있는 1m 길이의 표지석에 "朴大統領閣下記念植樹(박대통령각하기념식수)"라고 새겨져 있다고 하여 그 나무 밑에 가서 그 표지석의 글씨를 확인하기도 했다.

문화재해설사 아주머니는 위 세 가지 이외 충무공(忠武公)과 충민공(忠愍公) 표지석 이야기 등 여러 가지를 설명해 주고 이순신 가묘(假墓)까지 안내한 다음 바쁜 약속이 있다고 내려갔다. 나는 가묘 앞의 가묘 안내 설명표지문판의 설명문을 읽었다.

남해도 충렬사 뒤 이충무공 가묘와 고 박정희 전직 대통령이 1965년 기념식수한 '히말라야시다'

「성웅 충무공 이순신 장군 가묘(聖雄 忠武公 李舜臣 將軍 假墓)/ 이
순신 장군께서 삼도수군통제사로 임진왜란 중 노량해전에 참전 1598
년 11월 19일(음) 관음포 앞바다에서 순국했으며, 공의 유구는 최초
로 관음포(이락사)에 올려졌고, 이곳 충렬사에 안치되었을 때의 가묘
이다./ 3일 뒤 고금도(묘당도)에 옮겨졌다.」

충무공 이순신은 성웅이라 했고, 관음포에서 1598년 11월 19일(음)
순국한 다음 시신이 이곳으로 옮겨져 모셔졌던 가묘라 했다. 그리고
시신은 3일 뒤 고금도(묘당도)로 옮겨졌다고 기록한 것이다. 충신이고

자신의 본분을 충실히 수행한 아까운 겨레의 스승이 54세의 젊은 나이로 떠나야 했으니 인간이란 자기 마음대로 올 수도 갈 수도 없으며, 세상인심이 그러한 훌륭한 인물은 오래 세상에 있었으면 한다고 오래 있는 것도 아니니 어쩌랴!

나는 가묘가 있는 곳에서 나와 바로 앞의 사당으로 가서 문을 열고 안을 들여다보았다. 앞문을 열었을 때 맞은편 벽 위에 이순신의 영정이 걸려있고, 왼쪽 벽에는 명나라 신종(神宗, 1563~1620)이 이순신에게 보낸 8종류의 선물 그림이 그려져 있었다.

고 박정희 전직 대통령은 재임시 역사적으로 숭배 받을 인물들의 유적지를 정화하는 일에 정성을 쏟은 것을 알 수 있었다. 후세인들이 그러한 숭배 받을 인물의 마음가짐을 갖도록 교육에 힘쓴 것이다.

〈2016년 11월 15일〉

남해도 노도의 김만중

　남해읍의 모텔에서 하룻밤을 쉬고, 2008년 3월 14일 아침 승용차를 운전하여 상주해수욕장 방향으로 달렸다. 금산 보리암(錦山 菩提庵)으로 올라가는 길이라는 표지판을 지나 상주면소재지로 연결된 길로 산모퉁이를 두 번 돌아간 곳의 오른쪽으로 노도횟집 표지판이 보였다. 나는 여기에서 잘 포장된 바닷가 마을로 내려가는 길로 내려갔다. 노도횟집에서 노도에 건너가는 방법을 물어보려는 것이었다. 노도횟집 앞에 승용차를 주차하였다.

　노도(櫓島, 0.41㎢(12만4천 평))는 남해도 백련마을에서 가까이 보이는데 거리가 4km라 한다. 노도로 가려면 정기연락선이 있는 것이 아니어서 노도횟집에 들어가 누구에겐가 물어보려는 것이었다. 노도횟집에 들어가니 마침 요리하는 남자가 있어 그에게 "노도에 건너가려고 하는데 어떻게 해야 합니까?" 라고 말하니 잠시 후 한 고기잡이배의 주인이 나타나 고가의 뱃삯을 요구하였다. 어찌하랴 목마른 사람이 우물을 파는 것이다 하고 고깃배를 탔다. 노도까지 어선으로 건너가는 데는 약 10분 걸린 것 같다. 지금이야 동력선으로 가니 10분만에 건너지만 17세기 말 김만중은 노를 저어 건너갔을 터이니 2시간은 걸렸을 것이다.

　노도는 삿갓(笠) 모양의 섬(사진)이다. 노도라는 섬 이름은 남해도의 선(宣)씨가 처음으로 이 섬에 입주하여 살았는데 이 섬에 들어갈 때 뗏목을 타고 노(櫓)를 저어 들어갔기 때문에 '노(櫓)'를 섬 이름으로 하였다는 것이다. 김만중(金萬重, 1637(인조 15)~1692(숙종 19))은 53세 되던 1689(숙종 15)년 노도에 유배 와서 3년 54일 동안을 이 섬 노도에서 풀뿌리죽을 먹고 살다가 숨을 거두었다.

　김만중은 남해대교도 없던 시절인 1689년 하동군(河東郡)의 남쪽 바닷가에서 범선을 타고 남해도로 건너와 하루나 이틀 쯤 걸려 백련마을까지 오고, 범선을 타고 노를 저어 바다를 건너 노도로 갔으니 유배를 당한 사람의 입장에서는 감옥 속의 감옥이었을 것이다. 1689년 김만중이 노도에 위리안치(圍離安置)된 것은 1688(숙종 14)년 장희빈이 낳은 아들 윤(昀)을 세자(世子)로 책봉해 달라는 장희빈의 강력한 요구에 따라 숙종이 그렇게 조치하려고 할 때 그것을 반대한 우암 송시열(尤菴 宋時烈, 1607~1689)을 비롯한 서인들을 죽이거나 귀양 보낸 조치(己巳換局)에 휘말린 것이었다. 장희빈이 낳은 어린 아이를 세자로 책봉하려는 것을 반대했다 하여 사약을 내려 대신을 죽이고, 외로운 섬에 위리안치 시켰다니 숙종(肅宗, 1661~1720, 재위:1674~1720)의 독단이 정말 안타깝다.

남해도 금산 서쪽 '노도횟집' 앞에서 바라본 노도(櫓島)

320여 년 전, 김만중이 귀양을 가던 그 때의 심사를 곰곰이 헤아려
보기에는 이른 봄볕이 너무 따사롭고 투명했다. 드디어 노도의 작은
선착장에 내가 승선한 고깃배가 도착하였다. 선착장 바로 위에 「西浦
金萬重先生遺墟碑(서포김만중선생유허비)」라 새긴 오석으로 만든 우람한
비석이 감만중 유배지의 안내 표지석이었다. 서포(西浦)는 그의 호(號)
이다.

한적한 선착장 위로 야트막한 언덕에 동향한 14가구의 가옥이 축대
를 쌓으면서 터를 마련한 곳에 앉아있고, 그 집들 사이 산기슭에 오솔

길이 하나 있다. 천천히 오르막 오솔길을 올라 그 산기슭 오솔길에 들어간 다음 동쪽 산모퉁이로 가는데 키가 작은 할머니 한 분이 길 가에 구부리고 앉아 있다. 착하게만 보이는 할머니가 찾아온 흰 머리의 객을 보고 미소 지었다. 다음은 그 할머니와의 대화다.

"할머니 안녕하세요? 그런데 무엇 하시는 게요?"

"쑥 뜯어요."

"할머니 한 가지 여쭈어 봐도 돼요? 이 섬에서는 사람들이 무슨 일을 하여 살아가나요?"

"젊은 사람들은 고기잡이를 주로 하지요. 아이들이 이 마을에 있는 초등학교를 다녔는데 10년 전에 폐교되었어요. 아이들이 없고, 있어도 남해읍과 상주면소재지(尙州面所在地)에 있는 초등학교로 학교를 보내니까요."

하고 묻지 않은 말까지 덧붙여 이야기를 한다.

나는 그 할머니와 이야기를 나눈 섬마을집들 옆의 오솔길을 동쪽으로 걸어서 산기슭을 돌아갔다. 산기슭을 돌아가면 조그마한 골짜기가 나타난다. 그 골짜기 중간에 조금 편평한 터가 김만중의 적거유허지이다. 곧 바로 걸어가 김만중 적거유허지로 갔다.

초가집터는 조금 편편하게 해 놓았지만 겨우 5평 정도였다. 잡초들을 제거하고 잔디를 심어 놓았으며 화강석 표지석에 「서포 김만중의 초가집터」라 새겨놓았다. 한 쪽 옆에 이곳이 김만중의 초가집 터라는 커다란 안내 설명표지문판이 서 있었다.

이곳에서 320여 년 전에 김만중이 가끔은 바다 건너를 바라보며 서 있었을 것이다. 그 모습대로 나도 그 터 앞에 서 보았다. 좌·우로는 거인이 양팔을 펼친 소매 자락처럼 산자락이 감싸고, 나의 발밑에는 자주색 제비꽃 가족이 봄소식을 전하고 있었다. 경사가 급한 김만중 적거유허지 밑에는 출렁이는 바닷물이 편편한 바위를 철석철석 소리를 내며 때리고 있었다. 바다 건너 백련마을의 집들이 올망졸망하게 보이고, 그 뒤로는 남해도의 금산(錦山) 봉우리 꼭대기의 바위들로 장식된 보리암(菩提庵)이 희미하게 올려다보였다.

김만중은 1637년 병자호란(丙子胡亂)의 와중에 유복자로 태어났다. 유복자로 태어났을 뿐만 아니라 강화도에서 교동도(喬桐島)로 건너가는 배 안에서 태어났다. 그래서 그의 어린 시절 이름이 선생(船生)이었다고 한다. 그의 아버지 김익겸(金益兼, 1614(광해군 6)~1637(인조 15))은 23세의 젊은이로서 강화성(江華城)이 청(淸)나라 군사들에게 함락되자 강화성의 남문 2층 누각에서 김상용(金尙容, 1561(명종 18)~1637(인조 15))과 함께 자폭하였다. 그 날이 바로 김만중이 태어나기 전날이었다.

남편 없이 두 아들, 만기(萬基)와 만중(萬重)을 키우는 홀어머니의 정성은 정말 지극정성이었다고 한다. 글도 직접 가르치고, 자라난 다음 송시열(宋時烈) 문하에 보내 교육시켰다. 그러나 김만중은 관직에 나가 공인의 삶을 사는 동안 세 차례에 걸친 유배생활을 하였다는 것은 그 성정의 꼿꼿함을 반증해 준다. 이는 또한 어머니의 교육이 얼마나 엄격했는가를 미루어 짐작케 한다.

또한 그가 이곳 적소에서 남긴 시(詩)는 아래 '사친'과 같이 어머니에 대한 사무치는 그리움을 나타낸 작품들이 많다. 이는 그의 효성도 효성이려니와 어머니 윤씨의 자애로움에 대한 궁금증까지 자아내게 한다. 우리는 조선시대의 대표적 어머니 상으로 신사임당을 이야기하나 김만중의 어머니 윤씨(尹氏, 1617~1690)도 사임당에 비유할 만 하다고 국문학자들과 역사가들은 말한다.

사친(思親)(어머니를 생각하며)

今朝欲寫思親語(금조욕사친어)
(오늘 아침 어머니 그리는 말 쓰려하니)
字未成時漏已滋(자미성시누기자)
(글자도 쓰기 전에 눈물이 이미 넘치네)
幾度濡豪還復擲(기도유호환복철)
(몇 번이고 붓을 적셨다가 다시 던져 버렸으니)
集中應缺海南詩(집중응결해남시)
(문집 가운데 해남에서 쓴 시(詩)는 응당 빠지게 되리)

김만중의 적거유허지로부터 좀 전에 들어온 오솔길로 100m 나온 산기슭 오솔길 삼거리에서 100여 개 돌계단을 밟고 올라간 곳에 김만중이 타계한 다음 마을 사람들이 와서 시신을 가매장했던 허묘자리가 있다. 김만중의 시신이 누웠던 한 평 남짓한 가매장지라 하여 그 공터 앞에 비스듬히 누운 표지석에 「서포 김만중의 가매장지」라 새겨져 있었다. 그곳에는 320여 년 세월이 흘렀어도 억새풀이나 잡목, 그리고 소나무의 뿌리가 범접을 않는다고 한다. 사람들은 김만중의 한이 어린 곳이어서 나무의 뿌리가 가까이 오지 못하는 게 아니냐고 말한다. 서포 김만중의 생애를 기록하여 보면 다음과 같다.

「김만중의 선조들은 충남 논산군 연산에 오랫동안 자리 잡고 대를 이어 살아왔다./ 학자이고 정치가인 사계 김장생(沙溪 金長生, 1548(명종 3)～1631(인조 9))이 그의 증조부이다./ 이 집안에는 대제학을 지낸 인물이 많다./ 김만중의 형 만기(金萬基, 1633(인조 11)～1687(숙종 13)), 김만중의 조카 김진규(金鎭圭, 1658(효종 9)～1716(숙종 42)), 종손자 김양택(金陽澤, 1712(숙종 38)～1777(정조 1)) 등이 그들이다./ 김만중은 유복자로 태어나 송시열의 문하에서 학업을 닦았다./ 정부의 여러 직책을 맡아 직무를 수행하였으나 세 번의 유배생활을 했다./ 1차가 38세 때 금성(金城)에서 2개월,/ 2차는 51세 때 선천(宣川)에서 14개월,/ 그리고 3차가 53세 때부터 56세 타계할 때까지 노도에서 37개월을 보낸 것이다./ 1690년(김만중이 54세 때) 어머니 윤씨는 타계하였다./ 그때 김만중은 장례식에도 참석할 수 없었고, 노도라고 하는 작은 섬에서 풀뿌리로 죽을 쑤어 먹으면서 윤씨 행장기(尹氏行狀記)와 사씨남정기(謝氏南征記)를 저술하였다./ 그러다가 56세 되던 1692년 4월 30일(음) 노도의 적거지에서 타계했다./ 김만중의 시신은 가묘자리에 1692(숙종 18)년 5월부터 9월까지 묻혔었다고 한다.」

상상하건대 김만중은 이곳 작은 섬 노도의 유배지에서 처음 1년은 한양으로 돌아갈 희망을 갖고 있었던 듯 그가 남긴 시문 중 '배탈 생각'이라는 시가 있다. 즉 이전 두 번의 유배지에서 1년도 되기 전 또는 1년이 갓 지난 다음 풀려났듯이 이 노도에서도 몇 달 기다리면 그리운 어머니가 계신 곳으로 돌아가리라 생각하였던 모양이다. 그러다가 1년이 지나고, 또 1년이 지나도 소식이 없자 어느 때 부터인가 마음을 정리하고 어머니께 편지를 올리는 정성으로 소설 '사씨남정기' 쓰기에 전력을 기울였을 것이다. 병이 깊어 가는 몸으로 그저 원망과 회한의 나날을 보냈던 게 아니라 구운몽(九雲夢)의 주인공 성진(成鎭)처럼 인생만사가 한 조각 뜬구름이라는 깨우침에 이르렀는지도 모른다.

앙증스러운 자주색 제비꽃이 핀 언덕을 뒤로하고 돌아서는 발길은 바른 말이 죄가 되어 꿈에도 그리던 자애로운 어머니가 돌아가셨는데도 가지 못했다는 김만중이 뒤에서 부르는 애틋한 목소리가 들리는 느낌이었다.

〈2008년 3월 15일〉

[참고 1] 남황(南荒)(남쪽 변방)/ 노량해협을 건너면서 저작한 그의 심정을 나타낸 시 하나가 남황이다.

서쪽 변방(선천)에서는 해를 지낸 귀양살이
남쪽 변방에서는 머리 허연 죄수 되었네
재가 된 마음에 거울보기 게을러지고

피눈물 흘리며 정신없이 뗏목에 올랐네
해는 지는데 고향에서는 서신도 끊기고
가을 하늘 기러기에 수심 띠우네
앞으로도 충효하기를 원하지만
노쇠하고 시들어 영원히 쉴까 두렵네

　노량 해협을 뗏목을 타고 건너면서 지은 한시라 한다. 남황(南荒)인 남해섬으로 가는 마음은 거울이 있으면 거울 속의 자신의 얼굴을 바라보기도 귀찮을 정도로 피폐해지고 있었을 것이다.

거제도의 김영삼

 나는 거제도(巨濟島, 380.1㎢) 옥포만과 그 북쪽 옥포대첩기념공원을 관람하고 다시 택시에 승차하여 전직 대통령 김영삼(金泳三, 1927.12.20~2015.11.22)의 생가로 갔다. 그의 생가는 옥포대첩기념공원에서 8km라 했다. 동백꽃나무 가로수가 예쁘게 심어져 있는 길을 나와서 바닷가 길을 북쪽으로 달려 첫 번째 만난 바닷가 마을이 덕포마을이고, 덕포마을을 지나 해안 길을 약 4km 달려간 곳이다. 외포리 대계마을에 전직 대통령 김영삼의 생가가 있고 택시는 생가 앞에 도착하였다. 그 생가 바로 옆에는 현대식 3층 건물로 건설된 기념관이 개관되어 있었다.

 김영삼 생가는 축대를 쌓고 그 축대 위에 건축된 한옥이어서 이 집에 들어가려면 16개 의 자연석으로 쌓은 돌층계를 밟고 대문으로 올라가도록 되어 있었다. 돌층계 옆에 이 집의 안내 설명표지문판이 세워져 있었다.

「전직 대통령 김영삼 생가(前職 大統領 金泳三 生家)/ 이곳 거제시 장목면 외포리 1372번지는 김영삼 전직 대통령(1927~2015, 재임: 1993.02~1998.02)이 태어나 자란 곳이다./ 김영삼 전직 대통령은 1927년 12월 20일 태어나 거제장목초교를 다녔고, 서울대 4학년 재학 중인 1951년(24세) 이화여대 3학년 손명순(孫明順, 1928~)과 결혼 이 집에 신접살림을 차렸었다./ -〈중략〉- / 1893년 목조기와 건물 5동으로 세워진 생가는 100년 이상의 세월이 흐르면서 건물 전체가 낡았는데 2,000년 8월 김 전직 대통령의 부친 김홍조 옹이 대지와 건물 모두를 거제시에 기증하였다./ 2001년 5월 9일 거제시는 현재의 모습(대지 536㎡위에 건물 3동)으로 재건축 한 것이다./-〈이하생략〉-」

김영삼 전직 대통령이 1927년 12월 20일 17세 소년 김홍조(金洪祚, 1911~2008)의 제품으로 이 집에서 태어났고, 초등학교도 이곳에서 다녔다. 이 집은 1893년 건축되었다고 했다. 김영삼은 6 · 25전쟁 중인 1951년 손명숙과 결혼했다. 26세 때 최연소 국회의원으로 당선되었고, 그 후 9선의원이 되었으며, 민주화 투쟁한 경력의 기록이 위 설명 표지문판에 기록되어 있으나 그런 것들은 독자 모두 잘 아는 사실이니 생략하였다. '이하생략' 부분에서는 생가의 앞과 뒤가 축대를 쌓아 올렸다는 것, 그 축대 길이가 130m 라는 것, 본채의 상량문이 김영삼 전직 대통령의 친필이라는 것, 그리고 그의 부친과 모친의 묘가 생가에서 보이는 곳에 있다는 것이 기록되어 있어 생략한 것이다.

그의 부친 김홍조(金洪祚, 1911~2008)는 한일병합시대 순경을 하며 독립투사들에게 좋지 않은 일을 한 사람이라 하는데 그것은 이 글에 쓸 일은 아닐 듯하다. 1945년 우리나라가 일제로부터 해방되기 전부터 거제도에서 멸치어장을 경영하여 아들의 정치 뒷바라지를 했다 한다. 김영삼은 17세 소년 김홍조의 작품이다. 김영삼은 형재자매가 1남 4녀였다.

나는 돌계단을 밟고 대문으로 올라가 안으로 들어갔다. 그리 넓지 않은 마당 서쪽 편에 김영삼의 동상(銅像, 황금색 흉상)이 높이 1m의 흰 대리석 받침대 위에 놓여 있었다. 모습이 비슷하고 표정도 잘 나타낸 듯하였다. 동상(銅像)의 설명문은 오석재질의 기념비석 앞면에 기록되어 있었다.

「중국 한원비림에서는 김영삼 대통령의 흉상을 제작하여 김영삼 대통령 기념관에 삼가 기증합니다./ 김영삼 대통령께서는 한국의 문민 대통령으로서 한·중 양국의 정치·경제·외교·문화교류 등 많은 공헌을 하였으며, 2,000년 중국을 방문하였을 때 우리 한원비림을 참관하시고 '東邦文化 藝術寶庫(동방문화 예술보고)라는 8글자의 큰 휘호를 내리셨습니다./ -〈중략〉- / 우리 중국 한원비림 전체 임직원들은 김영삼 대통령을 중국 한원비림 명예총재로 추대하였으며, 김영삼 대통령 흉상은 중국 당대 최고의 조각가 조준양 선생이 설계·제작하였습니다./ -〈중략〉- / 2006년 4월 일/ 중국 한원비림 창건인 한원비림 명예총재 이공도」

생가 마당 서쪽에 안치된 김영삼 전직 대통령 흉상

  김영삼의 흉상은 중국 한원비림에서 2006년 4월 중국 최고의 조각
가 조준양이 설계ㆍ제작하였다고 했다. 김영삼이 1998년 02월 대통
령 임기를 마치고 몇 년 후인 2006년 중국에 갔다가 한원비림을 방
문하고 '東邦文化 藝術寶庫'라는 휘호를 써 주었다. '중략' 부분에서
는 한원비림이 중국에서 흉상제작의 최우수업체임을 자랑하는 내용
과 한ㆍ중 양국의 우호관계가 영원히 지속되기를 바란다는 내용이다.
  고 김영삼 생가의 안채 두 방에는 김영삼 대통령의 글씨와 가족들
의 사진이 벽을 돌아가며 규모있게 걸려 있었다. 그는 훌륭한 서예가
였다. 그 훌륭한 서예솜씨로 쓴 '浩然之氣(호연지기, 공명정대하여 어떤 사

람을 대해도 부끄러움이 없는 도덕적 용기)', '大道無門(대도무문, 깨달음의 세계로 가는 길에는 조건은 중요치 않다)'이라는 글이 표고되어 문의 앞과 벽에 걸려 있었다.

나는 안채와 동쪽 사랑채 사이를 지나 뒤뜰로 가 보았다. 자연석 3단으로 쌓은 석축 겸 돌담장이 앞을 가로막았는데 들어갈 때 사랑채에 막혀 보이지 않았던 둥글게 돌로 쌓아올린 우물 둑이 보이고 그 둑 위에 덮인 뚜껑은 반쯤 열려 있었다. 이 우물은 1893년 이 집이 처음 건축될 때부터 이 집에 사는 사람들이 씻고 마시고 밥 짓는데 사용한 물을 제공하였을 것이다. 집은 낡아서 김영삼의 부친이 2000년 대지와 건물을 그대로 거제시에 기증하고, 2001년 거제시가 집을 다시 증수했을지라도 이 우물만은 그대로 있었을 것이라 생각되었다.

이제 이 우물 옆에서 다시 앞문으로 나와 이 집의 동쪽에 현대식 건물로 건축된 김영삼 대통령 기념관으로 들어갔다. 기념관의 주 전시실은 2층이었다. 2층 전시실에는 김영삼의 어린 시절 사진을 확대하여 표고한 것과 그의 정치생활 하는 동안 촬영된 귀한 사진들이 표고되어 벽에 걸려있었다. 그리고 김영삼의 경남중학교 학생시절 입었던 교복도 유리함에 담겨 있었다. 그 외의 전시물들은 2015년 11월 22일 그가 타계했을 때 여러 찬넬의 텔레비전에서 방영되어 국민 모두가 보았던 것들이다.

2층의 마지막 전시실은 하나의 거실 분위기를 나타내고 있다. 거실의 귀퉁이에 의자가 직각으로 놓이고, 김영삼 부부의 동상이 그 의자에 앉아 있었다.

김영삼 대통령 기념관 거실에 안치된 부부 동상

　이제 거제도의 한 바닷가 마을에서 태어나 세계에서 유일하게 분단된 국가지만 이 나라의 대통령이 된 사람이 어린 시절 약 15년 살았다는 섬마을집과 그의 기념관을 둘러보았다. 이러한 농어촌에서 태어난 사람도 대통령이 될 수 있다는 것을 보여주는 것이다. 김영삼은 2015년 11월 22일 0시 22분 패혈증과 급성신부전증으로 하늘로 돌아갔다. 동물과 식물 어느 것이건 생물은 돌아갈 때가 있는 것이니 인생은 초로인 것이다.

　내가 생각하는 그의 훌륭한 업적을 두 가지 말하라 하면 금융실명제와 육군 하나회 해체라고 생각한다.

그러나 우리는 전직 대통령 김영삼이 명예로운 일만을 재임시 하였는가(?)도 생각할 여지가 있음을 알아야 한다. 한보대출비리, 1997년 외환위기(IMF 사태) 일어남, 그리고 그의 둘째 아들 현철의 부끄러운 비리 문제는 결코 명예롭지 않은 일들이다. 누가 중요한 직책에 앉더라도 비리를 행하는 것은 명예롭지 않은 것임도 알아야 할 것이다.

거제도 외포리 대계마을

외포리 대계마을은 작은 섬마을이요
이곳에서 17세 고기잡이 어부의 아들로 태어난 사람이
오천 년 역사의 나라지만 분단국인
나라를 이끈
대통령으로 되었어요

금융실명제, 하나회 척결 등
훌륭한 업적도 있었는데
한보대출비리, 재임 중 IMF 초래, 아들의 비리 등은
국민들에게 낯 뜨거운 일이었어요.

〈2016년 1월 15일〉

미륵도의 박경리

2014년 2월 18일 케이블카로 미륵도(彌勒島, 45.59㎢) 미륵산(彌勒山, 461m) 정상에 올라가 아래 펼쳐진 섬마을들을 내려다보다가 옆에 세워진 설명표지문판의 설명문을 읽었는데 미륵산 서남쪽 기슭에 2008년 타계한 소설가 박경리(朴景利, 1926~2008)가 잠들어 있다고 기록되어 있었다. 까마득히 멀리 보이는 그곳을 한 번 찾아갈 것이라 생각하고 미루어 오다가 2016년 3월 2일 찾아갔다.

미륵도의 박경리 공원 입구는 박경리 기념관이다. 그런데 찾아간 박경리 기념관은 휴관일이어서 잠겨 있고, 관리인도 없었다. 매표소의 앞에「휴일 다음날은 휴관」이라 기록한 표지판이 세워져 있었다. 내가 찾아간 날은 3 · 1절 다음날이었다.

2층 기념관 입구 앞 정원에는 2015년 10월 2일 11시 제막된 박경리의 동상이 세워져 있었다. 동상은 1m 30cm의 실제 박경리의 몸보다 작은 크기였다. 서울대학교 미술대학 조소과 권대훈 교수가 2014년

박경리 기념관 옆 박경리 선생 동상

부터 제작하였다고 기록되어 있었다.

　나는 그 바로 옆에 세워진 높이 180cm, 폭 60cm, 두께 20cm의 오석 재질 비석에 새겨진 글을 읽었다. 하나는 1962년 박경리의 장편소설 '김약국의 딸들'(을유문화사)의 제1장 '통영'의 첫 쪽에 기록된 글이고, 또 하나는 1969년 9월부터 26년 간 여러 월간잡지와 신문에 연재한 대하소설 토지의 제1부 제1권 제1편 첫 쪽 '어둠의 발소리'의 '서(序)' 중에서 '1897년의 한가위'였다. 통영 라이온스클럽이 주관하여 2010년 11월 4일 건립한 것이다.

　이 비석들 옆으로 '박경리 공원'으로 올라가는 길이라는 표지판이 있으므로 발길을 그 등산로로 옮겼다. 나무테크 계단길이다. 계단 길 양편에는 동백나무와 소나무, 그리고 베고니아꽃나무가 자라고 있었다.

이 공원 1,000평 부지는 통영 양지농원 부지였다. 양지농원은 지금 조성되어 있는 박경리 공원 서쪽의 팬션과 주택 몇 채와 임야, 그리고 밭을 가진 통영의 한 유지가 운영한다고 한다. 2007년 봄 어느 날 박경리가 통영에 내려와 양지농원이 운영하는 펜션에서 머문 일이 있는데 그때 양지농원 주인과 만나 이야기를 나누는 동안 "내가 죽으면 이곳에 와서 영원히 잠들고 싶습니다."라는 이야기를 하여 양지농원 주인이 이 부지를 쾌히 제공하겠다는 응답을 받았다고 한다. 공원으로 약 100m 정도 등산로를 올라간 곳에 양지농원 주인이 거주하는 집이 있다. 그 집 옆에 샛빨간 동백꽃과 홍매화가 만발하여 있었다.

양지농원 주인의 주택 바로 뒤에는 박경리의 생애가 안내 설명표지 문판으로 세워져 있었다. 이 설명문판과 인터넷 자료실에서 읽을 수 있었던 박경리의 생애에 대한 것 몇 가지는 다음과 같다.

「박경리는 1926년 10월 26일 충무시 명정리에서 박수영(朴壽永)의 장녀로 태어났다./ 본명은 박금이(朴今伊), 1945년 진주여고를 졸업하고, 1946년 1월 30일 거제의 괜찮은 집안의 아들 김행도(金幸道)와 결혼했다./ 그와의 사이에 딸 영주와 아들 철수를 낳았다. 그리고 1950년 수도여사대를 졸업하고 황해도 연안여중 교사로 취임하였다./ 그러나 그해 6·25전쟁이 일어나고 남편 김행도(?~1950)는 좌익 활동을 하다가 사형되었다./ 아들도 병마에 시달리다 타계하였

다./ 박경리의 일생 중 가장 불행한 해였을 것이다./ 박경리는 1955
년 8월 단편소설 '계산'을 현대문학에 발표하고, 국문학계의 거장 김
동리(金東里, 1913~1995)의 추천에 의해 소설가로 문단에 등단하였
다./ 그리고 1962년 이후로 장편소설 '김약국의 딸들'을 비롯하여 많
은 장·단편 소설을 발표했다. 특히 1969년 8월부터 월간지와 일간
지에 발표하여 1994년 탈고한 대하소설 '토지'는 노벨문학상 대상작
이라 문학평론가들은 평가한다.」

생애와 연혁을 정리한 설명표지판에서 약 50m 올라간 길가의 잔디
밭가에 뉘어있는 흰 바위에 박경리의 시 '옛날의 그 집'이 새겨져 있었
다. 다음은 '옛날의 그 집'의 끝부분이다.

옛날의 그 집

박경리

〈이전 생략〉

대문 밖에서는

늘

짐승들이 으러렁 거렸다.

늑대도 있었고 여우도 있었고

까치독사 하이에나도 있었지

모진 세월가고

아아 편안하다 늙어서 이리 편안한 것을

The Land of Sea - TongYeong

박경리 선생 태어난 집
통영시 문화동 328-1

이곳은 소설가 박경리 선생이
태어난 집입니다.
현재는 박경리 선생님과 연고가
없는 일반 시민이 살고 있으므로
내부는 공개하지 않습니다

TongYeong History & Culture Travel Sketches Course

통영시 중심 박경리 선생 태어난 집 표시

버리고 갈 것만 남아서 참 홀가분하다.

박경리 선생이 대하소설 토지의 출판을 끝내고 글 쓰는 일의 집착을 벗어나 노년생활을 하는 심정을 시로 나타낸 것이다. '늙어서 이리 편안한 것을' 이라고 했다. 늙어서 편안한 것이 아니고 늙어서 '대하소설 토지'를 탈고하여 마음이 편안하였을 것이다. 그리고 '마음이 홀가분하다'라고 한 것은 글 쓸 욕심이 없으니 홀가분했지 않았을까(?) 하는 생각이 들었다.

이제 더 올라가니 길 옆 바위에 글 쓰는 후배들에게 마음자세를 가르치는 산문인 '마지막 산문'이 새겨진 바위들이 세 개 정도 보이고, '눈먼 말'이라는 시가 바위에 예쁘게 기록되어 있다.

눈먼 말

박경리

글 기둥 하나 잡고
내 반평생
연자매 돌리는 눈먼 말이었네
아무도 무엇으로도
고삐를 풀어주지 않았고
풀 수도 없었네
〈이하생략〉

　1988년 지식산업사 간행 '못 떠나는 배'에 게재된 시이다. 자신이 소설 쓰는 일을 '글 기둥'이라 표현했고, 그 글 쓰는 일을 '눈먼 말'이 연자매 돌리는 것과 똑 같다고 했다. 눈먼 말을 연자매에 묶어 놓은 나무에 묶어놓은 끈과 같이 매어 놓아 주인이 채찍으로 때리면 앞으로 갈 때 연자매가 돌아간다. 그와 똑같이 자신은 그 '글 기둥'에 어떤 보이지 않는 끈으로 묶여 있어 누군가 그 묶여있는 자신을 채찍으로 때려 그 끈을 풀 수 없으므로 그 상태로 인생길을 달릴 수밖에 없었다고 한 것이다.
　이제 박경리 공원 맨 위로 올라가니 박경리가 영원히 잠든 곳이다.

모든 생명이 있는 동물이나 식물은 그 살아있는 기간의 길고 짧음은 있을지나 언제인가는 생명이 없어지는 것이다. 그 누구도 그 굴레를 벗어날 수 없으니 어쩌랴! 봉분 앞에서 두 손 모아 인사하고 묵념했다. 묘소에는 문인석(文人石)과 무인석(武人石), 석수(石獸)나 망주석(望柱石)도 없고 상석(床石) 하나만 달랑 놓여 있었다. 봉분도 조그맣다. 박경리가 그렇게 하기를 원했는지 모른다. 인생이 허망한 것임을 확인한 여행이었다.

〈2016년 3월 12일〉

제6장
제주특별자치도의 섬마을

제주특별자치도의 섬마을들을 찾아간 이야기들을 썼다. 제주특별자치도는 우리나라에서 가장 큰 섬이어서 설화도 많다. 특히 조선시대 유배인들이 머물렀던 적거지가 많다. 적거인사들의 머물렀던 적거지를 찾아가고, 그들의 생애를 진술하게 기록하려 하였다. 유배인이 아닌 김만덕이나 북제주군수 김태진, 그리고 화가 이중섭의 이야기를 기록하는 재미가 있었다.

남원읍 의귀리의 김만일

2015년 3월 10일 제주시외버스터미널에서 시외버스에 승차하여 서귀포 법환동 남쪽 바닷가에 도착하고, 그곳에서 범섬과 배염줄이를 관광(정용순, '섬마을 설화', 수필과비평사, 360~359쪽, 2016)한 다음 택시에 승차하여

"남원읍 의귀리 아시지요? 그곳에 가려고 합니다."

했더니 택시기사

"네 잘 압니다. 제 친한 친구가 의귀리에 살고 있어요."

했다. 택시는 서귀포에서 동쪽으로 제주 일주도로를 달렸다.

의귀리 마을회관에 쉽게 도착하였다. 마을회관은 노인정과 의귀리 사무실, 그리고 회의실을 갖추고 있는 2층 건물이었다. 우리나라의 마을회관 중에서 가장 훌륭한 마을회관이라 생각되었다. 마당 가운데 정원에는 대형 오석 재질의 커다란 비석에 김만일(金萬鎰, 1550~1632)의 생애가 기록되어 있었다.

마을회관의 사무실에 들어가니 마침 이장이 자리에 앉아 있다가 자리에서 일어나 인사를 했다. 키가 작은 편인 50대 남자였고, 얼굴은 희고 둥근 사람이었다.

"김만일 선생의 생가와 묘소를 보러 왔는데 가능한지요?"

하고 내가 이장에게 물으니 이장이

"김만일 선생의 생가는 아직 재현되지 않았습니다. 지금 그 집은 1900년 초부터 대대로 살고 있는 사람의 집이라 팔 수 없다고 하여 재현시키지 못하고 있습니다. 묘소는 보실 수 있습니다."

라고 말했다.

"김만일 선생의 생가가 재현되지 않았다 해도 괜찮습니다. 터만 보면 되고요, 묘소를 볼 수 있으면 안내 부탁드립니다."

이장은 앞서 마당으로 나갔고, 내가 따라 나가니 마을회관 앞마당에 주차해 놓은 자신의 15인승 승합차에 승차하라 하더니 꼬불꼬불한 마을길로 약 200m를 운전하여 들어갔다. 길은 좁은데 길 양 옆의 돌담이 2m 높이로 높으니 좀 답답하였다. 마을의 집들에 돌담이 높은 것은 바람이 많은 제주도에서 바람을 막기 위한 조치이고, 길이 좁은 것은 시골에서 텃밭을 한 평이라도 넓게 가지려는 시골 사람들의 바람 때문일 것이다.

이장은 김만일의 옛 집터라는 곳의 문 앞에 승합차를 세웠다. 초록색 함석지붕의 집이 아늑하게 자리 잡고 있었다.

"이 집터가 김만일 선생님 생가터입니다."

라고 말했다. 김만일은 제주도 서귀포시 남원읍 의귀리(濟州道 西歸浦

市 南原邑 衣貴里)에서 1550년 태어나고, 1632년 그곳에서 잠든 헌마공신(獻馬功臣)이다. 소년 김만일은 너 나 없이 가난했던 어린 시절 서귀포시 성산읍(西歸浦市 城山邑)의 목마장(牧馬場)에서 말(馬) 테우리로 열심히 말 키우는 일과 말을 길들이는 방법을 배우면서 자라났다. 그러다가 목마장 주인의 딸과 사랑하게 되어 결혼하여 가정을 이루고 그 목마장의 후계자가 된다.

이렇게 생활하여 400여 년 전 나라에 군마를 헌마하여 큰 도움을 준 김만일에 대한 이야기(권무일, '헌마공신 김만일과 말', 평민사, 2012)를 어떻게 읽게 되었으며 그 역사소설의 이야기 줄거리는 어떻게 전개되는지를 기록한다.

「나는 지난달(2015년 2월) 조선시대 중기 1618년 제주에 유배 갔었던 간옹 이익(艮翁 李瀷, 1579~1624)의 적거지(謫居址)에 세운 적거지표지석(謫居址標識石)을 찾아갔고, 그 찾아갔던 것과 간옹 이익의 생애를 기록(정용순, 섬마을 설화, 수필과비평사, 365쪽, 2016)하면서 간옹 이익의 장인이 김만일(金萬鎰, 1550~1632)임을 알게 되었고, 김만일이 43세 때인 1592년 임진왜란(壬辰倭亂)이 일어났는데, 그때 군마로 훈련시킨 우수한 말 500백여 필을 조정에 헌마했다는 소설 '헌마공신 김만일과 말'을 읽게 되었었다. / 그러면서 김만일은 어떤 의병보다 훌륭한 의병이라 생각했다. / 김만일은 선조로부터 헌마공신(獻馬功臣)의 칭호를 받았다. / 1620(광해군 13)년에도 시도 때도 없이 침범하여 오는 왜구들의 퇴치에 사용되도록 군마 500여 필을 조정에 헌마했다./ 광해군(光海君)은 김만일에게 종1품 숭정대부(崇政大夫)의 벼슬을 수여하였다./ 그러자 사간원의 관리들이 서슬이 파란 항의 상소를 했다./ 물론 김만일은 그 직책을 약 3개월 근무하고 사직하였다./ 두 번이나 장가갔고 두 번째 부인으로부터 남매까지 출생하여 키우고 있는 40세의 유배객 간옹 이익과 자신(김만일)의 19세 된 고명딸 갑순(甲順, 1601(선조 34)~1666(현종 7))의 결혼을 허락해 달라는 제주 목사 이괄(李适, 1587(선조 20)~1624(인조 1))의 중매를 김만일이 바로 허락한 것은 이익이 사간원 정언을 역임한 유능한 사람이므로 가까운 장래에 유배가 풀려 본직에 돌아갈 사람임을 짐작했기 때문이었다./ 김만일은 1627(인조 4)년 12월 정묘호란(丁卯胡亂)이 일어났을 때도 군마 500 필을 정부에 헌납하였다./ 그래서 김만일이 공식적으로 헌납한 군마는 총 1,500 필 정도였다고 한다.」

이제 의귀리 이장이 김만일의 묘소로 안내하겠다고 하면서 그의 15 인승 승합차를 운전하여 김만일 생가터에서 뒷산 말사육장이 있는 곳으로 연결된 시멘트 포장도로를 약 500m 올라가고, 그 다음 좌회전하여 측백나무 가로수가 늘어선 비포장도로를 200m 가더니 우회전하여 또 400m 올라간 곳의 김만일의 묘지 남쪽에 승합차를 멈추었다.
"북쪽의 묘소가 김만일 선생님의 묘소입니다."
라고 소개하였다, 묘소는 남향이고 바위로 쌓은 담이 사각형 되게 봉분을 두르고 있었다. 잔디가 봉분과 묘지 마당에 무성하게 덮여 있고, 문인석 한 쌍이 봉분 앞 좌우 바위로 쌓은 담에 기대어 세워져 있

김만일 공 잠든 곳 앞에서 의귀리 이장(2015년 03월 11일)

었다. 화강암비석 한 기가 오른쪽 문인석 옆에 서 있었다. 그리고 최근에 세워진 것으로 보이는 말쑥한 묘지의 안내 설명표지문판이 바위 담의 앞에 있었다.

「김만일(金萬鎰) 묘역(墓域)/ 제주특별자치도 기념물 제65호/ 소재지: 서귀포시 남원읍 의귀리 1773/ 지정일: 2009년 7월 29일/ 조선중기 헌마공신(獻馬功臣) 김만일의 분묘는 비교적 정확한 축조시기를 알 수 있어 17세기 제주분묘의 축조양식 및 구조를 알 수 있다./-〈중략〉-/ 헌마공신 김만일은 1592(선조 25)년부터 1630(인조

김만일 생가터

7)년까지 국가에 전투가 발생할 때마다 제주마 수백 필씩을 헌납하여 '헌마공신' 칭호를 선조(宣祖, 1552(명종 7)~1608(선조 41), 재위: 1567~1608)로부터 받았다. / 지위는 종1품 숭정대부(崇政大夫)에 올랐고, 후손들은 1658(효종 9)년부터 1895(고종 32)년까지 김만일이 경영했던 목마장을 비롯한 산마장(山馬場)의 감목관(監牧官)을 세습하였다.」

이 묘소는 2009년에 제주특별자치도 기념물 제65호로 지정되었다. 김만일은 자신의 책임을 충실히 수행하여 누구보다도 보람찬 생을

산 것은 틀림없다. 군마로 사용할 수 있도록 훈련시킨 군마 수천 필을 국가에 헌납하였으니 선조도 그에게 헌마공신 칭호를 내린 것이다. 제주도에서 말을 기르는 사람으로는 전무후무한 일이다. 후손들은 김만일 사후 약 250년 동안 종6품 감목관을 세습하여 사복시, 점마관, 그리고 제주목사 등으로부터 수탈당하는 일이 없게 되었다고 한다.

나는 제주도의 한라산 동남쪽 기슭 김만일의 생가와 잠든 곳을 찾아보고 인생은 자신도 모르게 세상에 왔다가 자신도 모르게 세상을 떠나가는 존재임이 한 번 더 실감되었다. 김만일은 그러한 인생임을 알면서 국가에 어려움이 있을 때마다 수백 필의 말들을 헌마했고, 가는 줄도 모르고 이 언덕에 잠들어 380여 년이 흘러간 것이다.

나의 생각에는 김만일과 같은 훌륭한 인재는 보통 사람의 두 배 정도의 수명이 허락되었으면 좋겠다고 생각한다. 그런데 대개의 경우 훌륭한 인류의 스승이 될 만한 사람은 수명이 짧으니 안타깝다. 나도 얼마 있으면 염라대왕을 만날 것이니 내가 염라대왕을 만나면 그의 급소를 붙들고 위협할 것이다. "모든 사리처리를 선거로 끌고 가려고 하는 놈들, 예의 없는 놈들을 빨리 지옥으로 데려가고, 이웃을 위해 나눔의 덕을 베푸는 사람들에게 장수의 은혜를 베풀지 않겠느냐!"하고 소리칠 것이다. 그렇게 해달라고 애원도 할 것이다.

〈2015년 03월 18일〉

제주 산지포항의 김만덕

18세기 말 산지포항에서 객주집을 운영했다는 김만덕(金萬德, 1739(영조 15)~1812(순조 12))의 나눔 행사가 흉년에 많은 제주 주민의 생명을 구했다 하여 그 객주집이 있던 자리에 객주집을 복원하여 놓았을 뿐만 아니라 그 재현된 객주집 남서쪽 100m에 김만덕 기념관이라는 일종의 박물관을 3층으로 건축하여 개관하였다 하여 2017년 2월 20일 찾아갔다.

국민은행 제주지점 앞쪽에서 약 1km 북쪽에 위치한 산지포항을 찾아가는 것은 그리 어렵지 않았다. 인터넷 자료실에서 보았던 3층 건물 김만덕 기념관을 발견하고 현관 안으로 들어갔다. 입구에 들어서면 거실인데 중앙에 김만덕 여인의 대리석 조각상과 그 대리석 조각상 좌우에 구휼미(救恤米) 가마니 더미가 쌓여있었다.

김만덕 기념관의 3층에는 김만덕의 생애와 김만덕이 살았던 제주도를 만화로 설명하여 벽에 규모 있게 판넬로 만들어 부착되어 있었

김만덕 기념관 옆면 현판

다. 김만덕 기념관 3층 전시실의 만화로 설명된 김만덕의 생애를 요약하여 기록한다.

「김만덕의 생애(金萬德의 生涯)/ 김만덕은 김응렬(金應悅)을 아버지로, 제주 고씨를 어머니로 제주의 가난한 집안에서 1739년 태어나 12세에는 부모가 모두 사망하였다./ 김만덕은 3남매 중 고명딸이었다./ 살아가기 힘들자 김만덕은 산지포항 주변의 객주집에서 기생의 몸종으로 들어가 심부름을 했고, 나이가 들면서 가무(歌舞)를 배워 제주에서 가장 유명한 기생이 되었다./ 그러나 그녀는 몇 년 후 제주목사에게 애원하여 제주의 기적에서 자신의 이름을 제거하여 달라고 한다./ 그 청이 받아들여져 만덕은 기적에서 제외되었다./ 기적에서 제외된 다음 객주집을 운영하면서 육지와의 상거래를 하는 상인이 되었다./ 제주의 특산물인 말총, 녹용, 귤, 미역, 전복, 우황 등을 육지에 팔고, 육지에서 쌀, 옷감, 장신구, 화장품 등을 들여와 제주의 양반층 아낙네들에게 팔았다./ 차익금을 저축하여 몇 년 후에는 제주에서 손꼽히는 거부가 된다./ 김만덕은 관가의 물품도 조달하였고, 산지포항의 상품유통을 독점하는 포구주인권(浦口主人權)을 획득한다./ 그런데 제주에 1792(정조 16)년부터 1794(정조 18)년까지 연이은 흉년으로 많은 주민들이 굶어 죽었다./ 제주목사 심낙수(沈樂洙, 1739(영조 15)~1799(정조 23))는 1794년 9월 17일과 10월 23일 두 차례에 걸쳐 조정에 구휼미 2만 섬을 요청하였다./ 그러나 조정에서는 1795년 윤2월 5천 섬의 구휼미를 12척의 배에 실어 인천에서 제주로 보냈는데 폭풍에 난파되었다./ 2만 섬을 보내도 부족한데 3천섬 정도만 제주에 도착하였다./ 이러한 소식을 들은 김만덕은 자신의 전 재산을 풀어 전라도에서 쌀을 구입하여 1795년 가을 제주목사에게 보냈다./ 이러한 김만덕의 선행은 제주목사 이우현(李禹鉉)에 의해 정조에게 보고되었다./ 정조(正祖, 1752(영조 28)~1800(정조 24), 재위: 1776~1800)는 제주목사에게 김만덕의 소원이 무엇인지 물어 알려달라고 했다./ 김만덕은 그 물음에 "한양 임금님 계신 대궐에 가서 임금님을 우러러 뵙는 것과 금강산을 구경하는 것입니다."라고 말했다./ 정조는 그 소원을 듣고 제주목사에게 김만덕을 한양의 궁

궐로 보내라고 하여, 김만덕은 1796년 3월 일 창덕궁에 도착하고 정조를 우러러 뵈었다. / 정조는 김만덕에게 '내의원의녀반수'(內醫院醫女班首)라는 벼슬을 내리고, 김만덕이 금강산을 구경할 때에는 스님들이 가마를 메어 김만덕이 금강산을 두루 구경하게 했다. / 김만덕은 서울로 돌아와 당시 영의정 채재공(蔡齋恭, 1720(숙종 46)~1799(정조 22))을 비롯한 여러 대신들도 만나고 그들이 작성한 김만덕 칭송 시들을 받아 칭송시집까지 엮었고, 선물도 받아 1796년 6월 말 제주도로 귀향하였다.」

정조는 과연 성군(聖君)이었다. 물론 김만덕이 구휼미 500석을 구입하여 주민들이 굶주림에서 벗어나게 한 선행도 대단하지만 정조가 그녀의 소원을 물어 들어준 것은 성군이 아니면 할 수 없는 처사였다. 그가 대접을 받으며 금강산을 구경하려면 높은 관직이 필요하다고 생각하여 '내의원의녀반수'라는 벼슬을 내린 것도 성군으로서만 할 수 있는 처사였다. '내의원의녀반수'는 여의(女醫)의 우두머리라는 높은 벼슬인 것이다. 1796년 3월(음) 김만덕은 금강산으로 들어가 스님들이 메는 가마를 타고 금강산을 구경하고 6월(음)서울로 돌아왔다.

1796년 당시 김만덕의 나이는 58세였고, 영의정 채재공의 나이는 77세였는데 김만덕은 채재공을 연모하는 눈물을 흘리며 제주 산지포항으로 귀환하였다. 그 당시 채재공이 기록한 김만덕전(金萬德傳)이라는 소설이 전해지고 있다. 다음 시(詩)는 형조판서 이가환(李家煥, 1742(영조 18)~1801(순소 1))의 한시 '김만덕'을 한글로 번역한 시이다.

「만덕은 제주도의 기이한 여인

나이는 육십이건만 얼굴은 마흔

천금같은 쌀을 내어 굶주린 백성 구하고

배타고 바다 건너와 임금님을 뵈었네

소원은 한 가지 금강산을 보는 것

금강산은 동북쪽 멀리 안개 속에 쌓여 있는데

성상께서 고개를 끄덕이시며 나는 듯한 역말을 내려 주시니

천 리 길 빛나는 영광이 곳곳에 넘쳐 흘렀네

높은 봉에 올라 멀리 조망하며 눈과 마음 확 트이게 하더니

표연히 손을 흔들며 섬으로 돌아갔네

탐라는 아득한 옛날 고 · 부 · 양씨부터 비롯되었는데

서울을 구경한 여자는 만덕이 처음이라

우뢰처럼 떠들썩하게 와서는 고니처럼 조용히 떠나고

높은 기상을 길이 남겨 천하에 흩뿌렸네」

다산 정약용(茶山 丁若鏞, 1762(영조 38)~1836(헌종 2))이 대신들이 작시한 김만덕 칭송시집(稱頌詩集)의 서문(序文)을 썼다. 그 서문의 주요내용은 삼기사희(三奇四稀)라고 한다. 기생이 수절한 것, 많은 돈을 기꺼이 희사한 것, 그리고 섬에 살면서 산을 좋아하는 것이 삼기(三奇: 세 가지 기특함)이고, 여자로서 겹눈동자를 가졌고, 기녀의 신분으로 역말을 타고 궁궐에 들어와 왕을 배알하였으며, 평민으로 내의원의녀반수(內醫院醫女班首) 벼슬을 받아 스님들이 메는 가마를 탔으며, 외진 섬

사람으로 내전(內殿)의 사랑과 선물을 받은 것이 사희(四稀: 네 가지 희귀함)라 했다.

서울에 올라오고, 금강산을 구경하고, 서울에 다시 들렸다가 제주도로 돌아간 기간은 약 4개월이라 한다. 정약용이 김만덕 칭송시집(稱頌詩集)의 서문(序文) 삼기사희(三奇四稀)에서 김만덕의 눈이 겹눈이라 했는데 그것은 쌍꺼풀눈을 말한 게 아닌가(?) 한다고 정약용은 설명했다.

당시 영의정 채재공은 그가 저작한 소설 '만덕전'에서 그녀의 모습을 "몸은 뚱뚱하며 키가 매우 큰 여인이다. 말소리는 유순하며, 외형은 후덕한 맛이 나타나고, 두 눈동자가 맑고 투명하다. 예순의 늙은 나이에도 얼굴과 머리가 부처를 방불케 한다." 라고 기록하고 있다. 서울에서 제주로 돌아온 만덕은 객주집을 운영하면서 자선사업을 이어나갔다. 채재공은 김만덕과 만나 정담을 나눈 다음 3년 후인 1799년 80세로 세상을 하직했고, 만덕을 창덕궁으로 오게 하고 내의녀반수의 벼슬까지 내려 금강산을 구경토록 조치하였던 정조는 그 다음 해인 1800년 49세의 아직 젊은 나이로 사망 원인도 모호하게 하늘로 올라갔다. 그리고 김만덕은 정조가 타계하고 12년 후인 1812년 10월 22일(음) 74세를 일기로 제주 건입동 산지포항 객주집에서 영광스러운 생을 정리하고 숨을 거두었다. 인생의 목숨은 초로와 같고, 물거품과 같은 것이라 했다. 이러한 허무한 인생을 어찌 살아야 하는지를 우리 지금을 살아가는 인생들도 심각하게 생각하여 보아야 할 것이다.

김만덕의 객주집과 육시와의 상거래를 도왔던 조카 김성집(金聲集)이

제주시 건입동 산지항 인근에 재현된 김만덕 객주집

일찍 병으로 죽었으므로 김만덕의 만년에는 김성집의 아들 김시채(金
時采)에게 모든 일을 맡겼다고 전해지고 있다.

〈2017년 03월 31일〉

애월읍 한담공원의 장한철

　1770년 12월(음) 제주에서 노(櫓)를 저어 가는 배에 승선하여 서울 과장에 가던 젊은이 장한철(張漢喆, 1744(영조 21)~?)은 폭풍으로 선박이 파선되어 두 번이나 표류하였는데, 그 이야기를 표해록(漂海錄)이라는 제목으로 저술하였고, 2011년 그것을 기념하는 기념비를 제주특별자 치도지사와 제주시장, 그리고 애월읍장이 협조하여 애월읍 한담공원 (漢覃公園)에 세웠다. 나는 2016년 6월 20일 찾아갔다.

　나는 제주 시외버스터미널에서 제주 일주도로를 운행하는 서귀포 행 버스에 승차하여 애월읍(涯月邑)시외버스정류소에서 하차하였다. 한담공원은 애월읍시외버스정류소에서 멀지 않은 큰 도로 옆에 위치 한다. 한담공원은 약 300평 정도의 대지에 놀이기구와 여러 가지 기 념물이 나열되었으나 공원의 남쪽에 세워진 장한철표해기적비는 웅 장하고 아름다웠다. 장한철표해기적비의 받침석은 암회색 구멍이 숭 숭 있는 커다란 제주 화산석을 선박모양으로 깎아 만들은 것이었고,

바위선박 위 가운데 돛대 자리에 세운 우람한 돌의 앞면에는 '鹿潭居士 張漢喆先生 漂海紀蹟碑(녹담거사 장한철선생 표해기적비)'라는 글씨가 새겨 있었다.

내륙에서는 느낄 수 없는 깨끗한 바닷바람이 불어오고, 눈이 시리도록 파아란 제주도 서쪽 바다가 내려다보이는 언덕에 이 기념비가 건립되어 있는 것이다. 녹담거사(鹿潭居士) 또는 녹담(鹿潭)은 장한철의 호(號)이다. 애월읍 사람 장한철은 1770(영조 47)년 12월 25일(음) 서울에서 거행되는 과거시험에 응시하기 위하여 일행 29명과 함께 범선(노젓는 돛단배)에 승선하고 조천항(朝天港)을 떠난 것이다. 그러나 강진 쪽으로 노저어 가던 중 폭풍을 만나 표류했다.

한담공원의 우뚝 솟아 서해를 굽어보고 있는 듯한 기적비의 뒷면에는 장한철의 생애를 간단히 소개한 글이 새겨져 있었다.

「장한철공(張漢喆公)은 1744(영조 21)년 제주시 애월읍에서 출생하였다./ 1770(영조 47)년 12월 25일(음) 과거에 응시하려고 범선에 승선하여 상경하던 중 표류되고, 1771(영조 48)년 5월 8일(음) 제주 애월읍(涯月邑)으로 돌아와 해양수필문학(海洋隨筆文學)의 백미(白眉)라고 찬사를 받는 표해록(漂海錄)을 저술하였다./ 공(公)은 1775(영조 52)년 친임별시(親臨別試) 문과(文科)에 급제하고, 강원도(江原道) 흡곡현감(歙谷縣監)과 제주대정현감(濟州大靜縣監)을 역임했다./ 후일 강원도 통천군(通川郡)으로 옮겨 살았다./ 그리고 저서 녹담집(鹿潭集)을 남기고 타계하니 후손은 강원도에서 거주하고 있다./ 이 비석은 사경(死境)에 들어 헤매면서도 기록을 남긴 작가정신과 문신으로서 봉공정신(奉公精神)을 길이 기념하는 기적비(紀蹟碑)이다.」

1744(영조 21)년 제주시 애월읍에서 출생한 장한철은 어린 시절 조실부모(早失父母)하여 작은 아버지 장중방(張重房)의 슬하에서 자랐다. 어릴 때 제주 삼천당에서 수학했는데 글재주가 뛰어났다고 한다. 여러 번 향시(鄕試)에 장원하여 과장에서 그의 명성은 높았다. 1770년 서울로 과거보러 가다가 표류의 고난을 겪고 과거에 낙방하고 1771년 귀향하여 표해록을 작성하였다. 그러나 더욱 학업에 열중하여 1775년 별시병과(別試丙科) 27인으로 급제하였다. 내직으로 승정원주사, 공조참의 등을 역임했고, 외직으로 강원도 흡곡현감과 제주대정현감을 역임하였다.

표해록은 1770(영조 48)년 서울 과거길에 나섰던 장한철이 폭풍을 만나 온갖 고난을 겪고 유구열도의 호산도(虎山島)에 표착하였고, 베트남 상선에 구출되어 오다가 문제가 발생하여 다시 배로 전라도 쪽으로 항해하다가 청산도(靑山島) 근해에서 다시 폭풍을 만나 표류하여 겨우 청산도에 상륙한 일행은 29명 중 8명이었다. 장한철은 서울로 올라가 과거에는 응시하였으나 낙방하였다. 그리고 1771년 5월(음) 제주 애월로 돌아와서 표해록을 작성한 것이다. 표해록은 한문 일기체로 기록한 기행수필이었다.

나는 선박 모양으로 형태를 만든 장한철표해기적비의 옆면에 부착된 가로 1m, 세로 60cm의 오석재질 안내 설명표지문판의 설명문을 읽었다.

「장한철 표해록은 전직 연세대 국문과 교수 정병욱(鄭炳昱, 1922
~1982)이 1959년 애월리에서 발굴, 연세대 학내 전문집지인 인문과
학 6집에 게재하여 세상에 알려졌다./ 정병욱 교수는 1979년 장한철
의 표해록을 한글 번역판으로 출간하였다./ 1993년에는 이 번역판을
제3쇄까지 출간하였으니 세상에서 많이 읽혀졌다./ 표해록 원본은
1939년 녹담의 6대 종손인 장한규(張漢奎, 1880~1942) 의사가 금
강산 기행을 신문에 발표하자 이를 본 강원도에 살던 장한철의 후손
과 연락되어 표해록 원본이 장한규에게 전하여 졌다./ 장한규 의사가
족질 장응선(張應善, 1899~1959) 교장에게 인계하고, 장응선 교장
도 족질 의사 장시영(張時英, 1921~) 삼남석유회장에게 인계하였는
데, 장시영 회장도 연만하여 국립제주박물관에 영구 기증하였다./ 이
원본은 2008년 12월 2일 제주도 유형문화재 제27호로 지정되었다.」

　표해록은 장한규 의사가 1939년 금강산 기행문을 신문에 발표하니
장한철의 표해록 원본을 가지고 있던 장한철 후손이 글을 잘 쓰는 장
한규 의사에게 연락하여 보관을 부탁했다. 그래서 그 원본이 삼남석
유회장 장시영 회장에게 전달되고, 장시영 회장은 나이가 95세이니
문화재를 오래도록 잘 보관하는 가장 좋은 방법이 제주국립박물관에
기증하는 것임을 알고 기증하여 2008년 12월 2일 제주도 유형문화재
재27호로 등록되었다는 설명이다.

장한철의 표해록 내용을 모두 기록하는 것은 불가능하고 그럴 필요도 없으나 다음에 1771년 1월 11일(음)의 일기만 기록하기로 한다.

「1771년 1월 11일. 섬사람 정재운(丁載雲)과 문식에 대해 이야기하였으나, 청산도의 사람들이 제주도 사람들보다 글을 덜 배웠음을 알게 되었다. / 한편 어젯밤 뱃사람들이 포구(浦口)에서 가죽으로 만든 행담(行擔)을 주워왔다. / 이 안에 내가 호산도(虎山島)에 있을 때 써둔 표해일록(漂海日錄)을 넣어두었는데, 지금 꺼내보니 떨어져 달아나고 젖어 뭉개지고 해서 대부분 그 내용을 알아 볼 수 없었다. / 그러나 뜻을 더듬어 생각해 올라가니, 어느 정도 그 대강을 알 수 있었다. / 저녁때, 김만련이 조씨의 집으로 팔려간 자신의 옛 계집종 매월(梅月)과 함께, 내가 담을 넘어 조씨의 집에 들어갈 수 있도록 일을 꾸며주었다. / 그리하여 그날 밤 나는 조씨의 딸과 운우(雲雨)의 정(精)을 나눌 수 있었다. / 이 후 조씨의 딸은 나에게 마음이 있어 나한테 재가하고자 하였다. / 그러나 나는 슬프게도 이미 결혼한 상태라 그 요청을 받아들일 수 없는 상태였다. / 조씨의 딸은 슬퍼하며 5년간 나를 기다리다가 그래도 오지 않는다면 다른 사람에게 재가하겠다고 말했다.」

청산도에 표착하여 그곳 사람들과의 사이에 일어났던 일들을 기록하고, 자신이 처음 표류하여 호산도에 머무를 때의 일을 기록한 일기를 가죽으로 만든 가방에 넣어 두었다가 표류되면서 잃어버렸는데 이것이 청산도 해변으로 밀려와 발견한 이야기가 기록되어 있다. 무엇보다 사람들의 흥미를 일으키는 이야기는 청산도에서 만난 조씨 처녀와 운우의 정을 나누었다는 이야기일 것이다.

이 표해록의 가치는 당시의 해로와 해류, 계절풍 등의 해양지리서로서의 가치가 높고, 유구(오키나와), 안남(현 베트남) 태자에 대한 전설이 기록되어 설화집으로서의 가치도 높다는 것이다.

나는 이 장한철 표해록과 장한철 표해기적비에 기록된 각종 기록물을 읽고 한 끈질긴 인간의 기록이 우리나라에서 길이길이 하나의 역사서로서 값진 보물이 될 것이라 생각한다. 우리는 항상 일기 쓰는 일을 게을리 하지 말아야 한다고 강조하고 싶은 것이다.

〈2016년 7월 1일〉

[참고 1] 서울대 국어국문학과 전직 교수 정병욱(1922~1982): 정병욱(鄭炳昱)은 경남 남해도 출신 국문학자였다./ 본관은 진양(晉陽), 호(號)는 백영(白影)이다./ 연희전문과 서울대국문과를 졸업하였다./ 그리고 문학박사 학위는 서울대학교대학원에서 취득하였다./ 부산대 국문과, 연세대 국문과, 서울대 국문과 교수를 역임하였다./ 많은 고전문학과 판소리, 서지학 연구업적이 있다./ 저서로 여러 가지 전문 서적이 있다./ 또한 구운몽(九雲夢, 1972), 배비장전 · 옹고집전(裵裨將傳 · 甕固執傳, 1974)의 해설, 표해록(漂海錄, 1977) 한글번역서를 출간했다.

[참고 2] 장한철 선생 표해기적비와 장시영 건립사: 주관: 애월읍장 이용화(李勇化),/ 시공: 제주석재 이덕남(李德南), 설립: 2011년 10월 25일/ 장한철 8세손 목암 장시영(牧庵 張時英, 1921~) 설립협조 및 기

장한철 표해기적비(제주 애월읍 한담공원, 2011.10.25)

증./ 장시영의 건립사는 다음과 같다./ "미개의 문화시대 서울 조정에서 거행되는 과거 응시 차 범선으로 제주해협을 건너다가 폭풍을 만나 망망대해에서 구사일생으로 살아난 장한철 조상님의 수기 일기체 기행수필이 표해록이다./ 이제 이 표해록이 세상 사람들을 감동케 하여 제주도 문화계의 유형문화재 제27호로 등재되었다./ 이것은 가문의 영광이요 고향의 등불이 되었다./ 후세에 영구불멸의 유산으로 기념하고자 여기 할아버님의 생애시절을 연상하고 이역 금강산록에서 영면하시는 할아버님의 명복을 비는 뜻으로 기적비를 건립한다."

제주의 김진구 부자

    조선시대 제주시에 유배왔던 인사들의 유배적거지에 적거지표지석이 1998년 제주시청 문화국 주관으로 건립되었다는 사실을 인터넷 자료실에서 읽고 그 위치를 나타낸 지도도 있었으므로 2015년 1월 6일 찾아갔다.

    제주국제공항에 도착하고 공항 앞에서 택시에 승차하여 제주목관아까지 가서 하차하여 지금은 하나의 박물관으로 바뀐 제주목관아 매표소에 가서 용무를 이야기 했더니 그곳에 근무하는 젊은 남자 직원이 친절하게도 제주목관아 서쪽 벽 옆에 설치된 간옹 이익(艮翁 李瀷, 1579~1624, 제주 유배: 1618~1623)의 적거지표지석(정용순, '섬마을 설화', 365쪽, 수필과비평사, 2016)을 찾아주더니 주변의 세 개 적거표지석을 더 찾아주고 나에게

    "어르신 제가 김진구 적거표지석 하나만 더 찾아 드리고 갈게요."

    하는 것이다. 나는 너무 고맙고 미안하기도 해서

"젊은이 너무 고마워요. 내가 점심이라도 대접했으면 좋겠는데 그리 합시다"

했더니 그는 점심은 다른 사람과 약속이 있다고 하면서 앞으로 걸어 나갔다. 나는 그의 뒤를 따라갔다. 제주 중앙로터리를 건너갈 때는 지하로 들어가는 자동문을 열고 들어갔다. 그곳에는 지하상가가 휘황찬란한 불빛을 밝히고 지하도시를 이루고 있었다. 지상에서 세차게 불어오던 바닷바람도 지하상가에서는 없었고, 평화로운 세계였다. 지하상가 중심도로를 지나 지하상가에서 계단을 밟고 올라가서 지상세계로 나오니 다시 세찬 바닷바람이 불어왔다. 이제 복개된 가락천 위 거리를 걸어가다가 건널목을 건너 동문시장으로 들어갔다.

시장에 들어가 좌회전하고 우회전하여 시장 사거리를 그 젊은이가 왔다 갔다 하더니 누구에겐가 전화하여 위치를 물어보고 또 왔다 갔다 하였다. 그러더니 사거리 모퉁이에 쌓인 귤 상자들을 옆으로 내려놓았다. 그 속에 김진구(金鎭龜) 적거지표지석이 있었다. 김진구 적거지표지석 주위에 판매하려는 귤상자들을 쌓아놓은 상점은 길 건너편에 있는 동성상회였다. 상점 내에 상자를 쌓아놓을 공간이 없으니까 길 건너에 상자들을 가져다 놓은 것이다.

이 적거지표지석이 건립된 곳이 김진구가 1689년부터 5년간 머물렀던 김진구의 첩실 오진(吳眞)의 집터였다. 그 시절 한가했던 가락천변의 농가였었는데 지금 그 주변이 제주에서 가장 큰 시장으로 개발되어 있다. 김진구적거터 표지석 앞면의 설명문은 간단하다.

제주 동문시장 귤상자에 감추어진 김진구(1651~1704)의 적거지표지석

「金鎭龜謫居址(김진구적거터)/ 만구와 김진구(晚求窩 金鎭龜)가 제
주에 유배되어 적거했던 터/ 광성부원군(光城府院君) 김만기(金萬基)
의 큰아들로 문과에 급제하여 형·공·호·예조판서 등 요직을 역임
하였다./ 누이가 인경왕후(仁敬王后)이므로 늘 몸가짐을 조심하였으
나 1689(숙종 15)년 기사환국(己巳換局)이 일어나면서 유배되어 이
곳에서 5년을 적거했다./ 그 뒤 아들 춘택(春澤)도 유배되어 한 때 이
곳에 적거하였다. 또한 그 후 손자 덕재도 유배되어 왔다.」

만구와(晚求窩)는 김진구(金鎭龜, 1651~1704)의 호(號)이다. 김진구는
광성부원군(光城府院君) 김만기(金萬基, 1633(인조 11)~1687(숙종 13), 호: 瑞
石 또는 靜觀齋)의 큰아들(서포 김만중의 큰조카)이다. 김만기는 기사환국
이 일어나기 2년 전에 타계하였으므로 사사되거나 적거되지는 않았

다. 만약 타계하지 않았으면 김만중과 같은 유배살이를 했을 것이다. 위 설명문에서 3대가 제주로 유배왔다는 내용은 다음과 같다. 김진구는 1689(숙종 15)년 장희빈의 아들을 출생하자마자 세자로 책봉하고 자할 때 반대한 대신들을 유배보내거나 사살하는 조치(기사환국)로 제주에 유배와서 1694년 숙종이 그것이 잘못되었음을 인정하고 유배보냈던 인사들을 복권시킨 조치(갑술환국(甲戌換局))로 유배가 풀려 귀경했다. 또한 김진구의 큰아들 김춘택(金春澤, 1670~1717)은 1706(숙종 32)년 남인의 어느 사람의 "1701년 무고(巫蠱)의 옥사(獄事)"때 세자(후일 경종)를 모함했다"는 투서에 의해 제주에 유배왔었다. 그 뒤 1718(숙종 44)년 김춘택의 아들 김덕재(金德材, 1694~1723)는 당쟁에 휩쓸려 제주에 유배와서 1723년까지 유배생활을 하다가 병마로 30세의 젊은 나이에 승천했다.

김진구가 1689년 제주에 유배된 이유는 숙종(肅宗, 1661~1720, 재위: 1674~1720))의 계비 인현왕후(仁顯王后, 1667~1701, 왕비재위: 1681~1688 그리고 1694~1701)와 관계가 있다. 그 과정은 역사서에 잘 기록되어 있으므로 설명은 생략한다.

숙종은 1689년 서인들을 투옥하거나 유배 보냈다(기사환국). 이때 송시열(宋時烈, 1607~1689)과 김진구는 제주로 유배된 것이다. 4개월 후 희빈 장씨는 중전이 되었으며, 인현왕후는 폐서인 된다. 1694(숙종 20)년 갑술환국(甲戌換局)에 인현왕후는 복위되고, 장씨는 후궁으로 돌아갔으며 김진구는 유배에서 풀려 귀경했다.

그리고 인현왕후는 1701년 괴질에 걸려 34세를 일기로 생을 하직하였다. 장희빈은 인현왕후를 죽이기 위한 무당굿을 창덕궁 후원에서 벌이는데 이것을 알아내고 왕에게 고변한 사람은 후궁으로 들어와 있던 숙빈 최씨(영조의 어머니)였다. 그것이 확인되면서 장희빈은 사사(賜死)된다(무고(巫蠱)의 옥사(獄事)).

김진구는 제주유배지에서 오진(吳眞)이라는 여인과의 사이에 제택(濟澤)이라는 아들도 태어나 길렀다. 김진구는 제주에 유배왔다가 김만일의 사위가 된 간옹 이익의 손자, 즉 이인제의 아들 이윤과 친구가 되고, 이윤 아들 이중발의 스승이 된다.

김춘택(金春澤, 1670~1717))의 호(號)는 북헌(北軒)이다. 북헌은 1706년 제주로 유배되어 와서 1712년까지 6년 간 유배생활을 하는 동안 세 번 처소를 옮겼다. 처음 1년은 아버지 김진구가 머물렀던 가락천변 오진 여인의 집이었고, 다음 해는 이윤(李允)의 집, 그리고 세 번째는 제주성 남문 청풍대(淸風臺) 인근의 집에 옮겨 살다가 유배가 풀려 귀경했다.

김춘택은 한 번도 과거에 응시하지 않았다. 그러면서 송시열과 함께 서인들의 중심인물이 되어 장희빈 아들의 세자 책봉 반대, 인현왕후 복위운동, 서인 재집권 운동, 그리고 무고의 옥사 등을 주도한 것은 당시 뛰어난 문장가이면서 명필이고, 한시의 작시도 잘 한 인재일 뿐만 아니라 공신의 직계 장손(김장생의 고손자이고 김만기의 장손)이 받는 명예직인 대호(大豪)가 제수되어 있었기 때문이다. 김춘택은 3회 투옥되고 5회 유배생활을 했다 하니 그의 생은 한 마디로 파란만장(波瀾萬丈)한 일생이었다.

김춘택은 어릴 적부터 글재주가 뛰어나고 명필이어서 어린 춘택이 지어 한지에 쓴 한시를 읽은 당시의 영의정 김수항(金壽恒, 1629(인조 7)~1689(숙종 15))은 탄복했다 한다. 그러한 소년이 자라서 17세기 말로부터 18세기 초 노론에게 불어 닥친 여러 위기를 굳세게 헤쳐나간 노론의 중심인물이 된 것이다. 그러나 그도 1706년부터 시작된 제주 유배생활에 대하여는 두려움을 시로 토로한다.

지나온 자취 서글픈 고결한 뜻
남은 생애 나무에 바람불듯하니
훗날 향토지에
옛 성 동쪽에 살았음을 잊지 말기를

또한 김춘택의 시(詩) 이주인궤이제여(李主人軌以祭餘)는 이윤이 제사 음식을 나눠준 고마움을 그리고 있어 이윤이 김춘택을 어떻게 대했는지 가늠할 수 있다.

鷄林李君名家孫(계림이군명가손, 계림(慶州) 이군은 명가의 후손) 禮法尤勤祭父母(예법우근제부모, 예법에 의지해 부지런히 부모 제사를 모시네) 每將祭餘與遷客(매장제여여천객, 매번 제사에 올린 음식 유배객에게 주니) 窮途一飽良非偶(궁도일포양비우, 어려운 때 한 번 뜻하지 않게 잘 먹었네)

조선시대는 많은 사람이 어렵게 살았다. 죽을 끓여 하루 두 번 식사하면 잘 사는 집이라 했다. 이렇게 사람들이 어렵게 살았는데 이윤의 집은 외가가 세주에서 갑부인 헌마공신 김만일 댁이므로 할아버지

간옹 이익(艮翁 李瀷)과 할머니 김갑순, 아버지 이인제(李仁濟)와 어머니의 제사를 거르지 않고 지냈으며 제사음식도 잘 차렸으니 제사 후 제사상에 올렸던 음식을 유배와 어렵게 지내고 있는 김춘택에게 가져온 것이었다.

김춘택은 두 차례 커다란 추문(醜聞)에 휩싸여 고통을 받았다. 첫 번째는 인현왕후가 폐서인(廢庶人) 되었을 때 복위운동 하는 과정에서 희빈 장씨의 오빠 장희재의 처(妻)와 사통(私通)하여 남인의 내부 중요 정보를 캐내었다는 것이고, 두 번째는 숙빈 최씨가 숙종의 후궁으로 들어가기 전 김춘택이 숙빈 최씨와 연인관계였기 때문에 숙빈최씨가 김춘택의 아이를 임신한 상태로 입궐했다는 흉악한 소문이었다. 두 번째 흉악한 소문은 결국 영조(英祖, 1694(숙종 20)~1776(영조 52), 재위: 1724~1776)가 김춘택의 아들이라는 의미가 되므로 영조가 훗날 이 소문을 퍼지게 한 사람을 찾아내어 가혹한 형벌을 가했다고 한다.

김춘택의 저서 북헌집(北軒集)에 이윤에 대한 내용이 다음과 같이 기록되어 있다. "이군(李君)의 이름은 윤(允)이다. 고(故) 장령(掌令, 정4품) 이익의 장손이다. 장령은 광해군 때 절개를 세워 제주에 유배되어 살았다. 이윤은 무과 출신이나 돌아가신 내 아버지와 동년배인데 천총을 역임하고 별장이 되었다. 이윤이 우리에게 정들게 한 것은 돌아가신 내 아버지가 유배오시면서 아버지에게 정성을 다했기 때문이다. 그 장남이 중발인데 중발은 돌아가신 아버지에게 수학하여 유생들 가운데 이름이 높았다."

1708년 7월 6일 마침내 이윤이 병으로 사망하니 제주 삼읍(三邑)의 무사(武士)들이 달려와서 잔을 올리고 곡(哭)을 하며 문상했다. 아들 중 발은 친구 김춘택에게 아버지의 만사(輓辭)를 부탁하자 김춘택은 이윤의 조의(弔意)를 위해 만사 5수(首)를 지었다. '이주인윤만사(李主人允挽辭)' '其二'에서 이렇게 '이윤'을 추모했다.

천하 사람이 모두 형제이다.
이런 말 대범히 하던 그대
국내외를 막론하고 인정과 의리를 귀히 여겼네.
화목하다가 다투기도 했지만
나중에 이르러 기율(紀律)이 있어
그대와 한 몸처럼 되었거늘
그 시초엔 서로 만리나 떨어져 있었네.

자신의 능력과 환경에 따라서 처신을 다르게 할 수 있겠으나 북헌 김춘택은 명필이고 그 시대의 가장 뛰어난 문장가이면서 희빈 장씨의 악독한 마음에 벌을 내리게 하였다. 대단한 능력의 소유자였다. 이윤은 베풀기를 좋아하고, 의리를 중히 여기며, 덕을 숭상하여 아름답게 살다 간 덕인이다. 이 사회는 김춘택과 같은 능력이 있는 사람과 이윤과 같은 후덕한 인간을 필요로 한다.

〈2016년 2월 11일〉

방선문의 최익현

방선문(訪仙門)은 제주특별자치도 제주시 오라2동의 남쪽이고 한라산의 북쪽 기슭에 위치하는 양쪽이 열린 바위굴이다. 한라산 기슭에서 바다로 흐르는 하천이 많으나 그 중에서 가장 긴 하천이 방선문을 거쳐 용두암(龍頭巖) 옆의 용연(龍淵)으로 흐르는 한천(寒川)이다.

나는 이 글에서 방선문 입구에서 '방선문'으로 들어가서 관광한 이야기만 기록하려 한다. 2016년 6월 15일 아침 9시 방선문을 찾아갔다. 제주시외버스터미널에서 택시에 승차하여 찾아간 것이다.

최익현(崔益鉉, 1833~1906)은 1873년 흥선대원군(興宣大院君, 1820~1898)의 실정을 비난하고 정계은퇴(政界隱退)를 요구하는 상소를 올린 일로 1873(고종 10)년 12월 4일(음) 제주(濟州)로 유배되어 왔다가 1875(고종 12)년 3월 20일(음) 해배되어 귀경하였다.

유배에서 풀린 다음 3월 27일(음) 제주에서 1년 4개월 정도 적거생활하는 동안 알게 된 제주유생들과 같이 관음사 등산로를 이용하여

방선문(訪仙門, 뚫린 바위굴)

한라산(漢拏山) 백록담(白鹿潭) 등산을 했다. 이때 같이 등산한 사람들은 15명 정도였는데 그 가운데 이기온(李基溫, 1834~1886)이 등산준비와 안내를 맡았다. 최익현은 2박 3일의 한라산 등산을 마치고 제주에 돌아와서 기행수필의 백미(白眉)라 하는 유한라산기(遊漢拏山記)를 저술하였다.

　지금 제주특별자치도에서는 최익현이 1875년 등산하였던 등산로를 면암유배길이라 하여 하나의 올레길로 개척하여 관광객들에게 소개하고 있다. 나는 면암유배길 중 가장 경치가 아름다워 제주12경 중 한 곳이기도 한 방선문(訪仙門)을 찾아가서 그곳에 전해 내려오는 전설을 생각하면서 최익현 · 이기온(崔益鉉 · 李基溫)의 마애명(磨崖名)을 방선문 구내에서 찾은 이야기를 서술하려고 한다.

방선문은 한천 상류의 개천에 위치하는 커다란 바위굴인데 제주시 오라2동의 등산로에서 한천의 방선문으로 내려가는 입구에는 방선문을 소개하는 커다란 안내 설명표지문판이 있다.

「제주 방선문(濟州 訪仙門)/ 지정유형: 명승 제92호(2013. 1. 4)/ 소재지: 제주특별자치도 제주시 종천길 39-1(오라2동)/ 제주 방선문은 신선이 사는 영산(靈山)으로 오르는 문이라는 의미가 있는 명소이다./ 영주(瀛洲) 12경 중 하나인 영구춘화(瀛丘春花)의 장소로 알려져 있다./ 조선의 선비들은 이곳에 한라산을 무대 삼아 방선문, 환선대(喚仙臺), 우선대(遇仙臺), 등영구(登瀛丘)의 제액(題額)을 방선문 여러 바위에 각자(刻字)함으로서 신선의 세계로 오르는 선경(仙境)의 이미지를 표현하였다./ -〈중략〉-/ 예부터 시인(詩人)과 묵객(墨客)들이 즐겨 찾았던 곳이다./ 지금도 이들이 새겨놓은 230개가 넘는 마애명들과 마애각들이 곳곳에 남아있어 역사적 명소임을 알 수 있다.」

방선문은 신선이 사는 영산으로 오르는 문이라는 의미의 장소 이름이라는 것이다. 제주도에는 방선문과 관계가 있는 다음과 같은 재미있는 전설이 전해오고 있다.

「옛날 옛적 한라산 꼭대기 넓고 깨끗한 연못에는 매년 초복 날이면 하늘에서 선녀(仙女)들이 내려와 목욕을 했는데 이때는 한라산(영주산) 산신(山神)은 방선문 밖 인간세계로 나와 선녀들이 목욕을 끝마치고 하늘로 올라갈 때까지 머물러 있어야 했다. / 그런데 그 어느 해 초복날 산신은 미적거리다가 방선문으로 내려오지 못하고 선녀들의 나체를 훔쳐보게 되었다. / 이것을 알게 된 하늘의 옥황상제가 격노하여 산신에게 벌을 내렸는데 산신을 흰사슴(白鹿)으로 만들어 버렸다는 것이다. / 그 뒤 그 흰사슴은 매년 초복 날이면 그 연못에 올라가 슬프게 울어 제쳤고, 그때부터 사람들은 그 연못을 흰 사슴의 연못 즉 백록담(白鹿潭)이라 불렀다고 한다.」

백록담 이름 유래로 정말 그러한 일이 있었던 것 같다.

방선문 출입하는 곳(두 기의 돌하루방이 관광객을 맞고 있다)

방선문 입구에 예쁘게 만든 50cm 높이의 오석에 새겨진 영구춘화(瀛丘春花)라는 글의 설명문은 다음과 같다.

「영구춘화(瀛丘春花)/ 영구춘화는 영주12경(瀛洲十二景)의 제3경이다./ 매년 봄 방선문 좌우의 바위들 사이에 철쭉이 만발할 때 방선문 일대는 경치가 특히 아름답다./ 그래서 봄철 철쭉꽃이 피면 옛날부터 제주목사(濟州牧使)가 관기를 거느리고 이곳에 와서 주연을 베풀었으며, 시인(詩人)·묵객(墨客)들이 모여 시회(詩會)를 열기도 했다./ 신선이 드나들던 문이라는 전설이 얽혀있는 방선문(訪仙門)에는 홍중징(洪重徵) 등 많은 목사들과 최익현(崔益鉉) 등 유배인들의 마애명(磨崖名)을 볼 수 있다./ 도내에서는 선인들의 마애각(磨崖刻)이 가장 많이 남아있는 곳이다.」

영주십이경은 다음과 같다. 제1경은 성산일출(城山日出), 제2경은 사봉낙조(沙峰落照), 제3경은 영구춘화(瀛丘春花), 제4경은 귤림추색(橘林秋色), 제5경은 정방하폭(正房夏瀑), 제6경은 록담만설(鹿潭晚雪), 제7경은 산포조어(山浦釣魚), 제8경은 고수목마(古藪牧馬), 제9경은 영실기암(靈室奇巖), 제10경은 산방굴사(山房屈寺), 제11경은 용연야범(龍淵夜帆), 제12경은 서진노경(西鎭老境)이다.

한천의 좌우와 바닥은 모두 바위들이다. 그리고 한라산에 비가 내려 한천 상류에 개울물로 되어 이 방선문이 있는 곳에 시냇물이 도착하면 물의 반은 방선문을 통과하고 반은 방선문과 북쪽 언덕 사이로 흘러 방선문 아래에서 두 물은 다시 합쳐진다.

방선문을 제주도 사람들은 '들렁귀'라 부른다. 구멍난 언덕이라는 의미라 한다. 이 들렁귀의 안과 밖의 모든 바위에 제주목사와 판관, 유배인 등이 마애명과 한시의 마애각을 끌로 쪼아 새긴 것이다. 그런데 이 마애명과 마애각은 하나의 역사물이 되어서 그럴 것이나 자연훼손이 되지 않는 것으로 보이고 자연에 인공을 가해 더욱 아름답게 보인다고 관광한 사람들은 한결같이 말한다. 방선문 입구 두 기의 돌하루방 뒤의 영구춘화 비석 옆에 방선문 안내 설명표지문판이 있다.

「訪仙門(방선문)/ 언제 누가 이 방선문 안의 가운데 놓은 바위에 訪仙門(방선문)이라 새겨 놓았는지는 알 수 없다./ 그러나 이것은 당(唐)나라 시인 백거이(白居易)의 시(詩) 장한가(長恨歌)의 시구에서 인용하여 "신선이 찾아오는 문"이라는 뜻으로 새겨놓은 마애명으로 오늘날 이곳을 대표하는 지명으로 사용되고 있다.」

방선문이라는 이름은 중국의 유명한 시인 백거이(白居易, 772~846)가 지은 시 장한가의 시구에서 인용하였다고 한다.

나는 영구춘화와 방선문 안내 설명표지문판의 설명문을 읽은 다음 목재테크와 돌층계를 밟고 한천으로 내려갔다. 한천은 장마철이 아니면 대부분 물이 마른 건천이다. 장마철에만 물이 흐르는 시냇물이다. 내가 찾아간 6월 15일은 아직 장마철이 아니어서 한천의 바닥은 울퉁불퉁한 바위뿐이었다.

최익현 · 이기온의 마애명(崔益鉉 · 李基溫 來)

 오늘의 내 일정 중 가장 중요한 임무는 하천의 아래와 위로 뚫린 굴인 방선문의 안과 밖, 그리고 좌우와 바닥의 커다란 바위의 이곳저곳에 새겨진 마애명 중 '崔益鉉 · 李基溫(최익현 · 이기온)'이라는 마애명을 찾는 것이었다. 마애명은 모두 한자 글씨들이다. 한자 이름글씨를 자세히 읽으면서 아래로부터 위로 가면서, 또 위에서 밑으로 내려오면서 찾았으나 '崔益鉉 · 李基溫'이란 글씨는 발견할 수가 없었다. 세 번째 아래로부터 굴로 들어가면서 고개를 들어 입구 위의 바위를 올려다보니 그곳에 「崔益鉉 · 李基溫 來」(최익현 · 이기온이 왔었다)라는 글씨가 있었다. 만약 내가 이것을 찾지 못했다면 2016년 6월 15일의 관광

여행은 의미가 없는 허황한 여행이 되어 버렸을 것이다.

최익현은 그의 기행수필 유한라산기(遊漢拏山記)에서 방선문에 대하여 다음과 같이 기록하고 있다.

「3월 27일(음) 제주성 남문을 출발하여 10리 쯤 가니 길가에 시냇물이 흐르는데 이는 한라산 북쪽 기슭에서 흐르는 물이 모여 바다로 들어가는 시내였다. / 언덕 위에 말을 세우고 벼랑을 따라 수십 보 내려가니 양쪽 가에 푸른 암벽이 깎아지른 듯 서 있고, 그 가운데에 큰 돌이 문 모양으로 걸쳐 있는데 그 길이와 넓이는 수십 인을 수용할 만하며, 높이도 두 길은 되어 보였다. / 그 양쪽 암벽에는 '訪仙門登瀛丘'(방선문등영구)라는 여섯 글자가 새겨져 있고, 또 옛 사람들의 제품(製品)들이 있었는데 바로 한라산 12경 중 하나이다. / 문의 안팎과 위·아래에는 수단화와 철쭉꽃이 나란히 자라고 있는데, 바야흐로 꽃봉오리가 탐스럽게 피어나고 있었다. / 이 또한 비길 데 없이 아름다운 풍경이었다. / 나는 이러한 풍경에 취해 한참 동안 발걸음을 옮길 수가 없었다.」

최익현이 이 기행수필을 작성한 때가 1875년이니 140여 년이 흘러갔다. 인생을 무엇이라 하는가? 삶과 죽음이 이리도 허무하게 흘러가는데 이웃을 괴롭히는 언행을 하는 인간들은 더 오래 사는 것만 같다.

〈2016년 6월 29일〉

[참고 1] 제주의 선비 이기온(李基溫, 1834~1886): 광해군(光海君, 1575~1641, 재위: 1608~1623) 당시 1616년 광해군의 임금으로서의 언행이 좋지 않다고 상소하여 1618년부터 1623년까지 제주에 유배되었던 간옹 이익(艮翁 李瀷, 1579(선조 12)~1624(인조 2))의 9대손이 이기온이다./ 간옹 이익이 유배생활을 하면서 남원읍 의귀리 헌마공신(獻馬功臣) 김만일(金萬鎰, 1550(명종 6)~1632(인조 10))의 고명딸과 결혼하여 아들을 낳았는데 그의 이름이 이인제(李仁濟, 1620~?)이다./ 이인제가 이기온의 8대조이다./ 이기온은 전라도 선비 노사 기정진(蘆沙 奇正鎭, 1798(정조 22)~1879(고종 16))의 문하생이었다./ 1873년 12월 면암 최익현(勉菴 崔益鉉, 1833~1906)이 제주에 유배되어 오자 이기온은 찾아가 친구 겸 제자가 되었다./ 나이는 한 살 차이이나 최익현은 예조참판 등의 경력을 가진 당대의 대학자였기 때문이었다./ 최익현이 1875년 3월 20일 해배통보를 받고 한라산 등산 계획을 하면서 이기온에게 등산준비와 길안내를 부탁하여 같이 등산한 것이다.

[참고 2] 배비장전의 무대: 방선문 일대는 고전문학 중 해학소설의 백미이자 판소리 열두 마당의 하나인 배비장전(裵神將傳)의 무대라고 한다.

[참고 3] 안중징(安重徵) 제주목사의 한시 등영구(登瀛丘):

石竇呀然處(석두아연처/ 뚫어진 바위 입을 크게 벌린듯)

巖花無數開(암화무수개/ 바위 사이에 많은 꽃들이 피어있네)

花間管絃發(화간관현발/ 꽃 사이로 퍼지는 풍악소리 따라)

鸞鶴若飛來(난학약비래/ 신선 태운 난새 학새 나라 오르는 듯)

조천읍의 박영효

조선 말기 풍운아 박영효(朴泳孝, 1861(철종12)~1939)의 제주 적거지가 어디일까를 인터넷에서 찾다가 조천읍(朝天邑)의 김희주(金熙胄, 1854~1937)의 집이라는 것을 알게 되었다. 그리고 그 집이 지금도 그대로 남아있음을 발견하고 2017년 3월 20일 찾아갔다.

김희주는 사헌부 감찰과 강원도 평창군수, 그리고 제주 정의현감을 역임한 사람인데 사헌부 감찰로 근무할 때 철종(哲宗, 1831(순조31)~1863, 재위: 1849~1863)의 외동딸 영혜옹주(永惠翁主)의 부마인 금릉위(錦陵尉) 박영효와 친숙한 관계로 되었는데 1907년 박영효가 제주로 유배되어 온다고 하니 자신의 집으로 유배지를 정하게 한 것이었다.

나는 2017년 3월 20일 오전 10시 제주시외버스터미널에서 시외버스에 승차하고 제주 일주도로를 동쪽으로 달려 조천읍 시외버스정류장에 하차하였다. 그리고 가까이 위치한 조천읍사무소 민원실에 들어가 박영효 적거지의 주소를 말하며 위치를 물어 보았다. 그랬더니 친절하게도 민원실 직원 한 사람이 자신의 승용차에 나를 승차하라고 하더니 그 집 앞까지 가서 나를 내려주었다.

박영효의 제주 적거지는 제주시 조천읍 조천리 2473-2(조천9길 21호)이다. 조천농협하나로마트 맞은 편 서울수퍼의 옆길은 조천서울수퍼로부터 연북정(戀北亭)으로 연결되는 도로이고, 도로 주변이 주택가인데 그 도로를 약 200m 들어간 곳의 왼편 집이었다.

그런데 이를 어찌하나? 그 집의 대문에는 열쇠가 걸려있고 사람이 없었다. 물어볼 사람도 없고 제주시에서 적거지 설명문을 기록하여 만든 동판은 이 집 안의 행랑채 앞의 벽면에 부착하여 그것도 볼 수 없었다. 그러나 집만 확인했으면 목적은 달성된 것이다.

이 글에서는 박영효의 조천에서 생활할 때의 일화를 한·두 가지 포함한 그의 생애를 간략하게 기록하려 한다.

「박영효(朴泳孝)의 생애(生涯)/ 박영효는 1861년 수원에서 진사(進士) 출신 박원양(朴元陽, 1804(순조 4)~1884(고종 21))의 아들로 태어났다./ 12세 때인 1872년 철종을 아버지로 후궁 숙의(淑儀) 범씨(範氏)를 어머니로 1859년 태어난 철종의 고명딸(高名女) 영혜옹주(永惠翁主)와 혼인하여 부마(駙馬)가 되어 금릉위(錦陵尉) 작위(爵位)를 받았다./ 그러나 결혼하고 3개 월 만에 영혜옹주가 사망하였으므로 소년 홀아비가 된 것이다./ 1881년 관직에 오르고, 1882년 한성판윤에 임명되었다./ 이때부터 김옥균, 서광범 등을 만나 개화사상을 받아들였다./ 1884(고종 21)년 10월 17일(음) 우정국 낙성식 때 김옥균

조천읍 박영호 적거지(옛 평창군수 김희주의 집) 앞의 저자

등과 갑신정변(甲申政變)을 일으켜 정권을 잠시 장악했으나 김윤식(金允植, 1835(헌종 1)~1922)과 김홍집(金弘集, 1842~1896)이 합세하여 인천에 머물고 있던 위안스카이(袁世凱, 1859~1916)의 군대에게 정변진압을 요청하여 그 중국군이 공격함으로서 개혁세력파들은 3일 만에 쫓기게 되었다./ 김옥균(金玉均, 1851~1894) 등과 함께 박영효는 일본으로 망명하였다./ 1894(고종 32)년 갑오개혁(甲午改革)으로 사면되어 귀국하지만 1895(고종 32)년 명성황후(明成皇后, 1851~1895) 암살 모의를 꾸몄다는 누명을 쓰게 되자 다시 일본으로 망명하였다./ 1907년 헤이그(Hague) 밀사사건으로 소란할 때 박영효는 귀국하였다./ 그리고 을사늑약(乙巳勒約)의 주범인 이완용(李完用, 1858(철종 9)~1926)) 내각의 궁내부대신으로 입각한다./ 그러나 고종(高宗, 1852(철종 3)~1919, 재위: 1963~1907)의 양위에 반대하다가 양위에 찬성한 대신들을 암살하려 했다는 혐의를 받

고 1907년 제주도에 유배되었다. / 1910년 8월 29일 일본 천황으로부터 후작작위(侯爵爵位)를 받았다. / 1926년 이완용이 사망하자 그가 맡았던 중추원 의장직을 맡았다. / 1939년에는 중추원 부의장으로 근무 중 노환으로 78년의 생을 마치었다.」

1884년 갑신정변(甲申政變)의 계획은 박영효의 집 사랑방에서 이루어졌다고 한다. 그러나 100명 뿐인 일본군의 지원은 정변을 진압하기 위해 달려온 위안스카이가 인솔하는 중국군 1,500명을 대적할 수 없었다.

박영효는 일본으로 두 번 망명하였었다. 한 번은 1884년 갑신정변 실패 후부터 1894년까지 10년, 두 번째는 1895년 을미사변(乙未事變) 후부터 1907년까지 12년의 망명이었다. 박영효의 개혁정책은 일본과 병합하는 것은 아니었다. 신문물을 받아들여 발전된 나라를 건설하는 것이었다. 1888년에는 일본에 망명해 있으면서 13만여 자(字) 장문의 개혁정책을 담은 상소문을 작성하여 고종에게 송부하였다. 물론 그 개혁정책은 대신들의 반대로 시행되지 않았다.

1894년 발생한 청일전쟁(淸日戰爭)은 일본의 승리로 끝났다. 이때 박영효는 귀국하여 김홍집내각(金弘集內閣)의 내무대신(內務大臣)에 기용되었었다. 이때 개혁정책으로 단발령(斷髮令) 등을 내세워 조선 선비들의 강한 저항을 받았다.

1907년 황제 양위 문제가 있을 때 이완용(李完用, 1858(철종 9)~1926)은 고종황제가 태자에게 양위해야 된다고 하자 박영효는 불가를 주

장했다. 국민들에게 이러한 사실이 알려지자 이완용은 매국노라는 악명을 얻게 된 반면 박영효는 대한제국의 지성이라고 존경을 받았었다. 그래서 그는 형무소(현 교도소)에 투옥되었었다. 그런데 형무소에서 박영효기 배탈이 나서 설사를 심하게 했다고 한다. 그러자 초대 통감 이토히로부미(伊藤博文, いとうひろぶみ, 1841~1909)가 설사약을 구입하여 감옥으로 보냈다. 이때 박영효가 그 약을 돌려보내면서 "우리나라에도 약이 있으니 일본약은 받지 않겠소."라고 말했다고 한다. 그리고 조선 최고의 법정인 평리원(平理院)에서 재판을 받고 민심을 선동했다 하여 제주도에 유배되었다.

박영효가 조천리에 도착한 날자가 1907년 8월 27일(음)이었다. 김희주 부부는 박영효를 극진히 대접하였다. 보통의 밥그릇에 적당히 쌀밥을 담아 주었는데도 박영효는 반도 먹지 않았다. 김희주 내외는 반찬이 입맛에 맞지 않아서 식사를 하지 않는 것인가 걱정했다. 왜냐하면 김희주는 큰 놋그릇에 가득 담아 주어도 그것을 모두 먹고 더 먹는 대식가였는데 박영효는 소식을 하였기 때문이었다.

그러한 박영효를 위해 김희주 부인은 갈치, 옥돔, 볼락 등 생선들을 별도로 준비하여 대나무 바구니에 넣어 깨끗이 말렸다가 식사 때마다 요리하여 상에 올렸다. 3개월 정도 조천리 김희주의 사랑채에 머물다가 제주성 남쪽 독짓골(현 제주시 구남동 주공아파트 일대)로 옮길 때에는 노비와 함께 조랑말을 내주었다. 그 뿐만 아니라 반찬을 준비하여 수시로 독짓골에 보내 주었다고 한다. 박영효는 이러한 도움을 준 그들 부부를 위해 김희주 장남의 서울 유학을 주선하여 주었다. 세상에 공짜는 없는 것이다.

제주에서 1년 유배살이 한 다음 박영효가 서울로 올라가서 김희주와 그 손자에게 보낸 3통의 편지가 김희주 손자가 지금도 보관하고 있는데, 이 편지 내용을 살펴보면 박영효와 김희주 간에 얼마나 돈독한 정이 있었는지 알 수 있다.

그 중 첫 편지는 정의현감으로 근무하던 김희주가 보낸 편지에 대한 답장이다.

"말씀하신 뜻은 잘 알겠습니다. 그러나 관청의 일이란 스스로 정하여진 규칙이 있어 비록 담당 관리라 하더라도 일을 제멋대로 처리할 수가 없습니다. 관리가 자신의 뜻대로 처리할 수 없으니 타인이 부탁하여 처리하는 것은 더욱 어려운 것이지요. 김선생님의 일을 조금이라도 소홀이 할 생각은 없습니다. 그러나 도움을 드릴 수 없으니 안타까울 따름입니다. 이해하여 주실 줄 알겠습니다."

아마 인사청탁을 했는데 도와줄 수 없다고 정중히 거절한 내용인 것으로 보인다.

두 번째 편지의 봉투 겉봉은 박영효의 친필이지만 내용은 대필한 것이다.

"내 몸이 노쇠하여 정신이 혼미한데다 손이 떨려 먹 가는 것을 그만둔지도 오래입니다."

라고 서두를 기록하고 있다.

세 번째 편지는 김희주가 1937년 타계했다는 부고를 받고 김희주의 손자에게 보낸 문상편지이다.

"선대인이 꿈에 나타난 다음 날 장사지낸 소식을 듣게 되어 놀라고 두려움을 금할 수 없습니다. 장애례(葬哀禮)를 모시면서 어떻게 지내셨는지 궁금합니다. 분부를 받들고 있는 영효는 벼슬길에 나서서 어쩔 수 없이 소(疏, 상을 당한 사람에게 보내는 위로의 글)로 문상을 대신하게 되니 부끄럽고, 미안합니다. 節哀順變(절애순변, 슬픔을 절제하고 변화애 순응함)하시기를 이렇게 바랄 뿐입니다."

이 편지는 박영효가 숨을 거두기 전 해인 1938년 친필로 작성한 편지였다.

일본에서 망명생활을 할 때 박영효는 생활비가 없어 고생하였다. 그러므로 글씨를 써서 판매하여 생활비로 하였다고 한다. 그는 훌륭한 서예가였다.

1910년 8월 29일 일제에 의해 한일병합이 강제로 이루어진 다음 1910년 10월(음) 박영효는 일본천황으로부터 후작작위(侯爵爵位)를 받았고, 1911년 1월(음) 은사금으로 거금 28만 원을 받은 다음 그는 친일의 길을 타계할 때까지 걸었다. 1926년 이완용이 타계한 후 그가 맡았던 중추원 의장직을 맡았음은 위에서도 기록한 바 있다. 1927년 1월(음)에는 다이쇼(大正)천황 장례식에 조선 귀족대표로 참석했고, 1929년 10월 26일(음)에는 이토히로부미 20주기 추도회 발기인으로 참석하였다.

그는 1939년 서울 동대문구 숭인동 자택에서 78년의 파란만장한 일생에 종지부를 찍었다. 22년간의 일본 망명생활, 고종의 양위를 반대하다가 내부대신이 제주에 유배되기도 한 것이다. 그러한 사람이 세월이 20년 흐른 뒤에는 을사오적의 영수인 이완용이 맡았던 직책을 맡았으니 안타까운 일이 아닐 수 없다. 그가 친일 반민족행위자 명단에 기록된 것은 당연한 세상사일 것이다.

⟨2017년 3월 26일⟩

[참고 1] 박영효와 태극기: 1882년 박영효가 수신사로 일본에 건너갈 때 태극기의 필요성을 느껴 태극기를 부관훼리 여객선 안에서 그려 지니고 일본에 갔다고 하는데 이때 기존의 태극기가 8괘가 그려져 너무 많고 복잡하다는 이유로 4괘만 남겼다고 한다./그런데 우리나라 여러 학자들은 태극기를 누가 제일 먼저 제작하였는지 모른다고 말한다./ 일부는 박영효가 제일 먼저 그리고 사용하였다고 하고, 누구는 그 전부터 있었는데 제작자는 누구인지 모른다고 한다.

[참고 2] 박영효의 제주부인과 양자: 박영효는 몇 명의 첩을 얻어 1남 2녀를 두었다고 한다./ 제주 구암동에서 과수원을 구입하여 1년간 과수재배를 하면서 이름이 알려지지 않은 첩을 얻어 생활하였다고 한다./ 이때 제주의 첩이 그녀의 절친한 여인(윤씨)의 넷째 아들 고자환(高子煥, 1,900~1977)을 양자로 삼자고 했다./ 박영효가 떠나면 의지할 아들이 있어야 된다고 했을 것이다./ 박영효는 고자환을 양자로 삼았고 고자환은 박영효와 같이 살면서 박영효와 제주 첩에게 잘 따르고 친부모와 같이 말을 잘 들었다./ 박영효가 유배기간이 끝나 서울로 올라갈 때 고자환을 데리고 갔다./ 그리고 고자환은 서울에서 소학교를 졸업하고 경성중학교를 졸업한 다음 제주로 돌아와 결혼하고 교직에 근무하다가 퇴직했다.

조천읍의 이승훈

평안북도 정주(定州)가 고향인 남강 이승훈(南崗 李昇薰, 1864(고종 1)~1930)을 우리나라 국민들은 대부분 잘 알고 있다. 1907년 오산학교(五山學校)를 설립하여 교육사업을 하였고, 1919년 3·1독립만세운동에는 민족대표 33인 중 한 분으로 참여했기 때문이다.

이승훈의 제주도 적거지는 이승훈이 유배되기 4년 전 금릉위(錦陵尉) 박영효(朴泳孝, 1861~1939)가 유배와서 약 3개월 머물렀던 집, 즉 사헌부 감찰과 강원도 평창군수를 역임한 김희주(金熙冑, 1854~1937)의 집이므로 내가 그곳을 찾아간 이야기는 앞의 글 '조천읍의 박영효'의 적거지 찾아간 이야기와 같으므로 이 글에서는 생략한다. 이승훈은 1911년 5월(음)부터 10월(음)까지 약 6개월 동안 김희주의 집 행랑채에 머물렀다.

이승훈은 누구의 소개인지 모르지만 제주도에 유배되어 와서 김희주의 집에 머물렀다. 박영효가 머무른 방은 사랑채였고, 이승훈이 머

제주시 조천읍 이승훈 적거지(나무 줄기 사이로 초록색 동판이 보인다)

무른 방은 행랑채였으므로 머무른 방은 다르다고 한다. 김희주의 집 행랑채 방문 앞에 부착된 동판(銅版)에 양각된 이승훈 적거지의 설명 문은 인터넷자료실에서 이승훈 적거지의 행랑채 앞의 동판의 사진에 서 읽을 수 있다.

「남강 이승훈 선생 적거지(南崗 李承薰 先生 謫居地)/ 이 집의 행 랑채에 남강 이승훈 선생께서 1911년 5월부터 10월까지 머물렀다./ 남강 선생은 오산학교 설립, 신민회 활동 등 항일구국운동에 헌신하 시다가 일제에 의해 이집에 유배되었으나 신앙생활에 열중하며, 제주 성내교회 안에 영흥소학교를 개교 하고, 운영하였다. / -〈중략〉-/ 1919년 3·1독립만세운동을 주도한 33인의 한 사람으로 3 년간의 옥고를 더 치렀고, 오산학교 경영, 물산 장려운동 등 교육자로, 독립운동가로, 신앙인으로 위대한 삶을 사신 선생은 우리 독립운동사의 큰 어른이시다. / 선생의 후학들과 제주도민의 정성을 모아 이 유배처를 보존하며, 우리 겨레의 정신적 기념지로 삼고자 한다. / 1990년 10월 10일/ 남강문화재단·제주도사 연구회」

찾아간 조천읍 조천9번길 21호(조천리 2473-2) 대문의 양 옆은 2m 높이로 쌓은 화산석 돌담인데 그 화산석 사이로 집안을 조금 들여다 볼 수 있었다. 돌담의 화산석 사이와 정원의 나무줄기와 잎 사이로 건너편의 건물(행랑채) 벽 앞에 부착된 초록색 페인트 칠을 한 이승훈적거터 설명문이 기록된 동판이 보였다.

인터넷자료실에서 읽을 수 있는 이승훈(李昇薰)의 생애는 조천의 이승훈 적거지 집의 행랑채 방 앞에 부착된 파란색 동판의 설명문보다는 좀 더 자세히 설명되어 있다.

「남강 이승훈은 1864년 평북 정주읍에서 이석주(李碩柱)를 아버지로, 홍주 김씨를 어머니로 하여 둘째 아들로 태어났다. / 가난한 농가에서 태어나 2세 때 어머니를 여의고, 10세 때 아버지마저 여의였다. / 어릴 때 3년 간 서당에서 한학을 배운 것이 교육받은 것의 전부였다. / 그가 가진 지식의 대부분은 일하면서 독학으로 습득한 것이라 한다./ 남강 이승훈의 가장 큰 공적 중 하나가 1907년 정주에 오산학교를 설립하여 소년들을 교육시킨 것이다./ 소년시절 유기점 사환으로 시작하여 자라면서 수금원으로 되고, 1878년 16세 때에는 결혼도 했다./ 그리고 보부상을 하다가 유기점을 경영하기도 했다./ 모든 일을 정성과 신뢰로 일관했으므로 사람들의 신임을 받아 하는 일마다 융성하게 되었다./ 안창호(安昌浩, 1878~1938)의 강연을 듣게 된 것을 계기로 신민회에 가입하게 되었고, 신민회의 일도 성심껏 보살폈다./ 1910년 8월 29일 대한제국이 일제에 병합된 후 이승훈은 기독교 신자로 된다./ 그리고 오산학교 교육을 기독교 교리를 적용시켜 시행하였다./ 1910년 12월 안중근(安重根, 1879~1910)의 사촌동생 안명근(安明根, 1879~1927)이 황해도 안악과 신천 등지에서 독립군 자금을 모금했다가 일본 헌병대에 잡힌 사건이 있었는데 이것이 안악사건(安岳事件)이다./ 이 사건에 남강은 연루되어 1911년 5월 제주도에 유배된 것이었다./ 1911년 8월 안명근이 주동자가 되어 일본인 초대 조선총독 데라우찌마사다케(寺內正毅)를 암살하려는 음모사건이 일어났는데(105인 사건) 이 사건에도 이승훈이 연루되어 제주에서 서울로 압송되었고 경성감옥에 수감되었으며, 이때 징역 10년을 선고 받고 5년 복역 후 가출옥되었다./ 1919년 기미독립만세운동에는 민족대표 33인에 기독교대표로 참가하여 일본 경찰에 잡혀 경성감옥에서 3년 간 복역하였다./ 1922년 출소하여 오산학교로 돌아와 교장으로서 교육사업에 심혈을 기울었다./ 이승훈은 교육자이고, 독립운동가이면서, 신앙인으로 위대한 삶을 사신 우리 한민족의 큰 스승이다. / 1930년 5월 8일 이승훈은 오산학교를 돌아본 다음 집으로 돌아와 자면회(自勉會) 회원들을 모이게 하고 자면회의 사업 이야기를 했다. / 자면회는 고향 마을 사람들로 구성된 자치기관으로 이승훈은 이 모임에 자신의 땅을 내어놓고 공동경작하여 생활개선과 마을의 발전에 사용하도록 하였다. / 이들이 돌아간 다음 날 새벽 4시 이승훈은 67세를 일기로 조용히 숨을 거두었다. / 영면 직전 가족들에게 다음과 같은 유언을 남겼다고 한다. / "내가 죽으면 내 뼈로 표본을 만들어 학생들에게 교육자료로 사용토록 하라."」

조천마을에서 이승훈은 새벽에 일어나 마을의 청소를 하여 동리를 깨끗이 하고 동리 사람들에게 부지런하게 살아야 됨을 행동으로 가르쳤다. 주말이면 제주시내 성내교회에 들어가서 신도들과 예배를 정성으로 드리고 영흥소학교 학생들을 모이게 하여 왜 배워야 되고 독립이 무엇이고, 왜 필요하며, 어떻게 해야 우리나라가 독립할 수 있는지를 가르쳤다.

살아서 교육가로 젊은이들을 교육하는데 온 정성을 쏟았고, 독립운동가들을 돕는데 몸을 던진 어른이 자신의 유골까지 자라나는 소년 · 소녀들의 교육자료로 사용되기를 원한 것이다. 그러나 그의 유언은 일본 경찰의 방해로 무산되었다. 시신이 화장되어 바다에 뿌려졌다고 한다.

〈2017년 3월 24일〉

제주의 김윤식

김윤식(金允植, 1835(헌종 2)~1922)은 청일전쟁(淸日戰爭)이 일본의 승리로 끝난 다음 1894년부터 흥선대원군(興宣大院君, 1820(순조 20)~1898(광무 1)) 섭정 시절 김홍집내각의 외무대신(外務大臣)이었던 정치가였다. 그가 1895년 을미사변(乙未事變) 당시 일본군의 명성황후(明成皇后) 시해음모를 알았으면서도 방조했다 하여 1897(광무 1)년 제주도에 종신 유배되었다.

1997년 제주시청문화국에서는 제주시에 유배되었던 조선시대 유배인들의 적거지에 표지석을 설치하였다고 했다. 인터넷 자료실에는 그들 적거인들의 적거지에 오석으로 만든 표지석을 설치했다는 설명문과 표지석의 위치 약도까지도 표시되어 있었다. 그 중의 한 인사가 김윤식이므로 그의 표지석을 찾아갔다.

2017년 3월 20일 제주국제공항에서 이스터항공기에서 내려 비행장 앞의 택사승강장으로 나와 택시에 승차하여 "우리은행 제주지점까지

KEB하나은행제주지점과 KDB산업은행 사이 길옆에 놓인 김윤식 적거유허지 표지석

갑니다." 하였더니 시내 옛 제주성 안으로 들어와 우리은행 앞에서 하차시켜 주었다. 김윤식이 종신유배 왔던 1897년 당시에는 초가집들이 드문드문 있었던 곳이 4층 이상의 빌딩 숲으로 변한 것이다. 우리은행제주지점 정문 앞에서 주위를 둘러보았다. 우리은행 주변에는 오석으로 만든 표지석이 보이지 않았다. 다음 길 건너를 이곳저곳 바라보았는데 길 건너 KEB하나은행 제주지점과 KDB산업은행 제주지점 사이 대로변 옆에 오석으로 만든 표지석이 보였다. 나는 그곳으로 건너가 표지석 앞면의 글씨를 확인하였다. 표지석 앞면의 가장 위의 글씨가 김윤식적거유허지(金允植謫居遺墟址)였다.

「김윤식적거유허지(金允植謫居遺墟址)/ 이 터는 운양 김윤식(雲養金允植)이 제주에 유배되어 약 4년 동안 적거했던 유허지이다./ 외부

대신(外部大臣)으로 갑오개혁(甲午改革)을 주도했던 운양은 을미사
변(乙未事變) 뒤 1897(광무 1)년 제주에 유배되어 1901년까지 이곳
에 머물렀다./ 그는 속음청사(續陰晴史)를 저술하고, 귤원시회(橘園
詩會)를 창립하고 이끌었다./ 제주시」

　김윤식은 1897년 규장원정에 외부대신으로 근무하던 중 1895년 을
미사변(乙未事變)이 일어나 명성황후가 피습될 것을 알고 있으면서 방
관했다 하여 1898년 1월 6일(음) 제주도에 종신 유배된 것이다. 다
른 인터넷자료실에는 김윤식이 이승오(李承五, 1837~?) 등과 함께 제
주에 종신 유배된 이유가 명성황후(明成皇后, 1851(철종 2)~1895(고종 32))
가 시해되었을 때 폐후고묘문(廢后告廟文)을 종묘에 제출한 것 때문이
라 했다. 폐후고묘문은 고종의 황후 민씨가 폐황후되었음을 종묘에
알리는 글이다.
　김윤식과 이승오 등이 1898년 1월 11일(음) 제주 목사에게 도착신
고를 하자마자 제주목사 이병휘(李秉輝, 1851~?, 제주목사재직: 1896년 3
월(음)~1898년 2월(음))는 그들을 유치장에 무조건 투옥시켰다. 김윤식
과 이승오 등이 유치장에 투옥된 사실이 알려지자 제주에 유배와 있
던 유배객들과 제주 선비들이 찾아와 문안하고, 위로하였다. 그들
은 나인영(羅寅永), 정병조(鄭丙朝, 1863~1945), 김사찬(金思賛, 1874~?)
등 김윤식과 같은 시기에 유배온 사람들과 한선희, 김은찬, 서주보
(徐周輔, 1850~?) 등 먼저 유배와 있던 유배객들, 그리고 김응빈(金膺
斌, 1846~1928), 송두옥(宋斗玉, 1850~1922) 등 제주의 한학자들이었다.

김윤식과 이승오는 40일이나 옥고를 치르고 1898년 2월 20일(음) 지정된 적거지로 배치되어 나왔다. 김윤식은 제주성 내 교동 김응빈 의 집으로 적거지가 배정되었다. 제주목사 이병휘는 화전세(火田稅)의 혁파를 주장하면서 민란을 일으킨 방성칠(方星七, 1849~1898)의 난을 저지하지 못한 책임을 물어 파면되었다. 후임으로 부임한 제주목사 박용원(朴用元, 재직: 1898년 3월(음)~·1899년 9월(음))은 김윤식을 상사로 모셨던 사람이므로 김윤식을 극진히 대접했다.

김윤식은 1898년 4월 22일 적거지 김응빈의 집에서 서화를 즐기는 문인들과 함께 제주에서의 첫 시회를 열었다. 김윤식을 중심으로 유 배객들과 제주의 한학자들이 한데 어울려 23명의 귤원시회(橘園詩會) 를 조직한 것이다.

소동파(蘇東坡, 1036~1101)가 적벽부(赤壁賦)를 저작한 때가 1082년 7 월 16일(음)이었으므로 매월 음력 16일을 기망(旣望)이라 하는데 조선 의 선비들은 이를 생각하여 매월 음력 16일에 모여 시를 읊는 모임을 갖는다고 했다. 귤원시회는 기망뿐만 아니라 매화가 피었다고, 또는 국화가 피었다는 핑계로, 귤이 익었다는 이유로 시회를 제주의 이곳 저곳에서 열었다. 김윤식은 시회에서 "매화 아래 시를 지으니 적객 신 세 참으로 좋은 일이었다."라고 현실에 만족한 감정을 유려한 글솜씨 로 유유자적한 유배생활을 적나라하게 서술했다.

한 번은 용연(龍淵)에서 귤림시회 기망놀이를 즐기던 중 산지천에 서부터 배를 띄워 용연까지 건너온 읍내 젊은이들과 마주치기도 했 다. 또 1899년 9월(음) 기망때는 공진정(拱辰亭, 지금의 제주기상청 서쪽에 건립되었던 정자)에서 귤림시회를 열었는데 당시 제주목사 이상규(李庠珪, 재직: 1899년 9월(음)~1900년 12월(음))가 기망놀이를 즐기는 것을 목격했다.

인터넷자료실에서 읽을 수 있는 김윤식의 생애를 간략하게 기록하면 다음과 같다.

「김윤식은 1835(헌종 1)년 경기도 광주군 남종면 귀여리에서 김익태(金益泰, ?~1842)를 아버지로, 전주 이씨(?~1842)를 어머니로 독자로 태어났다./ 8세때인 1842년 부모를 모두 여의고 광주군 남종면 양근리에 거주하는 숙부 김익정(金益鼎, 1803(순조 3)~1879(고종 16))에게 양육되었다./ 1882년 발생한 임오군란(壬午軍亂)과 1884년 개혁인사들이 우정국낙성식 때 일으킨 갑신정변(甲申政變)을 진압시키는데 한 몫을 담당한 인사였다./ 1887년 5월에는 부산첨사 김완수(金完洙)가 일본상인의 사채를 통서의 약정서로 발급하게 했다는 이유로 충청도 예산군 면천(沔川)에 유배되어 5년 6개월 동안 유배되기도 하였다./ 그 후 김윤식은 김홍집(金弘集, 1842(헌종 7)~1896(고종34)) 내각의 외무대신에 임명되었다./ 오래 전 첫 부인을 잃은 뒤 새로 맞은 아내와 소실마저 세상을 떠나자 김윤식은 64세 노인으로 1898년 7월(음) 제주에서 평안도 의주 출신 김의실(金義室)을 소실로 들였다./ 첫 부인과의 사이에서 낳은 큰아들도 혈육이 없어 항상 후손을 걱정했는데 1899년 6월(음)에는 의실과의 사이에서 아들 영구(瀛駒)가 태어났다./ 1901년 1월(음) 김윤식은 850냥을 지불하고 김응빈 집에서 가까운 집을 구입하여 이사했다./ 의실과 영구를 위한 배려였다./ 새 집에는 의실 모자, 의실의 모친, 제주 유배 올 때 데리고 온 나철, 그리고 품삯을 주고 일을 시키던 일꾼이 같이 살았다./ 김윤식뿐만 아니고 조선 후기 유배객들은 떳떳이 살림을 차리고 살았다고 한다./ 김윤식은 큰아들이 배에 실어 때때로 보내오는 '한성신문'을 읽어서 국내·외 정세를 알 수 있었으니 유배인의 처지에 비교하면 비교적 여유로운 생활을 하였다./ 김윤식이 김응빈의 집에서 적거할 때 작성한 속음청사에 기록된 글의 한토막: "꽃과 나무가 자라고 있는 뜰도 있어 산책을 즐길 수 있다, 주인은 각별히 나를 대접해 주며, 음식도 풍부하고 정갈하여 입에 맞는다. 모두 번화한 서울의 재미와 다를 게 없다. 유배인 신분을 돌아볼 때 분에 넘친다."/ 1901(광무 5)년 5월 초에 일어난 제주 민란으로 7월 10일(음) 김윤식은 전남 신안군 지도읍 지도(智島)로 이배(移配)되었다./ 또한 1907(순종 1)년 정부가 70세 이상의 유배인들에게 내린 석방조치에 의하여 김윤식은 적거생활을 마치고 귀경하였다.」

　인터넷자료실에서 볼 수 있는 그의 반신상 사진은 도인풍이었다. 하얀 턱수염은 소담하고 길어 가슴까지 내려오고 갸름한 얼굴에 눈은 엷게 웃음을 띄고 있었다. 김윤식은 한학자이고 정치가였다. 그는 임오군란, 갑신정변, 갑오개혁, 을미사변, 동학농민혁명이 휘몰아치는 세상에서 병조판서와 외무대신을 역임하였다.

　1910년 한일병합 때 자작작위(子爵爵位)를 받았으나 기미독립만세운동 때 일본천황과 조선총독에게 '대한제국의 독립청원서'를 제출하여 자작작위(子爵爵位)는 박탈되고 투옥되기도 했다. 그러한 말년을 보냈기 때문에 2002년 민족정기를 세우는 국회의원 모임과 광복회가 공동 발표한 친일 반민족행위자 708인 명단과 2007년 친일반민족행위자 진상규명위원회가 발표한 반민족행위자 195명 명단에서 제외되었다.

〈2017년 3월 27일〉

[참고] 일본천황의 작위 수령자들: 일본헌황으로부터 남작, 후작, 자작 작위를 받은 한국인은 76명이었는데 8명은 수령을 거부하였다고 한다. 그러므로 작위를 받은 사람은 68명인데 1919년 3월 독립청원서를 올렸거나 독립운동에 참여한 5명은 작위가 박탈되어 결국 작위를 받은 사람은 63명이 되었다. 작위가 박탈된 5명은 다음과 같다. 김윤식(자작), 김가진(자작), 김사준(남작), 이용직(자작), 이용태(남작).

비양도의 김태진

비양도(飛揚島, 0.59㎢)는 작은 섬이지만 역사의 기록에 나타나는 화산분출로 생성된 섬이다. 이 작은 섬의 해변에 지질학자들이 호니토(hornito)라 부르는 화산 분출물이 많으며 그 호니토 중 어른이 애기 업은 모양의 돌이라 하여 '애기 업은 돌'이라는 이름을 붙인 호니토가 있다는 것이다. 그래서 나는 비양도를 찾아갔다.

2016년 6월 16일 아침 6시 30분 제주시외버스터미널에서 한림항(翰林港)으로 가는 시외버스에 승차하여 한림항에 도착하니 7시 30분이었다. 그런데 한림항의 선착장에서 비양도로 출항하는 연락선의 출항시간을 보니 첫 번째 출항하는 선박은 9시였다. 한림항과 비양도는 선박(비양호)이 9시, 12시, 15시의 1일 3회 왕복하고, 한림항에서 비양도까지 15분이 소요된다고 했다.

9시 15분 비양도에 도착하니 비양도 여객선선착장 앞에 아담하고 깨끗한 안내 설명표지문판이 세워져 있었다. 비양리 설촌유래(飛揚里

設村由來)였다.

「비양리 설촌유래(飛揚里 設村由來)/ 신증동국여지승람(新增東國
輿地勝覽) 제38권에는 "1002(목종 6)년 6월(음)에 산이 바다 가운데
서 솟아나왔는데(有山湧海中(유산용해중)), 산 꼭대기에 네 개의 구
멍이 뚫려 붉은 물이 솟다가(山開四沈赤水湧出(산개사항적수용출)),
닷새만에 그쳤으며, 그 물이 엉키어 모두 기왓돌이 되었다(五日而其
水皆成瓦石(오일이기수개성와석))"라고 기록되어 있다./ 이처럼 비
양도는 우리나라에서 유일하게 고려시대인 1,002년 화산활동으로
생성되었다는 기록을 갖고 있다./ 비양리(飛揚里)는 1880(고종 18)년
서(徐)씨가 처음 입도하면서 사람이 거주하기 시작했다고 전하지만,
고려 말 해상방어를 위하여 망수(望守)를 배치했다는 기록이 있는 것
으로 보아 조선 초부터 사람이 살았다고 볼 수 있다./ -〈중략〉-/ 비
양봉의 높이는 해발 114.1m이고, 섬의 북쪽으로 치우쳐 있다./ 그 정
상부근에 두 개의 분화구가 위치한다./-〈중략〉-/ 토질은 화산분출
물인 송이로 구성되어 있다./ 비양도 북쪽 해안에는 아기 낳기를 원
하는 사람이 치성을 들이면 아이를 건강하게 낳는다고 전해지는 속
칭 '애기 업은 돌'이라는 기암과 돌고래형, 거북모양, 그리고 코키리
모양의 대형 용암괴 등 제주도 본섬에서는 보기 어려운 화산탄과 기
암괴석들을 만날 수 있다./ 비양봉 분화구 안에는 우리나라에서 유일
한 비양나무(飛揚木)가 자생한다./ 비양나무는 1995년 8월 26일 제
주 지정 자연문화재기념물 제48호로 지정되었다.」

1002(목종 6)년 6월(음) 한림 앞바다에서 산이 솟아올랐다고 신증동
국여지승람 제38권에 기록되어 있다 하고, 분화구 4곳에서 붉은 용
암이 5일이나 흘러나왔다고 한다. 그러므로 비양도는 화산분출물(쇄
설물)로 이루어졌다는 것은 당연한 이야기이다. 북쪽 해안의 '애기 업
은 돌' 또는 '부아석(負兒石)'이 가장 특이한 관심이 가는 물건이었다.

이 비양리 설촌유래 안내 설명표지문판 옆에 1m 높이의 산뜻한 오
석재질 비석 두 기가 세워져 있었다. 하나는 북제주군수 김태진(金泰
秦, 군수 재직: 1964.7.20~1968.9.20)의 송덕비이고, 다른 하나는 제주해
군경비부대사령관 해군대령 허승룡(許承龍)의 송덕비였다.

북제주군수 김태진의 송덕비의 뒷면에 새겨진 송덕글을 읽었다.

「우리 비양리는 섬마을로서 1965년까지 봉천수(奉天水)를 식
수로 이용함으로서 생활용수 공급과 주민 보건위생에 많은 지
장을 초래하여 오던 중 김태진(金泰秦) 북제주군수(군수재직:
1964.7.20~1968.9.20)께서 북제주군비 130만여 원을 투자하여 제
주시 한림읍 협재리(挾才里)-비양리(飛揚里) 간 총연장 2km의 해저
수도(海底水道)를 설치하여 1965년 10월 15일 통수(通水)시킴으로써
비양리 마을의 식수문제가 완전히 해결되었다. / 그 고마운 뜻을 오래
오래 기리기 위해 그때 당시 기념 비석을 건립하였으나 30 년이 흐르
면서 비석이 풍화작용(風化作用)으로 훼손(毁損)되어 오늘 수명이 반
영구적인 오석재질의 새로운 비석을 다시 건립하여 영원히 기리고자
하였다. / 1998년 9월 10일 한림읍민 일동」

이 마을은 1965년 10월 15일까지 빗물(봉천수)를 받아서 식수로 사용하였는데 불편했고, 위생문제도 염려되었다고 한다. 그런데 1965년 북제주군수 김태진의 조치로 130여만 원이라는 거금이 지원되어 2km 떨어진 바다 건너 협재리로부터 바다 밑으로 수도관이 연결되어 식생활이 편해지고 섬마을 주민들의 보건위생에 큰 도움이 되었다는 것이다.

김태진은 1964년 7월 20일부터 1968년 9월 20일까지 11대 북제주군수로서 근무한 사람이다. 150여 주민들이 김태진의 해저수도관 설치가 너무 고마워서 1965년 화강암비석을 세우고 고마운 마음을 그 비석에 글로 새겼는데, 30년이 흐르면서 풍화작용을 받아서 음각된 글씨가 마모되어 글씨를 읽기 어렵게 되었으므로 1998년 단단하여 풍화작용을 받지않는 수명이 반영구적인 오석재질의 비석에 그 글씨들을 옮겨 기록하여 마을 앞에 건립했다는 것이다.

옆의 해군대령 허승룡의 송덕비 내용은 북제주군수 김태진 송덕비의 송덕내용과 비슷하였다. 단지 이 해저수도관 공사를 할 때 선박 지원을 하였다는 것이었다.

나는 이 비석들을 돌아보고 자전거 대여점에서 자전거 한 대를 대여하여 섬 일주도로를 북쪽으로 달렸다. 약 500m 달리는데 왼편에 연못이 나타났고 연못 옆에 정자도 있어 자전거를 정자 옆에 세우고 정자 옆에 세워진 안내 설명표지문판의 설명문을 읽었다.

「팔랑못/ 비양도 동남쪽에 위치한 '팔랑못'의 물은 바닷물(海水)이다./ 바닷물이 비양도 일주도로 밑 바위와 바위 사이 틈으로 통과하여 간·만조(干·滿潮) 수위를 형성하고 있다./ −〈중략〉−/ 2003년 문화관광권 사업으로 '팔랑못' 주변 산책로 964m를 목재텍크로 만들었다.」

무엇보다 나는 팔랑못의 물이 민물이 아닐까 했는데 바닷물이라는 것이다. 일주도로 밑 바위들 틈으로 비양도 동쪽의 바닷물과 통하여 있기 때문이라 했다. 나의 의문점 하나가 풀린 것이다.

팔랑못에서 작고 낮은 고개를 넘으면서 일주도로를 달려 서쪽으로 300m 갔을 때 일주도로 옆에 '아기 업은 돌(부아석)'이 수많은 호니토 군락을 거느리고 우뚝 서 있었다. 길가에 설명표지문판이 있었다.

「문화제 천연기념물 비양도 용암기종/ 품명: 천연기념물 제439호/ 지정년월일: 2004년 4월 9일/ 소재지: 한림읍 비양리/ 지정사유: 비양도는 우리나라에서 유일하게 화산활동시기가 역사서에 기록으로 남아있는 지역으로 학술적 가치가 매우 높은 곳이다./−〈이하 생략〉−」

내가 이 섬에 올 때는 부아석(애기 업은 돌)을 보러 왔는데 그 목적은 달성한 것이다. 나는 길에서 부아석을 내려다보다가 부아석이 있는 곳에서 바다 쪽으로 가서 바라보기도 하였다. 그 모습이 어른이 아기를 업은 모양이라 이름 지을 만 하다고 생각되었다. 이 바위의 높이가

비양도 북쪽 해안의 애기 업은 돌(부아석(負兒石))

8m, 이 부아석의 가장 넓은 부분의 둘레가 3m 라 했다. 지질학자들
은 이러한 바위를 화산이 폭발할 때 용암이 솟아올랐다가 떨어지면서
굳어버린 바위 덩어리라 하여 호니토(hornito)라고 부른다. 용암이 떨
어져 냉각될 때 온도가 내려감에 의한 부피가 줄어들면서 내부의 압
력이 커지므로 내부에 포함된 기체 성분이 위로 터져 나온다. 그래서
호니토는 속이 빈 굴뚝 모양이 된다고 했다.

　나는 자전거에 올라 일주도로를 달려 섬을 일주하고, 비양리 섬마을
중심부 깨끗하고 아담한 정자 옆에 멈추었다. 그 옆에 「飛揚島千年紀
念碑(비양도천년기념비)」라고 큰 글씨로 기록된 갈회색 비석이 있었다.

1002(목종 6)년에 바다 밑에서 화산이 폭발하고, 그것이 신증동국여지승람에 기록되었다고 하니 2002년은 비양도가 생긴 다음 일천 년이 되는 해이다. 그것을 기념하여 2002년 북제주시에서 건립된 비석이었다. 70cm 높이의 받침석 옆면에 두 개의 오석이 부착되어 있는데 하나는 비양도 생성에 관계된 신증동국여지승람에 기록된 원문(한자 기록문)이고, 또 하나는 이것을 한글로 번역한 것이었다.

한자 원문 기록 밑에는 "비양도 생성 일천 년을 기념하여 이 비석을 세운다"라고 기록되어 있었다. 그 밑에는 2002년 7월 21일 북제주군수 신철주(申喆宙)와 비양리장 김영배(金永培)외 리민 일동이 건립했다고 기록되어 있는 것이다. 한글해석문은 선착장 앞의 비양리 설촌유래 설명표지문판의 설명문 내용과 유사하나 태학박사 전공지(田拱之)가 현지에 파견되어 그림을 그려 조정에 보고했다는 기록이 추가되어 더 실감나게 하는 느낌이 있었다.

위와 같이 바다에서 섬이 솟아오른 것도 중요하지만 그 화산섬에 그후 이주하여 와서 생활하게 된 섬마을 사람들 약 171명(2000년)에게 가장 중요한 것이 무엇이었을까(?) 하고 생각하였다. 비양도를 한 바퀴 돌면서 애기 업은 돌과 팔랑못, 그리고 비양도 천년기념비 등 다른 섬에서 볼 수 없는 자연의 선물을 관찰하였으나 섬마을 주민들에게는 협재리로부터 비양도까지 수도관으로 연결하여 담수를 공급하는 해저수도관 가설보다 더 중요한 일은 없을 것이라고 생각하였다.

비양도 섬마을 사람들은 이것에 감사한 마음을 표시하기 위하여 협재리로부터 비양도까지 해저수도관으로 수돗물이 통수되자마자 가설

북제주군수 김태진과 해군대령 허승룡 송덕비(해저수도관 건설 감사)

되도록 조치하고 지원을 아끼지 않은 북제주군수 김태진의 송덕비를 세웠고, 30년이 지나면서 풍화되어 송덕비의 글씨가 마모되자 오석 재질의 좋은 비석재료에 감사의 글을 다시 옮겨 새로운 비석을 건립한 것이다. 1965년의 북제주군수 김태진은 비양리 섬마을의 이순신이고 세종대왕이며 안중근인 것이다.

〈2016년 7월 4일〉

[참고] 2005년 SBS 드라마 '봄날' 촬영지: 한림읍 비양리 선착장과 마을 가운데 정자 옆에는 'SBS 기획드라마 봄날 촬영지'라 기록된 비석과 설명문판이 세워져 있다./ 김규완 극본, 김종혁 연출 SBS 특별기획드라마는 2005년 1월 초부터 토요일과 일요일 21시 45분부터 1시간 방영되었다고 한다. 2005년 3월 13일 20회로 종영되었다. 주연배우로는 고현정, 지진희, 조인성 등이었다.

서귀포의 이중섭

서귀포 시외버스터미널에서 택시에 승차하고 6·25전쟁 중 이중섭이 살던 집과 미술관은 10분도 걸리지 않았다. 2018년 1월 23일이었다. 택시에서 내리고, 그곳에서 큰 길을 건너 낮은 비탈길을 올라간 곳의 오른쪽의 초가집이 6·25전쟁 중 이중섭이 살던 집이었다. 초가집과 집마당이 오른쪽으로 보이고 그 입구에 '이중섭 거주지' 안내 설명표지문판이 있었다.

　「이중섭 거주지(李仲燮 居住地, Lee Jungseop's Residential Area)/ 불운한 시대의 천재화가로 일컬어지는 대향 이중섭(大鄕 李仲燮)의 가족이 6·25전쟁 중 피난을 와서 거주하였던 이곳은 이 마을 반장 송태주와 그의 부인 김순복이 방을 내 주어 생활하게 되었다./ 이곳에서 이중섭 가족은 1.4평의 작은 방에서 서로의 숨소리를 들으며 반찬 없이 밥을 먹고, 고구마나 깅이(게)를 삶아 끼니를 때우는 생활이

었지만 웃으면서 살 수 있었던 가장 행복했던 시간이었다./ 초상화
그리기를 즐기지 않았던 화가는 이곳에서 이웃 주민과 집주인을 위
해 마당의 장작더미 위에 이웃 주민의 전쟁에 나가 전사한 아들 사진
을 올려놓고 초상화를 그려 주었다./ 그는 좁은 공간에서 작품활동
을 하며 1년 여를 이곳에서 생활하였다./ 1952년 1월 부산으로 거처
를 옮기고 생활고에 찌든 아내와 두 아들들을 일본으로 보냈다./ 이
중섭은 혼자 거처를 옮겨가며 부두노동을 하여 생활비를 만들고 틈
틈이 미술작품을 그렸다.」

　이중섭(李仲燮, 1916~1956)은 1950년 12월 초 원산에서 흥남철수작
전 때 해군함정에 승선하여 부산으로 왔다가 서귀포로 거처를 옮겼
다. 제주 산지포항에 하선하여 두 아들을 부부가 안고 업어 3일을 걸
어서 서귀포에 도착하였다고 한다. 서귀포에서 이 마을 반장 송태주
의 집에 거처를 정한 것이다. 정부에서 배급되는 쌀로 연명하며 바닷
가에 가서 게를 잡고 산기슭에 올라가 나물을 뜯어 와 죽을 쑤어 연명
하였다. 그러면서도 담배갑 속표지(은지(銀紙))에 틈틈이 은지화를 그렸
다. 은지화를 그리는 것을 바라본 이웃들이 이중섭이 화가임을 알고
전사한 아들의 사진을 가지고 와서 인물화를 좀 크게 그려 달라 부탁
하여 4장이나 그려 주었다고 한다.
　이중섭의 가족(부인과 두 아들)이 거주했던 방은 이 초가집의 맨 동쪽
추녀 밑 조그마한 방이었다. 입구는 두 쪽 나무문이 열려 있는데 열린
문에 '이중섭 거주지'라는 입구의 설명문을 조금 더 짧게 줄인 설명문

북제주군수 김태진과 해군대령 허승룡 송덕비(해저수도관 건설 감사)

이 부착되어 있었다.

　이 열려진 문 앞에는 담장을 따라 흙을 돋우고 돌로 조그마한 축대를 쌓아 만든 화단에 1m 높이로 자란 동백꽃나무 한 그루가 빨간 꽃을 흐드러지게 피우고 있었다. 1월은 동백꽃나무가 꽃을 피우는 계절인 것이다. 그 동백꽃나무 바로 옆에 오석재질의 표지석이 있고 그 앞면에 또한 '이중섭 거주지'라는 글자가 새겨 있었다.

　1.4평의 작은 방은 혼자 사용하기에도 작은데 이 방에서 네 명의 가족이 기거했다고 하니 얼마나 불편했겠는가? 방문 맞은 편 벽에 이중섭의 반신 사진이 걸려 있고 그 사진 위 벽에 이중섭이 지었다는 시(詩) '소의 말'이 멋 있는 붓글씨로 벽에 쓰여 있었다. 이 시에서 이중섭은 '참된 순결'을 노래했고, '삶은 외롭고 서글프다'고 했다.

이중섭 거주지 옆에 만들어 놓은 그의 동상

이 방에서 네 식구가 배급쌀로 밥을 지어 먹었고, 가끔은 산기슭에
올라가 나물을 캐 오고, 바닷가에 나가 게를 잡아다가 나물죽과 삶은
게를 만들어 먹었다고 하니 그 때 아내의 마음이 참된 숨결이었고 그
생활이 외롭고 서글펐을 것이다.

이중섭의 서귀포 거주지에서 약 100m 동쪽에 4층 현대식건물의 '이
중섭 미술관'이 건축되어 있었다. 미술관 1층 입구 매표소에 이중섭의
생애와 전시관을 소개하는 팸플렛을 배부하고, 2층에는 부부의 주고
받은 편지들, 그림들, 상으로 받은 팔레트 등 이중섭에 관계된 전시물
들이 우아하게 전시되어 있었다.

우선 입구에서 관람객들에게 배부하는 팸플렛에 기록된 그의 생애를 요약하여 옮긴다.

「이중섭은 1916년 평남 평원군에서 부농 이희주(李熙周)의 3남매 중 막내로 태어났다./ 오산보통고등학교에서 미술교사 임용련의 지도를 받고, 1937년 일본 도쿄에 유학하여 분카카구엔(文化學院) 미술과에 입학하고, 일본 제2회 자유미술가협회 공모전에 응모하여 입선하였다./ 1943년 일본 제7회 미술창작가협회 전시회에 '망월'이라는 제목의 창작품을 출품하여 '태양상'을 수상하고 부상으로 '팔레트'를 받았다./ 1943년 태양상 수상 후 한국으로 귀국하여 어머니, 형과 함께 원산에서 살면서 미술작품을 창작하였다./ 부상으로 받았던 팔레트는 문카칵쿠엔 재학시 사귀었던 아름다운 일본여인 야마모토마사코(山本方子, 1922~)에게 맡기고 귀국한 것이다./ 그리고 1945년 야마모토마사코가 양가의 부모들로부터 결혼을 허락받고 원산으로 찾아와 결혼했다./ 이중섭은 아내 야마모토마사코에게 이남덕(李南德)이라는 한국이름을 지어주고 원산에서 결혼생활을 시작했다./ 1946년 첫아들을 낳았으나 예상치 못한 질병으로 잃었고, 1947년 두 번째 아들을 낳았는데 태현(泰賢)이라 이름을 지었고, 1949년 세 번째 아들을 낳았는데 태성(泰成)이라 이름을 짓는다./ 1950년 6·25전쟁이 발발하고 12월 흥남 철수작전 때 해군 수송선에 가족 4명이 승선하여 부산에 내려오고, 1951년 1월 중순에는 부산에서 제주도 서귀포로 주거지를 옮긴다./ 서귀포에서 어렵게 살면서 담배갑의 속

표지 은박지(銀箔紙)에 그림을 그렸다./ 은지화(銀紙畵)가 그려진 것
이다./ 1952년 생활고로 다시 부산으로 나왔을 때 이중섭 장인의 타
계를 듣게 되고 아내 남덕과 두 아들을 일본으로 보낸다./ 이중섭은
부두노동으로 생을 겨우 이어가며 틈틈이 미술창작도 했다./ 그러다
가 1953년 친구 시인 구상(具常, 1919~2004)의 도움으로 대한해운
공사 선원증을 얻게 되어 일본에 건너가 극적으로 아내와 두 아들들
을 상봉했으나 5일 동안만 그들과 같이 머물다가 귀국했다./ 1955
년 서울 미도파 화랑에서 개인전을 가져 그림도 수월찮게 판매되었
으나 유명인이 되지 않아 생활비로도 부족했다 한다./ 1956년 과음
으로 인한 정신이상, 영양부족과 간경화로 인해 9월 6일 서대문 적십
자병원 무료병동에서 임종하는 사람도 없이 41세의 젊은 나이로 숨
을 거두었다.」

이중섭미술관 2층에 들어가면서 이중섭 화백과 아내 이남덕 사이에
1951년부터 1956년 8월 사이 주고받은 일본어로 기록한 편지를 한
글로 번역하여 그것을 표고하여 벽에 부착하여 놓은 것을 읽을 수 있
었다. 이남덕은 편지를 보내지 않는다고 안달하고, 이중섭은 힘껏 서
로 사랑하자고 써서 보낸 편지들이었다. 이 편지들의 내용으로 보아
도 이중섭 부부는 금슬이 대단히 좋은 부부였다.

이 편지에서 이남덕은 중섭을 아고리라 불렀고, 중섭은 아내를 아
스파라가스라 불렀다. 아고리는 긴 턱이라는 일본말로서 중섭이 분
카카쿠엔 시절 동급생들이 이중섭을 부르던 별명이었고, 아스파라가

스는 일본어로 발가락이라는 말인데 이중섭이 아내를 부르던 애칭이다. 두 아들은 한국 이름이 이태현(李泰賢)과 이태성(李泰成)이고, 일본 이름은 어머니의 일본 이름 야마모토마사코의 성을 따서 야마모토야스카타(山本休賢)와 야마모토야스나리(山本休成)라고 하였다.

나는 이제 2012년 91세의 이남덕(야마모토마사코)이 팔레트를 가지고 서귀포에 찾아온 이야기, 이중섭 미술작품들 이야기, 가족들 이야기, 그리고 이중섭 타계 후의 이중섭 작품 전시회 이야기들을 간단하게 기록하려 한다.

2012년 11월 1일 91세의 이남덕 여사는 현해탄을 건너 서귀포 이중섭 미술관을 찾았다. 이중섭이 1943년 일본 도쿄 제7회 미술창작가협회에 출품한 '망월'에 의해 특별상인 '태양상'을 받고, 부상으로 '팔레트'를 받았는데 그 팔레트가 이중섭의 유일한 일본에 남겨진 유품이었다. 그 팔레트를 친정에 보관하여 오다가 미술관에 기증하기 위함이었다. 이제 자신보다는 대중을 위해 관람용으로 사용하는 것이 옳다고 생각했다는 것이다.

나는 미술이나 미술평가에 대해 문외한(門外漢)이므로 미술작품에 대하여는 조금만 이야기 하려한다. 이중섭은 '황소'를 소재로 많은 작품을 남겼고, 남자 어린이들이 발가벗고 성기를 노출시킨 채 가족이나 동물(닭, 게, 사슴 등)들과 뛰어노는 모습을 그의 작품의 소재로 삼았다고 한다. 이중섭은 총 600여 점의 미술작품을 남겼다. 그 중 150여 점은 고향 원산을 떠나올 때 어머니에게 맡기면서 어머니에게 잘 보관하시고 막내아들을 보는 듯 이 자품을 바라보시라고 했다 한다.

이중섭 미술작품(사슴과 노는 아이들)

　1972년 이중섭 화가 서거 15주기 기념전을 서울 현대화랑에서 개최하였다. 이것이 이중섭을 세상에 알리는 계기가 되었다. 1979년 미도파백화점(현 롯데백화점) 화랑에서 개최된 이중섭 화가 작품전시회는 아내 이남덕에 대해 구애의 마음을 전한 엽서화와 은지화 등 약 200여 점의 미술작품을 공개하는 전시회였다. 그리고 1986년 이중섭 화가 서거 30주년 기념 전시회는 용인시 처인구 소재 삼성미술문화재단의 호암미술관(湖巖美術館)에서 개최했는데 관람객들 약 10만여 명이 찾았고, 황소 그림 한 폭의 값이 50억 원을 호가하였다고 한다. 1979년의 미도파백화점 화랑에서 가진 전시회가 사회에 좋은 반향을 준 것이다.

이중섭 화가의 작품이 고가에 판매되자 작품에 대한 위작 논란도 많았다. 1990년 187건의 감정 작품 중 108점이 위작이었고 77건만이 진품이었다고 하니 한심스러운 일이다. 심지어 이중섭 화가의 둘째 아들 이태성(李泰成, 일본이름: 야마모토야스나리, 1949~)이 2005년 3월 16일 경매에 내어 놓은 이중섭의 작품 8점이 2005년 8월 모두 위작으로 밝혀져 파장이 일었다고 한다. 한국 고서연구회 고문 김용수와 함께 공모하여 사기행각을 한 것이라 했다.

2017년 봄 어느 날 일본 도쿄 시부야(澁谷, しぶや)역에서 한 정거장 거리에 위치한 이남덕 여사가 약 80년 살아온 집으로 취재를 위해 한국의 기자가 찾아갔었다. 다음은 현재 96세로 도쿄에서 건강하게 생활하고 있는 이남덕 여사의 이야기의 일부이다.

「큰 아들 태현(69세)이는 실내 인테리어 일을 하다가 2~3년 전부터 직장에 다니는 며느리의 집안일을 돕고 있고, 둘째 아들 태성이는 도쿄 세타가야에서 타이세(タイセ, 태성의 일본어발음)라 하는 표구점을 경영하고 있지요. 태성이의 꿈은 도쿄 예술의 거리 긴자(銀座)에서 아버지 미술작품전시회를 열어서 아버지를 세상에 알리는 것입니다. 그이의 대형 작품들은 가족의 품을 떠났고, 은지화와 엽서화, 수채화 등 30여 점을 가지고 있으므로 그것을 가지고 전시회를 갖는다는 것이지요.」

"약 10년 전 태성이가 위작을 경매에 내어 놓았던 일은 끔직하게 생각하고 있답니다."라는 말은 하지 않았다고 한다. 그것은 대단히 마음 아픈 일이었을 것이다. 한국에서 찾아간 기자들도 이남덕 여사의 아픈 곳을 건드리지 않으려고 그 이야기는 하지 않았다고 한다. 위작(僞作)은 그림에서만 있는가? 여러 사회에서 어떤 일이 거짓으로 진행되면, 즉 어떤 일이 도덕적이나 법적으로 올바르게 진행되지 않으면 그것이 위작인 것이다. 그 위작 때문에 1894년 동학농민혁명이 일어났고, 우리 민족이 일본놈들에게 35년 간 끔직스러운 수모를 당한 것이다. 현세에도 미술작품뿐만 아니고, 서류를 위조하는 행위가 이곳저곳에서 일어나고 있으니 우리나라의 미래가 걱정스럽다.

〈2018년 01월 30일〉

정용순 기행수필 2집

섬마을 징검다리

인쇄 2018년 6월 12일
발행 2018년 6월 15일

지은이 정용순
발행인 서정환
펴낸곳 수필과비평사
주소 서울시 종로구 삼일대로 32길 36(익선동 30-6 운현신화타워 빌딩) 305호
전화 (02) 3675-5633, (063) 275-4000, (063) 251-3885
팩스 (063) 274-3131
이메일 essay321@hanmail.net sina321@hanmail.net
출판등록 제300-2013-133호
인쇄 · 제본 신아출판사

ISBN 979-11-5933-162-6 03810
값 18,000원

이 도서의 국립중앙도서관 출판예정도서목록(CIP)은 서지정보유통지원시스템 홈페이지
(http://seoji.nl.go.kr)와 국가자료공동목록시스템(http://www.nl.go.kr/kolisnet)에서
이용하실 수 있습니다. (CIP제어번호: CIP2018017799)

Printed in KOREA